Terry Miles ist preisgekrönter Filmemacher, Schöpfer der amerikanischen Public Radio Alliance und Producer der erfolgreichen Podcasts *RABBITS*, *Tanis*, *The Last Movie* und *Faerie* sowie Co-Produzent von *The Black Tapes*. Zwischen Ost- und Westküste der USA pendelnd, verbringt er seine Zeit damit, die mysteriösen Rätsel rund um RABBITS zu erforschen.

Rabbits in der Presse:

»Terry Miles hat mit dieser Geschichte wahrlich Großes erschaffen.«
Denglers-Buchkritik.de

»Fesselnd und voller unvorhersehbarer Wendungen!« *USA Today*

»Ein abgefahrenes Lesevergnügen!« *The Guardian*

»Meisterhaft erweckt Miles ein Spiel zum Leben, bei dem die Leser*innen so fieberhaft nach dem nächsten Hinweis suchen wie die Figuren selbst. Es ist unmöglich, das Buch aus der Hand zu legen.« *Publishers Weekly*

»Wer Serien wie ›Squid Game‹, Escape-Room- und kniffelige Quiz-Spiele liebt, wird voll auf seine Kosten kommen, denn Miträtseln ist hier angesagt.« *SonntagEXPRESS*

»Der Thriller spielt stilsicher mit dem menschlichen Verlangen, trotz Warnungen hinter Rätsel und Geheimnisse zu kommen.« *Münchner Merkur*

»Ein heftiger Thriller. ›Heftig‹ im Sinne von sehr sehr spannend!«
OS-Radio 104,8

»Dass der Autor ein preisgekrönter Filmemacher ist, kann er bei diesem Science-Fiction-Thriller nicht verleugnen. Eine nervenaufreibende Achterbahnfahrt.« *SonntagEXPRESS*

TERRY MILES

RABBITS
Spiel um dein Leben

Thriller

Aus dem Amerikanischen
von Kai Andersen

PENGUIN VERLAG

Die Originalausgabe erschien 2021
unter dem Titel *Rabbits. R U Playing?*
bei Del Rey, Penguin Random House, New York 2020.

FSC www.fsc.org MIX Papier | Fördert gute Waldnutzung FSC® C014496

Klimaneutral* Druckprodukt ClimatePartner.com/14044-1912-1001

Penguin Random House Verlagsgruppe FSC® N001967

1. Auflage 2023

Redaktion: Angela Kuepper
Umschlaggestaltung: Favoritbuero
Umschlagabbildung: © Gareth A Hopkins; Miloje/Shutterstock.com
Satz: Uhl + Massopust, Aalen
Druck und Bindung: GGP Media GmbH, Pößneck
Printed in Germany
ISBN 978-3-328-10495-7

www.penguin-verlag.de

Für Luna

••—• ••—— •—• / •—•• ••— —• •—

Du verbringst dein Leben so dicht an der Wahrheit, dass sie zum ständigen Schemen in deinem Augenwinkel gerät, und wenn sie herausgelockt wird und Form annimmt, kommt sie dir wie ein grotesker Überfall vor. Ein Mann, der im Halblicht und Halbschlaf der Morgendämmerung in seinem Sattel stand, schlug an die Fensterläden und rief zwei Namen. Er war nichts als Hut und Umhang, der sich im grauen Dunst seines eigenen Atems bauschte, aber wenn er rief, waren wir zur Stelle. So viel steht fest – wir waren zur Stelle.

Tom Stoppard, *Rosenkranz und Güldenstern sind tot*

Ich bin 1983 zum ersten Mal auf das Spiel gestoßen. Mein Prof für Spieltheorie hatte mit mir eine Exkursion zu dem ehemaligen Waschsalon in Seattle gemacht. Da ist jetzt ein Restaurant drin, aber wenn man die Besitzerin freundlich bittet, zeigt sie einem mit etwas Glück den Originalraum hinten im Büro. Und wenn man im Lokal ein Menü ordert und dem Personal ein großzügiges Trinkgeld gibt, nimmt die Besitzerin sogar das zeitgenössische Gemälde über dem offenen Kamin ab, sodass man das Bild von dem Kaninchen an der Wand sehen kann.

Einige wahre Geschichten kann man leichter glauben, wenn man sich einredet, sie seien zumindest teilweise erfunden. Das hier ist so eine Geschichte.

Shalini Adams-Prescott, 2021

1 Bloß ein blöder Specht

Falls ihr euch fragen solltet: Ich heiße K. Einfach K. Nur ein Buchstabe.

Ich sage euch jetzt zweierlei. Erstens: K ist eine Abkürzung. Zweitens: Ihr werdet nicht erfahren, wofür. Das müsst ihr wegstecken, auch wenn ihr vielleicht enttäuscht seid.

Aufgewachsen bin ich im Pazifischen Nordwesten der Vereinigten Staaten, dem nassesten und einsamsten Winkel unseres Planeten, wie ich damals fand. Später war die Region in meinen Augen eine düstere grüne Welt voller uralter Rätsel und Geheimnisse. Heutzutage ist sie für mich eine wundersame Mischung aus all diesen Elementen.

Ich bin alt genug, um mich an die Arcade-Automaten mit ihrem typischen Münzeinwurf in Spielhallen zu erinnern, aber jung genug, um mir eine Zeit ohne Internet kaum vorstellen zu können.

Als ich ein Kind war, glaubten meine Eltern, ich hätte ein sogenanntes eidetisches Gedächtnis – die seltene Fähigkeit, Bilder, Schrift und Muster detailgetreu zu memorieren. Früher nannte man das »fotografisches Gedächtnis«, der Ausdruck ist aber nicht korrekt. Ein fotografisches Gedächtnis im Wortsinn gibt es nicht. Und selbst wenn es das gäbe – ich habe es jedenfalls nicht. Ich konnte mir manches besonders gut einprägen und es später problemlos abrufen. Das galt aber nur für bestimmte Dinge, deren Struktur ich interessant fand. Und es war kein Mathetrick oder so. Wenn ich eine Packung Zahnstocher fallen ließ, konnte ich genau sagen, wie viele dalagen. Aber die Quadratwurzel von irgendwas war mir echt zu hoch.

Weil ich in der Schule als das Kid galt, das sich absurdes Zeug merken konnte, gelang es mir manchmal, fiese Schläger aus meiner Klasse so lange abzulenken, bis sie vergaßen, dass sie mich verhauen wollten. Das klappte aber leider nur in fünfzig Prozent aller Fälle und irgendwann gar nicht mehr. In der Highschoolzeit war meine Fähigkeit, mich auf Details zu konzentrieren und komplexe Verbindungen zu erkennen, dann eher eine Obsession als eine Selbstschutz-Maßnahme.

Diese Obsession, wiederkehrende Muster zu entdecken und Codes zu knacken (die vielleicht gar keine waren), führte dazu, dass ich als »neurodivers« diagnostiziert wurde. Als ich vierzehn war, verwarf man diese Diagnose, aber da hatte ich schon etliche Medikamente geschluckt und Bekanntschaft mit so einigen Therapiecouchen gemacht. Und diese spezielle Obsession war es schließlich auch, die mich in die Welt von Rabbits führte.

Fragt man Leute, wann sie zuerst von Rabbits gehört haben, können sie sich oft nicht genau daran erinnern. Sie sind möglicherweise über einen Post in einem obskuren Internetforum gestolpert. Vielleicht redete auch jemand im Freundeskreis über ein Kind, das bei einem längst in Vergessenheit geratenen *Atari-2600*-Spiel gestorben war, dessen Existenz niemand beweisen konnte – und brachte das mit Rabbits in Verbindung.

Ich allerdings weiß ganz genau, wann und wo ich zum ersten Mal von Rabbits gehört habe.

Es war in einem Garten in Lakewood, bei einem Grillabend.

In Seattle, wo ich aufgewachsen bin, gab es damals Gerüchte, dass im benachbarten Bundesstaat Oregon Jugendliche durch ein Arcade-Spiel namens *Polybius* ums Leben gekommen seien. Von mysteriösen Männern in grauen Anzügen war die Rede, von gravierenden Folgen fürs Gehirn. Über *Polybius* wurde geredet, über Rabbits jedoch, das Spiel, das noch viel rätselhafter und gefährlicher war, hörte ich nichts. Jedenfalls bis zu diesem Grillabend am Nationalfeiertag.

Bill und Madeline Connors, enge Freunde meiner Eltern, veranstalteten jedes Jahr am vierten Juli eine Party. Die Connors hatten zwei Töchter. Annie war ein Jahr älter als ich, Emily drei Jahre.

Die beiden Schwestern hatten einen tollen Musikgeschmack und trugen immer die coolsten Klamotten – jede Menge Gürtel und Hüte. Bei dieser Party hatten sie hohe gestreifte Hüte auf, die sie in einem superhippen Laden in der Melrose Avenue in Los Angeles gekauft hatten, erzählten sie. Ich nahm ihnen das ab. Damals war ich noch nicht weiter in den Süden gekommen als bis nach Oakland zu einem Segellager.

Während unsere Eltern im Garten betrunken Rasen-Dart spielten, ging ich ins Haus, um mir eine Cola zu holen (die ich zu Hause nicht trinken durfte), und hörte Annie und Emily reden.

Sie kauerten vor dem Familiencomputer und starrten auf den Bildschirm.

»Hast du rausgekriegt, wie du *Everquest* zum Starten bringen kannst, oder wie?«, fragte Annie.

»Ich hab was viel Besseres«, antwortete Emily und öffnete ein Programm, das ich kannte. Von meinem Versteck an der Küchentür aus hatte ich einen guten Blick auf den Bildschirm.

Annie beugte sich vor. »Was ist das – alt.binaries.games?«

»Eine Gaming-Gruppe«, sagte Emily und tippte routiniert auf ein paar Tasten.

»Was gibt's denn da, Bilder?«

»Halt die Klappe.«

»Aus *Zelda*?«

Ich beugte mich ein kleines Stück vor. Bilder aus *The Legends of Zelda* waren immer einen Blick wert.

»Wart's doch einfach ab.« Emily legte ihrer Schwester die Hand auf den Mund und drückte die Leertaste.

Ein Video wurde abgespielt, offenbar ein Ausschnitt aus einem alten Tierfilm, in dem ein Vogel zu sehen war. Der Sprecher erklärte, es handle sich um den Kaiserspecht.

»Na und? Das ist bloß ein blöder Specht«, maulte Annie. »Lass uns wieder rausgehen. Luke Milligan ist auch da.« Sie zog ihre Schwester am Arm.

»Luke Milligan ist ein Widerling. In Chemie hat er Nina die Hand unters T-Shirt gesteckt.«

»Im Ernst?« Annie schien schwer enttäuscht zu sein.

»Außerdem ist das kein gewöhnlicher Specht«, fügte Emily hinzu.

»Was meinst du damit?«

»Guck doch mal. Wir haben gerade bestimmt fünfzig Spechte gesehen.«

»Na und? Die sind groß, ja, aber ansonsten?«

»Darum geht's nicht. Dieser Dokumentarfilm ist 1989 entstanden, und der Kaiserspecht gilt seit 1956 als ausgestorben.«

»Whoa.« Annie beäugte den Bildschirm. »Und was bedeutet das jetzt?«

»Das ist Rabbits«, flüsterte Emily und fuhr den Computer herunter.

»Rabbits?« Annie sah ihre Schwester mit großen Augen an.

Ich war genauso fasziniert.

Emily hatte das Wort so ehrfürchtig ausgesprochen, als wäre es ein düsteres Geheimnis, etwas, das sonst nur Erwachsenen zugänglich war.

Jetzt blickte sie sich vorsichtig um, entdeckte mich aber nicht. Dann zischte sie: »Es ist ein geheimes Spiel.«

Annie starrte sie an. »Und was heißt das?«

»Dass ich es spielen werde«, antwortete Emily sachlich.

»Wie denn? Was muss man da machen?«

»Ist ziemlich kompliziert.«

»Wie genau?«

»Man muss Sachen finden.«

»Was für Sachen?«

»Muster oder … Diskrepanzen.«

»Diskrepanzen?«, wiederholte Annie.

»Sachen, die keinen Sinn ergeben. Und zwar im echten Leben. Das ist es, was das Spiel so gefährlich macht.« Annie versuchte, Emily zu folgen, hatte aber eindeutig keinen Schimmer, wovon ihre Schwester redete.

Ich hingegen spitzte die Ohren.

Emily holte tief Luft und überlegte kurz. »Okay. Aber das muss unter uns bleiben.« Annie nickte, und so fuhr Emily mit gedämpfter Stimme fort: »Im Abspann dieses Films ist eine Person ohne Tätigkeit aufgeführt, einfach nur ein Name.«

Emily gab eine ziemlich abgedrehte Idee über den Film von sich. Fakt war: Neben dem Namen im Abspann stand nicht Maske, Ton oder Spezialeffekte, sondern gar nichts.

»Es ist ein Waisenname«, raunte sie. Dann erzählte sie Annie, dass sie ein Gespräch über den Film mitgehört und davon in ihrem Gaming-Forum berichtet habe. Daraufhin hatten die Leute aus dem Forum mit Mathe und Numerologie herumgespielt, den Zahlenwert des Namens errechnet und waren dabei auf etwas gestoßen, das sich »The Night Station« nannte.

»Was ist das? Ein Radiosender?«, fragte Annie.

»Genau das werden wir herausfinden. Komm.«

Ich verdrückte mich gerade noch rechtzeitig in den Garten, bevor die beiden mich entdecken konnten.

Emily sagte ihren Eltern, sie wolle mit Annie zum Laden fahren, und fragte etwas halbherzig: »Möchte noch jemand was?«

Wünsche wurden wild durcheinandergerufen – Zigaretten, Ginger Ale, Chips und Dips. Annie schrieb alles auf, Emily schnappte sich die Schlüssel für den Pick-up ihrer Mutter.

Mrs. Connors verkündete: »Nehmt K mit.«

»Aber wir haben keinen Platz«, beschwerte sich Emily.

»Der Pick-up ist breit, Em. Sei nicht so zickig.«

Emily seufzte genervt und marschierte an mir vorbei, ohne mich eines Blickes zu würdigen. »Na, dann komm halt.«

»Und wieso glaubst du, dass ich das will?«

Annie ergriff meine Hand und zog mich mit sich.

Ich wollte tatsächlich unbedingt mitfahren – und zwar nicht nur, weil Annie das erste Mädchen war, das ich jemals geküsst hatte. Sondern auch wegen dieses mysteriösen Spiels.

Etwas an Rabbits fühlte sich so machtvoll und erwachsen an.

Als Annie mich zu dem alten blau-weißen Chevy-Pick-up mit den riesigen Reifen zog, musste ich wieder an den Kuss denken. Annie sah gut aus, aber auf eine eigenwillige Art.

Ihre Augen standen ein wenig zu weit auseinander, und sie hatte eine wilde, störrische Mähne. Ich fand Annie wunderschön. Außerdem strahlte sie eine kühne Selbstsicherheit aus, die ich faszinierend und verunsichernd zugleich fand.

Ein paar Wochen nach meinem dreizehnten Geburtstag hatten unsere Familien zusammen Thanksgiving gefeiert. Annie und ich wurden damals losgeschickt, um ein Brettspiel zu holen, *Trivial Pursuit*. Auf dem Weg zu dem Raum im Keller, wo die Spiele aufbewahrt wurden, zog Annie mich plötzlich an sich und küsste mich.

Sie schmeckte nach Fruchtgummi mit Traubenaroma. Es war unglaublich.

»Und?«, fragte sie nach dem Kuss.

Mir hatte es die Sprache verschlagen. Aber meine Augen antworteten bestimmt: »Wow, krass.«

»Steig ein.« Emily saß schon im Auto und suchte eine Kassette heraus.

Ich kletterte auf die Vorderbank, bemüht, nicht zu dicht bei Emily zu landen. Annie Connors war schon atemberaubend genug, aber Emily war eine Welt für sich.

»Beeil dich, es ist gleich so weit.« Emily fuhr los, bevor Annie die Tür geschlossen hatte.

Ich verstand nicht viel von Autos, aber der Pick-up war mindestens zehn Jahre alt. Der Aschenbecher neben dem Autoradio quoll über vor Kippen mit weißen oder orangefarbenen Filtern. Am Boden lag eine offene Chipstüte neben einer leeren Sprite-Flasche.

»Der Laden hat rund um die Uhr geöffnet«, sagte ich, auch wenn ich mir denken konnte, dass Emily das wusste. Jeder wusste es.

Sie gab keine Antwort und steckte nur wortlos die Kassette in den Rekorder, der sich surrend in Bewegung setzte. Tori Amos begann »Crucify« zu singen, und Emily lenkte den Pick-up die kurvige Auffahrt entlang und auf die Straße hinaus.

Wir hielten nicht am Laden an, Emily fuhr nicht mal langsamer.

Ich blieb stumm. Auf keinen Fall wollte ich stören. Das hier war mein allererstes richtiges Abenteuer, und ich würde den Teufel tun und es gefährden.

Emily zog ein Päckchen Zigaretten hinter der Sonnenblende hervor und ließ das Lenkrad los, um sich eine anzustecken. Wortlos beugte sich Annie über mich und übernahm das Lenken.

Die beiden waren perfekt aufeinander eingespielt.

Annie starrte nach vorne und hielt den Wagen auf Spur, so konzentriert, als müsste sie dafür sorgen, dass die Welt nicht stehen blieb.

Wir fuhren noch etwa sieben Minuten so, dann übernahm Emily wieder das Steuer und bog auf eine schmale Straße ab, die von Holzfällern genutzt wurde. Eine Minute später hielt sie auf dem unbefestigten Randstreifen an.

»Da oben ist nichts außer dem Haus von den Petermans«, sagte ich. »Könnte sein, dass ein paar Kids von meiner Schule in den Kiesgruben rumhängen.«

Wenn ich mit den Connors-Schwestern in den Kiesgruben auftauchte, würde ich morgen in der Schule von allen bewundert werden.

»Schsch«, machte Emily, schaltete die Innenbeleuchtung ein und zog ein kleines Notizbuch aus der Tasche.

»Bist du sicher, dass es hier ist?«, fragte Annie. »K hat recht, da oben ist nur das Haus der Petermans.«

Emily starrte in ihr Tagebuch.

Die Seiten waren mit Wörtern, Zahlen und Skizzen vollgekritzelt. Es sah aus wie die Notizen, die meine Freunde und ich auf Millimeterpapier machten, wenn wir *Dungeons & Dragons* spielten.

Emily umkringelte ein paar Zahlen, die sie über einer Liste von Namen und Symbolen vermerkt hatte. Sie überlegte einen Moment, dann addierte sie die Zahlen, lehnte sich zurück und atmete aus.

»Bei hundertsieben Komma drei«, verkündete sie dann.

Ich war mucksmäuschenstill. Emily Connors beim Rechnen war ein hinreißender Anblick.

Sie steckte ihr Notizbuch weg und sah mich mit bohrendem Blick an. »Du darfst niemandem erzählen, was heute Abend hier passiert.«

»Tu ich nicht«, beeilte ich mich zu sagen.

»Ich meine es ernst.« Sie packte mich grob am Handgelenk. »Versprich es.«

»Ich verrate kein Sterbenswörtchen.« Aber ich sah Emily an, dass ihr das nicht genügte. »Versprochen. Ich schwöre.« Ich hielt den kleinen Finger hoch. Emily beachtete ihn nicht, sondern starrte mir eine gefühlte Ewigkeit in die Augen. Mein Mund war plötzlich trocken, ich schluckte. Endlich schien sie zufrieden zu sein, warf einen letzten Blick in ihr Notizbuch und verstaute es wieder.

Annie drückte die Tori-Amos-Kassette aus dem Rekorder. »Wie war die Frequenz?«

»Eins null sieben Komma drei.«

»Okay.« Annie stellte die FM-Frequenz ein, aber es war nur Rauschen zu hören. »Bist du sicher?«

»Ich hoffe es.« Emily drehte lauter, wandte sich uns zu und lächelte.

Was ein wunderschöner und zugleich beunruhigender Anblick war.

Emily lächelte nämlich äußerst selten.

»Zeit?«, fragte sie ihre Schwester knapp.

»Sechs nach zehn.«

Emily berührte meinen Arm und sagte: »Du darfst auf keinen Fall ausrasten, hörst du?«

Ich gab mir Mühe, möglichst lässig zu wirken, während Emily auf der Straße weiterfuhr.

Eine Minute lang hörten wir das Rauschen aus dem Radio, dann nickte Emily ihrer Schwester zu und schaltete die Scheinwerfer aus.

Rabenschwarz.

Wir fuhren so schnell wie vorher.

Blindlings in die Dunkelheit hinein.

Aus dem Radio dröhnte weiter nur Rauschen. Die Straße schien geradeaus zu führen – bis jetzt jedenfalls.

»Also, ich weiß nicht, Emily …«, sagte ich.

»Schsch.« Diesmal packte sie mich so fest am Arm, dass ihre Finger Druckspuren hinterließen. »Hör genau hin.«

Ich verstummte und horchte.

»Habt ihr eine Stimme gehört?«, fragte Emily.

Annie zuckte die Achseln. Ich schüttelte den Kopf.

Es fiel mir schwer, mich zu konzentrieren. Mit zwei Mädchen in finsterer Nacht ohne Licht eine Holzfällerstraße entlangzubrettern, war schon ziemlich speziell.

»Was war das?« Emily drehte das Radio noch lauter. »Bitte sagt mir, dass ihr das gehört habt.«

»Ich glaub schon«, log ich.

Außer Rauschen hörte ich rein gar nichts, mein Kopf dröhnte und tat weh, und mein Mund fühlte sich noch immer staubtrocken an.

Zuerst dachte ich, der unangenehme Zustand sei darauf zurückzuführen, dass wir hier durch die Dunkelheit rasten. Aber das war nicht alles.

Irgendetwas war … anders. Irgendetwas stimmte nicht.

»Vielleicht sollten wir lieber die Scheinwerfer anmachen?«, fragte Annie ängstlich.

»Alles okay«, erwiderte Emily.

Als sie das Licht ausgeschaltet hatte, war noch zu sehen gewesen, dass die Straße schnurgerade verlief. Aber jetzt fuhren wir schon eine ganze Weile. Ich konnte nur hoffen, dass nirgendwo eine Kurve kam.

»Ähm, vielleicht sollten wir …«, murmelte Annie.

»Schsch«, machte Emily. »Es hieß, wir müssen im Dunkeln fahren.«

Hin und wieder kam für einen kurzen Moment der Mond hinter den Wolken hervor. Das reichte aus, um die Straße zu erkennen, versuchte ich mir einzureden.

»Da.« Emily horchte. »Hört ihr das?«

Zuerst war es nur ein Raunen, dann wurde es deutlicher.

Eine Frauenstimme.

Als ich Emily gerade fragen wollte, ob sie es auch gehört hatte, war der Wagen plötzlich erfüllt von lautem Krachen. Emily riss am Scheinwerferhebel, Licht strahlte auf, und die Welt explodierte in splitterndem Glas und grellen Blitzen.

Das Scheinwerferlicht hatte sich in die Dunkelheit gebohrt wie Raketen. Ein riesiger Elch stand mitten auf der Straße.

Der Unfall war vorbei, bevor mein Gehirn begreifen konnte, was geschehen war.

Emily und ich wurden durch die Windschutzscheibe geschleudert, Annie nicht. Später erfuhren wir, dass sie an einem Genickbruch gestorben und auf der Stelle tot gewesen war.

Ich hatte eine ausgerenkte Schulter, eine massive Gehirnerschütterung und einige Schnitte und Blutergüsse, war aber noch gut davongekommen. Emilys rechtes Bein war schwer verletzt. Sie lag fast ein Jahr im Krankenhaus und musste hinterher noch lange physiotherapeutisch behandelt werden.

Ein paar Jahre nach dem Unfall hatte ich Emily Connors zuletzt gesehen.

Ich fuhr damals mit meinen Eltern nach San Francisco. Die Tochter von anderen Freunden meiner Eltern – Natalie Crawford, die ich flüchtig gekannt hatte – war verschollen, und ihre Mutter hatte sich das Leben genommen. Wir waren unterwegs zur Trauerfeier.

Kurz hinter Seattle hielten meine Eltern an einer Tankstelle, damit ich aufs Klo gehen konnte. Auf dem Rückweg zum Auto sah ich Emily Connors.

Sie saß im Fond des Wagens neben uns. Ich winkte ihr zu, aber sie blickte starr geradeaus, schien mich nicht zu bemerken. Ich war drauf und dran, ans Fenster zu klopfen, aber etwas hielt mich davon ab. Emilys Blick war so starr und merkwürdig, als wäre sie in einer anderen Welt, nicht mehr erreichbar. Im nächsten Moment fuhr der Wagen auch schon los, und sie verschwand aus meinem Blickfeld.

In jener Nacht träumte ich von Emily und Annie Connors.

Wir waren wieder auf der Straße, aber diesmal stand kein Elch dort, sondern eine große, gekrümmte graue Gestalt.

Als wir näher kamen, sah ich, dass sie aus vielen kleinen Teilen bestand, die zappelten und zuckten.

Ich wollte schreien, war aber wie gelähmt.

Dann dröhnte das Rauschen aus dem Radio wieder in meinen Ohren, mein Kopf schmerzte, und mein Mund war wie ausgetrocknet. Das graue Ding auf der Straße drehte sich langsam um.

Ich wollte die Augen zukneifen, aber es ging nicht.

Emily fuhr weiter, als wäre da nichts, und Annie hatte sich vorgebeugt, um sich auf die geheime Nachricht aus dem Radio zu konzentrieren.

Im nächsten Moment lief plötzlich alles wie in Zeitlupe ab.

Das Rauschen wurde dröhnend laut, ein nervenzerrendes Surren erfüllte meinen ganzen Körper. Maßloses Grauen erfasste mich.

Der Pick-up raste weiter geradeaus. Einen Herzschlag lang, bevor wir auf die graue Gestalt prallten, sah ich ihr Gesicht – oder zumindest die Stelle, an der ein Gesicht hätte sein sollen.

Doch da war nur ein dunkles Loch.

Und im selben Augenblick hörte ich, wie damals, diese Frau.

Ihre Stimme klang so trocken wie knackende Äste im Feuer, als sie die Worte sprach, die ich damals, 1999, auf dieser Straße in der Dunkelheit gehört hatte.

»Die Tür ist offen.«

2 In der Spielhalle des Magiers

»Was wisst ihr über das Spiel?«

Das Lächeln auf den Gesichtern erstarb, Gespräche verstummten. Die versammelte Gemeinde der vom Deep Web Besessenen vor mir verstaute hastig die Telefone in Taschen und Rucksäcken und versuchte dabei, ein Pokerface aufzusetzen und möglichst cool zu wirken. Aber alle beugten sich gespannt vor, die Ohren gespitzt, die Augen leuchtend vor Aufregung.

Deshalb waren sie schließlich hier.

Und deshalb kamen sie immer wieder. Sie waren irgendwo darauf gestoßen, vielleicht im Deep-Web-Blog eines Irren, der als Experte für seltene, ausgefallene Verschwörungserzählungen galt. Und sie redeten in unbeholfenem Endlos-Talk darüber, wenn sie sich zum ersten Mal über einen Tor-Browser in ein Forum einloggten, um ihre IP zu verschleiern.

Das Spiel trieb sie um, geisterte in jenem Teil ihres Gehirns umher, das verzweifelt glauben wollte, dass es doch noch mehr geben müsse. Es war der Grund, warum sie mitten in der Nacht im strömenden Regen zu einer Spielhalle marschierten, die man wahrscheinlich schon vor Jahrzehnten dichtgemacht hätte, wenn irgendjemand sie sich mal genauer angeschaut hätte.

Sie kamen, weil sich das mysteriöse »Etwas« anders anfühlte. Es war wie dieses eine unerklärliche Ereignis in deinem Leben: das UFO, das du damals im Sommer gesichtet hast, als du mit deiner Cousine in einem Kanu auf dem See gepaddelt bist. Die verschwommene Gestalt, die in der Nacht deines achten Geburtstags am Fußende deines Bettes auftauchte. Der kalte Schauder, der dir über den Rücken lief, als du von deinem großen Bruder in den Keller gesperrt wurdest und das Licht ausging. Das Spiel war das Hirngespinst, von dem keiner ablassen konnte. Denn es war faszinierend. Düster. Kryptisch.

»Also, ich hab gehört, es ist eine Art Rekrutierungstest für die NSA oder die CIA«, meldete sich eine Frau Anfang zwanzig zu Wort. Sie war letzte Woche schon in der Runde dabei gewesen, hatte aber keine Fragen gestellt. Nach dem Treffen aber hatte sie mich auf dem Parkplatz abgepasst und wissen wollen, ob ich der Meinung sei, dass die Ley-Linien mit den Meechum-Radianten zu vergleichen seien. Was ich bejaht hatte, auch wenn ich keinen Schimmer hatte. Über Ley-Linien war ich hin und wieder im Netz gestolpert, diese mysteriösen Linien, die durch die Landschaft verliefen und mit Kultplätzen und alten heiligen Stätten in Verbindung standen. Kellan Meechum war einer von denen, die ihre Existenz beweisen wollten. Er war auf Abweichungen des Magnetismus und der Gravitation gestoßen. Und weitere Phänomene, die er Radianten nannte. Das war auch schon alles, was ich wusste.

Fragen im Zusammenhang mit Rabbits tauchten bestenfalls als Raunen im Netz auf oder inmitten einer Horde gleichgesinnter Spinner an sicheren Orten, wie in Comicläden oder der Spielhalle. Wer in der Außenwelt darüber sprach, fühlte sich so bedroht, als beugte er sich auf dem Bahnsteig zu weit vor, während der Zug nahte.

Das Spiel war der Zug.

»Tausende von Menschen sind beim Spielen zu Tode gekommen«, raunte ein dünner Rothaariger um die dreißig. »Das wird buchstäblich totgeschwiegen.«

Ich spürte Nervosität in mir aufsteigen, doch mir gelang es, sie zu überspielen.

»Dazu gibt es mehrere Theorien«, sagte ich betont gelassen. »Und ja, ein paar Leute glauben, dass es im Zusammenhang mit dem Spiel zu Todesfällen gekommen ist.«

»Warum sprichst du eigentlich den Titel nie aus?« Die Frau, die diese Frage stellte, war schon öfter dabei gewesen. Sie hieß Sally Berkman, war Rollstuhlfahrerin und aufgemacht wie eine Bibliothekarin aus den Fünfzigerjahren, mit Lesebrille an einer Perlenschnur um den Hals. Sally leitete das beliebteste *Dungeons-&-Dragons*-Spiel der Stadt.

»Jetzt bitte alle elektronischen Geräte in die Truhe«, verkündete ich, ohne auf Sallys Frage einzugehen. Die Truppe liebte es, wenn ich es spannend machte und so tat, als wäre alles extrem gefährlich.

Sie kamen nach vorne und legten ihre Telefone, Laptops und sonstigen Geräte in die große, alte Truhe aus Zedernholz am Boden. Der Magier hatte sie vor ein paar Jahren von einer Europareise mitgebracht. Auf dem Deckel war eine Schnitzarbeit zu sehen, eine Szene von einer Hasenjagd, detailreich und irgendwie unheimlich. Im Hintergrund erkannte man Jäger und Hunde, aber der Blick fiel unwillkürlich auf das Gesicht des Hasen. Düster und Unheil verkündend starrte er zu einem auf, die Augen weit aufgerissen, das Maul halb offen. Aus irgendeinem Grund beschlich mich immer das Gefühl, dass die Jäger bedrohter waren als der Hase. Die Truhe war vermutlich in den Zwanziger- oder Dreißigerjahren entstanden, und ich brachte sie gerne zum

Einsatz, weil ihre Patina eine authentische, Unheil verkündende Stimmung erzeugte.

Als das letzte Gerät darin verstaut war, klappte ich die Truhe mit einem theatralischen Knall zu und brachte mein altertümliches Spulentonbandgerät zum Vorschein.

Ich besaß natürlich eine digitale Kopie der Aufnahme. Genauer gesagt, hatte ich die MP3-Datei auf dieses Tonband überspielt. Es diente mir wie die Truhe lediglich als romantisches Requisit, mit dem ich den Leuten, die sich hier in dieser alten Spielhalle im Univiertel von Seattle einfanden, eine fesselnde Show zu bieten versuchte.

Sie kamen aus Kellerzimmern in ihrem Elternhaus, aus verwahrlosten Einzimmerwohnungen, hippen Penthouse-Apartments in Wolkenkratzern, Blockhütten im Wald. Sie alle waren hier, um etwas über das Spiel zu erfahren. Sie kamen her, um das Prescott Competition Manifest, kurz PCM, anzuhören.

Just als ich die Play-Taste drücken wollte, fragte jemand ganz hinten: »Stimmt es, dass du Alan Scarpio kennst?«

»Ja, das stimmt. Ich bin ihm jedenfalls mal begegnet, während der neunten Runde«, antwortete ich und hielt in der Menge Ausschau nach dem Mann, der die Frage gestellt hatte. Es waren etwa vierzig, fünfzig Leute hier, die in Reihen gestaffelt sitzen mussten, weil die Spielhalle nicht sehr geräumig war. »Die meisten Leute glauben, dass Scarpio die sechste Runde gewonnen hat«, fügte ich hinzu.

»Das wissen wir. Erzähl uns was Neues.«

Ich hatte den Mann immer noch nicht entdeckt. Bei dem Radau von Flippern und Automaten war es nicht leicht, die Stimme zu orten.

»Alan Scarpio ist ein Milliardär und Lebemann, der mit Johnny Depp abhängt«, bemerkte ein junger Mann, der an einem alten *Donkey-Kong*-Jr-Automaten lehnte. »Kaum vorstellbar, dass Scarpio sich am Spiel beteiligt.«

»Vielleicht hat er gespielt, aber es gibt keinen Beweis, dass er gewonnen hat«, sagte eine Frau in einem *Titanica*-Shirt. »Auf der Liste vom Circle steht Californiac, nicht Alan Scarpio.«

Der Circle. Noch so ein Thema, auf das ich regelmäßig eingehen musste. Aber nicht jetzt.

»Und wie erklärt man sich dann, dass er mit einem Schlag so reich war?«, erwiderte Sally Berkman. Das war ein bekannter Einwand beim Thema Scarpio. »Er muss Californiac sein. Ergibt doch auch Sinn, er stammt aus San Francisco.«

»Deshalb muss er das natürlich sein, klarer Fall«, spottete der *Donkey-Kong*-Jr-Typ. Er wollte eindeutig stänkern.

»San Francisco liegt in Kalifornien«, versetzte Sally. »Californiac.«

»Nicht dein Ernst, was?« Mr. Donkey Kong schüttelte den Kopf.

»Ich würde sagen, ich spiele euch jetzt mal vor, was ihr alle hören wollt«, sagte ich. Wenn ich sie weiter darüber debattieren ließ, ob Scarpio Californiac war oder nicht, würden wir den Rest der Nacht noch hier sitzen. Mal wieder.

Ich nickte einer jungen Frau zu, die am Eingang stand, und sie schaltete das Licht aus. Die Frau war zweiunddreißig, hatte helle, klare Augen, blondes Kraushaar und hieß Chloe. Sie arbeitete für den Magier und war eine gute Freundin von mir.

Dem Magier gehörte die Spielhalle.

Während der Prohibition war sie mal eine Flüsterkneipe gewesen. In den Achtzigern war daraus eine Spielhalle mit Pizza-Imbiss geworden. Der Pizzaofen war schon seit über zehn Jahren nicht mehr in Betrieb, die Spielhalle war eine

Art Überbleibsel. Niemand kapierte, wie es dem Magier gelungen war, sie während des Siegeszugs von Spielkonsolen und Taschencomputern am Laufen zu halten, aber irgendwie hatte er es geschafft.

Sich hier aufzuhalten, war wie eine Zeitreise. Backsteinwände und bloß liegende Rohre an der Decke ergaben zusammen mit den grellbunten Bildschirmen und schneidenden Sounds der Arcade-Automaten einen sonderbaren Mix aus Anachronismen, der sich angenehm behaglich anfühlte.

Chloe nannte ihn »Achtzigerjahre Industrial«.

Der Magier war wegen irgendeiner Recherche verreist, aber er ließ sich bei den Versammlungen ohnehin nie blicken. Während der achten Runde hatte er ein paar von uns erlaubt, hier Treffen abzuhalten.

Runde acht endete 2007 und wurde angeblich von einer Person namens Hazel gewonnen, die das Spiel anschließend unter mysteriösen Umständen abbrach. Seit damals war die Spielhalle eine Art Clubhaus für diejenigen, die dem Spiel noch immer verfallen waren, nachdem alle anderen längst aufgegeben hatten.

Ich startete die Aufnahme, und die Stimme von Dr. Abigail Prescott erfüllte den Raum.

… Das Level an Verschwiegenheit ist besorgniserregend, ebenso wie die Zahl der Mitspieler … RAUSCHEN … Vom Ausgangspunkt bis zum ersten Zielpunkt herrscht Chaos, kein Algorithmus kann hier eine Logik erkennen … KNISTERN … Lange Zeit hatte es geruht, bis 1959 die ersten Hinweise auftauchten … ein Eintrag in der Washington Post, ein Brief an den Herausgeber sowie der Text eines Songs von den Everly Brothers. Zusammengenommen war dies das erste Indiz dafür, dass das Spiel zurückgekehrt war. Eine Studentin in Oxford hat alles entschlüsselt und ihren Professor in Cambridge eingeweiht … KNISTERN … Der Name

Rabbits bezieht sich auf ein Bild von einem Kaninchen an der Wand eines Waschsalons in Seattle. Rabbits war nicht der Name dieser spezifischen Spielrunde, ebenso wenig wie es der Name der aktuellen Runde ist ... Soweit wir es beurteilen können, haben die Spielrunden, zumindest in der modernen Ausführung, keine Namen. Sie werden von den Spielern durchnummeriert, die Gewinner werden der Reihe nach im sogenannten Circle aufgelistet, das ist ... RAUSCHEN.

... sollten gewarnt werden. Wir haben Grund zu der Annahme, dass die Berichte von physischen als auch psychischen Risiken nur lückenhaft dokumentiert sind und ... RAUSCHEN.

Über dem Bild des Kaninchens in diesem Waschsalon in Seattle stand 1959 angeblich unter der Überschrift MANIFEST *folgender Text:*

Wer spielt, der schweigt.
Finde die Tür, die Pforte, die Brunnen und Orte.
Wer spielt, der schweigt.
Tritt durch die Tore von Leben und Hölle.
Wer spielt, der schweigt.
Die Wächter sind wachsam und allzeit zur Stelle.
Wer spielt, der schweigt – für alle Zeit.

Das war es. Rabbits. Der Grund, aus dem alle hierherkamen, begierig auf neue Infos, ein Zeichen oder irgendetwas, das auf die nächste Runde hinwies – elf oder auch: XI.

Hatte sie schon begonnen?

Oder war es bald so weit?

War die zehnte Runde wirklich zu Ende?

Ich ließ Dr. Abigail Prescotts Worte im Raum verklingen und eröffnete dann die Gesprächsrunde.

»Irgendwelche Fragen?«

»Was kannst du uns über Prescott erzählen?«, fragte ein Mann, der einen Canadian Tuxedo trug – dunkles Jeanshemd, hellere Jeans –, mit sonorer Stimme. Nebenbei spielte er *Robotron: 2084*, ein Game, das in den Achtzigerjahren für Williams Entertainment entwickelt worden war. Der Mann war Baron Corduroy, ein guter Freund. Er hatte von mir den Auftrag bekommen, die passenden Stichwörter für die Show zu liefern.

»Also, wir wissen über Dr. Abigail Prescott nur, dass sie angeblich mit Professor Robert Wilson von der Stanford University zusammengearbeitet hat, der auf die Anwendung von Spieltheorie in den Wirtschaftswissenschaften spezialisiert ist. Und wohl auch mit dem Quantenphysiker Ronald E. Meyers. Ansonsten hat bisher niemand irgendetwas Brauchbares über Prescott in Erfahrung bringen können. Manche halten den Namen für ein Pseudonym, aber auch das ist nicht bewiesen.«

»Ein Pseudonym wofür?«, fragte Dungeon Master Sally.

»Keine Ahnung«, antwortete ich, was der Wahrheit entsprach. Der Name war eine Chiffre. Man konnte nichts über Prescott herausfinden, weder online noch sonst wo – und ich habe mich echt angestrengt, das kann ich euch versichern.

»Wie bist du an diese Aufnahme gekommen?« Wieder der Typ von hinten, den ich nicht erkennen konnte.

»Na ja, wie die meisten von euch sicher wissen, ist das Prescott Competition Manifest, kurz PCM, so gut wie nirgends aufzuspüren. Kaum wird es irgendwo auf einer Datensharing-Plattform hochgeladen, ist es schneller wieder verschwunden, als die großen Hollywoodfirmen ihre Trailer-Leaks aus dem Netz nehmen. Diese Aufnahme ist nur ein Fragment, aber zurzeit unsere beste Quelle zum Spiel.« Ich legte eine dramatische Pause ein. »Der Ausschnitt ist mir von jemandem zugespielt worden, der fast die achte Runde gewonnen hätte.« Das war gelogen. Ich hatte die Aufnahme für Bitcoins im Wert von sechsundzwanzig Dollar im Darknet gekauft.

Alle schwiegen beeindruckt.

Sie liebten es, wenn ich die nummerierten Runden des Spiels und auch den Circle erwähnte – die Liste jener Personen, die jeweils eine Runde von Rabbits gewonnen hatten. Und besonders versessen waren alle auf Hazel.

Es gab noch andere legendäre Spielende: zwei Leute aus Kanada, Nightshade und Sade Palomino; ControlG, den Gewinner der zehnten und bislang offenbar letzten Runde des Spiels; den brasilianischen Anarchisten, der sich 6878 nannte; und natürlich Murmur, den Skrupellosesten von allen, der angeblich seine Frau geopfert hatte, um bei Runde neun die Nase vornzuhaben. Aber so gut sie auch sein mochten – Hazel stellte sie alle in den Schatten.

Hazel brachte ich immer zum Schluss.

»Komm schon, erzähl uns was, das wir noch nicht wissen.« Wieder mein Freund Baron.

Diesmal drehte er sich nicht mal um, während er spielte. Ich musste ihm unbedingt stecken, dass er sich mehr engagieren sollte, wenn er seinen Anteil an der Kohle einstreichen wollte.

»Also, angeblich soll es eine mysteriöse Macht hinter den Kulissen des Spiels geben«, begann ich. »Irgendeine bedrohliche und manchmal auch tödliche Kraft. Etwas, das im Dunkeln sitzt und nur darauf wartet, dass man beim Spielen einen Fehler macht.« Ich hielt einen Moment inne und senkte die Stimme, als ich weitersprach. »Folgende Warnung ist auf einer Dewey-Dezimalkarte entdeckt worden, die bei einem Trödler in Schottland in einem Bibliothekskasten steckte.«

Ich räusperte mich bedeutungsvoll und zitierte dann:

»Vergiss nicht das Spiel, sonst ist die Welt tot.
Folge Mustern und Zeichen, sonst gerätst du in Not.
Wir lauern im Schatten und greifen ein,
Stolperst du blindlings durchs Tor hinein
In die Welt, in der alles bestimmt ist,
Verlust oder Sieg kein wirkliches Ziel ist.
Also spiel, kleiner Mensch, spiele das Spiel.«

»Wow, hochdramatisch.« Wieder der Unsichtbare.

Ich spähte angestrengt in die Menge und entdeckte ganz hinten eine grüne Armeejacke, die sich bewegte.

Wer war der Typ? Er hatte ja keine Ahnung. Klar zog ich eine Show ab, nährte den Hype um das Spiel. Doch tief im Innern wusste ich, dass ich ein ziemliches Risiko einging. Ja, Rabbits war ein Spiel. Aber die Bedrohung, die von ihm ausging, war echt. Sie hatte auch in mir Spuren hinterlassen. Spuren, die von Verlust und Trauer genährt wurden. Spuren, die Albträume gebaren.

Ich räusperte mich.

»Das also ist Rabbits«, schloss ich. »Existiert dieses Spiel wirklich? Und wenn ja, ist es gefährlich, vielleicht sogar tödlich? Lauern die Wächter in den Schatten auf diejenigen, die trotz aller Warnungen nicht schweigen wollen? Auf uns?« Ich spürte ein unangenehmes Prickeln zwischen den Schulterblättern und unterdrückte das Bedürfnis, mich umzudrehen. Für den Bruchteil einer Sekunde flackerten die Bilder jener Nacht in meinen Gedanken auf, in der Annie gestorben war. Ich drängte dieses graue Gefühl, das in mir aufstieg, beiseite und ließ den Blick demonstrativ über die Menge schweifen. »Niemand weiß, was man gewinnen kann. Grässliche Strafen drohen, wenn man Geheimnisse verrät – eigentlich kaum vorstellbar, dass jemand das freiwillig spielen will.« Ich holte tief Luft. »Noch Fragen?«

»Meine Freundin sagt, sie hat Beweise, dass die elfte Runde begonnen hat«, meldete sich eine Frau mit rotem Stirnband zu Wort. Sie war eine neue Teilnehmerin und saß am Boden, an einen *Dragon's-Lair*-Automaten gelehnt.

»Bei allem Respekt für deine Freundin – die Experten sind sich einig, dass das Spiel seit dem Ende der zehnten Runde ruht. Niemand weiß, ob – oder wann – es fortgesetzt wird.«

»Und was ist mit Hazel?« Diesmal kam Barons Einsatz prompt.

»Ich fürchte, das war's für heute.«

Enttäuschtes Ächzen und Stöhnen.

»Aber wenn ihr mehr Information wollt – auf meiner Website findet ihr ein nagelneues PDF zum Runterladen.«

Normalerweise drängt gut die Hälfte der Truppe danach noch nach vorn, um mich mit Fragen zu löchern. Ich erzähle dann gern Geschichten über Hazel oder andere Berühmtheiten aus der Spielerrunde. Aber heute gab es in zwanzig Minuten, Punkt Mitternacht, im Grand Illusion Theatre eine Sondervorstellung von *Donnie Darko*. Und wer sich für Rabbits interessiert, ist immer auch ein Fan von Richard Kellys Science-Fiction-Thriller von 2001.

Ich verabschiedete mich von den Anwesenden, als sie ihre Telefone und Laptops abholten und dann in den Regen hinaushasteten, um den Film nicht zu verpassen.

Nachdem sie verschwunden waren, zählte ich die Spenden. Zweihundertzwei Dollar. Ich packte den Anteil des Magiers in die grüne Schließkassette und verstaute sie unterm Tresen.

»Hier ist gerade viel Mist verzapft worden.« Das war die Stimme von vorher, die zu dem Mann mit der grünen Armeejacke gehörte. Darunter trug er einen dünnen schwarzen Hoodie, der sein Gesicht verbarg. Der Typ spielte *Robotron: 2084* an dem Automaten, an dem Baron die ganze Zeit gestanden hatte. Während des allgemeinen Aufbruchs mussten mein Freund und dieser Mann den Platz getauscht haben.

»Wo ist Baron?«, fragte ich misstrauisch.

»Wer?«

»Der Typ, der vorher hier gespielt hat.«

»Ich glaube, der wollte auch *Donnie Darko* sehen.«

Klar. Baron schaltete auf Durchzug, wenn ich über Rabbits redete, blechte aber bereitwillig sieben Dollar für einen Film, den er bestimmt schon achtzigmal gesehen hatte.

»Nicht übel«, sagte der Mann und wies mit dem Kopf auf den Bildschirm.

Ich trat näher und sah den Punktestand. Er war wirklich nicht übel. Genauer gesagt war er wesentlich höher, als ich Baron zutraute, und der war der beste *Robotron*-Spieler, den ich kannte.

»Ich hab früher ständig an diesen Automaten gespielt.« Der Mann drehte sich um und nahm die Kapuze ab.

Ich erkannte ihn auf den ersten Blick.

Zweierlei sollte an dieser Stelle erwähnt werden. Erstens: Der Typ, der in der Spielhalle des Magiers *Robotron* spielte und mich gefragt hatte, ob ich Alan Scarpio kannte, war kein anderer als der berühmte, zurückgezogen lebende Milliardär, Wohltäter und mutmaßliche Gewinner der sechsten Runde von Rabbits: Alan Scarpio höchstpersönlich. Zweitens muss ich gestehen, dass ich zwar behauptet hatte, ihn zu kennen, ihm tatsächlich aber nie zuvor begegnet war.

»Ich brauche deine Hilfe«, sagte er.

»Wobei?«, fragte ich.

»Mit Rabbits stimmt etwas nicht, und du musst mir helfen, es in Ordnung zu bringen.« Mit diesen Worten wandte sich Alan Scarpio wieder seinem Spiel zu.

Ich starrte auf seinen Rücken. *Mit Rabbits stimmt etwas nicht,* hallte es in meinem Kopf wider.

Hatte je etwas mit Rabbits gestimmt?

NOTIZEN ZUM SPIEL: NACHRICHT VON HAZEL
(authentifiziert)

Online-Spielsucht wird von der WHO als ein Spielverhalten charakterisiert, das außer Kontrolle gerät, und zwar so weit, dass Spielen im Internet wichtiger wird als andere Interessen und der Alltag und dass negative Folgen nicht mehr beachtet werden.

Aber die negativen Folgen sind real.

Vergesst also nicht, zu trinken. Und denkt daran, jemandem Bescheid zu sagen, bevor ihr aus dem Haus geht, um einem seltsamen Hinweis zu folgen, den niemand außer euch für einen Hinweis hält.

Seid vorsichtig da draußen.

– Hazel 8

3 Rhabarber wächst so schnell, dass man es hören kann

Der Boden bestand aus dreihundertfünfundneunzig weißen und vierhundert schwarzen Kacheln. Mit einundzwanzig Schritten war ich bei der Nische.

In dem kleinen Fernseher über der Milchshake-Maschine lief ein Dodgeball-Spiel mit Promis. Vor dem Fenster war ein neongrüner Dodge Challenger geparkt. Dodge.

Alan Scarpio lächelte und schwenkte seine Kuchengabel. »Ist dieser Laden nicht fantastisch?«

»Ja, echt stark.«

»Ich hab schon mal Kaffee bestellt«, sagte er und wies mit dem Kopf auf die weiße Tasse vor mir.

»Danke.« Ich ließ mich auf der schäbigen Kunstlederbank nieder.

Es war ein ziemlich abgeranzter Diner aus den Sechzigern, direkt gegenüber von der Spielhalle des Magiers. In jeder Sitznische stand eine kleine Jukebox, einige funktionierten wahrscheinlich sogar noch.

Ich konnte kaum glauben, dass ich hier gerade Alan Scarpio, einem der reichsten Männer der Welt, dabei zuguckte, wie er ein Stück Rhabarberkuchen verputzte.

Dodgeball.

Dodge Challenger.

Trug die Frau ganz hinten nicht eine Basecap von den L.A. Dodgers? Die Kachelmuster an der Wand – vier, fünfzehn, sieben, fünf – entsprachen dem Buchstabenwert von »Dodge«.

Ich war nervös.

Wenn ich früher, als Kind, Angst hatte, versuchte ich zwanghaft irgendwelche Muster zu erkennen. Oft ging das so weit, dass ich mich auf nichts anderes mehr konzentrieren konnte. Als die Panikattacken immer häufiger auftraten und heftiger wurden, musste ich eigene Mechanismen entwickeln, um sie durchzustehen. Meist half es, wenn ich mir vertraute Muster und Abläufe ins Gedächtnis rief. Am wirksamsten war Tennis.

Ich liebe Tennis und habe ganze Matches im Gedächtnis abgespeichert. Das gilt zwar auch für Baseballspiele und Dialoge aus Horrorfilmen, aber meine effektivste Selbsthilfe ist seit jeher Tennis.

Eines meiner Lieblingsmatches aller Zeiten war das Viertelfinale bei den US Open 2001, Pete Sampras gegen Andre Agassi. Ich klopfte dann passend zu den Ballwechseln auf meine Oberschenkel – Sampras links, Agassi rechts. Hatte jedes Serve-and-Volley-Spiel vor Augen, jeden Return, und nach einer Weile verlor das, was mir gerade Angst machte, seine Macht, und ich konnte mich entspannen. Diese Technik hatte mir nach dem Autounfall mit den Connors-Schwestern enorm geholfen – und auch drei Jahre später, nachdem meine Eltern bei einem Fährunfall in Griechenland ums Leben gekommen waren.

In den Jahren nach dem Tod meiner Eltern entwickelte ich verschiedene Atem- und Entspannungstechniken, um meine Panikattacken zu bekämpfen. Diese Übungen, zusammen mit neueren Medikamenten gegen Angststörungen, ermöglichten es mir irgendwann, mit dem Tennisspielen auf meinen Beinen aufzuhören.

Jetzt hatte ich schon fast zwei Sätze von dem Match Sampras gegen Agassi durch, als mir auffiel, was ich da tat. Ich riss die Hände von den Knien und trank einen Schluck Kaffee. Diese Tennisnummer hatte ich seit bestimmt zehn Jahren nicht mehr abgezogen.

Mist, was machte mich so nervös?

Scarpio war angeblich fünfundfünfzig, sah aber mindestens zehn Jahre jünger aus. Ich schätzte ihn auf knapp eins achtzig. Er war weißhäutig, hatte zerzauste braune Haare und kühle blaue Augen, und auf seinem Gesicht lag ein verschmitztes Grinsen. Zu dem Hoodie trug er dunkelblaue Jeans, abgewetzte braune Desert Boots und ein weißes Oxfordhemd. Wenn er sprach, hörte man einen ganz leichten Akzent, aus England oder Wales vielleicht.

»Rhabarber wächst so schnell, dass man es hören kann, wusstest du das?«, fragte er jetzt.

»Echt?« Das hatte ich noch nie gehört.

»Ja. Ich hab eine Aufnahme auf dem Handy, falls es dich interessiert.«

»Ähm … cool.«

»Ich verarsch dich bloß.« Er verspeiste weiter den Kuchen. »Es stimmt zwar, Rhabarber wächst schnell, und auf meinem Handy kann man sich das anhören. Aber das ist dir doch total egal. Du willst wissen, weshalb ich hier bin, warum ich in der Spielhalle aufgetaucht bin und vor allem … warum ich dich um Hilfe bitte.« Er grinste noch breiter. »Hab ich recht?«

»Ja, schon … Wobei die Sache mit dem Rhabarber echt spannend klingt.«

Scarpio nickte. »Du lügst. Macht aber nichts.« Er spürte

jeden einzelnen Kuchenkrümel mit der Gabel auf. »Bist du sicher, dass ich dich nicht zu irgendwas einladen kann? Dieser Kuchen ist verdammt lecker.«

»Danke, alles gut.« Ich trank einen Schluck von dem lauwarmen Kaffee.

»Puh, satt«, sagte Scarpio, nachdem er den letzten Krümel verspeist hatte, und lehnte sich zurück.

Ich wartete, hielt es dann aber nicht länger aus.

»Also, *warum* bist du in der Spielhalle aufgetaucht?«, fragte ich.

»Das wundert dich.«

»Sehr.«

»Kann ich verstehen. Mich sieht man ja sonst nur im Fernsehen oder im Internet. Hab neulich selbst mal so was erlebt. Da hab ich den Schauspieler Gary Busey in einer Bar gesehen. Er war mir so vertraut, dass ich ihn angelächelt habe wie einen alten Freund, als ich an ihm vorbeiging.«

»Ist das der mit der irren Verschwörungserzählung?«

»Kann schon sein. Er hat jedenfalls in *Gefährliche Brandung* mitgespielt. Klassiker. Zwei Frikadellen-Sandwiches.« Scarpio hielt zwei Finger hoch und schrie quer durchs ganze Lokal: »Bring mir zwei, Utah!«

»An die Szene erinnere ich mich nicht«, sagte ich. Jetzt trat die Kellnerin an unseren Tisch und starrte Scarpio so erbost an, als wäre er ein Kind, das gerade seinen Milchshake umgekippt hatte.

»Alles okay hier?« Die Frau sah erschöpft aus. Das Weiße in ihren großen graugrünen Augen war rot geädert, und ihrer heiseren Stimme nach zu schließen, hatte sie heute schon etlichen anstrengenden Idioten die Speisekarte runtergerattert. Wahrscheinlich hatte sie bald Feierabend und wollte auf keinen Fall noch Stress.

»Alles bestens. Ich entschuldige mich für diesen Auftritt. Wir wollen gar keine Frikadellen-Sandwiches. Wird nicht wieder vorkommen.« Scarpio lächelte sie gewinnend an.

»Danke«, sagte sie. »Ich hab nämlich heute echt keine Kraft mehr, um jemanden rauszuschmeißen.« Sie lächelte, zwinkerte ihm müde zu und goss mir Kaffee nach.

»Danke.«

»Gerne.« Sie rang sich ein weiteres Lächeln ab, sichtlich erleichtert, dass wir ihr den Abend nicht versauen würden.

Offenbar hatte sie Alan Scarpio nicht erkannt. Vielleicht würde sie versuchen rauszukriegen, wer er war, wenn sie später merkte, dass er ihr auf eine Rechnung von sieben Dollar dreihundert Dollar Trinkgeld gegeben hatte. Die hatte er nämlich unter den Kuchenteller gesteckt, nachdem sie verschwunden war.

Dann holte er sein Handy raus und legte es auf den Tisch. »Was weißt du über Rabbits?«

Ich blickte auf das Handy und versuchte zu begreifen, worauf das hier hinauslaufen sollte. Vielleicht wollte er unser Gespräch aufnehmen, aber ich sah keine Audio-Rekorder-App auf dem Display, nur die Zeit und ein Foto von einem niedlichen Hund – eine Art Spaniel mit einem hellblauen Tuch um den Hals.

»Na ja, ich weiß das, was die meisten Leute wissen, die sich für das Spiel interessieren«, antwortete ich ausweichend.

»Und das wäre?«

Ich hatte keinen blassen Schimmer, worauf Scarpio hinauswollte. Sollte er tatsächlich Californiac sein, der mutmaßliche Gewinner der sechsten Runde, wusste er tausendmal mehr als ich. Und wenn er nicht Californiac war, na ja, dann war er immer noch Milliardär und konnte locker Experten anheuern. Ich meine, versteht mich nicht falsch, ich weiß eine Menge. In meinem Freundeskreis und unter den Anhängern, die ich kenne, gelte ich als Rabbits-Autorität. Aber Scarpio konnte sich die Besten holen – oder zumindest imposantere Kandidaten als unterbeschäftigte Gamer, die auf ihren Oberschenkeln alte Tennismatches trommelten.

»Bist du besorgt wegen der Warnungen?«, fragte Scarpio und zitierte das Prescott Competition Manifest. »›Wer spielt, der schweigt‹?«

»Natürlich nicht«, antwortete ich und tat cool. Obwohl ich wie alle Interessierten die Gerüchte kannte, die sich um Rabbits rankten. Obwohl von mysteriösen Wächtern die Rede war – gefährlichen Gestalten, die angeblich vor nichts zurückscheuten, um das Spiel unter allen Umständen geheim zu halten. Obwohl ich meine eigenen schemenhaften Erinnerungen hatte, die mich frösteln ließen. Auch jetzt.

»So geht mein Meister auf geheimem Pfade«, sagte Scarpio.

»Wie bitte?«, fragte ich.

»Zitat von Dante, aus dem Teil über die Hölle.«

»Ja, kenne ich. ›So geht mein Meister auf geheimem Pfade, der zwischen Martern sich und Mauer hinzieht. Und wandelnd folg ich seinen Schultern …‹ Oder so ähnlich.«

»Spitze«, sagte Scarpio.

»Danke. Ich hatte das mal im Studium. Was … ich meine, warum …?«

»Entschuldige, ich habe schon den ganzen Tag versucht, mich an diese Stelle zu erinnern.«

»Und wieso hast du sie nicht einfach gegoogelt?«

»Das macht doch keinen Spaß.« Scarpio lächelte und trank einen Schluck Kaffee, und plötzlich hörte ich sonderbare knirschende und knackende Geräusche. Wie krachende Äste im Wald, splitternde Scheiben …

»Was sind das für Geräusche?«, fragte ich alarmiert. Einen Atemzug lang kam es mir vor, als flackerte das Licht im Diner. Ich riss mich zusammen.

»Der Rhabarber«, sagte Scarpio und deutete auf sein Handy. »Der ist so verdammt unheimlich. Leg ein bisschen Hall drauf, und du hast den Soundtrack für einen Horrorstreifen.«

Ich nickte. Es klang wirklich gruselig.

Scarpio starrte mich an, als wartete er auf etwas. Dann lächelte er.

»Mit dem Spiel stimmt etwas nicht«, sagte er.

»Was soll das heißen?«

»Das weiß ich eben nicht genau. Aber wenn wir das vor Beginn der nächsten Runde nicht auf die Reihe kriegen, sind wir alle geliefert.«

In diesem Moment summte Scarpios Handy. Er warf einen Blick aufs Display. »Entschuldige mich einen Moment.«

Er meldete sich. »Was gibt's?«

Ich sah, wie er bleich wurde.

»Bist du sicher? Okay, ich bin gleich da.« Er beendete das Gespräch und sagte zu mir: »Ich muss leider los. Hab einen Termin. Könntest du mich zum Auto begleiten?«

»Ähm … klar …«

»Dann können wir noch kurz weiterreden.«

Wenn Alan Scarpio mit mir sprechen wollte, würde ich bis ans Ende der Welt neben ihm hertraben.

Draußen schlug ich den Kragen hoch, weil ein leichter Regen fiel. Scarpio schien er nichts auszumachen. Er marschierte zügig los; ich musste mich beeilen, um mit ihm Schritt zu halten.

»Ich werde dir alles erzählen, was ich weiß, versprochen«, sagte er. »Aber vorher muss ich ein paar Dinge klären, wenn das okay für dich ist.«

»Na klar.«

»Super. Also fangen wir noch mal mit meiner ersten Frage an. Was weißt du über Rabbits?«

Auf dem kurzen Weg zu Scarpios Auto, das er ein paar Straßen weiter geparkt hatte, gab ich mein Wissen über das Spiel zum Besten: dass es komplett geheim war, ein Untergrundspiel, das zur Obsession wurde, und dass man nicht darauf aufmerksam wurde, wenn man nicht gezielt danach suchte. Dass es angeblich uralt war, möglicherweise in Zusammenhang stand mit den Tempelrittern, den Illuminati und der Thule-Gesellschaft. Ich berichtete auch, was ich über die Preise für die Sieger gehört hatte: Rekrutierung für CIA oder NSA, Millionen Dollar, Unsterblichkeit. Dass die Liste der Gewinner, genannt der Circle, nach dem Ende jeder Runde überall auf der Welt auftauchte. Dann erzählte ich ihm, was ich über Hazel wusste, die berühmteste Spielerpersönlichkeit, die angeblich ausgestiegen war, nachdem sie die achte Runde gewonnen hatte. Ich endete mit der Information, dass die meisten Rabbits-Fans glaubten, Scarpio sei Californiac, der Runde sechs gewonnen habe und deshalb quasi über Nacht Milliardär geworden sei. Dabei beobachtete ich ihn ganz genau, aber sein Gesicht verriet nicht das Geringste.

Zuletzt sagte ich: »Und alle glauben, dass die zehnte Runde Anfang 2021 zu Ende ging und wir jetzt auf den Anfang der elften Runde warten.«

»Das ist alles?«, fragte Scarpio.

»Mehr fällt mir im Moment nicht ein«, antwortete ich. Wir waren bei Scarpios schwarzer Tesla-Limousine angekommen.

»Können wir uns morgen weiter unterhalten?«, fragte Scarpio. »Bei einem späten Frühstück im selben Diner?«

»Klar, gern.«

»Super.« Scarpio zog ein schwarzes Lederkästchen hervor, nahm eine Visitenkarte heraus und reichte sie mir. Dicker beiger Karton, die Buchstaben intensiv schwarz. Man musste die Karte längs halten, um sie zu lesen. Sie war leer bis auf den Namen am oberen Rand und eine Telefonnummer in der Mitte.

»Morgen um elf im Diner«, sagte Scarpio. »Solltest du verhindert sein, ruf mich an. Aber es ist enorm wichtig. Wäre also gut, wenn es klappt.«

»Auf jeden Fall«, erwiderte ich, bemüht, nicht idiotisch zu grinsen.

»Prima. Bis morgen dann.« Er stieg in die schwarze Limousine und verschwand in der Nacht.

Ich blieb noch eine Weile stehen, sah dem Wagen nach und versuchte zu begreifen, was hier gerade passiert war.

Dass Scarpio von niemandem chauffiert wurde, wunderte mich zwar, passte aber zu ihm. Für einen Milliardär wirkte er erstaunlich schlicht. Wenn man mal davon absah, dass er ein Vermögen verdient hatte mit einem potenziell tödlichen Underground-Game, von dem die meisten Menschen noch nie etwas gehört hatten.

Aus gutem Grund.

NOTIZEN ZUM SPIEL: NACHRICHT VON HAZEL

(authentifiziert)

Wenn ihr die Geschichte schon kennt, braucht ihr das Folgende nicht zu lesen: Ein Mann steht am Schalter für unzustellbare Sendungen und bittet einen Angestellten darum, nach einer bestimmten Briefmarke aus dem Jahr 1932 Ausschau zu halten. Ein Polarhase ist darauf abgebildet, die Marke stammt aus Thirland. Nun, wer sich ein bisschen mit Geografie auskennt, weiß, dass dieses Land nicht existiert.

Die Briefmarke ist aber wunderschön, ich habe sie mit eigenen Augen gesehen.

Irgendetwas an dieser Marke fühlt sich seltsam an – als wäre sie dir schon mal untergekommen, als wüsstest du dein ganzes Leben lang von ihrer Existenz.

Aus dem Rauschen, mit dem sie uns verwirren, das Wichtige herauszuhören – das ist das Spiel des Lebens. Dieses Spiel hier funktioniert ganz ähnlich.

Nur weil du glaubst, dass in einer verborgenen Welt gefährliche geheime Prozesse im Gange sind, heißt das nicht, dass nicht wirklich in einer verborgenen Welt gefährliche geheime Prozesse im Gange sind.

– Hazel 8

4 Die Passagier-Diskrepanz

Meine Eltern kamen ums Leben, als ich gerade siebzehn war. Dass sie eines plötzlichen Todes starben, kann ich nicht mit Sicherheit sagen, weil ich nicht weiß, wie lange sie im eiskalten Wasser unter der gekenterten Fähre noch lebten.

Meine Mutter war ein Einzelkind, und der Bruder meines Vaters – ein Onkel, den ich nie kennengelernt hatte – lehnte die Vormundschaft für mich ab. Sämtliche Großeltern waren schon tot, sodass ich ohne jede Verwandtschaft dastand.

Ich war damals schon mit der Schule fertig und wollte im nächsten Herbst mit dem Studium anfangen. Statt bis zu meiner Volljährigkeit betreut zu werden oder im Waisenhaus zu leben, focht ich vor Gericht um vorzeitige Mündigkeit.

Es war einfach. Ich vertrat mich selbst. Empfohlen wurde das nicht, aber was wussten die schon. Glaubt mir, ihr hättet meinen Antrag auch nicht abgelehnt, wenn ihr mich damals erlebt hättet. Mit siebzehn trat ich mit juristischem Fachchinesisch für meine Rechte ein wie die Hauptfigur aus einer Teenie-Komödie der frühen Neunziger.

Ich erbte eine bescheidene Summe von meinen Eltern, die ich später in Aktien investierte.

Vorher recherchierte ich fleißig und übte ein Jahr lang mit einer Börsensimulation. Weil ich die Fähigkeit besitze, relevante Muster und Schwankungen zu erkennen, konnte ich bei der Simulation aus siebzigtausend Dollar Spielgeld vierhunderttausend machen. Danach investierte ich mein reales Geld in Aktien. Im Jahr darauf verkaufte ich das Haus meiner Eltern und legte mir ein schlichtes Apartment in Capitol Hill zu.

Ich war ein junger erwachsener Mensch, der in einer hippen Ecke von Seattle in einer Wohnung lebte, die er mit seinem eigenen Geld gekauft hatte. An der Uni hatte ich einen erstklassigen Notendurchschnitt erzielt, ohne mich groß dafür anstrengen zu müssen. Ich hatte ein altes Auto, ein cooles Motorrad und ein paar Leute um mich, denen ich mich nah genug fühlte, um sie als Freunde zu bezeichnen. An diesem Punkt im Leben hätte ich alles Mögliche machen können: an exotischen Stränden surfen, mich in einem Yoga-Ashram in Indien verrenken, um die Erleuchtung zu finden, in Prag mit Scharen amerikanischer Touristen bis zum Umfallen billiges Bier saufen oder dergleichen. Was tat ich stattdessen?

Videospiele zocken.

Das hatte ich auch schon gerne gemacht, als meine Eltern noch gelebt hatten. Doch nach ihrem Tod verbrachte ich quasi jede freie Minute damit. Es half mir, nicht darüber nachzudenken, was den beiden zugestoßen war.

Anfangs funktionierte es gut. Ich konnte mit den Spielen nicht nur meine rasenden Gedanken beruhigen, sondern schulte mich auch in der Kommunikation mit anderen Menschen. Die Chats in den Foren machten mich auf eine Weise geselliger, ohne dass ich aus meiner Nische rausmusste. Aber wie bei jemandem, der über einen langen Zeitraum Drogen nimmt, ließ die Wirkung irgendwann nach, und ich brauchte härteren Stoff.

Deshalb spielte ich immer mehr und schlief immer weniger.

Von Rollenspielen zu Ego-Shootern, alleine oder online – ich spielte alles. Ich war so süchtig, dass ich von Glück sagen konnte, wenn ich nachts zwei bis drei Stunden Schlaf bekam.

In dieser Phase wurde ich unter anderem Mitglied einer sehr aktiven Online-Community von Rollenspielern, konsumierte Alkohol in rauen Mengen und entging nur knapp einem längeren Psychiatrieaufenthalt.

Das Gericht entschied auf Hausfriedensbruch, aber eigentlich war es ein handfester Einbruch. Als ich im Keller des Harvard Exit Theatre, einem alten Kino, verhaftet wurde, hatte ich drei Tage lang nichts gegessen und nicht geschlafen.

Der Polizist, der mich festnahm, gab zu Protokoll, ich hätte gesagt, dass ich auf jemanden warten würde. Dass ich wichtigen Zeichen gefolgt sei und um eine bestimmte Uhrzeit in diesem Kino jemanden treffen müsse, den ich als »Der Passagier« bezeichnete.

Um ganz auszupacken: Es gab damals noch einige andere Faktoren, die sicher zu meinem verwirrten Geisteszustand beitrugen. Ein paar Tage vor meiner Verhaftung war mein Lieblingsmusiker Elliott Smith in Los Angeles gestorben, vermutlich durch Suizid. Mein Psychiater hatte vor Kurzem meine Medikation umgestellt, und unsere Familienhündin, ein brauner Chihuahua namens Ruby, war an den Folgen einer an sich ungefährlichen Zahnoperation gestorben. Ruby war alt, aber kerngesund gewesen. Durch ihren Tod verlor ich die letzte lebende Verbindung zu meinen Eltern und war am Boden zerstört.

Ruby war auch für mich da gewesen, als ich von der Pressekonferenz zurückgekehrt war, bei der bekannt gegeben worden war, dass niemand von der Fähre hatte lebend geborgen werden können.

Als meine Eltern offiziell für tot erklärt wurden, hielt ich in der ersten Zeit nur durch, weil Ruby gefüttert und ausgeführt werden musste.

Nachdem auch sie gestorben war, war ich endgültig mutterseelenallein.

Als ich eines Abends, nicht lange nach Rubys Tod, *Underlight* spielte, fiel mir ein anderes Spiel wieder ein, an das ich jahrelang nicht gedacht hatte. Meine Eltern hatten es in meiner Kindheit mit mir gespielt. Es hieß *Connected*.

In dem Spiel ging es darum, wiederkehrende Muster und Querverbindungen auf Bildern zu erkennen, die auf den ersten Blick nicht in einem Zusammenhang standen.

Meine Eltern spielten es zum ersten Mal mit mir an einem Wochenende im Spätsommer. Wir hatten eigentlich vor, abends im Autokino einen Film zu schauen, aber kurz bevor wir losfahren wollten, begann es heftig zu regnen. Ich war total wütend, weil ich es nämlich zum ersten Mal geschafft hatte, meinen Eltern die Erlaubnis für einen altersbeschränkten Film abzuschwatzen. Ich hatte mir *12 Monkeys* ausgesucht, einen Science-Fiction-Film von Terry Gilliam, und sie hatten widerstrebend eingewilligt.

Ich rief beim Kino an, aber die meinten nur, wegen des Wetters seien alle Vorstellungen abgesagt. Meine Mutter beschloss, das sei kein Unglück, sondern Anlass für einen Spieleabend.

Sie machte Popcorn, und wir spielten zu dritt Monopoly. Das war natürlich kein Ersatz für den Film, aber ich spielte gern mit meinen Eltern und liebte das Popcorn meiner Mutter. Sie nannte es immer »ein Liefersystem für Butter«.

Später, nachdem wir zusammen Banana Split gemacht hatten (ein Liefersystem für Karamellsoße), stellte mein Vater eine abgegriffene schwarze Schachtel auf den Tisch, auf dem in moderner rostroter Schrift das Wort *Connected* stand. Diese Schachtel sah ich zum ersten Mal, obwohl ich den Inhalt unseres Spieleschranks in- und auswendig kannte.

Ich weiß noch, dass meine Mutter nicht gerade begeistert war, als sie das Spiel sah. Sie flüsterte meinem Vater zu, es könne sich ungünstig auf meinen »Zustand« auswirken. Mein Vater erwiderte, genau wegen meines Zustands sei das Spiel jetzt wichtig.

In der Schachtel befanden sich Karten mit unterschiedlichen Fotos. Auf der Rückseite standen Wörter oder Zahlen. Die Karten steckten in verschiedenfarbigen Umschlägen. Die Rückseiten der Karten durfte ich nicht sehen, nur die Bilder.

Mein Vater sortierte alles, zog dann eine Karte heraus und forderte mich auf, das Bild genau zu betrachten.

Es war ein Tiger in einem leuchtend grünen Dschungel.

Dann legte er die Karte beiseite und griff nach einer anderen. Darauf war eine Frau abgebildet, die an einem Resopaltisch in einer Küche mit Buchhaltung beschäftigt war. Die Möbel sahen nach Fünfzigerjahre aus.

Meine Mutter fragte mich, ob es irgendeine Übereinstimmung zwischen den beiden Bildern gebe. Ich antwortete, die Muster vom Tigerfell kämen auch in der Küchentapete vor.

Mein Vater griff nach einem dritten Kärtchen.

Das Foto war in einer Kneipe aufgenommen worden, im Vordergrund stand eine Bierflasche auf einer alten Wurlitzer-Jukebox.

Mein Vater wollte wissen, ob es eine Übereinstimmung zwischen dem dritten und dem zweiten Bild gebe. Ich antwortete, die Zeit auf der Küchenuhr entspreche der Anzahl der Songs in der Jukebox.

Das ging noch eine Weile so weiter, bis ich nirgendwo mehr Übereinstimmungen finden konnte. Damit war die Spielrunde beendet.

Wir spielten es in den nächsten Monaten immer wieder. Es machte mir zwar Spaß, Zeit mit meinen Eltern zu verbringen, aber ich verstand unter einem Spiel etwas anderes, als auf Karten zu starren und nach Übereinstimmungen zu suchen. Nach einer Weile fand ich es so langweilig, dass mir vor dem Anblick der schwarzen Schachtel mit den rostroten Buchstaben regelrecht graute.

Doch als wir es zum letzten Mal spielten, war etwas anders.

Meine Eltern gingen mit mir zum Pancake-Essen in ein Restaurant. Diesmal gab es keine Karten. Diesmal suchten wir nach Übereinstimmungen in der realen Welt.

Mein Vater forderte mich auf, in dem Lokal nach Dingen Ausschau zu halten, zwischen denen es einen Zusammenhang geben könnte.

Zuerst fiel mir nichts auf, aber als wir nach dem Essen aufbrechen wollten, deutete ich auf ein Mädchen mit einem T-Shirt, auf dem ein steigendes Pferd abgebildet war. Über der Tür zur Küche hatte ich ein Bild von einem Pferd in exakt derselben, sich aufbäumenden Haltung bemerkt.

Unauffällig folgten wir dem Mädchen und seinen Eltern, als sie hinausgingen und in ihr Auto stiegen.

Während wir noch vor dem Restaurant standen, kam ein Bus vorbei, der ein Stück entfernt hielt. Auf der Seite des Busses wurde für eine Ausstellung im Frye Art Museum geworben, und in dieser Anzeige war ein steigendes Pferd zu sehen, wie auf dem T-Shirt des Mädchens und auf dem Bild im Restaurant. Meine Mutter packte mich an der Hand, und wir versuchten, den Bus zu erreichen, aber er fuhr bereits los.

Meine Eltern berieten sich kurz, dann stiegen wir ins Auto und fuhren zu dem Museum. Dort marschierten wir schnurstracks zu dem Gemälde des Pferdes, das wir auf dem Bus gesehen hatten. Irgendetwas im Titel und in der Katalognummer des Gemäldes veranlasste meine Eltern dazu, mit mir zu einem Park zu fahren. Ich weiß nicht mehr, welcher es war, erinnere mich aber an einen kleinen Brunnen mit der Büste eines Mannes und eine Freilichtbühne.

Während meine Eltern aufgeregt irgendetwas erörterten, das mit Zahlen auf dem Gemälde zu tun hatte, spazierte ich davon.

Kurz darauf kamen meine Eltern angestürzt, weil ich schrie wie am Spieß.

Ich hatte ein großes, überdachtes Schachbrett am Boden entdeckt.

Auf jeder Seite stand eine Steinbank. Ich hatte das Schachbrett betreten und zu spielen begonnen. Schach hatte ich erst vor Kurzem gelernt, die Bewegungen der Figuren faszinierten mich. Ich war zu jung, um es gut zu beherrschen, hatte aber Spaß an den endlosen Möglichkeiten für Spielzüge.

Während ich mir Züge ausdachte, bewegte ich mich selbst an die Stelle der Schachfiguren. Doch gerade als ich einen weißen Bauern mit einem schwarzen Springer schlagen wollte, passierte etwas. Ein namenloses Grauen erfasste mich, verschwommene dunkle Gestalten tauchten am Rand meines Blickfelds auf und vernebelten die Welt. Ich verfiel in Schockstarre, unfähig, mich zu bewegen.

Damals erlebte ich zum ersten Mal, was sich ein paar Jahre später in dem Pick-up mit den Connors-Schwestern wiederholen sollte. Ich bezeichnete den Zustand als »das graue Gefühl«.

Es begann mit einem rhythmischen Vibrieren in meiner

Magengrube und einem unangenehmen Kribbeln hinter meinen Augen. Als Nächstes erfasste es meinen Oberkörper, so als schwirrten große Nachtfalter in meiner Lunge herum. Meine Glieder wurden schwer und schwächlich, dann breitete sich das Kribbeln in meinem Mund aus. Dabei hörte ich die ganze Zeit ein tiefes metallisches Dröhnen.

Das war es, was ich auf dem Schachbrett in diesem Park erlebte. Und noch etwas … anderes.

Ich hatte plötzlich das Gefühl, an einem fremden Ort zu sein.

Und dort war ich nicht allein.

Außer mir war da noch etwas. Etwas, das eisig kalt war.

Ich wagte es nicht, nach oben zu schauen. Denn mir war klar: Wenn ich es sehen würde, dann würde dieses Etwas mich auch sehen.

Und dann spürte ich, wie es aus den dunklen Wolken heraus auf mich zuraste.

In diesem Moment entleerte sich unkontrolliert meine Blase, und ich begann zu schreien.

Meine Eltern kamen angerannt und fuhren sofort mit mir nach Hause.

Als ich an jenem Abend im Bett lag, fragte ich mich, ob ich mir das Ganze womöglich nur eingebildet hatte. Doch das Gefühl hallte noch immer in mir nach. Ich hatte mich vollkommen schutzlos und nackt gefühlt, als wäre ich etwas Grauenhaftem hilflos ausgeliefert. Eine Präsenz, die nicht von dieser Welt war.

Erst als ich viele Jahre später *Underlight* spielte, erinnerte ich mich wieder an *Connected*.

Underlight löste die Erinnerung nicht aus, vielmehr waren es die Begleitumstände. Vielleicht der Geruch von selbst gemachtem Popcorn aus der Nachbarwohnung. Oder das Geräusch, wie der Regen gegen das Fenster schlug. Irgendetwas versetzte mich schlagartig zurück in die Szene, als ich mit meinen Eltern am Tisch saß und *Connected* spielte.

Zuerst war es eine schöne Erinnerung, doch mit einem Mal begann sie sich zu verändern. Ich musste wieder an das graue Gefühl denken und diese dunkle Präsenz im Park. Dann sah ich plötzlich meine Eltern vor mir, wie sie unter der gekenterten Fähre um Hilfe riefen und um ihr Leben kämpften, bis sie schließlich tot im eiskalten Wasser trieben und mit leblosen Augen ins Nichts starrten, für immer verloren in der Dunkelheit.

Das Bild von den Gesichtern meiner toten Eltern ließ mich nicht los. Es schien sich in mein Gehirn zu fräsen, alles andere zu überlagern. Deshalb sprang ich auf, ohne das Game auszuschalten, schnappte mir meine Lederjacke und lief hinaus in den Regen.

Drei Tage später wurde ich verhaftet.

In diesen Tagen spielte ich von früh bis spät *Connected*.

Ich begann mit dem Bild, das meine Eltern mir bei unserem letzten Spiel gezeigt hatten.

Es war ein Farbfoto einer alten Frau, die einen Schwarm Tauben fütterte. Eine Taube unterschied sich von den anderen – ihr Gefieder war brauner, die Brust rötlich. Ich recherchierte und fand heraus, dass es eine Wandertaube war, im Internet fälschlich auch »Passagiertaube« genannt.

Doch die letzte Wandertaube war 1914 gestorben, und die moderne Farbfotografie wurde erst in den Dreißigerjahren eingesetzt.

Dieses Foto konnte es also gar nicht geben.

Das erste Wort, das mir in den Sinn kam, war *Diskrepanz*. Anhand der Kleidung der alten Frau und der Autos auf der

Straße ließ sich erkennen, dass das Foto aus den Sechzigerjahren stammte. Ein ausgestorbener Vogel auf einem Foto, das rund fünfzig Jahre nach dem Verschwinden dieser Vogelart aufgenommen worden war, stellte eindeutig eine Diskrepanz dar.

Diese Sache erinnerte mich an einen anderen ausgestorbenen Vogel: den Kaiserspecht, der Emily Connors so fasziniert hatte.

Und das wiederum erinnerte mich an Rabbits.

Die Wandertaube und eine Adresse, verborgen in einer verschlüsselten Nachricht auf der Bank, auf der die alte Frau saß, führten mich zu einem Filmplakat im Schaufenster einer Videothek: *Passagier 57* mit Wesley Snipes.

Im Abspann des Films fand ich einen Hinweis auf den Flugzeugtyp, der in *Passagier 57* vorkam. Das wiederum führte mich zu einer Haltestelle, wo ich in einen Bus stieg und darin sitzen blieb, bis ich eine Mauer voller Graffiti entdeckte.

In den Graffiti war eine Mitteilung verborgen. Jedenfalls glaubte ich das. Diese Mitteilung schickte mich quer durch die Stadt, bis ich schließlich im Keller des Harvard Exit Theatre festgenommen wurde, während ich dort auf jemanden wartete, den ich als »Der Passagier« bezeichnete.

Inzwischen war ich komplett am Ende. Nichts ergab mehr irgendeinen Sinn.

Ich weiß sogar noch, dass ich in gewisser Weise erleichtert war, als ich verhaftet wurde.

Man unterzog mich einem psychologischen Test. Danach konnte ich entscheiden, ob ich lieber einem Betreuungsgericht vorgeführt werden wollte oder einem Strafgericht. Psychisch Kranke werden an Betreuungsgerichte verwiesen, um die Strafgerichte zu entlasten.

Ich entschied mich für Ersteres, und man ließ mich laufen, nachdem ich mich zu wöchentlichen Therapiesitzungen verpflichtet hatte.

Ein paar Tage nach meiner Verhaftung war ich wieder zu Hause, einen Monat später begann mein letztes Studienjahr.

Connected spielte ich nie wieder. Nicht nur wegen dieser Vorkommnisse, als ich im Kino auf den Passagier gewartet hatte. Sondern weil ich bald darauf etwas Besseres wiederentdeckte.

Ich stieß erneut auf Rabbits.

5 Baron Corduroy

Ein aggressives Brummen riss mich aus dem Schlaf.

Jemand bearbeitete unten am Eingang gnadenlos meinen Klingelknopf.

Ich wohne in der obersten Etage eines vierstöckigen alten Backsteinhauses in Capitol Hill.

»Circle K, was zum Henker geht hier ab?« Baron drängte sich an mir vorbei und marschierte schnurstracks in die Küche.

»Hast du Schlaf gekriegt?«, fragte ich ihn. »Du siehst aus, als hättest du kein Auge zugetan.«

»Hab für ein paar Studis eine Dating-App programmiert«, antwortete Baron, während er meine Küche nach etwas Essbarem durchforstete.

Er sah nicht komplett fertig aus, hatte aber diesen irren Jenseitsblick, der die Folge davon ist, dass man die ganze Nacht auf den Bildschirm starrt und dabei knalllaut Musik hört.

Baron Corduroy war groß und dünn und hatte kantige Wangenknochen, die er mal als »Gesichtsschultern« bezeichnet hatte. Hinter seinem permanent schläfrigen Blick verbarg sich eine überragende Intelligenz. Ursprünglich kam Baron aus der Welt der Hochfinanz, war jedoch inzwischen selbstständiger IT-Bastler. Auch wenn er auf Handy-Apps für Start-ups und Studierende spezialisiert war, konnte er buchstäblich alles programmieren. Ich glaube, eine Zeit lang war er sogar bei der NSA unter Vertrag. Vor seinem Berufswechsel arbeitete Baron als Börsenmakler für eine große Firma in Downtown Seattle.

Wer Rabbits spielt, muss komplexe Muster, Verknüpfungen und Übereinstimmungen erkennen können. Wenn man das gut beherrscht, kann man sich attraktive Jobs aussuchen. Aber wie ich schon während der Highschool gemerkt hatte, war nichts so spannend und finanziell ergiebig wie Börsenspekulation.

Als ich Baron kennenlernte, stand er kurz vorm Burnout und hatte sich in der Finanzwelt verausgabt. Mit LSD in Mikrodosen und Amphetaminen eher in Makrodosen hielt er sich noch eine Weile auf Zack, aber als die Drogen nichts mehr nützten, brauchte er etwas anderes.

Damals entdeckte er Rabbits.

Anfänglich faszinierten ihn die mysteriöse Vorgeschichte und ein gewisser Verschwörungskult, der das Spiel umwob. Aber auf Dauer zogen ihn vor allem die Mustererkennung, die dafür erforderlich war, die Rätselaufgaben und die Gemeinschaft mit gleichgesinnten Zockern und Rätsel-Freaks immer mehr in Bann.

Er war besessen von dem Spiel.

Ich lernte ihn kennen, als ich im letzten Semester war. Er tauchte in der Spielhalle auf, wie die meisten von uns auf der Suche nach dem Magier.

Baron wollte damals über *Xevious* sprechen. Er glaubte nämlich, dass mit einem bestimmten *Xevious*-Automaten in einem 7-Eleven-Laden in Oregon etwas nicht stimmte, und wollte einen anderen zum Vergleich checken. Damals stand der einzige funktionierende *Xevious*-Automat in Barons Reichweite in der Spielhalle des Magiers in Seattle.

Fünf Jugendliche, die in Oregon jeweils zu unterschiedlichen Zeiten an dem Automaten im 7-Eleven spielten, hatten über Schwindel und Kopfschmerzen geklagt und waren bewusstlos geworden. Baron war einem Rätsel auf der Spur.

Er hatte die Jugendlichen befragt, und sie hatten alle das Gleiche berichtet. Kurz bevor sie ohnmächtig geworden waren, hatten sie etwas gesehen: eine Art Schattenwesen, das sich auf dem Bildschirm ausbreitete und sie mit krallenartiger Hand zu sich winkte. Sie hatten die Controller losgelassen und einen schrillen Klingelton und gleichzeitig ein tiefes Grollen gehört. Dann waren sie auf dem Boden wieder aufgewacht, über sich irgendein besorgtes Gesicht.

Die Beschreibung war mir unheimlich vertraut, wenn auch aus anderen Gründen.

Der Besitzer des Automaten in Oregon behauptete, der sei einwandfrei in Ordnung, und wenn der Automat in Seattle anders sei, müsse der Magier selbst daran herumgepfuscht haben.

Inzwischen kenne ich den Magier ziemlich gut, und wenn er imstande wäre, die Programmierung eines Videospiels von 1982 zu verändern, dann wäre ich Hazel. Und – Achtung, Spoilerwarnung – ich bin *nicht* Hazel.

Baron konnte keinen Unterschied zwischen den beiden Automaten entdecken, während er in Seattle spielte. Aber er fand etwas anderes.

Eine verwandte Seele.

Mich.

Jetzt kippte Baron meine letzten Count-Chocula-Cereals über ein Vanille-Joghurt-Eis, das mindestens seit einem Jahr im Gefrierfach gelegen hatte.

»Hast du Schokostreusel?«, fragte er.

Ich schüttelte den Kopf. »Also, ich hab gestern Abend Alan Scarpio getroffen«, sagte ich so beiläufig wie möglich.

»Ja, klar«, erwiderte Baron und machte sich über sein Frühstück her.

Dann ließ er langsam den Löffel sinken und hörte auf zu kauen. Er kannte mich gut genug, um zu merken, wann ich witzelte und wann nicht.

»Im Ernst jetzt?«

»Er war in der Spielhalle. Hat nach dir *Robotron* gespielt.«

»*Alan Scarpio* war in der Spielhalle des Magiers?«

»Jo.«

»Gestern Abend?«

»So sieht's aus.«

»Er war der Typ mit der Armeejacke, der mein Game übernommen hat?«

»Genau der.«

»Krass! Und du hast ihn kennengelernt?«

»Jo. Waren im Diner Kuchen essen.«

Baron starrte mich mit offenem Mund an.

»Na ja, er hatte Kuchen, ich nur Kaffee.«

Die nächsten Minuten fragte Baron mich haarklein nach Alan Scarpio aus. Ich wand mich, unsicher, was ich ihm erzählen sollte. Schließlich ging es nicht um *Robotron* oder irgendein anderes nerdiges Game. Und das war das Problem.

»Irgendwas stimmt mit Rabbits nicht«, platzte es aus mir heraus. Kaum hatte ich es ausgesprochen, spürte ich den Drang, über die Schulter zu blicken. Ich tat es. Erwartete halb, dass das graue Gefühl irgendwo sichtbar lauerte. Aber da war nichts und niemand. Niemand außer Baron, der sich einen Löffel Cereals in den Mund schaufelte.

»Ruf mich an, wenn du mit Scarpio gefrühstückt hast«, sagte er mit vollem Mund.

Ich nickte bloß, und zum ersten Mal, seit wir uns kannten, hoffte ich, er würde endlich gehen.

Zu seiner eigenen Sicherheit.

6 Graf gegen Sabatini

Der Regen in Seattle ist sehr speziell.

Ich kenne das Wetter in London, New York, Hongkong und noch ein paar anderen Orten auf der Welt. Aber keine Witterung beeinflusst einen so stark wie der Regen im Pazifischen Nordwesten. Diese smaragdgrüne Dunkelheit hat etwas Ewiges, sie reicht bis tief in die Zellen. Sie ist untrennbar mit der Landschaft verbunden, und irgendwann ist sie Teil des eigenen Körpers.

Als ich auf den Diner zusteuerte, regnete es auch. Die feuchte Kühle vertrieb meine paranoiden Gedanken. Ich trug einen verwaschenen blauen Hoodie, Jeans und hellgraue Converse All Stars. Gelegentlich lande ich unter einem Schirm, aber ich besitze keinen, obwohl ich fast mein ganzes Leben in Seattle verbracht habe.

Dreißig Tage Regen pro Monat sind hier nichts Besonderes. Man gewöhnt sich daran. Ich glaube, wer in Seattle lebt, ist nicht anfällig für die saisonal-affektive Störung. Hier nennt man das einfach »Leben«. Und ganz ehrlich: Mir gefällt es.

Ich liebe Regen. Man kann sich gut darin verstecken.

Ich war eine halbe Stunde vor dem Termin im Diner und trank mehrere Tassen laschen Kaffee. Ein Teil von mir weigerte sich immer noch zu glauben, dass ich gestern Abend wirklich Alan Scarpio begegnet war, aber ich starrte gerade auf seine Visitenkarte.

Und die war echt.

Irgendwie hatte ich immer geglaubt, ich sei mit der Welt von Rabbits verbunden. Aber bislang war das ein schwebendes, flüchtiges, nicht wirklich greifbares Gefühl gewesen. Jetzt dagegen war irgendetwas anders – als bekäme ich eine Bestätigung dafür, dass all die Stunden nicht vergeudet waren, in denen ich online nach Hinweisen auf ein Spiel gesucht hatte, das es möglicherweise gar nicht gab. Dass ich nicht umsonst Geld für Fahrten zu langweiligen Orten wie Winnipeg in Kanada gespart hatte, wo ich auf eine Spur gehofft hatte, die ich dann nicht fand. Dass ich nicht vergebens zwei Jobs gleichzeitig gemacht hatte, um mir einen speziellen Straßenatlas leisten zu können, der Gerüchten zufolge Informationen zum Spiel enthielt.

Jetzt fügte sich plötzlich alles. Das Spiel erwachte endlich zum Leben. Was immer das für Folgen haben würde.

Aber Scarpio verspätete sich. Und zwar schon über eine Stunde.

Ich starrte noch weitere fünfzehn Minuten auf die Visitenkarte, dann rief ich ihn an.

Nach dem ersten Ton meldete sich eine Frauenstimme.

»Ja?«

»Ähm, hallo. Ich suche nach … Mr. Scarpio. Ich dachte, wir seien heute Morgen verabredet.«

»Sie *dachten*, Sie seien verabredet?«

»Er hat mir gesagt, er wolle sich hier mit mir zum Frühstück treffen.«

»Woher haben Sie diese Nummer?«

»Die hat Mr. Scarpio mir gestern Abend gegeben.«

Längeres Schweigen. Dann:

»Wo sind Sie?«

»In dem Diner.«

»Welchem Diner, verflucht?«

Ich nannte der Frau die Adresse.

»Rühren Sie sich nicht vom Fleck.« Sie beendete das Gespräch.

»Wie heißen Sie?«, fragte die Frau, als sie zehn Minuten später geschmeidig in die Nische glitt.

Sie war um die fünfunddreißig, Asiatin, mit dezenten Strähnchen in ihrem welligen schwarzen Haar. Ihre Kleidung sah kostspielig aus. Es hätte mich nicht gewundert, wenn sie FBI-Agentin oder Verkäuferin bei Tiffany gewesen wäre. Ein leichtes Lächeln lag auf ihren Lippen, aber ich war mir sicher, es bedeutete nicht dasselbe, wie wenn andere Menschen lächeln.

Mir war aufgefallen, dass die Eingangstür immer wieder aufging, und der Geräuschpegel im Raum stieg an. Es war voll geworden.

Woher, zum Teufel, konnte diese Frau wissen, dass ich die Person war, die angerufen hatte?

»Ich heiße K«, antwortete ich.

»K. Ist das eine Abkürzung oder was?«

»Ja.«

Als sie merkte, dass sie nicht mehr erfahren würde, lehnte sie sich vor und verschränkte die Hände. »Also, wo ist er?«

»Scarpio?«

»Wer denn sonst, verflucht?«

»Das weiß ich nicht.«

Ich kann nicht mehr genau sagen, wann es war, aber an einem bestimmten Punkt des Gesprächs – oder eher: Verhörs – begann ich den dritten und letzten Satz des Wimbledon-Finales von 1991 zu trommeln, Steffi Graf gegen Gabriela Sabatini. Das Match war ein Klassiker. Graf war meine linke Hand, Sabatini die rechte. Im zweiten Satz lag Steffi ein Spiel zurück. Prinzessin Diana saß im Publikum. Es war ein strahlender Tag.

Irgendetwas an dem Blick der Frau mir gegenüber machte mich zutiefst nervös. Sie schien direkt in mein Gehirn schauen zu können.

»Sie haben Scarpio gestern Abend hier getroffen?«, fragte sie zum wiederholten Mal.

»Ja. Na ja, eigentlich in der Spielhalle gegenüber, dann sind wir hierhergegangen, um Kuchen zu essen.«

»Was war, nachdem Sie Kuchen gegessen haben?«

»Nur Mr. Scarpio aß Kuchen.«

Sie starrte mich wortlos an und verengte die Augen.

Verkäuferin bei Tiffany war diese Frau auf keinen Fall. Ich trommelte weiter. Im dritten Satz stand es fünf zu fünf, Graf hatte Aufschlag.

»Mr. Scarpio hat mich in der Spielhalle angesprochen. Dann waren wir eine Weile hier, anschließend habe ich ihn zu seinem Auto begleitet.«

Sie überlegte einen Moment. »Hat er gespielt?«

»Was meinen Sie damit?«

»In der Spielhalle. War er an den Automaten?«

»Ähm … ja. Ich meine, ich weiß, dass er *Robotron* gespielt hat.«

»*Robotron: 2084*?«

Sie holte ein abgegriffenes orangefarbenes Moleskine-Notizbuch und einen schwarzen Faserstift aus der Tasche und schrieb etwas auf.

»Entschuldigung, aber wer sind Sie?«, fragte ich.

Jetzt sah sie aus wie eine müde, überarbeitete Geheimagentin, die darüber nachdachte, ob sie die Verhörtaktik nicht lieber ändern und den Verdächtigen mit einem Telefonbuch verhauen sollte, anstatt Fragen zu stellen. »Ich arbeite mit Mr. Scarpio zusammen.«

»Mehr nicht?«

»Und weiter?«, sagte sie, ohne auf meine Frage einzugehen.

»Wie?«

»Was war sonst noch?«

Es kam mir so vor, als wäre es plötzlich zehn Grad kühler im Raum und irgendwie dunkler.

Ich überlegte, ob ich ihr von dem Anruf berichten sollte, der zu Scarpios hastigem Aufbruch geführt hatte. Aber diese Frau wirkte aus irgendeinem Grund latent gefährlich auf mich, und ich wollte das Gespräch so schnell wie möglich beenden.

Ich schüttelte den Kopf. »Weiter nichts.«

An diesem Punkt geschah etwas sehr Merkwürdiges.

Steffi Graf verlor das Wimbledon-Finale 1991.

Das war unmöglich.

Ich hatte dieses Match schon hundertmal gespielt, sah alle Einzelheiten präzise vor mir. Steffi Graf hatte das Finale gewonnen, das war eine historische Tatsache.

So etwas war mir noch nie passiert. Jedes Match, das ich durchspielte, verlief immer genau wie im wahren Leben. Ich irrte mich nie. Meine Hände begannen zu zittern.

»Alles okay mit Ihnen?«, fragte die Frau und taxierte meine Hände.

»Ja, alles bestens«, log ich und versuchte mich zu beherrschen. »Meinen Sie, Mr. Scarpio kommt noch?«

»Das glaube ich kaum. Aber falls doch, sagen Sie ihm, er soll sofort zu Hause anrufen.« Damit stand sie auf, marschierte zur Tür hinaus und steuerte die Spielhalle gegenüber an.

Ich fragte mich, was die mysteriöse Frau dort wollte. Aber es gab etwas, das wichtiger war, zumindest in diesem Moment. Ich spielte das Match im Eilverfahren noch einmal durch.

Steffi Graf gewann, so wie es sein sollte.

Ich entspannte mich ein bisschen und bestellte mir etwas zu essen.

»Hey, Sie sind doch die Begleitung von dem Typen mit dem Frikadellen-Sandwich.«

Ich verputzte gerade den letzten Bissen von meinem Omelett mit drei Käsesorten. Als ich aufsah, blickte ich in die graugrünen Augen der Kellnerin, die uns am Abend zuvor bedient hatte.

»Bekenne mich schuldig«, sagte ich.

»Ich hab was für Sie.« Sie ging weg, verschwand in einem Hinterzimmer.

Ich fragte mich, was jetzt wohl kam.

Kurz darauf kehrte sie zurück und reichte mir Alan Scarpios Handy. »Das haben Sie gestern liegen lassen«, sagte die Kellnerin und eilte weiter zum nächsten Gast.

Entweder hatte Scarpio sein Handy hier vergessen, nachdem er mir den Rhabarber vorgespielt hatte, oder es war ihm aus der Tasche gerutscht.

Ich starrte einen Moment lang auf das Foto von dem niedlichen Hund. Dann merkte ich, dass Scarpio keinen Passcode eingestellt hatte. Wenn ich wollte, konnte ich mir ungehindert den Inhalt dieses Handys ansehen.

Ein paar Minuten später winkte ich die Kellnerin zu mir und erklärte, das Handy gehöre meinem Freund, und ich würde versuchen, ihn zu informieren, dass er es hier abholen könne. Die Kellnerin meinte, sie würde es im Büro sicher aufbewahren.

Ich rief noch einmal die Nummer von der Visitenkarte an, aber diesmal meldete sich niemand, und es ging auch keine Mailbox ran.

Als ich sah, dass die mysteriöse Fremde die Spielhalle verließ, rannte ich sofort rüber, um Chloe zu fragen, ob die Frau etwas über Scarpio erzählt hatte.

Chloe und ich wären vor einigen Jahren fast ein Paar geworden – zumindest bilde ich mir das gerne ein.

Das passierte etwa zwei Wochen nachdem wir uns kennengelernt hatten. Damals waren wir beide Singles.

Wir besuchten mit Bekannten aus der Spielhalle die Vernissage eines gemeinsamen Freundes. Ich hatte keine Ahnung, was Chloe für mich empfand, aber ich fühlte mich extrem zu ihr hingezogen. Sie war witzig und intelligent und stand auf eine Menge von dem krass uncoolen Zeug, was ich toll fand. Und selbst wenn sie manchmal gleichgültig wirkte, ließ ich mich davon nicht täuschen. Ich wusste, dass sie sensibel und leidenschaftlich war. Man musste sie einfach nur näher kennenlernen, dann spürte man das.

Chloe bezeichnete sich selbst als »genesende Musikerin«. Zwischen sechzehn und zweiundzwanzig war sie Sängerin und Songwriterin einer halb populären Indie-Rockband gewesen.

Die Band hatte ein von der Kritik hochgelobtes Album rausgebracht, das letztlich aber – wie bei Pavement mit »Cut Your Hair« oder bei Radiohead mit »Creep« – im Schatten einer Hitsingle stand. Der Hit war »MPDG (Manic Pixie Dreamgirl)«.

Im Video sieht man Chloe, wie sie eine Ukulele fast zu Klump haut. Fantastischer Anblick.

Als ihre Band sich auflöste, bestand ihr Gesamtwerk aus diesem einen Album und einer EP, aber »MPDG« war ein Riesenhit, der oft in Filmen und TV-Shows gespielt wurde. Was für Chloe bedeutete, dass sie auf Jahrzehnte wirklich nur dann arbeiten musste, wenn sie gerade Lust darauf hatte.

Nach der Vernissage damals schlugen Freunde vor, dass wir bei mir noch was trinken sollten. Meine Wohnung war nicht nur groß und mitbewohnerfrei, sondern auch gleich um die Ecke und gut mit Alkohol bestückt.

Wir waren zu sechst, aber ich redete fast den ganzen Abend nur mit Chloe und ihrer Freundin Amanda. Wir verstanden uns super. Wir quatschten über Games, Filme, Comics, Fernsehen und was uns sonst noch in den Sinn kam. Als ich zum ersten Mal auf die Uhr schaute, war es eins, und alle anderen waren längst nach Hause gegangen.

Ich brachte Amanda und Chloe zur Tür. Chloe warf mir einen kurzen Blick zu und strich sich mit einem kleinen Lächeln das Haar hinters Ohr. Mein Körper fühlte sich an wie unter Strom, und ich hatte schlagartig das Atmen verlernt.

Wollte ich gerade aus- oder einatmen?

Irgendwann gelang es mir, meine Lunge wieder zu benutzen. Wir drei umarmten uns zum Abschied, und ich schloss die Tür hinter den beiden.

Als ich ins Wohnzimmer zurückging, überlegte ich, welchen Event ich Chloe für eine Verabredung vorschlagen könnte. War Abendessen zu langweilig? Garantiert. Spielte am Wochenende vielleicht eine coole Band im The Crocodile? Das ließ sich feststellen.

Dann klopfte es an der Tür.

Als ich aufmachte, war ich mir absolut sicher, dass Chloe

davorstand. Dass sie vielleicht einen Nachtspaziergang oder etwas in der Art mit mir machen wollte. Dass sie mir sagen würde, wie wohl sie sich mit mir gefühlt hatte.

Aber es war nicht Chloe. Sondern Amanda.

Sie sagte, sie habe ihre Brille liegen gelassen, und schlug vor, noch was zu trinken. Außerdem wollte sie sich mit mir über die Sandman-Serie von Neil Gaiman unterhalten.

Es endete damit, dass wir fünf Jahre zusammen waren.

Amanda und ich hatten uns vor wenigen Monaten getrennt, etwa zur gleichen Zeit, als Chloe und ihr letzter Partner – ein Gitarrist namens Griff – Schluss gemacht hatten.

Griff – was für ein Name sollte das denn bitte schön sein? Hörte sich an wie eine Scheiß-Muppet-Figur.

Als ich in die Spielhalle kam, saß Chloe auf einem Barhocker am Empfangstresen. Sie trug eine weite Armeejacke über einem verwaschenen T-Shirt vom National Public Radio und dazu Jeans. In ihren Ohren steckten ordinäre Apple AirPods, die sie aus ihrer wirren blonden Mähne nestelte, als ich eintrat.

Sie grinste und hielt den Mittelfinger hoch.

»Super unprofessionell«, sagte ich. »Ist ein Arbeitsplatz hier.«

Chloe zuckte die Achseln.

Ich fragte sie nach der geheimnisvollen Frau aus dem Diner. Chloe berichtete, die Frau habe nur eine einzige Frage gestellt. Dann habe sie eine Runde *Robotron* gespielt und sei verschwunden.

»Warum bist du so interessiert an der hochnäsigen Tante?«, fragte Chloe leicht pikiert.

Ich erzählte Chloe die Scarpio-Geschichte.

»Alan Scarpio hat dich um Hilfe gebeten? Um das Spiel zu reparieren?«

»Ja.«

Chloe starrte mich an. Dann verschränkte sie die Arme vor der Brust. »Das glaubst du doch selbst nicht.«

Ich lächelte vielsagend.

»Echt jetzt?«

»Ich schwöre.«

»Ich fass es nicht.« Chloe fiel fast der Kaugummi aus dem Mund. »Die Frau hat mich gefragt, ob ich Scarpio hier gesehen hätte. Ich dachte, die will mich verarschen.«

»Nee, er war gestern wirklich hier. Aber dann kam er nicht zu der Verabredung heute Morgen, und seither hab ich nichts mehr von ihm gehört.«

»Jetzt erzähl aber die ganze Story«, befahl Chloe.

Was ich auch tat.

Ich musste ihr alles bis ins kleinste Detail schildern, und zwar zweimal.

Schließlich fragte mich Chloe, ob ich wirklich sicher sei, dass es Scarpio und nicht irgendein Doppelgänger gewesen sei.

Ich nickte. Aber wenn ich ehrlich war, erschien mir das Ganze mit einem Mal total unglaubwürdig. So als wäre ich in Wahrheit Scarpio nie begegnet.

7 Jeff Goldblum gehört nicht in diese Welt

Drei Tage nach dem Treffen mit Scarpio rief ich die Nummer auf der Visitenkarte zum letzten Mal an.

Der Anschluss existierte nicht mehr.

Baron steckte in einer aufwendigen Programmierung, Chloe hatte in der Spielhalle jede Menge zu tun. Deshalb nutzte ich die Zeit, um ein paar Internet-Handelskonten aufzuräumen, die ich vernachlässigt hatte, und einiges im Haushalt zu erledigen.

Die Begegnung mit Scarpio fühlte sich immer mehr wie ein wirrer Fiebertraum an – ein kurzer Blick in eine Parallelwelt, in der ich so wichtig war, dass man mich auf eine Quest schickte, in der ich mit Milliardären über Rhabarber quatschte.

Da Scarpio extrem zurückgezogen lebte und die Nummer nicht länger erreichbar war, blieb mir keine Möglichkeit, ihn zu kontaktieren. Wenn er wegen Rabbits wirklich meine Hilfe brauchte, dann musste er sich bei mir melden.

Ich bemühte mich, in mein vorheriges Leben zurückzufinden und nicht mehr an Rabbits und dieses seltsame Erlebnis mit Scarpio zu denken.

Zwei Tage später wurde der Milliardär als vermisst gemeldet.

Eine seiner PR-Agenturen hielt eine Pressekonferenz ab und berichtete, Scarpio werde seit Längerem vermisst, der genaue Zeitraum sei bislang jedoch unbekannt. Eine Telefonnummer wurde eingeblendet und um Hilfe aus der Bevölkerung gebeten.

»Heilige Scheiße!« Baron Corduroys Stimme dröhnte aus meinen Handykopfhörern. »Scarpio ist verschwunden, gleich nachdem er uns gesagt hat, dass mit dem Spiel was nicht stimmt!«

»Find ich auch verrückt.« Weil ich meinem Freund die Stimmung nicht verderben wollte, schwieg ich mich darüber aus, dass Scarpio das *mir* und nicht *uns* mitgeteilt hatte. Ich hatte Baron lange nicht mehr so aufgeregt erlebt. »Ich hoffe nur, es geht ihm gut«, sagte ich.

»Moment mal. Glaubst du, es gibt da einen Zusammenhang zwischen eurem Treffen und seinem Verschwinden?«

»Keine Ahnung.«

»Scheiße, K, denkst du, es geht echt um Rabbits?«

Ich beantwortete Barons Frage nicht, weil mein Gehirn auf Hochtouren arbeitete. Es konnte wohl kaum ein Zufall sein.

»Was zur Hölle sollen wir jetzt machen?«, sprach Baron weiter. »Wir haben nichts in der Hand außer diesem unerklärlichen Besuch von Scarpio und der mysteriösen Frau, die sich an seinem Handy gemeldet hat.«

Doch das war nicht alles.

»Ich ruf dich später wieder an«, sagte ich und legte auf.

Der Diner war nur halb voll, die Belegschaft bereitete sich auf den Mittagsansturm vor. Die Kellnerin, die Scarpio und mich bedient hatte, war im Dienst.

Sie erkannte mich auf Anhieb und deutete lächelnd auf eine Nische.

»Willkommen«, sagte sie, als sie mir Kaffee eingoss.

Ich sagte ihr, mein Freund sei verhindert und hätte mich gebeten, sein Handy für ihn abzuholen.

Als sie zum zweiten Mal kam, um Kaffee nachzuschenken, brachte sie das Handy mit. Die Frau war sich eindeutig nicht darüber im Klaren, dass ich mit einem berühmten und mittlerweile verschwundenen Milliardär hier gesessen hatte. Wahrscheinlich sah sie keine Nachrichten.

Sobald sie weg war, legte ich einen Fünfdollarschein auf den Tisch und verdrückte mich. Ich fürchtete, dass sie vielleicht doch noch dahinterkommen könnte, wem das Telefon in Wirklichkeit gehörte.

Das Handy erwies sich leider als enorm unergiebig. Von dem niedlichen Hund als Bildschirmhintergrund abgesehen, gab es keine Fotos. Keine Anrufliste, auch nicht von dem, der Scarpio zu seinem hastigen Aufbruch veranlasst hatte. Weder eine E-Mail-Adresse noch Kontakte. Das alles zusammengenommen bedeutete ganz eindeutig, dass dieses Handy nicht das Gerät war, von dem aus der Milliardär mit der Welt kommunizierte.

»Rhabarberkuchen?«, fragte der Magier und beäugte Scarpios Handy, als wäre es die Bundeslade.

»Hat er in dem Diner gegessen«, sagte ich.

»Kaffee dazu?«

»Ja, Kaffee.«

»Irgendeine spezielle Sorte?«

Ich schüttelte den Kopf. »Ganz normaler Diner-Kaffee.«

Der Magier nickte und machte sich an die Arbeit. Die

drahtigen schwarzen Locken hingen ihm in die grünen Augen, die langen Finger verkabelten Scarpios Handy flink mit einem Laptop, der über ein mir unbekanntes Betriebssystem lief. Der Magier trug eine hellbraune Wildlederjacke zu einem alten gelb-rosa Band-Shirt von *Teenage Fanclub*. Er wirkte ein bisschen dünner als bei unserer letzten Begegnung vor etwa einem Monat und schien um Jahre gealtert.

Chloe hatte gesagt, er sei eine Zeit lang im Norden von Russland gewesen; sie wusste aber nicht, wo er sich danach aufgehalten hatte. Der Magier machte immer Last-Minute-Reisen. Wir hatten keine Ahnung, wie er sein Geld verdiente und wie sein Privatleben aussah. Vor ein paar Tagen war er plötzlich ohne Vorankündigung in der Spielhalle aufgetaucht und die Treppe zu seinem Büro raufmarschiert, als wäre er nie weg gewesen.

»Du hast Scarpio hier in der Spielhalle getroffen, bevor ihr im Diner wart?«, fragte der Magier jetzt. Wir waren zu zweit in seinem Büro.

»Ja. Unten.«

»Was wollte er von dir?«

»Dass ich ihm helfe.«

»Er hat *dich* um Hilfe gebeten?« Die Betonung wäre an sich beleidigend gewesen, kam mir angesichts der verrückten Situation aber irgendwie berechtigt vor.

»Und du bist dir ganz sicher, dass das Handy hier identisch ist mit dem von Scarpio?«

»Klar. Also, ich meine, ja, ich bin mir ziemlich sicher.«

»Erzähl mir genau, woran du dich erinnerst«, befahl der Magier.

Nach meinem Bericht fragte er: »Scarpio hat an dem Abend *Robotron* gespielt?«

»Jep.«

»Und er hat einen Anruf bekommen, von dem keine Spur auf dem Handy ist?«

Ich nickte.

Der Magier schwieg, schien angestrengt nachzudenken.

Plötzlich klingelte das gelbe Festnetztelefon auf seinem Schreibtisch ein einziges Mal und verstummte dann. Das schrille Geräusch hallte noch einen Moment im Raum wider.

»Ich muss rangehen«, sagte der Magier mit Blick auf das gelbe Telefon.

»Hat aber wieder aufgehört«, wandte ich ein.

»Ich melde mich«, sagte der Magier entschieden. Er trennte Scarpios Handy behutsam von seinem Computer und eskortierte mich zur Tür. Während er sie hinter mir abschloss, hörte ich, wie er irgendetwas Unverständliches vor sich hin murmelte.

Als ich rauskam, saß Chloe auf der Treppe und wartete auf mich.

»Ich dachte, der Magier spielt kein Rabbits«, sagte ich, als wir nach unten gingen.

»Früher schon, heutzutage jedoch nicht mehr«, erwiderte sie und steckte eine Münze in einen *Mappy*-Automaten. »Er berät nur alle, die spielen. Das weißt du doch, K.«

»Ja, klar. Aber irgendwie habe ich das Gefühl, dass er diesmal selbst mitmacht.«

»Na ja, man kriegt nicht jeden Tag das Handy von Alan Scarpio in die Hand gedrückt.«

»Stimmt auch wieder.«

Ich sah zu, wie Chloe geschickt ihren winzigen Maus-Avatar über den Bildschirm steuerte.

»Was hast du jetzt vor?«, fragte sie.

»Ich geh nach Hause.«

»Genieß dein megaspannendes Leben, K«, bemerkte Chloe ironisch.

Ich hielt ihr kurz die Augen zu, aber sie schaffte es trotzdem, ihre Figur am Leben zu halten.

»Bin unzerstörbar«, sagte sie lachend.

»Jaja«, erwiderte ich. »Bis später.«

Um zwei Uhr morgens wachte ich von Summtönen auf.

Normalerweise stelle ich mein Handy auf stumm, wie jeder vernünftige Mensch, der in Ruhe schlafen möchte. Aber nachdem nun plötzlich Namen wie Alan Scarpio in meinem Leben herumwirbelten, hatte ich nicht die Absicht, wegen solcher Banalitäten wie Schlaf etwas Wichtiges zu versäumen.

»Hallo?«, meldete ich mich.

»Hey, K.«

»Chloe?«

»Entschuldige die Uhrzeit.«

»Kein Problem, ich war noch wach«, log ich.

»Ach ja? Im Dunkeln?«

»Wieso?«

»Bei dir ist kein Licht.«

Ich setzte mich auf. »Wo bist du?«

»Vor deinem Haus.«

»Was machst du da?«

»Ich kann morgen wiederkommen, oder wir treffen uns in der Spielhalle, wenn das besser für dich passt. Ich war nur gerade auf dem Heimweg, als es mir auffiel.«

»Als dir was auffiel?«

»Ist einfacher, wenn ich es dir zeige.«

»Okay. Gib mir fünf Minuten.«

Ich putzte mir schnell die Zähne, schlüpfte in eine hellgraue Jogginghose und ein T-Shirt. Drei hatte ich schon durchprobiert, dann entschied ich mich für das *Red-Dwarf*-Shirt, das am Morgen erst mit der Post gekommen war. *Red Dwarf* war Chloes Lieblingsfernsehserie aller Zeiten. Ich mag sie auch – aber ganz ehrlich: Es besteht eine hundertprozentige Chance, dass ich das Shirt nur deshalb gekauft habe, weil ich wusste, dass es Chloe gefallen würde.

»Alan Scarpio hat keinen Hund«, verkündete sie, als sie hereingestürmt kam. »Er ist allergisch gegen Hundehaare.«

Sie verschwendete keinen Blick auf mein T-Shirt.

»Was?«

Chloe schnappte sich Scarpios Handy vom Couchtisch. »Aber er hat einen Hund als Bildschirmhintergrund.«

»Ja, und?«

»Das muss ein Hinweis sein.«

»Findest du?«

»K, du bist im Besitz von Scarpios Handy. Und er hat *dich* um Hilfe gebeten, weil mit Rabbits etwas nicht stimmt. So was ist noch nie vorgekommen.«

»Stimmt.«

»Irgendwas muss hier zu finden sein.« Sie inspizierte die Apps.

Ich spürte, dass Chloe im Spielrausch war. Ihre Augen wirkten größer und glänzender als sonst, ihre Bewegungen waren hastiger. Wir spürten es alle – dass die nächste Runde nahte, dass sich irgendeine Spur finden würde, um reinzukommen.

»Möchtest du was trinken?«, fragte ich. »Rotwein? Tee?«

Chloe nagte an ihrer Unterlippe und schnalzte dann mit der Zunge. Das machte sie immer, wenn sie nachdachte.

»Lieber Tee«, sagte sie. »Wenn wir jetzt schon Wein bechern, übersehen wir vielleicht was.«

»Leuchtet ein«, erwiderte ich und verzog mich in die Küche.

Mein Wohnzimmer ist vollgestopft mit den Popkultur-Ankern meines Lebens: zahllose Bücher, so chaotisch in Regale gepackt, als wäre ein Irrer mit verbundenen Augen am Werk gewesen, dazu alte Videospielkonsolen, unter dem Fernseher krumm und schief übereinandergestapelt in einem abgenutzten Ikea-Regal mit einem sonderbaren Namen, der mir entfallen ist, und x weitere Regale, in denen Spielfiguren, Kerzen, Brettspiele, Platten und alte nautische Instrumente herumstehen. Eine Ansammlung von allerlei Zeug also, das teilweise nützlich, überwiegend aber dekorativer Plunder ist.

Ich reichte Chloe einen Becher teinfreien Earl Grey. Wir ließen uns auf meiner abgewetzten Couch mit dem Rotweinfleck nieder – er hatte exakt die Form von Japan – und nahmen uns Scarpios Handy vor.

Zuerst befassten wir uns mit dem Hundefoto: die Rasse (Cavalier King Charles Spaniel), die Umgebung (Rasenstück vor Rhododendronbüschen), das Halstuch (himmelblau). Hatte irgendetwas davon eine bestimmte Bedeutung?

Beim nächsten Becher Tee redeten wir auch über andere Themen, wie Liebe (unsere vorherigen Beziehungen, Amanda und der Muppet), Leben und Alltag (mein Parkett hatte Wasserflecken und musste ausgebessert oder ersetzt werden) und Eltern (ich hatte keine mehr, Chloe hatte noch beide, wünschte sich aber beinahe, es wäre nicht so).

Chloes Mutter war unlängst in den Knast gewandert, weil sie irgendwo in Florida einen Spätkauf überfallen und den Verkäufer attackiert hatte. Die Geschichte der Familie war eine Dauerkatastrophe, die Mutter sorgte ständig für Stress, aber Chloe war trotz ihrer Herkunft erstaunlich cool und lebensfit geraten. Oder aber sie kriegte es dermaßen gut hin, cool und lebensfit zu wirken, dass niemand den Unterschied bemerkte. So oder so war es eindrucksvoll.

Ich sah auf die Uhr. Es war kurz nach drei in der Nacht.

»Vielleicht sollten wir mal eine Runde schlafen?«

Chloe gähnte und nickte.

»Du kannst hier pennen«, sagte ich. »Das Gästezimmer ist frei.«

»Echt?«

»Na klar. Frische Handtücher findest du im Bad.«

Ich stattete Chloe mit dünnen Sweatpants und einem T-Shirt vom *Tanis*-Podcast aus, damit sie was Frisches zum Anziehen hatte.

Sie bedankte sich, und einen Moment lang standen wir uns im Flur gegenüber. Ein mysteriöses Lächeln trat auf ihr Gesicht, und sie wippte leicht vor und zurück.

Ich sagte ihr hastig Gute Nacht, flüchtete in mein Zimmer und schloss die Tür hinter mir.

Im Bett sah ich mir auf meinem Handy den Screenshot genauer an, den ich von Scarpios Bildschirmhintergrund gemacht hatte.

Während ich raus- und reinzoomte, dachte ich an Chloe, die jetzt direkt gegenüber im Gästezimmer war.

Dachte sie auch an mich? Und wenn ja, was dachte sie so? Ach, Blödsinn, natürlich dachte sie nicht an mich, was bildete ich mir da ein. Chloe hatte genug anderes im Kopf.

Doch was hatte dieses Lächeln zu bedeuten? War das eine Art Aufforderung gewesen? Hätte ich Chloe küssen sollen? Nein, bloß nicht. Das würde alles nur kompliziert machen.

Enorm kompliziert.

Na und? Was war gegen ein bisschen Kompliziertheit einzuwenden?

Ich betrachtete das Gesicht des Spaniels. *Und wieso sollte Chloe eigentlich nicht an mich denken?* Dann sah ich mir die Rhododendren im Hintergrund genau an. *Wir sind schließlich beide gerade Single.* Ich starrte wieder auf den Hund. *Gibt doch keinen Grund, sich komisch zu fühlen, weil man sich zu einer hübschen, intelligenten Frau hingezogen fühlt.* Ich zoomte den Rasen heran. *Okay, jetzt entspann dich mal. Bringt doch nichts, sich da so reinzusteigern.* Das himmelblaue Halstuch. *Aber Chloe ist wunderbar. Ach nee, jetzt klingst du einfach nur bemitleidenswert.*

Während ich weiter alle Details des Fotos studierte und nicht davon ablassen konnte, an Chloe zu denken, fiel mir etwas auf.

Ein winziges glitzerndes Stück Metall, direkt unter dem Halstuch.

Vielleicht eine Hundemarke.

Als ich ins Bild reinzoomte, verschwamm die Schrift auf dem Halsband, bis auf den Namen des Hundes. Rabarber.

Ich sprang aus dem Bett und schlüpfte in eine Hose.

»Was zum Teufel soll Rabarber sein?« Chloe setzte sich auf und gähnte. Sie hatte schon geschlafen.

»Na, Rhabarber, das Gemüse, nur halt ohne ›h‹. Das ist die dänische Schreibweise.«

»Komischer Name für einen Hund«, sagte Chloe, schlagartig wach.

»Und jetzt?«

Chloe sprang aus dem Bett, und wir gingen ins Wohnzimmer. »Ich recherchier mal Rhabarber. Vielleicht finden wir da was.« Sie rief auf ihrem Handy eine Suchmaschine auf.

»Hab ich schon gemacht. Ich hab auch den Zahlenwert der

Buchstaben errechnet und das Wort durch eine Rätseldatenbank gejagt.«

»Und, hast du was gefunden?«

»Ja, aber nicht im Netz.«

»Wo dann?«

»Auf Scarpios Handy selbst.«

»Was denn?«, fragte Chloe.

»In dem Diner hat Scarpio mir eine Tonaufnahme von wachsendem Rhabarber vorgespielt.«

»Und der Hund heißt Rabarber!«

»Ganz genau.«

»Echt jetzt!«

»Die Rhabarber-Audiodatei habe ich in seiner Mediathek gefunden. Sonst war da nichts drin. Keine Songtitel, keine Musikernamen.«

»Spiel sie mir vor, jetzt gleich.«

Während ich Scarpios Handy mit meinen Bluetooth-Lautsprechern verband, reckte Chloe in einer Art Yogahaltung die Arme Richtung Decke. »Cooles T-Shirt.«

»Danke.«

»Kenn ich das schon?«

»Weiß nicht, wär möglich«, log ich.

Ich öffnete die Audiodatei, und das unheimliche Knacken und Knirschen des Gemüses erfüllte den Raum.

Wir hörten uns die bizarre Aufnahme zweimal an und versuchten herauszufinden, ob irgendetwas darin versteckt sein könnte. Aber wir entdeckten nichts – keinen Morsecode unter dem Rhabarberknirschen, keine Manipulation der Frequenzen.

Einfach gar nichts.

Erst als wir die Datei auf meinem Laptop speicherten, um sie weiter zu untersuchen, fiel uns etwas auf.

Sie war riesengroß.

Es war eine Wave-Datei, kein MP3-Format. Deshalb musste sie natürlich größer sein, aber nicht so gigantisch. Das war eindeutig keine reine Musikdatei.

Was die meisten Menschen nicht wissen – sofern sie nicht wie ich tagaus, tagein über Games, Rätsel, Verschlüsselung und Entschlüsselung nachdenken –, ist, dass man in Audiodateien andere Dateiformate verstecken kann. Das geht nicht mit einer komprimierten Datei wie beim MP3-Format, bei einer Wave-Datei aber schon.

Chloe und ich fuhren meinen alten Linux-Computer hoch und luden ein Programm, das in der Lage war, alles zu decodieren, was sich in dieser Audiodatei verbarg.

Ich drückte ein paar Tasten, und in Sekundenschnelle hatten wir's.

Links auf dem Bildschirm tauchte eine Datei mit dem Namen *TabithaHenry.avi* auf.

Ich öffnete sie mit Doppelklick, ein Video startete.

In einem riesigen alten Bahnhofsgebäude stand ein Podium, darauf ein Tisch und ein leerer Stuhl. Unten auf dem Bildschirm war ein einziger Satz zu lesen:

»Jeff Goldblum gehört nicht in diese Welt.«

8 Alle in einem Boot

Im nächsten Video standen an die zwanzig Leute vor dem Podium Schlange. Ganz hinten wartete eine junge Frau, die nervös wirkte. Mitte zwanzig, circa eins fünfundsechzig groß, brauner Lockenschopf, dunkelbraune Augen. Bekleidet mit hellblauer Jeansjacke, schwarzen Ripped Jeans und abgewetzten grünen Cowboystiefeln. Über der linken Brusttasche der Jacke steckte ein Button, auf dem ein Smiley mit einem Blutstropfen abgebildet war. Es stammte aus der bekannten Comicserie *The Watchmen*.

Auf dem Tisch standen fünf Flaschen Wasser – eigentlich von der Marke Fiji, aber mit dem Logo eines Films beklebt – und ein Mikrofon.

Hinter dem Tisch lehnte auf einer Alustaffelei ein farbstrotzendes Plakat von einem Abenteuerfilm.

Nach ein paar Sekunden trat ein Sprecher der Filmgesellschaft auf die Bühne, griff nach dem Mikro und erklärte, dass in der nächsten Stunde nach und nach die Stars auf die Bühne kommen würden. Die Leute in der Schlange hatten bei einer viralen Marketingkampagne für ein Videospiel, das auf dem Film basierte, ein Treffen mit den Darstellern gewonnen.

Nach kurzem Applaus betrat Jeff Goldblum die Bühne, gefolgt von einer PR-Frau, einer großen Blondine um die dreißig in einem eng sitzenden dunkelblauen Kostüm.

Jeff Goldblum war zweifellos ein Star, aber die Leute warteten eindeutig auf die Hauptdarsteller: den dunkelhaarigen, etwas räudig wirkenden Typen aus dem Superhelden-Streifen mit dem Flugzeugabsturz und die hellblonde Schauspielerin aus der Fernsehserie, in der sie ein Alien spielte, das sich in einen Menschen verliebte.

Mr. Goldblum lächelte höflich und winkte, dann setzte er sich an den Tisch, und das Event begann.

Die Leute in der Schlange betraten nacheinander die Bühne und wurden von der PR-Dame zusammen mit Goldblum fotografiert.

Schließlich war die Frau mit den braunen Locken an der Reihe.

Sie begrüßte den Schauspieler, reichte der PR-Frau das Handy, und Goldblum setzte wieder ein strahlendes Lächeln auf, während er der jungen Frau den Arm um die Schultern legte.

Doch statt in die Kamera zu lächeln, schien die Frau Goldblum etwas ins Ohr zu flüstern. Dabei nahm sie mit einer schnellen Bewegung eine Rasierklinge aus ihrem Mund, offenbar, um dem Schauspieler die Halsschlagader zu durchtrennen.

Dieser schockierende Angriff wurde von der PR-Frau vereitelt, die sich mit bewundernswertem Mut zwischen Goldblum und die Attentäterin warf.

Der Star blieb unverletzt, die PR-Frau kam nicht so gut davon, bei dem Gerangel wurde ihr Unterarm aufgeschlitzt. Eine Blutfontäne spritzte auf Goldblum und den weißen Linoleumboden der Bühne.

Als die PR-Frau merkte, dass es ihr Blut war, fiel sie in Ohnmacht. Im nächsten Moment brach das totale Chaos aus.

Securityleute rannten herbei, versuchten Goldblum und

die PR-Frau in Sicherheit zu bringen und die Attentäterin zu fangen, bekamen sie aber wegen der glitschigen Blutlachen auf dem Boden nicht zu fassen. Die Frau lief weiter ungehindert auf dem Podium herum und schrie schrill ihre absurde Botschaft:

»Jeff Goldblum gehört nicht in diese Welt!«

Chloe drückte die Leertaste auf meinem Laptop, und das Video hielt an.

»Was für ein abgefahrener Scheiß ist das denn?«, meinte Baron und setzte sich neben Chloe auf die Couch. Er war sofort hergekommen, nachdem wir ihn angerufen und ihm von dem Video berichtet hatten.

Ich lehnte mich zurück und atmete tief durch.

Wir hatten uns die Szene schon sechsmal angesehen.

»Abgefahrener Scheiß trifft es«, sagte Chloe bestätigend und startete das Ding aufs Neue.

Es fiel mir schwer hinzuschauen. Normalerweise hatte ich mit Blut und Gewalt in Filmen und Games kein Problem, aber etwas an dieser Szene machte mir zu schaffen.

Irgendetwas fühlte sich … falsch an.

Ich holte mein Handy heraus und suchte nach anderen Versionen des Videos im Netz oder Berichten über ein Attentat auf Jeff Goldblum.

Nichts.

Ich fand Interviews mit Leuten, die an dem Event teilgenommen hatten, aber nirgends war die Rede von einer brutalen Attacke auf den berühmten Schauspieler. Für die Öffentlichkeit hatte es den Anschein, als wäre alles glattgelaufen.

»Muss ein Werbegag gewesen sein«, meinte Baron, schaltete einen Vape Pen in Form von Sherlock Holmes' Pfeife ein und nahm einen tiefen Zug. »Ey, Mann, ich liebe Jeff

Goldblum«, fügte er hinzu, während er sich die Lunge mit dem stärksten THC-Dampf seit Menschengedenken füllte.

»Ja, er ist echt cool«, pflichtete Chloe ihm bei.

Ich fand Goldblum auch toll, zerbrach mir aber gerade den Kopf über die Frau mit dem Lockenschopf und die Frage, weshalb sich dieses merkwürdige Video auf Scarpios Handy befand.

»Als Werbegag wäre es doch auch im Netz zu finden«, wandte ich ein.

»Messerscharf kombiniert.« Baron deutete mit seiner Holmes-Pfeife auf mich.

»Meint ihr, es ist ein Deepfake?« Chloe beugte sich vor und starrte auf den Bildschirm, als könnte sie dort irgendwelche versteckten Botschaften entdecken.

»Muss es eigentlich sein«, antwortete ich. Mithilfe von künstlicher Intelligenz erstellte Fake-Videos waren längst auf dem Vormarsch.

Chloe nickte.

»Sieht natürlich verdammt echt aus«, fügte ich hinzu. »Doch dann hätten wir schon früher was davon mitgekriegt, oder?«

»Aber so was von«, sagte Chloe.

Als Nächstes recherchierten wir den Namen Tabitha Henry, mit dem die Datei benannt war.

»Findet ihr was?«, fragte Baron.

»Nur ein kaum genutzter Instagram-Account und eine Facebook-Seite«, sagte Chloe und zeigte uns ein Foto auf ihrem Handy.

Es gab keinen Zweifel: Tabitha Henry war die Frau mit den braunen Locken aus dem Video. Das Foto schien ein Profilbild von einem Social-Media-Account zu sein, im Hintergrund sah man ein Boot.

»Viel Internetpräsenz hat die nicht«, berichtete Chloe weiter, »außer dass sie Jeff Goldblum folgt.«

»Wir brauchen mehr«, sagte ich.

»Darknet?«, schlug Baron vor.

»Ja, na klar«, sagte ich. »Wir werfen einfach einen guten alten Tor-Browser an und geben ›Jeff Goldblum Mordversuch‹ ein, oder wie?«

Genau das machte ich tatsächlich. Ich ging mit einem Tor-Browser ins Darknet und gab die Stichwörter in die Torch-Suchmaschine ein.

Ergebnis gleich null.

Nachdem wir eine gefühlte Ewigkeit vergeblich herumgesucht hatten, produzierte Baron eine weitere Idee. Er brachte ein Handy zum Vorschein, das ich bisher nie bei ihm gesehen hatte, und ging aus dem Zimmer.

Ein paar Minuten später kam er zurück, und bevor wir ihn ins Kreuzverhör nehmen konnten, sprintete er zu seinem Laptop, weil der einen Benachrichtigungston von sich gab.

Baron lud ein Programm, tippte etliche Zahlen und Buchstaben ein und wartete ab. Ein paar Sekunden später machte er selbst einen Tor-Browser auf und gab eine URL ein, die mit ».onion« endete. Als die Website im Darknet geladen wurde, lehnte er sich entspannt zurück und winkte uns zu sich.

»Was zum Teufel treibst du da?«, fragte ich und setzte mich zu ihm an den Schreibtisch. Ich war technisch ziemlich auf Zack, aber was Baron gerade gemacht hatte, hatte irgendwas mit Root-Zugriff zu tun, und da war ich komplett aufgeschmissen.

»Nur Anweisungen befolgen«, antwortete er trocken. »Hier, seht selbst.« Er deutete auf den Bildschirm.

»Hast du was?«, fragte Chloe und zog einen Stuhl heran.

»Tabitha Henry«, sagte ich.

Es war ein Schnappschuss aus einem Restaurant, den Tabitha wohl nicht bemerkt hatte. Rundherum tauchten allerlei Dokumente auf: Links zu inaktiven Social-Media-Accounts, Studienunterlagen, Fotos aus dem Schuljahrbuch, Bibliotheksabmeldung, ein Kontoauszug, Arbeitszeugnisse.

»Wie bist du denn da drangekommen?«, fragte Chloe verblüfft. »Das war doch bestimmt alles spurlos gelöscht.«

»Paar Typen, für die ich bei Lehman Brothers gearbeitet habe, schuldeten mir einen Gefallen.«

»Echt, du hast das Material von Börsenmaklern gekriegt?«

»Die haben eine Menge abgedrehten Scheiß drauf.«

»Kann ich mir denken«, sagte ich und starrte auf den Bildschirm. Die Machenschaften der Hochfinanz waren mir ein Buch mit sieben Siegeln.

»Hast du Bitcoins?«, fragte Baron und dampfte kräftig.

»Ein paar.«

»Muss ich mir borgen.«

»Okay, wie viel?«

»Alles, was du hast.«

Wir brauchten eine Weile, um das ganze Zeug zu durchforsten. Das meiste war ziemlich nutzlos – alte Links, Posts, Fotos –, und wir entdeckten nichts über ein Attentat auf den berühmten Hollywood-Schauspieler.

Es gab ein paar Fotos vom Tag des Events. Auf dreien sah man Tabitha Henry und Jeff Goldblum auf der Bühne vor dem Filmplakat stehen. Die beiden lächelten in die Kamera, von Mordversuch und Blut keine Spur.

»Sieht aus, als hätte das Attentat nie stattgefunden«, sagte ich.

Baron nickte. »Hab ich doch gesagt, das ist ein Fake.«

»Weiß nicht«, warf Chloe ein. »Es sieht so echt aus. Die Fotos hier könnten genauso gut ein Fake sein, oder?«

»Nee, nee, die sind echt«, widersprach Baron. »Die Metadaten passen, und es gibt auch noch andere Bilder von dem Event online.« Er nahm einen Zug von seiner Pfeife, beugte sich vor und starrte auf Tabithas Gesicht.

»Was ist los mit dir?«, murmelte er, während er auf das Bild zoomte.

Aber Tabithas verpixeltes Gesicht konnte diese Frage natürlich nicht beantworten.

Danach fuhr Baron nach Hause, um zu arbeiten, und Chloe und ich telefonierten stundenlang herum. Es gelang ihr, zu einer PR-Frau von der Filmgesellschaft durchzudringen. Nachdem die Dame überzeugt werden konnte, dass wir keine irren Wirrköpfe waren, versicherte sie uns, der beschriebene Vorfall habe sich niemals ereignet.

Das Attentat auf Jeff Goldblum hatte es anscheinend einfach nicht gegeben.

Aus dem Material von Barons Finanztypen ging hervor, dass Tabitha Henry in New York im Stadtteil Queens geboren war und an der University of California in Los Angeles einen Abschluss in Kommunikationswissenschaften gemacht hatte. Danach hatte sie eine Zeit lang in New York bei einer Werbeagentur gearbeitet und war dann nach Los Angeles zurückgekehrt. Dort hatte sie eine Gruppe gegründet, die auf immersives interaktives Theater spezialisiert war.

Die Theatergruppe hieß *Rowing All the Boats* und betrieb ein paar sehr erfolgreiche Escape Rooms in LA. Die Events waren auf Wochen ausverkauft, und die Gruppe wurde schließlich von einem Unternehmen namens Chronicler

Enterprises aufgekauft, das auf innovative Online-Gaming-Technologie spezialisiert war.

Ich rief die Nummer an, die ich auf der Website von *Rowing All the Boats* fand, und hinterließ eine Nachricht mit der Bitte um Rückruf.

Ein paar Stunden später meldete sich Tabitha Henry.

Ich erklärte mein sonderbares Anliegen. Tabitha gab mir ihre E-Mail-Adresse, damit ich ihr die Datei schicken konnte. Wenige Minuten später kam ein Videoanruf von ihr.

Die Haare waren ein bisschen kürzer, das Gesicht ein bisschen runder, aber ansonsten sah sie genauso aus wie bei dem Event.

»Ey, was für einen Scheiß habt ihr da gemacht? Wie konntet ihr mich da reinkopieren?«, fauchte sie.

»Haben wir nicht. Wir haben die Datei auf einem Handy gefunden«, erklärte Chloe.

»Auf wessen Handy?«

Chloe und ich warfen uns einen Blick zu.

»Also?«, raunzte Tabitha.

»Auf dem Handy von Alan Scarpio.«

»Was, dem Milliardär?«

»Ja«, antwortete ich. »Kennst du ihn zufällig persönlich?«

»Nee. Er gilt als vermisst, oder?«

»Genau«, bestätigte Chloe.

»Und was hat ein verschwundener Milliardär mit einem Fake-Video von mir zu tun?«

»Das wissen wir nicht«, sagte ich. »Deshalb wollten wir mit dir sprechen.«

Tabitha sah aus, als würde sie gleich explodieren.

»So ein verdammter Scheiß«, sagte sie. Wir hörten, wie sie das Video im Hintergrund abspielte. »Es sieht so realistisch aus. Voll gruselig.«

»Und du bist ganz sicher, dass das nicht passiert ist?«, fragte ich.

Tabitha starrte mich an. »Spinnst du komplett? Glaubst du im Ernst, so was würde ich vergessen?«

Sie hielt ihr Handy vor den PC auf ihrem Schreibtisch und zeigte uns den Teil des Videos, in dem der Arm der PR-Frau aufgeschlitzt wurde. »Schaut euch mal diese Mengen an. Würde da wirklich so viel Blut spritzen?«

»Ich kann gut verstehen, dass das ... komisch für dich ist«, sagte ich.

»Ach nee, echt?«

»Wir können dir sämtliche Infos schicken, die wir haben, wenn du möchtest.«

»Ja, schickt mal alles rüber.«

»Und melde dich ruhig, wenn du Fragen hast.«

»Die werd ich garantiert haben. Ihr zwei wisst aber schon, dass das nicht ich bin in dem Video, oder?« Sie starrte uns aufgebracht an.

»Ähm, ja klar«, antwortete ich.

Tabitha startete erneut das Video und schüttelte den Kopf. »Wartet mal – hat das Ganze vielleicht was mit Devon zu tun?«

»Wir kennen niemanden, der Devon heißt, tut uns leid.«

»Hm. Das ist genau das, was jemand sagen würde, der Devon kennt.«

Ich sah Chloe an, die nur die Achseln zuckte.

Tabitha Henry war wohl eine Sackgasse. Zumindest vorerst.

9 Alles, was nicht Rabbits ist

»Faszinierend.« Der Magier drückte die Leertaste auf seinem Laptop, und das Video hielt an.

Nach dem Gespräch mit Tabitha waren wir sofort in die Spielhalle gefahren. Der Magier hatte sich die Aufnahme von dem Event dreimal angesehen.

»Ist es Rabbits?«, fragte ich, bemüht, nicht total aufgeregt zu klingen.

»Einiges könnte darauf hinweisen«, antwortete der Magier. »Trotzdem schwer zu sagen. Muss drüber nachdenken.«

Und mit diesen Worten scheuchte er uns hinaus und schloss die Tür hinter uns.

Ist es Rabbits?

Diese Frage hatte ich dem Magier in der Vergangenheit schon öfter gestellt.

Auch an jenem Tag, als wir uns kennenlernten.

Was über meinen Freund Andrew Goshaluk geschah.

Andrew war ziemlich groß und etwas moppelig, hatte fusselige strohblonde Haare und trug eine Brille mit Goldrahmen, die an einen Serienkiller erinnerte. Schon in der Highschoolzeit waren wir zwei das, was man als »Hardcore-Gamer« bezeichnet. Wir spielten alles – von *The Legend of Zelda* über *Final Fantasy* zu *Risiko* und Schach und Go als

Online-Brettspiele. Aber Rollenspiel-Games mochten wir am liebsten. Unsere beiden Favoriten waren *Dungeons & Dragons* von TSR und *Traveller* vom Game Designers' Workshop.

Während des Studiums änderte sich nicht viel. Ab und an gingen wir zu einer Party oder einem Konzert, ansonsten verbrachten wir unsere Freizeit mit Spielen. Andrews Mutter und Schwester waren bei einem Zugunglück umgekommen, danach war er mit seinem Vater in die Staaten gezogen. Es war also nicht nur unsere Leidenschaft für Games, die unsere Freundschaft begründete, sondern auch die Tatsache, dass wir beide ziemliche Familientragödien erlebt hatten.

Zu dem Zeitpunkt, als ich den Magier kennenlernte, lag der Autounfall mit den Connors-Schwestern sechs Jahre zurück. Sechs Jahre waren vergangen, seit ich zum ersten Mal gehört hatte, wie Emily Connors das Wort *Rabbits* in Zusammenhang mit einem Spiel ausgesprochen hatte. Sechs Jahre, seit ich die Stimme im Rauschen des Radiosenders Night Station gehört hatte – eine Stimme, die in meinen düsteren Träumen immer wieder diesen einen Satz sagte: *Die Tür ist offen.*

Andrew und ich spielten gerade auf einem uralten Apple-Computer, als ich den Satz zum zweiten Mal hörte …

»Jetzt pass auf.« Andrew drückte die museumsreife Entertaste, und *Wizard's Quest 4* wurde geladen. In der Mitte des Bildschirms erschien ein kleiner Kasten mit echt primitiver Grafik – ein lilafarbener Zauberer ließ irgendwas fallen, das nach Blumensamen aussah –, aber das Spiel bestand vor allem aus viel Text.

Ich sah zu, wie Andrew mit den Pfeiltasten die Figuren durchs erste Level ihres Abenteuers steuerte. Aus den winzigen Lautsprechern plärrte klassische 8-Bit-Musik, die irgendwie nach Mittelalter klang.

»Was machst du?«, fragte ich.

»Was glaubst du wohl? Ich spiele.«

»Nicht dein Ernst. Ein uralter Dungeon Crawler?«

»Komm schon, K, sieh dir das mal an.«

»Ja, und?«

»Das Ding hat eine Laufzeitbibliothek. Total Achtziger.«

»Na, dann frag ich dich mal was.«

Andrew lehnte sich zurück und wartete ab.

»Wen interessiert's?«

Andrew grinste. »Witzig.«

»Echt jetzt. Wieso spielst du dieses Schrott-Game?« Ich wurde allmählich sauer. Wir standen in einer spannenden *Drakegard*-Kampagne kurz vorm Endkampf.

»Ah, *das* ist die eigentliche Frage, oder?«

»Klar.« Ich hoffte, Andrew würde mal zum Punkt kommen. »Außerdem wolltest du dir doch das Game ansehen, das Beverly und Travis gerade spielen, oder nicht?«

»Darum geht's hier ja.« Andrew lächelte und drückte die Return-Taste. »Wart's ab.«

Jetzt erschienen auf dem Bildschirm zwei gleich große Kästen. Im einen sah man Text, im anderen ein Monster mit extrem langen Armen.

»Jetzt sag endlich, was los ist«, maulte ich ungeduldig. »Ich hab in einer Stunde Französischklausur.« Französisch machte mich fertig. Vokabeln und Sätze konnte ich mir mühelos merken, aber irgendetwas an der Aussprache und der Syntax fiel mir schwer.

Andrew stand auf und streckte sich. »Kann leider kein Mitgefühl aufbringen. Ich hab in diesem Semester Astrophysik.«

»Und da heißt es, Französisch sei die Sprache der Liebe. Aber ich fühl dabei was anderes, das sag ich dir.«

Andrew lachte. »Kann's mir denken.« Er deutete auf seinen Stuhl. »Setz dich und sieh dir an, was jetzt kommt.«

Ich beugte mich vor und betrachtete verblüfft das Bild. »Was zur Hölle soll das bedeuten?«

»Was glaubst du?«

»Ist ein Fake.«

»Nee, ist es nicht.«

»Aber das muss es sein.«

»Oh, nein, das ist echt.«

»Wie kommst du darauf?«

»Hab's gecheckt.«

»Das ist doch nicht möglich.«

Das blaue Wesen mit den Stacheln auf dem Kopf war keines der üblichen Monster aus dem Spiel, sondern eine Figur, die mich meine Kindheit über begleitet hatte. Was mir hier aus einem Computerspiel von 1981 entgegenblickte, war die Hauptfigur eines Videospiels, das erst zehn Jahre später auf den Markt gekommen war.

Es war Sonic the Hedgehog, der Igel mit Überschallgeschwindigkeit.

Andrew hatte sich auf diese Fährte gesetzt, weil unsere Freunde Beverly und Travis mit einem Spiel beschäftigt waren, das laut ein paar Leuten vom MIT in Cambridge in der realen Welt stattfand. Ein Spiel, das die Regierung angeblich dazu benutzte, Geheimagenten zu rekrutieren.

In den Achtzigern klang das gar nicht so absurd. Filme über den Kalten Krieg wie das Hacker-Movie *WarGames* und Romane wie *Das große Spiel* von Orson Scott Card hatten eine Welt zum Inhalt, in der es Überschneidungen zwischen Videospielen und der Realität gab. Durch diese Spiele wurden angeblich Soldaten und Agenten im Umgang mit bedrohlichen Szenarien wie Weltkriegen oder regierungsgefährdender Spionage geschult.

Die Vorstellung, dass es wirklich ein Game geben könnte, das die Realität zum Spielfeld machte, fand ich endlos faszinierend. Das wäre der Spaß von *Dungeons & Dragons* mal tausend. Ich hoffte inständig, dass so etwas wirklich existierte.

Andrew war damals offenbar der Ansicht, dass das unerklärliche Erscheinen von Sonic the Hedgehog etwas mit einem solchen Spiel zu tun hatte. Wenn wir nicht einem Fake von einem sagenhaft raffinierten Fälscher aufsaßen, hatten wir hier eine Figur vor uns, die erst ein ganzes Jahrzehnt später von den brillanten Gamedesignern bei Sega entwickelt werden würde.

Andrew und ich starteten durch und versuchten die Hintergründe rauszukriegen. War das womöglich nur ein verrückter Zufall? Wir fragten querbeet alle Leute, die Ahnung von Videogames und ihrer Geschichte hatten, aber niemand konnte sich die Sache erklären.

Wir riefen sogar bei Sega an, stießen aber auf keinerlei Verständnis. Jeder, der sich ein bisschen in der Branche auskannte, vermutete, dass es sich um einen Fake handelte.

Aber ich war nicht bereit lockerzulassen, weil mir irgendetwas an dem seltsamen Vorfall vertraut vorkam. Es erinnerte mich an den Abend mit den Connors-Schwestern und an das Gefühl von Gefahr und Geheimnissen, das mich erfasst hatte.

Andrew stieg bald bei der Suche aus. Er fand die Vorstellung toll, etwas Spannendes zu entdecken, hatte aber keine Lust, sich dafür groß anzustrengen. Stattdessen wandte er sich einem anderen Rätsel zu, einem Marketingspiel, das irgendetwas mit Reebok zu tun hatte.

Ich saß also mit diesem unerklärlichen Sonic-Phänomen alleine da, war aber wild entschlossen, nicht aufzugeben.

»Was bedeutet das?«, fragte ich die klapperdürre brünette junge Frau mit der Katzenaugenbrille. Beverly lag in ihrer chaotischen Einzimmerwohnung auf einem abgewetzten schwarzen Ledersofa, die Beine über der Rückenlehne. Dabei studierte sie die Spielanleitung für *Wizard's Quest 4*, die ich heruntergeladen und ausgedruckt hatte.

»Bin mir nicht sicher«, antwortete sie und schaute zu Travis, einem coolen jungen Schwarzen, der eine Basecap von den Baltimore Orioles und ein T-Shirt trug, auf dem unter dem Foto eines alten Radios zu lesen war: *Dreht die Eagles voll auf, die Nachbarn hören zu.*

»Was denkst du, Travis?«, fragte Beverly.

»Könnte schon das Spiel sein«, antwortete er und betrachtete dabei eingehend etwas auf seinem Computerbildschirm.

»Meint ihr dieses geheime CIA-Game?«, fragte ich.

»Das Spiel ist weit mehr als das, K«, sagte Beverly und sprang auf. »Es ist etwas viel Größeres.« Sie nahm sich einen Stuhl und setzte sich neben Travis an den Schreibtisch.

»Was meinst du damit?«, fragte ich, aber die beiden beachteten mich gar nicht mehr, sondern flüsterten, während sie das Bild von Sonic studierten und irgendwelche Texte lasen.

Ein paar Minuten später stand Travis auf, fotografierte das Bild von Sonic auf dem Monitor und sagte lächelnd zu mir: »Jetzt gehen wir zum Magier.«

Eine halbe Stunde später betrat ich zum ersten Mal die Spielhalle.

Der Magier betrachtete prüfend das Bild von Sonic auf dem Handy und studierte dann die ausgedruckte Spielanleitung. Als er offenbar genug gesehen hatte, stand er auf und schloss die Tür zu seinem Büro. Dann setzte er sich wieder, legte die Fingerspitzen aneinander und fragte: »Wie viel wisst ihr über das Spiel?«

Travis und Beverly platzten mit ihren Lieblingstheorien heraus: dass man allen Hinweisen und Mustern in der Realität folgen sollte, um zu sehen, wohin sie führten. Niemand wusste genau, ob es das Spiel wirklich gab oder nicht; einige Leute waren Spieler, andere nur Zuschauer.

Der Magier hörte konzentriert zu, bis die beiden zu reden aufhörten.

»Sonst noch was?«, fragte er dann.

»Es soll irrsinnig gefährlich sein«, antwortete Travis. »Und ...«, er sprach leiser, auf seiner Stirn hatten sich Schweißperlen gebildet, »angeblich sind dabei Leute ums Leben gekommen.«

Mir schossen wie so oft die Bilder aus der Nacht mit Emily und Annie wie ein Actionfilm durch den Kopf, und vor Aufregung wurde mir heiß. Ich sah, dass der Magier mich mit ausdrucksloser Miene beobachtete.

»Aber wie Travis schon sagte«, fügte Beverly hinzu, »niemand weiß genau, ob es überhaupt existiert.«

»Nun, die Spieler wissen es ganz bestimmt«, erwiderte der Magier. Dann versank er in Schweigen. Etwas in seinen Augen erinnerte mich an die Miene von Emily Connors damals.

»Ist es Rabbits?«, fragte ich.

Der Magier sah mich überrascht an. »Woher kennst du diesen Namen?« Ein kleines Lächeln spielte um seine Mundwinkel, das ich schwer deuten konnte.

»Weiß ich nicht mehr«, log ich, weil ich nicht bereit war, mein Wissen einem Wildfremden zu offenbaren, den ich gerade erst in einer Spielhalle kennengelernt hatte.

Der Magier schien kurz zu überlegen, dann fragte er meine Freunde: »Und was wisst ihr beide über Rabbits?«

Travis zuckte die Schultern, und Beverly antwortete: »Gar nichts.« Sie starrte mich an. »Oder, Moment mal … Ist das etwa der Name des mysteriösen Spiels?«

Der Magier warf mir einen bohrenden Blick zu. Als ich nicht reagierte, sagte er: »Offiziell hat das Spiel keinen Namen, aber von Eingeweihten wird es Rabbits genannt. Um es von … allem anderen zu unterschieden.«

»Was meinst du mit ›allem anderen‹?«, fragte ich.

»Alles, was nicht Rabbits ist.«

Im Rückblick weiß ich, dass in diesem Moment, im Büro des Magiers, meine absolute, allumfassende Obsession mit dem Spiel begann. Die Neugier war in der Nacht mit den Connors-Schwestern geweckt worden, aber ich war mir nie sicher gewesen, ob ich mir nicht alles Mögliche eingebildet hatte. Doch als ich jetzt den Magier davon reden hörte, gestattete ich mir erstmalig einen Gedanken, der mich umhaute.

Dass dieses Spiel tatsächlich existierte.

»Sonic kommt in der Spielanleitung überhaupt nicht vor«, sagte Beverly.

»Es muss eine Raubkopie oder etwas in der Art sein«, fügte Travis hinzu.

Der Magier starrte noch einmal auf das Foto. Dann lehnte er sich zurück und verkündete: »Ich brauche das Spiel selbst.«

»Klar, ich kann's in den nächsten Tagen mal vorbeibringen«, sagte ich.

»Und wieso nicht jetzt sofort?«, erwiderte der Magier.

»Ähm … ich hatte nicht gedacht …«

»Wenn das okay für dich ist?«

Ich wusste nicht genau, warum, hatte aber das Gefühl, dass dies ein entscheidender Moment war. Wollte der Magier jetzt wirklich dringend meine Kopie von *Wizard's Quest 4* checken, oder wollte er austesten, wie interessiert ich an Rabbits war?

»Halbe Stunde«, sagte ich.

In zwanzig Minuten war ich wieder in der Spielhalle.

Ich war nämlich absolut interessiert. Und total gespannt darauf, was der Magier mir erzählen würde.

Aber als ich keuchend vor seiner Bürotür stand, riss er mir wortlos die Diskette aus der Hand und schlug mir die Tür vor der Nase zu.

Ich wollte gerade klopfen und fragen, wann ich etwas von ihm hören würde oder was er überhaupt vorhatte, als ich hinter mir eine Stimme hörte.

»Er meldet sich, wenn er etwas rausgefunden hat.«

Ich drehte mich um und sah Chloe zum ersten Mal.

Ihre blonden Haare waren damals kurz geschnitten und zerzaust. Über einem weißen T-Shirt mit einem Bild von einer rosa Musikkassette trug sie ein hellgraues Jackett mit Rissen. Die bunten Lichter der Spielautomaten funkelten in ihren Augen, als sie mir ein lässiges »Hey« zuwarf.

»Hi. Ich bin K«, sagte ich.

»Chloe.« Sie schüttelte mir so förmlich die Hand wie bei einem Vorstellungsgespräch.

»Arbeitest du hier?«

»Manchmal«, antwortete sie, als wir die Treppe hinuntergingen. »Was spielst du?«

»Das habt ihr hier nicht.«

»Lass mich raten.« Sie musterte mich von Kopf bis Fuß.

»Du wirst nicht draufkommen«, sagte ich.

Sie nagte einen Moment an ihrer Unterlippe, nickte dann. *»Joust«*, mutmaßte sie.

Und war damit erstaunlich nah dran.

Ich liebte *Joust*. Unter meinen Lieblings-Arcade-Spielen der Achtziger stand es auf Platz drei. *»Robotron«*, sagte ich.

»Das hätte ich als Nächstes vorgeschlagen. Oder *Tempest*. Muss auf jeden Fall von Williams oder Atari sein.«

»Warum?«

»Weil es die besten sind.« Chloe steckte eine Münze in einen Flipper, *Centaur*. »Wir haben hier sogar einen *Robotron*-Automaten. Aber wir warten gerade auf einen neuen Monitor.«

»Hammer«, sagte ich. Dabei hatte ich das Gefühl, irgendetwas Eindrucksvolles von mir geben zu müssen, um zu zeigen, dass ich eine verwandte Seele war.

»Wusstest du, dass Harry Williams den Tilt-Mechanismus für Flipper erfunden hat?«, sagte ich und bereute die Bemerkung auf der Stelle.

Wen interessierte denn schon so was?

»Nee, wusste ich nicht«, antwortete Chloe, als sie mit dem Plunger ihre erste Kugel aufs Spielfeld schoss und mit den Hüften Druck ausübte, um die Laufbahn zu beeinflussen. Chloe spielte gut, um Klassen besser als ich.

»Seit wann arbeitest du hier?«, fragte ich.

»Seit wann interessierst du dich für Rabbits?«, antwortete sie mit einer Gegenfrage. Mit solchen Methoden ließ Chloe ständig durchblicken, dass sie hohles Gelaber durchschaute und froh wäre, wenn man es lassen würde.

»Ich weiß nicht, ob ich interessiert bin. Ich wollte mir das nur mal ansehen.«

»Im Ernst?« Sie hatte ihre erste Kugel immer noch in der Mache. »Na, dann viel Glück.« Sie rettete die Kugel mit einem entschiedenen Ruckeln am Flipper, traf ein schwieriges Ziel und begann das Multiball-Spiel.

Drei Tage lang hörte ich nichts vom Magier.

Dann ging ich in die Spielhalle, wo er gerade *Space Ace* spielte.

»Sehr interessante Anomalie«, erklärte der Magier und gab mir die Diskette zurück. »Aber ich habe nichts gefunden, was mit Rabbits zu tun haben könnte.«

»Okay, danke«, sagte ich enttäuscht.

Ich war mir ziemlich sicher gewesen, dass er irgendetwas Spannendes entdecken würde, wenn vielleicht auch nicht gleich einen Hinweis auf ein mysteriöses Spiel in Zwischenwelten.

Als ich frustriert wieder abziehen wollte, sah ich, dass Chloe an der Treppe stand und mich beobachtete. Und plötzlich hatte ich das Gefühl, mich an der Schwelle zu einem neuen Universum zu befinden. Ich konnte mich umdrehen, rausgehen und zu meinem bisherigen Leben zurückkehren.

Oder ich konnte etwas ganz anderes machen.

Ich trat zum Magier und tippte ihn auf die Schulter.

»Was kannst du mir über Rabbits erzählen?«, fragte ich.

Er hörte auf zu spielen und drehte sich zu mir um.

Sein Gesicht gab nichts preis, aber ich meinte, eine Drohung in seinen Augen zu lesen. Im nächsten Moment hatte ich das sichere Gefühl, gerade einen folgenschweren Fehler begangen zu haben. Aus dem Grund beschloss ich zu gehen, als ich hörte, wie er mir eine Frage stellte.

»Was willst du denn wissen?«

»Alles«, platzte ich heraus und schob die Bedenken beiseite.

Sein Gesicht entspannte sich, und er lachte.

Ich beugte mich vor und raunte: »Gibt es Rabbits wirklich?«

Der Magier lächelte, beugte sich ebenfalls vor und flüsterte: »Wart's ab.«

Dann drehte er sich um und spielte weiter, und ich sah zu, wie seine Spielfigur ein blaues Baby auffing, das gerade vom Himmel fiel.

»Worauf warten wir denn?«, erkundigte ich mich.

»Auf den Circle.«

»Was ist der Circle?«

»Die Liste der Gewinner des Spiels«, antwortete der Magier. »So was wie die Rabbits Hall of Fame.«

»Also gibt es Leute, die das Spiel gewinnen?«

»Allerdings.«

»Und die Liste ist hier drin, in diesem *Space-Ace*-Automaten?«

»Eine bestimmte Liste, ja.«

Der Magier ließ seine Figur eine Reihe komplizierter Tricks vollführen und gewann das Spiel.

»Was meinst du damit?«, fragte ich.

»Also, der Circle ist so was wie ein lebendes Dokument. Niemand weiß, wer es aktualisiert und wo man es finden kann. Es taucht plötzlich irgendwo auf, sobald die laufende Runde des Spiels endet oder eine neue beginnt.«

»Wie – es taucht irgendwo auf?«

»So wie ich sage.« Der Magier sah zu, wie der Abspann über den Bildschirm lief. »Ganz simpel eigentlich.«

»Und so war das auch mit diesem *Space-Ace*-Automaten?«

»Ich sag doch, wart's ab«, erwiderte der Magier, und wir starrten beide auf den Monitor.

Als die letzte Zeile des Abspanns verschwunden war, schauten wir auf einen nachtblauen Hintergrund mit leuchtenden Weltraumwolken und funkelnden Sternen.

Ein paar Sekunden später erschien eine Liste mit Namen und Ziffern.

»Das hier«, verkündete der Magier und zeigte auf den Monitor, »ist der Circle, etwa bei der achten Runde.«

Es sah genauso aus wie die übliche Bestenliste bei jedem Videogame, abgesehen von den römischen Ziffern. Hinter denen standen sieben Namen, hinter der Acht war eine Leerstelle.

»Und woher weißt du, dass es der Circle aus der achten Runde ist?«, fragte ich.

»Siehst du, dass die Acht blinkt?«

Ich nickte.

»Das Erscheinen dieser Version des Circle hat den Beginn der achten Runde angekündigt.«

Ich beugte mich vor und las die Namen.

I	Mickie Mouth
II	The Condor
III	Alison Cat
IV	Radio Knife
V	Carbon Thing
VI	Californiac
VII	Nova Trail
VIII	

Damals sah ich den Circle zum ersten Mal in meinem Leben.

Während ich auf den *Space-Ace*-Automaten starrte, fragte ich mich, wie man es fertigbrachte, etwas an dem Game so zu manipulieren, um diese Liste einzufügen. Im Gegensatz zu anderen Videospielen aus dieser Zeit beruhte *Space Ace* nämlich auf einem Laserdisc-System. Alle Informationen befanden sich auf einer großen silbernen Disc, programmiert wurde nichts.

»Wie haben die das gemacht?«, fragte ich und zog die Brauen zusammen.

»Was meinst du damit?«

»Wie kann jemand eine nagelneue Laserdisc für ein Videospiel von 1982 anfertigen?«

»Das musst du Chloe fragen. Die kennt sich mit Technik besser aus.« Das war keine Antwort.

Wir warteten ab, während das Game neu lud und das Intro auf dem kleinen Monitor ablief. Am liebsten hätte ich sofort eine Münze eingeworfen, ich hatte *Space Ace* eine Ewigkeit nicht gespielt.

»Dann ist die Liste der Gewinner einfach so aus dem Nichts aufgetaucht?«, fragte ich.

»Am einen Tag war der Abspann wie immer. Am nächsten Tag erschien die Liste.«

»Aber warum in diesem einen Automaten zu genau diesem Zeitpunkt?«

»Ziemlich viele Leute behaupten, das Game würde den Spielerinnen und Spielern folgen und wissen, wo sie sind und was sie gerade machen«, sagte der Magier.

»Ziemlich absurde Idee, oder?«, erwiderte ich.

»Skepsis ist grundsätzlich gut, K. Aber du begibst dich hier in eine neue Welt. Da wirst du wohl einiges …«

»… erst mal nicht glauben können?«, unterbrach ich ihn.

Der Magier lachte. »Ja, das trifft es wohl.«

»Der Circle offenbart also nicht nur die Gewinner, sondern zeigt auch an, wann die nächste Runde beginnt«, dachte ich laut.

Der Magier nickte. »Genau. Als in der Liste Nova Trail als Gewinner der siebten Runde auftauchte, wurde allen klar, dass sie zu Ende war.«

»Der Circle erscheint also an wechselnden Orten?«

»Überall auf der Welt.«

»Und du glaubst tatsächlich, das Spiel spürt die Leute auf, die es spielen?«

»Ich hab nicht gesagt, dass *ich* das glaube, sondern dass *andere* es tun.«

»So oder so kann ich das …«

»Erst mal nicht glauben?« Der Magier grinste.

»Aber woher weißt du, dass es wirklich zum Spiel gehört und nicht irgendein Scherz ist oder so?«

»Weil ich es weiß.«

»Was soll das heißen?«

Der Magier sah mich einen Moment lang an, als müsste er gründlich überlegen. Dann sagte er in einem Tonfall, der beinahe ehrfürchtig klang: »Ich weiß es, weil ich Rabbits gespielt habe.«

Ein Teil von mir wollte ihn mit Fragen löchern, während ein anderer Teil von mir sich in Erinnerungen verfing, die nach mir griffen. Ich räusperte mich. »Und das alles ist wirklich … real?«

»Ja, ist es.« Der Magier wandte sich ab. »Komm mit.«

Wir gingen nach oben in sein Büro. Er packte einen Laptop aus, der mit Stickern von Bands aus den Neunzigern gepflastert war.

Der Magier schaltete ihn ein. Als sein Passwort abgefragt wurde, drückte er einfach die Enter-Taste.

»Du benutzt kein Passwort?«, fragte ich verblüfft.

»Nie. Passwörter sind zu leicht zu hacken. Damit lieferst du der Welt nur jede Menge Information über dich.«

»Aber doch nicht, wenn du beliebige Buchstaben und Zahlen benutzt«, wandte ich ein.

»Nichts ist beliebig, K.« Er öffnete einen Ordner mit Fotos.

Auf jedem Bild war eine Liste mit Namen und römischen Ziffern zu sehen: in der Speisekarte von einem Pizzaimbiss, auf einer Hitliste der Top 100 aus den Sechzigern, einem Spielbericht von einem Baseballspiel 1979. Die früheste Version befand sich auf einer Wand in einem Waschsalon in Seattle, unter dem Bild von einem Kaninchen.

»Das sind also unterschiedliche Versionen vom Circle?«, fragte ich und starrte auf die Bilder.

»Ja, die hier hat man in Nordamerika gefunden. Alle sind überprüft und bestätigt worden«, antwortete der Magier. »Ich habe sie in chronologischer Reihenfolge sortiert. Daneben habe ich auch Sammlungen aus Europa und Asien.«

Am Anfang stand der Waschsalon, gefolgt von einem modernen Gemälde, auf dem der Name des ersten Gewinners stand, Mickie Mouth. Dann kamen weitere Fotos der anderen Gewinner, schließlich die Version aus dem *Space-Ace*-Automaten in der Spielhalle und zuletzt ein Screenshot von einer Geocities-Website für eine Tierfutterfirma namens HappiHappi.

Die Website war gehackt worden. Im Graffiti-Style stand groß auf der Seite:

R U PLAYING?
HAZEL

»Wer ist Hazel?«, fragte ich.

»Hazel hat die achte Runde gewonnen und ist dann verschwunden, nachdem er oder sie auf einen Platz im Circle verzichtet hat.«

Während ich das zu begreifen versuchte, fügte der Magier hinzu: »Niemand hat je das Game so gut gespielt wie Hazel.«

Wir gingen wieder nach unten, und ich beäugte begehrlich die *Space-Ace*-Maschine. Ich hatte eine Riesenlust zu spielen, wollte dem Magier aber so viel wie möglich über Rabbits entlocken.

»Also ist die achte Runde definitiv beendet, obwohl kein Gewinner im Circle vermerkt ist? Weil er oder sie ihren Rang aufgeben wollte?«, fragte ich.

»Ja, genau.«

»Und wann beginnt die nächste Runde?«

»Wenn Spieler die neueste Version des Circle irgendwo entdecken, hat sie begonnen. Aber es gibt noch etwas anderes, das darauf hinweist, und zwar immer schon viel früher.«

»Und was ist das?«

»Die Spieler stoßen auf etwas, das wir nur den ›Satz‹ nennen.«

»Wie, ›Satz‹? Was bedeutet das?«

»Es gibt einen bestimmten Satz, der immer dann zu hören ist, bevor die nächste Runde des Spiels beginnt.«

»Und wie lautet der?«

»Die Tür ist offen.«

Etwas in mir erstarrte.

Im nächsten Moment schien es mir, als hätte ich den Zugang zu dem geheimen mythischen Rätsel namens Rabbits gefunden – den Zugang zu einer Welt, die von unserem Alltagsdasein so weit entfernt ist wie Narnia oder Mittelerde. Es war eine Welt voller Mysterien, die nach mir zu rufen schienen.

Die Tür ist offen.

Die Worte, die ich vor dem Unfall mit den Connors-Schwestern im Radio gehört hatte.

Dann hatte damals also eine neue Runde des Spiels begonnen? Und wenn ja, welche? Die sechste oder die siebte?

Von diesem Punkt an war Rabbits für mich viel mehr als nur eine Obsession. Rabbits war in meinem Kopf, wenn ich abends schlafen ging und morgens aufwachte.

Rabbits war *alles*.

NOTIZEN ZUM SPIEL: NACHRICHT VON HAZEL
(authentifiziert)

Wer an der Legende rund um Rabbits interessiert ist, weiß, dass der Satz und der Circle jederzeit überall auf dem Globus auftauchen können. Vor und nach jeder Runde des Spiels überfluten Spieler aus aller Welt die Rabbits-Chatrooms mit Bildern und Berichten über ihre Entdeckung vom Satz *Die Tür ist offen* und ihren Funden vom Circle.

Seit Langem schon vermuten einige Leute, das Spiel folge denjenigen, die es spielen – vor allem denen, die es fast bis zum Ende schaffen. Anfänglich hielt man das für Unsinn. Aber im Lauf der Jahre sind erfahrene Spielende zu der Überzeugung gelangt, dass das tatsächlich zutrifft.

Gerüchten zufolge ist der Circle als Graffiti an einer Hauswand am Roten Platz in Moskau aufgetaucht, 2002 anstelle der Songtitel auf einer Wilco-LP, und mehrere Spielende berichteten, ihn im Abspann eines kanadischen Independent-Films gesehen zu haben, der 2010 beim Filmfestival von Toronto gezeigt wurde. Bislang gibt es allerdings weder Videos noch Bildmaterial als Beweis für diese Sichtungen.

Keine Organisation hat sich jemals offiziell dazu geäußert, wie und warum Der Satz oder Der Circle auf der Welt erscheinen. Das ist jedoch nicht verwunderlich, da auch noch keine Organisation die Existenz von Rabbits jemals offiziell anerkannt hat.

– **Hazel 8**

10 »WorGames«

Ein paar Tage nachdem wir mit Alan Scarpios Handy in der Spielhalle gewesen waren, rief Chloe an und sagte, der Magier wolle es sich noch mal ansehen.

Als ich ankam, waren Chloe und Baron schon da. Der Magier hängte ein Schild mit Aufschrift *In 15 Minuten zurück* ins Fenster der Spielhalle, schloss die Eingangstür ab und ging mit uns nach oben in sein Büro.

»Du hattest doch gesagt, in dem Diner habe Scarpio einen Anruf bekommen, oder?« Der Magier streckte auffordernd die Hand aus.

»Ja«, antwortete ich und reichte ihm das Handy. »Aber das haben wir gecheckt und nichts gefunden. Keine Anrufliste, überhaupt keine Aufzeichnungen von irgendwas.«

»Okay«, sagte der Magier, »aber Anruflisten werden nicht nur auf dem Gerät, sondern auch in der Cloud gespeichert.«

»Die haben wir überprüft«, warf Baron ein. »Da war nichts.«

»Hast du denn was gefunden?«, fragte Chloe den Magier, während wir ihm dabei zusahen, wie er Scarpios Handy mit dem Laptop verband, den er beim letzten Mal auch benutzt hatte.

»Ich habe überprüft, ob das Back-up von diesem Gerät nach dem Anruf im Diner upgedatet wurde. Aber der Cloud-Speicher war komplett gelöscht.«

»Eben«, bemerkte Baron. »Da war nichts.«

»Und was machst du jetzt?«, fragte ich.

»Das Ding rooten.«

»Dann kannst du die Garantie aber vergessen«, witzelte Chloe.

»Das Back-up von Nachrichten und Anrufen wird auf diesem Handy offenbar in einer Datenbankdatei gemacht. Und auf die hat man nur Zugriff, indem man das Handy rootet und eine Dateimanager-App benutzt.«

»Shit. Geniale Idee«, sagte Baron.

Ein Handy zu rooten – oder genau, es zu hacken, damit man an alle Zugriffsrechte kommt –, ist recht beliebt bei Leuten, die im Umgang mit ihrem Handy nicht bevormundet werden wollen. Aber Chloe hatte natürlich recht: Damit erlosch jeglicher Garantieanspruch.

Der Magier brauchte nicht mehr als zwei Minuten, um die Datenbankdatei zu finden, und zwei weitere Minuten, um sie zu knacken. Dann drehte er den Laptop und zeigte uns den Inhalt der Datei. Es gab einen Eintrag: den Anruf, den Scarpio im Diner bekommen hatte. Über den Anruf waren dreierlei Informationen zugänglich: Uhrzeit, Länge und – Bingo! – die Nummer des Anrufers.

»Also?«, sagte Baron.

»Also was?«, fragte Chloe.

»Wir rufen die Nummer an, oder nicht?«

Alle drei schauten auf mich.

»K?«, meinte der Magier.

Ich nickte, und Chloe gab die Nummer ein.

Beim zweiten Ton nahm jemand ab.

»Hallo und vielen Dank für Ihren Anruf bei WorGames Seattle. Mit wem darf ich Sie verbinden?«

Ich legte auf.

Der Anruf, der Alan Scarpio vor seinem hastigen Aufbruch sichtlich schockiert hatte, war von WorGames gekommen.

WorGames ist die Schöpfung eines Mannes Namens Hawk Worricker. Das Folgende ist ein Ausschnitt eines Artikels von Yumiko Takada, 2016 erschienen in der Computerzeitschrift *Wired*.

Über Hawk Worrickers früheres Leben ist nur sehr wenig bekannt. Man weiß, dass er im Bundesstaat Washington aufgewachsen und nach Abschluss der Oberschule mit seinen Eltern nach Südkalifornien gezogen ist.

Zehn Jahre später, während seines Studiums an der Stanford University, entwickelte Worricker eine Programmiersprache, die er LEMON nannte. Doch anstatt sie zu verkaufen, beschloss Worricker, sie kostenlos zur Verfügung zu stellen. Deshalb wird LEMON heute noch von einigen kleineren Ländern für die Software von Telekommunikationsgeräten genutzt.

Nach einer kurzen Phase bei Apple gründete Worricker 1983, mit neunundvierzig Jahren, sein aufsehenerregendes Unternehmen WorGames. Kaum ein Jahr später hatte WorGames mit den ersten Videospielen Warz *und* Tankz *solchen Erfolg, dass das Unternehmen bereits hohe Profite machte und Investoren sich darum rissen, Anteile zu erwerben. Worricker erteilte allen eine Absage.*

Er ging ein enormes Risiko ein mit seiner Entscheidung, die üblichen Vertriebswege zu meiden und direkt an Kunden zu verkaufen, aber seine Strategie wurde ein voller Erfolg. Indem er als Unternehmer unabhängig blieb, konnte er sowohl seine Profite maximieren als auch die alleinige kreative Kontrolle über die Gestaltung der Spiele behalten.

Trotz seines Ruhms lebte Worricker vollkommen zurückgezogen.

Etwa zwei Jahren nach der Gründung von WorGames verschwand er aus dem Licht der Öffentlichkeit.

Im Folgenden einige Meilensteine aus Worrickers Laufbahn:

1988: WorGames macht Nintendo Konkurrenz mit dem großartigen Platformer Dragonize Wide Open.

1990: Das Sequel zu Dragonize Wide Open *wird das zweitmeistverkaufte Sequel in der gesamten Videospielgeschichte.*

1993: Worricker teilt seinem Vorstand mit, dass er seine kreativen Batterien aufladen wolle, indem er ab sofort durch die Welt reise, um sich mit beliebten alten Spielen und Traditionen anderer Kulturen zu beschäftigen.

1999: WorGames bringt Alienation Nation *heraus, die bislang aufwendigste Produktion. Es entstehen Gerüchte um Worrickers Rückkehr in die USA, aber das Unternehmen verweigert jegliche Stellungnahme.*

2001: WorGames kauft das erste Gebäude auf dem Gelände in Seattle, auf dem sich später die Zentrale des Unternehmens ansiedeln wird. Zu diesem Zeitpunkt beschäftigt das Unternehmen bereits über tausend Angestellte, aber Worricker meidet weiterhin die Öffentlichkeit.

2010: Hawk Worricker stirbt wie vermeldet im Alter von siebenundsechzig Jahren in seinem Haus in Seattle. Jegliche Details zu Bestattung oder Trauerfeier werden von Worrickers Nachlassverwaltern geheim gehalten.

Obwohl Worricker eine der einflussreichsten Persönlichkeiten in der Welt der Videospiele war, stammen sämtliche Informationen über ihn aus zweiter Hand. Fotos existieren nur aus seiner Schul- oder Studienzeit.

Ein namhaftes Technikmagazin bot in den Neunzigerjahren 200 000 Dollar für ein verifiziertes Foto von Worricker.

Niemandem gelang es, das Preisgeld zu kassieren.

Obwohl Hawk Worricker nicht mehr dafür verantwortlich ist, hat sich WorGames mit seiner innovativen Firmenpolitik über die Jahre als eines der kommerziell erfolgreichsten und anerkanntesten Videospiel-Unternehmen weltweit etabliert.

»Scarpio hat also mit jemandem bei WorGames gesprochen, bevor er verschwand«, kommentierte Baron. »Aber was bringt uns das?«

»Ist immerhin ein Anhaltspunkt«, antwortete der Magier.

»Jedenfalls sah er … ziemlich schockiert aus, während er telefonierte«, sagte ich. »Da muss irgendwas Dramatisches los gewesen sein.«

»Scarpio hat ja zu K gesagt, mit dem Spiel würde etwas nicht stimmen, und es müsse vor der nächsten Runde repariert werden«, warf Chloe ein. »Und wenn es jetzt schon zu spät ist?«

»Das Spiel pausiert dann einfach«, antwortete der Magier.

»Bist du dir ganz sicher?«, fragte ich.

Er nickte, aber ich war nicht überzeugt.

»Was machen wir also jetzt?«, fragte Chloe.

»Ich versuche rauszukriegen, was gerade mit dem Spiel abläuft«, sagte der Magier, »und ihr forscht weiter in Sachen Scarpio und sein Handy.«

Während der Magier sprach, sah ich etwas Seltsames durch das Fenster in seinem Rücken – ein graues, pulsierendes Gebilde in den Wolken.

Bloß nicht. Ich schüttelte den Kopf und zwang mich, auf den Boden zu schauen.

»Eine Freundin von mir arbeitet bei WorGames«, warf Baron ein. »Ich könnte sie fragen, ob sie irgendwas von Scarpio weiß.«

»Sehr gut«, sagte der Magier. »Hat noch jemand Freunde da?«

»Nee, ich nicht«, antwortete Chloe.

»K?«

Ich schüttelte wieder den Kopf und starrte an die Wand hinter Chloe. Die grauen Schatten krochen von dort auf sie zu. Ich stellte mich schützend zwischen sie und die unheimlichen Gebilde.

Sie sah mich erstaunt an. »Ist was?«

Mein Mund war staubtrocken, ich räusperte mich. »Nein, nichts«, flüsterte ich.

Im nächsten Moment waren die Schatten verschwunden.

»Kann sein, dass ich selbst noch ein paar Leute bei Wor-Games kenne«, sagte der Magier. »Ich werd mal ein bisschen rumtelefonieren.« Er stand auf und gab mir Scarpios Handy zurück.

Baron verkündete, er müsse nach Hause, und Chloe hatte Schicht bis um fünf. Ich sagte den anderen, ich würde noch mal versuchen, mehr über Tabitha Henry und das Video rauszukriegen, aber in Wirklichkeit wollte ich nur schlafen.

Ich war auf einmal total erschöpft.

Ein grüner Minibus raste über die Kreuzung. Laute Musik dröhnte aus den offenen Fenstern. Es war ein Song von Band of Horses, von einem Album, das ich eine Zeit lang ständig gehört hatte, aber der Titel wollte mir nicht einfallen.

Eine große dunkelhaarige Frau mit einem winzigen Windhund lächelte mir zu, als sie auf die Straße trat und sie überquerte. Der Hund mit seinen kurzen dünnen Beinen musste mächtig schnell tippeln, um mit ihr Schritt zu halten.

Ich schaute ihm amüsiert hinterher und trat auf die Straße.

Der Song von Band of Horses verhallte, während sich der Minibus entfernte. Das Echo zwischen den Wolkenkratzern kam mir vor wie eine Geräuschkulisse am Rande eines Albtraums.

Plötzlich packte mich jemand am Kragen und riss mich zurück. Einen Sekundenbruchteil später raste ein weißer Volvo über die Ampel, die schon auf Gelb stand.

Er hätte mich um ein Haar überfahren. Nichts hatte mich gewarnt. Keine Hupe, kein gar nichts. Verdammt, ich wär fast überfahren worden, hätte ich denken können. Aber da war bloß ein Abgrund aus Stille.

Ich schaute auf die andere Straßenseite.

Die Frau mit dem Windhund war nicht dort.

Sie war die Person, die mich zurückgerissen und mir das Leben gerettet hatte.

»Danke«, sagte ich. Meine Stimme schien aus weiter Ferne zu kommen und klang so blechern, als spräche ich durch ein Megafon.

»Alles okay?«, fragte die Frau.

Der Hund sah zu mir hoch, als fragte er sich das auch.

»Ich war in Gedanken«, sagte ich. Was nicht stimmte. Ich konnte mich an keinerlei Gedanken erinnern.

»Sie sind fast vor dieses Auto gelaufen«, sagte die Frau und musterte mich mit zusammengezogenen Brauen. Glaubte sie etwa, ich hatte mich umbringen wollen?

»Vielleicht sollten Sie jemanden anrufen?«, schlug sie vor. Sie sah besorgt aus.

Dass sie mir das Leben gerettet hatte, war eine spannende Geschichte, die sie wahrscheinlich im Lauf des Tages mehrmals erzählen und jedes Mal mit ein paar weiteren dramatischen Details ausschmücken würde. Aber jetzt wollte sie weiter. Vielleicht hatte sie einen Termin. Oder sie wollte lieber das Feld räumen, falls ich potenziell selbstmordgefährdet wäre und es gleich noch mal probieren würde.

»Alles gut, danke. Schönen Dank«, sagte ich.

Schönen Dank. Ich hörte mich so herablassend an.

Als die Fußgängerampel wieder auf Grün sprang, überquerten Frau und Windhund die Straße, und ich schaute mich um.

Wo war ich eigentlich? Meine Umgebung kam mir so fremd vor wie ein Wort, das ich plötzlich nicht mehr buchstabieren konnte. Ich las das nächste Straßenschild. Nineteenth Avenue, und ich stand direkt gegenüber von einem Lokal namens The Kingfish Café.

Okay, das kannte ich.

Ich liebte das Kingfish Café, ging da oft zum Lunch hin. Aber ich konnte mir nicht erklären, weshalb ich jetzt hier war.

Dann kehrte langsam die Orientierung zurück.

Zuletzt hatte ich mit Chloe und Baron im Büro des Magiers über WorGames geredet.

Ich checkte die Zeit auf meinem Handy. Es war halb sechs.

Mir fehlten über sechs Stunden in meiner Erinnerung.

Im Kingfish Café ging ich auf die Toilette, klatschte mir kaltes Wasser ins Gesicht und checkte meinen Körper. Keine Schrammen, keine Blutergüsse, auch keine anderen Blessuren. Was auch immer in den letzten sechs Stunden passiert war, hatte jedenfalls keine körperlichen Verletzungen zur Folge gehabt.

Ich fühlte mich hilflos, weil ich mich nicht erinnern konnte. Was hatte ich nur in dieser Zeit angestellt? Und noch wichtiger: Was war mir entfallen? Oder gar: Was war aus meinem Gedächtnis gelöscht worden?

Angestrengt dachte ich nach. Baron. Chloe. Das Kingfish.

Dann fiel mir etwas auf, das mir endgültig den Rest gab.

Schwindel erfasste mich, vor meinen Augen drehte sich alles. Das Kingfish Café war seit 2015 geschlossen.

»Was geht?«, fragte Chloe, als sie reinkam und ins Wohnzimmer spazierte.

»Nicht viel.« Ich versuchte an ihrer Miene zu erkennen, ob ich mich in den letzten sechs Stunden bei ihr gemeldet hatte.

»Weshalb starrst du mich so an?«, fragte sie.

»Wie denn?« Ich folgte ihr, als sie in die Küche ging.

»Als wärst du irre«, antwortete sie, nahm sich eine Limo aus dem Kühlschrank und riss die Dose auf.

»Keine Ahnung. Schlafmangel wahrscheinlich«, sagte ich so beiläufig wie möglich.

Chloe legte den Kopf schief. »Bist du sicher, dass nicht irgendwas ist?«

»Nee, alles super«, fauchte ich.

»Schon gut, schon gut. Komm runter.«

Guter Vorschlag, aber mir fehlten sechs Stunden vom Tag.

Chloe zog ihren Laptop heraus und öffnete einen Browser. »Schau mal.«

»Was denn?«

Chloe deutete auf den Bildschirm. »Chronicler Enterprises gehört zu WorGames.«

»Was ist Chronicler Enterprises gleich wieder? Kommt mir irgendwie bekannt vor …«

»Ähm … weil denen Tabitha Henrys Escape-Room-Firma gehört?« Chloe rief einige Urkunden und eine Liste mit Briefkastenfirmen auf.

»Aber was hat WorGames mit Tabitha Henry zu tun?«

»Ich hab keinen blassen Schimmer.«

»Woher hast du dieses ganze Zeug?«, fragte ich mit Blick auf den Bildschirm.

»Im Ernst jetzt?«

»Was?«

»Du hast mir das vor ein paar Stunden geschickt.«

»Wirklich?«

Chloe verschränkte die Arme vor der Brust und starrte mich durchdringend an.

»Was ist?« Ich tat, als würde ich lachen.

»Scheiße, sagst du mir vielleicht mal, was los ist?«

Ich zuckte die Achseln. »Bin nur ein bisschen müde.«

»K …«

»Okay, okay. Ich hab einen totalen Filmriss, was die letzten sechs Stunden angeht.«

»Verstehe«, sagte sie und wandte sich augenrollend wieder ihrem Laptop zu. »Wenn du keine Lust hast zu reden … Ich mach dir keinen Druck.«

Ich hätte fast laut aufgelacht. Chloe und keinen Druck machen? Undenkbar.

»Es ist die Wahrheit«, sagte ich.

Sie sah auf. Irgendetwas in meinem Gesicht sagte ihr wohl, dass es stimmte, denn ihr Tonfall änderte sich sofort. »Im Ernst jetzt?«

»Ja.«

»Du kannst dich nicht daran erinnern, dass du mich vorhin angerufen hast?«

»Nein.«

»Ganz und gar nicht?«

»Ich erinnere mich an nichts. Und da ist noch was.«

»Was?«

»Bevor ich hierherkam, war ich im Kingfish Café auf dem Klo.«

»Wieso das denn?«

»Ja, klingt absurd, ich weiß.«

»Irgendwie schon. Wieso gehst du da aufs Klo, wenn du fünf Minuten von deiner Wohnung entfernt bist?«

»Das meine ich nicht«, sagte ich. »Ich kann nun mal nicht in einem Lokal aufs Klo gehen, das seit sechs Jahren geschlossen ist.«

»Aber das Kingfish Café ist nicht geschlossen.«

»Doch, seit 2015.«

»Ähm … nein. Wir waren letzte Woche zusammen dort. Haben Red-Velvet-Torte gegessen. Weißt du das auch nicht mehr?«

Ich schüttelte den Kopf.

»K? Was ist los?«

Ich grub in meinen Erinnerungen, doch ich konnte mich nicht erinnern, im Kingfish Café Red-Velvet-Torte gegessen zu haben. Weil es eindeutig geschlossen war. Im Jahr 2016 waren in der *Seattle Times* und anderen Zeitungen Artikel darüber erschienen, weil das Lokal eine Institution gewesen war. Vor allem von Leuten, die wie ich in Capitol Hill lebten, wurde es schmerzlich vermisst.

Chloe setzte sich neben mich auf die Couch.

»Es passiert wieder, oder?«, fragte sie.

»Nein, bestimmt nicht«, knurrte ich.

»Tut mir leid, K, aber beim letzten Mal bist du fast gestorben.«

Ich starrte auf den Fernsehbildschirm und betrachtete unser Spiegelbild. Chloe saß stocksteif da, die Hände auf den Knien, und sah mich besorgt von der Seite an.

Und ich konnte verstehen, warum sie besorgt war. Mein Blick war irr, und ich umschlang mich selbst, als wäre mir eiskalt.

»Ich bin okay«, sagte ich, löste ungelenk die Arme und versuchte, entspannt zu wirken.

Der Vorfall, auf den Chloe sich bezog, hatte sich vor ein paar Jahren ereignet. Dieser Tag war einer der schlimmsten meines Lebens – gleichauf mit dem Todestag meiner Eltern und dem Unfall mit den Connors-Schwestern.

Es war der Tag, an dem ich das Gebäude mit dem fehlenden Stockwerk entdeckte.

2016 gab es Gerüchte, dass die neunte Runde von Rabbits begonnen habe, und ich stürzte mich so besessen ins Spielen, dass ich alles andere vernachlässigte und kaum noch schlief.

Das hatte zur Folge, dass ich an Panikattacken und Gedächtnisausfällen litt und immer wieder extrem konfus war. Ich führte meine Symptome auf den Schlafmangel zurück und ließ mir einen Termin bei einer Therapeutin geben, die auf Behandlung von Schlafstörungen spezialisiert war.

Ich war ein bisschen zu früh dran und verbrachte die Zeit in der Lobby des Gebäudes mit Teetrinken und einem Podcast, in dem ein paar Stand-up-Comedians Rotwein süffelten und über die erste Staffel der Serie *Friday Night Lights* quasselten.

Als es so weit war, ging ich zu Fuß nach oben in den fünften Stock und erzählte einer wildfremden Frau eine Stunde lang meine intimsten Gefühle und Gedanken. Ich berichtete vom Tod meiner Eltern und der Verhaftung nach meiner Obsession mit dem Spiel *Connected*. Zuletzt sprachen wir über »das graue Gefühl« aus meiner Kindheit, das einherging mit dem Empfinden, dass die Luft mich einquetschte und an den Rändern der Welt etwas Böses lauerte, das mich verschlingen wollte.

Die Therapeutin nickte an den richtigen Stellen, und es ging mir ein bisschen besser nach dem Gespräch, aber sonderlich optimistisch war ich trotzdem nicht. Ich war mir ziemlich sicher, dass es im Diagnostik-Handbuch keinen Unterpunkt namens »böses Ding an den Rändern der Welt« gab.

Nach der Sitzung war ich völlig erschöpft, und obwohl es mitten am Tag war, kroch ich zu Hause ins Bett und schlief ein.

In der Woche darauf ging ich zu meiner nächsten Therapiestunde, aber etwas stimmte nicht.

Als ich von der anderen Straßenseite aus auf das Gebäude schaute, fand ich nichts Konkretes, aber irgendetwas fühlte sich falsch an. Erst als ich die Treppe zu der Praxis im fünften Stock hochstieg, merkte ich es.

Es gab keinen fünften Stock.

Ich eilte zurück in die Lobby und studierte die Schilder an der Tafel. Der Name meiner Therapeutin stand nirgendwo. Ich machte eine schnelle Recherche im Netz und stellte fest, dass sie ihre Praxis in einem Haus eine Straße weiter hatte.

Als ich zu dem anderen Gebäude ging, zwang mich ein Kribbeln im Bauch zum Anhalten. Meine Atmung wurde flach und stockend, als die vertraute bedrohliche Leere mich auszufüllen begann. Ich konnte keinen Fuß mehr vor den anderen setzen.

Als ich mich zu dem Gebäude umdrehte, aus dem ich gerade gekommen war, fiel mir etwas auf.

Der fünfte Stock war wieder da.

Ich rannte zurück, überzeugt davon, dass meine Therapeutin dort sei. Ich wollte auf keinen Fall zu spät kommen. Aber jetzt hatte sich noch etwas anderes verändert. Die Straße war düsterer geworden, der Verkehrslärm drang nur mehr gedämpft an meine Ohren. Es fühlte sich an, als hätte mir jemand eine schwarze Brille aufgesetzt und Watte in die

Ohren gestopft. Ich weiß noch, wie unnatürlich sich diese seltsame Dumpfheit anfühlte – irgendwie drängend, als wäre jemand ungeduldig.

Und dann hörte ich ein vertrautes Dröhnen. Das graue Gefühl kroch in meinen Kopf, und wabernde Schatten tauchten düster am Rande meines Blickfelds auf.

In diesem Moment wurde mir eines klar: dass mir furchtbares Unheil drohte, wenn diese Schatten mich zu fassen bekämen.

Panisch rannte ich in das Gebäude zurück, raste durch die Lobby und sprintete die Treppe hinauf. Dabei konzentrierte ich mich auf jeden einzelnen Schritt. Ich wusste nicht, was passieren würde, wenn der fünfte Stock wieder verschwunden wäre.

Doch ich ahnte es.

Als mein Blick die letzten Stufen zum fünften Stock hinauf erfasste, hastete ich weiter und nahm immer zwei auf einmal, falls sie wieder verschwinden sollten.

Ich stürzte in die Praxis meiner Therapeutin und zog die Tür hinter mir zu, um das Grauen auszusperren. Dann setzte ich mich im Wartezimmer in einen der Ledersessel und zwang mich, gleichmäßig zu atmen.

Als ich aufsah, schien alles wie beim letzten Mal zu sein – die Zeitschriften auf dem Tisch, die Bilder an den Wänden, der Blick aus dem Fenster.

Ganz allmählich begann ich mich zu entspannen.

Während ich wartete, fiel mein Blick auf das Bürohochhaus gegenüber. Das niedrige historische Backsteingebäude, in dem ich mich befand, spiegelte sich in den gigantischen Glasscheiben. Es war ein fantastischer Anblick, wie ein monumentales Foto.

Das beruhigte mich noch mehr, und ich sann darüber

nach, dass durch die Spiegelung der Gegensatz zwischen Modernem und Altem aufgehoben wurde. Das fand ich zugleich wunderschön und tröstlich, und ich hatte das Gefühl, eine tiefe, bedeutsame Einsicht in die Verbundenheit, aber auch die Flüchtigkeit allen Seins gewonnen zu haben.

Dann sah ich es. Schlagartig veränderte sich alles.

Das alte Backsteingebäude, in dem ich gerade saß und auf meine Therapeutin wartete, hatte in der Spiegelung im Hochhaus gegenüber nur vier Stockwerke.

Ich erstarrte und konnte mich nicht mehr rühren.

In diesem Augenblick quollen die grauen Schatten aus den gähnenden schwarzen Abgründen anderer Welten unter der Tür hindurch, und die zuckenden Teile krochen an mir hoch und verschlangen meinen Körper.

Und alles wurde schwarz.

Ich erwachte im Krankenhaus mit verstauchten Handgelenken und Rippenprellungen. Chloe war bei mir. Offenbar hatte ich sie irgendwann nach meiner Festnahme angerufen. Chloe berichtete, ich hätte wie als wäre ich tobsüchtig auf der Straße Passanten angeschrien und verlangt, dass sie die Stockwerke des Backsteingebäudes zählten.

Ich selbst hatte keinerlei Erinnerung an das, was passiert war, nachdem die Schatten mich eingeholt hatten und in mich eingedrungen waren.

Die Ärzte diagnostizierten einen psychischen Zusammenbruch. Chloe half mir, einen Anwalt zu beauftragen, dem es schließlich gelang, einen überarbeiteten Richter davon zu überzeugen, dass er mich auf eigene Verantwortung freilassen solle.

Chloe nahm mir das Versprechen ab, dass ich ab sofort mit dem Spiel aufhören würde.

Es gelang mir damals genau drei Monate lang.

Was, wenn Chloe recht hatte? Wenn es wieder passierte?

Ich war mir absolut sicher, dass das Kingfish Café vor sechs Jahren geschlossen hatte und nicht wieder geöffnet worden war. Aber bei einer Recherche im Handy fand ich keinen einzigen der Artikel, die ich damals darüber gelesen hatte. Lediglich begeisterte Bewertungen bei Yelp von Leuten, die innerhalb der letzten sechs Jahre dort gewesen waren.

Chloe blieb bis um zwei Uhr nachts bei mir. Sie behauptete, sie hätte ein bisschen zu viel getrunken. Aber ich kenne Chloe, zwei Gläser Wein steckt sie locker weg. Sie hatte eindeutig Angst um meine psychische Gesundheit. Und wenn ich ganz ehrlich bin, ging es mir genauso.

Denn da war etwas, das nach mir griff.

11 »Nicht hängen lassen, Tiger«

»Bei WorGames läuft irgendein ganz großes Ding«, verkündete Baron und schwang seinen Löffel in meine Richtung wie ein Dirigent, der einen abstrusen Takt angibt.

Früh um halb neun war Baron bei mir aufgekreuzt. Ich hatte mich nach Kräften bemüht, das Brummen der Klingel zu überhören, aber Baron gab nicht auf. Schließlich marschierte er in meine Küche mit einer Einkaufstüte, die einen Becher Chiapudding, sechs Äpfel, eine Schale Vanilleeis, getrocknetes Rindfleisch und eine Dose Cola light enthielt. Entweder war er stoned wie eine Felswand oder komplett nüchtern; das ließ sich bei Baron schlecht sagen.

»Nämlich was?«, fragte ich.

»Ich hab mit dieser Freundin von mir geredet, Valentine. Sie ist da Projektmanagerin.«

»Und?«

»Seit letztem Jahr haben die Sidney Farrow im Team.«

»Kann nicht wahr sein. Im Ernst jetzt?«

»Im Ernst. Aber keiner darf drüber reden.«

»Mist.«

»Ja. Val hat mir erzählt, dass alle eine Geheimhaltungsvereinbarung unterschreiben mussten, so dick wie das New Yorker Telefonbuch von '68.«

»Das lässt tief blicken.«

»Und weißt du auch, was das bedeutet?«, fragte Baron.

»Nee, was?«

»Dass ich mit Sidney Farrow arbeiten werde.«

»Echt? Wie das denn?«

»Val hat mir einen Job bei WorGames beschafft.«

Verblüfft hielt ich inne und sortierte meine Gedanken. »Und was machst du da?«, fragte ich schließlich.

»Irgendein neues Spiel testen, scheinbar technisch der letzte Schrei, weil es auf einer ebenso neuen Augmented-Reality-Engine läuft.«

Eine Game-Engine – also eine Art technisches Gerüst für den Spielverlauf und die visuelle Darstellung –, die mit der Wahrnehmung der realen Welt spielte, die um virtuelle Elemente erweitert war – das war abgefahren!

»Mann, da bin ich glatt neidisch auf dich«, gestand ich, während ich mir einen Kaffee machte, in dem der Löffel stehen blieb.

»Neidisch« war eine kolossale Untertreibung. Sidney Farrows Spiele waren in meiner Jugend alles für mich gewesen. Während andere sich Poster von Boygroups und Motorrädern an die Wand gehängt hatten, war meine Welt nur um Shigeru Miyamoto, den Entwickler von *Super Mario, Zelda* und anderen Nintendo-Klassikern, und eben Sidney Farrow gekreist. Ihre Lebensgeschichte war der von Hawk Worricker erstaunlich ähnlich.

Sidney war bereits einen Monat vor ihrem Abschluss an der Stanford University in die Welt des Gamedesigns eingestiegen. Aber im Gegensatz zu den meisten Leuten, die direkt von der Uni weg irgendwo eingestellt werden, hatte sie damals schon beachtliche Erfolge in der realen Welt vorzuweisen.

Noch während ihrer Schulzeit hatte sie eines der erfolgreichsten Onlinespiele der Welt entwickelt: *Targetta*. Und zwar unabhängig von einem Unternehmen. Sidney hatte ihre Vision finanziert, indem sie die Lizenz für ihre Ideen an zwei große Videospielunternehmen vergeben hatte.

Sidneys Erfindungen in künstlicher Intelligenz und prozedural generierten Welten, mit denen sie komplexe Welten erzeugte, waren wegweisend, und etliche von ihren Open-Source-Engines und Konzepten zur Narrativstrukturierung werden heute noch eingesetzt.

»Wusstest du, dass Sidney Farrow in einer Sekte großgezogen wurde?«, sagte Baron.

»Es war eine EST-Lebensgemeinschaft, keine Sekte.«

»Was zur Hölle ist EST?«

»Erhard-Seminar-Training. War in den Siebzigern und frühen Achtzigern total angesagt. Ändere dein Leben, indem du kapierst, dass du für alles selbst verantwortlich bist.«

»Klingt doch exakt wie Sekte«, wandte Baron ein.

Ich zuckte die Achseln, hatte keine Lust zu diskutieren – zumal er im Grunde recht hatte. Aber bei Sidney Farrow war ich eigen.

»Woher weißt du eigentlich all so 'n Zeug?«, fragte Baron, als wir aus der Küche ins Wohnzimmer gingen.

»Ich lese Bücher.«

»In diesen Sekten wird Gehirnwäsche praktiziert. Teilweise ist da sogar Gewalt im Spiel«, bemerkte Baron, während er seinen Chiapudding futterte und dabei in Zeitschriften auf meinem Couchtisch blätterte.

»Gibt keine Hinweise darauf, dass so was in Sidney Farrows Gruppe stattgefunden hat«, sagte ich hartnäckig.

Baron griff nach einer Ausgabe von *Game and Gamers* aus den späten Neunzigern.

»Sie ist so cool«, sagte er.

Sidney Farrow war auf dem Cover abgebildet. Und Baron hatte recht, sie war einfach wahnsinnig cool.

Sie hatte wellige rote Haare und leuchtend grüne Augen. Auf ihren Lippen lag ein leicht schiefes, wissendes Lächeln. Über einem weißen Atari-Shirt trug sie eine Super-Mario-Latzhose mit einem schwarzen Anarcho-Button an einem Träger und einem gelben X-Men-Button am anderen.

Sidney Farrow stand ganz oben auf meiner Liste der Menschen, die ich für mein Leben gern treffen wollte – dicht gefolgt von einem gewissen Milliardär, mit dem ich vor Kurzem noch Kaffee getrunken hatte.

Chloe kreuzte eine Stunde nach Baron auf, und wir verbrachten zu dritt den Rest des Tages mit der Suche nach Informationen über Alan Scarpio. Wie nicht anders zu erwarten, konnten wir niemanden ausfindig machen, der bereit gewesen wäre, mit uns über den Milliardär zu sprechen.

»Und was sollen wir jetzt tun?«, fragte Chloe schließlich.

»Was essen?«, schlug ich vor. Wir hatten den ganzen Tag kaum etwas zu uns genommen.

»Also, ich hau ab, Leute, hab kaum geschlafen und muss morgen früh raus wegen Sidney Farrow«, erklärte Baron.

»Du hast ja so ein Schwein«, meinte Chloe. Sie war auch ein totaler Farrow-Fan.

Ich verabschiedete Baron, ging ins Wohnzimmer zurück und sank neben Chloe auf die Couch. Der Schlafmangel holte mich ein, mir fielen fast die Augen zu.

Als Chloe mir die Hände auf die Schultern legte, zuckte ich zusammen. Aber davon ließ sie sich nicht abschrecken, sondern drückte noch ein bisschen fester.

»Nicht hängen lassen, Tiger«, sagte sie, »das wird schon.«

Wir beide schickten uns oft Memes. Auf einem klammerte

sich eine getigerte Katze an ein Seil, daneben stand: »Nicht hängen lassen.« Ein anderes war bloß ein weißes Handtuch auf einem Wäscheständer.

»Handtuch« war unser Notsignal, in Referenz an Douglas Adams. In *Per Anhalter durch die Galaxis* zählt das Handtuch zum Nützlichsten, was man dabeihaben kann, während man interstellar unterwegs ist. In trockenem Zustand zum Draufliegen in unterschiedlichsten Situationen oder nass als Nahkampfwaffe. Oder eben als Signal. Wenn wir dringend reden mussten, schickten wir uns das Handtuch. Die Katze benutzten wir eher als Kommentar zur allgemeinen Absurdität des Lebens. Darauf war auch keine Antwort erforderlich.

Aber auf Handtuch musste postwendend reagiert werden.

Chloe und ich teilten uns einen riesigen Caprese-Salat, während wir auf der Couch hockten und versuchten, mehr über den gegenwärtigen Status des Spiels rauszukriegen. Scarpio glaubte offenbar, ich könnte irgendetwas gegen diese Störungen unternehmen, aber wir hatten immer noch keine Ahnung, wie die sich überhaupt äußerten.

Während Chloe die Kommentare zu einem auffälligen YouTube-Video durchforstete, stieß sie auf eine Website, die vielversprechend schien.

Wie in *Fightclub* ist bei Rabbits die Regel Nummer eins (und Nummer zwei und drei), dass nicht darüber gesprochen wird. Wegen dieses strengen Geheimhaltungskodexes ist es extrem schwer, im Internet Informationen darüber zu entdecken. Und selbst als äußerst erfahrener Rabbits-Spürhund findet man meist nur Zeug, das nicht stimmt oder so falsch wiedergegeben ist, dass es absolut nichts taugt.

Es kursieren Gerüchte über wüste Strafen für Spieler, die etwas über Rabbits ausplaudern: Hacking, Swatting, Doxing. Fiese Sache. Wer, bitte schön, wollte schon gehackt werden, mit einer Spezialeinheit der Polizei Bekanntschaft machen, weil er angeblich eine Strafttat begangen hatte, oder zusehen, wie seine personenbezogenen Daten schonungslos veröffentlicht wurden? Und es sollte noch Schlimmeres geben. Angeblich wurden schon Ehen zerstört, Leute landeten im Knast, und gigantische Vermögen gingen verloren.

Jedenfalls war niemand, den ich kannte, so gut in Internetrecherchen wie Chloe. Sie hatte es perfekt drauf, noch in den entlegensten Winkeln der virtuellen Welt etwas auszugraben. Schließlich hatte sie schon früh ihr Talent erprobt, indem sie den Schulcomputer gehackt und Noten manipuliert hatte, um ein bisschen Extrataschengeld von Mitschülern einzustreichen. An der Uni hatte sie dann Kommilitonen, die wissen wollten, ob sie von ihrer besseren Hälfte betrogen wurden, beim Knacken von Passwörtern geholfen.

Wenn es irgendwo in den Weiten des Internets brauchbare Infos über Rabbits gab, würde Chloe sie entdecken – und anschließend verlässlich unsere Spuren verwischen.

Und sie brauchte tatsächlich nicht lange, um fündig zu werden.

»Guck dir das an«, sagte sie und drehte ihren Laptop zu mir.

Die Website hieß *Rabbits Players X.*

»Was ist das?«, fragte ich.

»Weiß nicht, anscheinend nur x-beliebige Fotos.«

Es sah ganz danach aus. Die Website bestand aus dem Namen und scheinbar zusammenhanglosen Fotos. Am Ende gab es noch ein leeres Formular und einen Sendebutton.

»Meinst du, das ist was Ernstzunehmendes?«, fragte ich.

»Auf YouTube und Reddit haben ein paar Leute versucht, eine vollständige Liste der Spielenden aus der zehnten Runde zusammenzustellen. Das ist der letzte Hinweis, den sie entdeckt haben, aber offenbar konnten sie nichts damit anfangen.«

Ich sah mir die Fotos genauer an: eine Blume auf einer Wiese, eine historische Stadt in Deutschland, ein Haufen grauer Bauplatten und ein lächelnder Schwarzer Mensch um die dreißig mit einer kanadischen Flagge in der Hand.

Die Redditer hatten offenbar versucht, den Quellcode des Formulars und des Sendebuttons zu checken. Außerdem hatten sie jedes einzelne Bild durch Bildsuchmaschinen gejagt und systematisch die Social-Media-Plattformen durchforstet, hatten aber keinerlei Verbindung zwischen den Bildern herstellen können.

Ich brauche nicht mal eine Minute, um sie zu erkennen.

Es gab einen Zusammenhang, aber er war tatsächlich so kryptisch, dass er den meisten Menschen entging.

Die Blume war eine Orchidee namens Collie. Die Stadt in Deutschland hieß Apolda und war der Ursprungsort des Dobermanns. Die grauen Platten gaben mir zu denken, aber ich identifizierte sie als Asbest – was ein Anagramm von »Basset« war. Das Foto von dem Mann mit der Flagge hätte die härteste Nuss sein können, aber nachdem die anderen Elemente schon in eine bestimmte Richtung wiesen, war sie leicht zu knacken. Der Mann war ein Profiboxer namens Trevor Berbick.

Collie, Dobermann, Basset, Boxer. Der Schlüssel war: Hund.

Wir probierten alles Mögliche aus und landeten schließlich über das lateinische *Canis* bei einer Website mit einem Screenshot von einer Namensliste.

Was Scarpio und die Störung von Rabbits anging, waren wir nicht weitergekommen. Aber es war trotzdem aufregend, die Namen der Spielenden lesen zu können. Wir hatten keine Tür in die geheime Unterwelt von Rabbits öffnen können, aber zumindest mal unter den Teppich gespäht.

Ein paar Namen waren jedem vertraut, der sich für das Spiel auch nur am Rande interessierte: Intrepid23, Sadie Palomino, The Wrecking Crew und die umstrittene Spielerpersönlichkeit, die angeblich beinahe X gewonnen hatte, der gnadenlose Rätselfuchs Murmur.

Ich schrieb die Namen in ein Notizheft, damit wir uns später ausführlicher damit beschäftigen konnten. Dabei fiel mir noch ein weiterer auf: *MorganaLaPhazer69*.

Ich starrte lange darauf, hoffte halb, mich zu irren. Aber dieses Alias mit seiner speziellen Schreibweise war unverkennbar. Ich wusste genau, wer sich dahinter verbarg. Doch ich konnte mir beim besten Willen nicht vorstellen, was er mit Rabbits zu tun hatte.

12 »Tod durch Videogames«

»Hey, K.« Russell Milligan blickte durch seine Designerbrille zu mir auf und lächelte. »Wie geht's?«

»Ganz okay. Man lebt.«

»Wie wir alle, oder?« Die gewaltige schwarze Haartolle auf seinem Kopf geriet kaum in Bewegung, als Russell aufstand und mich umarmte.

»Kann ich mich setzen?«, fragte ich.

Er deutete auf den leeren Stuhl gegenüber vom Schreibtisch.

An dem Tag, nachdem Chloe und ich Russells unverkennbares Alias MorganaLaPhazer69 auf dieser Website entdeckt hatten, war es mir gelungen, ihn in der Bibliothek der University of Washington aufzuspüren. Wir befanden uns im Lesesaal, einer gigantischen historischen Halle, die mich unwillkürlich an Hogwarts erinnerte.

»Wie lange ist das her, dass wir uns zum letzten Mal gesehen haben?«, überlegte Russell.

»Lange. Weiß nicht mehr genau. Bei Monty vielleicht?«

»Ja, stimmt. Wow.« Er nickte und versuchte sich wahrscheinlich an Monty zu erinnern.

Ich war mit Russells jüngerem Bruder Luke aufgewachsen. Russell selbst war ich damals nur hin und wieder mal begegnet.

»Hör mal, ich muss dich was fragen«, begann ich.

»Schieß los.«

Ich beugte mich vor und raunte: »Was weißt du über Rabbits?«

Russells Miene verfinsterte sich schlagartig. Er sprang auf, riss mich vom Stuhl hoch und zerrte mich nach draußen. Erst auf der Eingangstreppe zur Bibliothek ließ er mich los. Ein kurzer Blick in seine Augen verriet mir, dass es nicht Wut war, die ihn so aufbrachte. Es war Angst.

»Was du auch treibst, du musst sofort damit aufhören«, zischte er und sah sich nervös um.

»Was soll das heißen?«

»Das Spiel ist nicht, was du glaubst. Du wirst damit weder reich, noch landest du beim Geheimdienst, K.«

»Wovon redest du?«

»Ich rede von Leuten, die durch das Spiel gestorben sind.«

Er war kreidebleich geworden und sah aus wie ein Irrer. Mir wurde ziemlich mulmig zumute.

»Großer Gott, Russ, hast du so was miterlebt?«

»Hör zu, K. Das ist kein Spiel – zumindest ist es nicht *nur* ein Spiel. Dabei passieren furchtbare Dinge. Ich habe ewig gebraucht, um in mein normales Leben zurückzufinden. Ich lass mich jetzt nicht wieder in diese Scheiße reinziehen. Schön, dass es dich noch gibt, aber bleib mir bloß vom Hals.«

Und damit machte Russell Milligan kehrt und stapfte in die Bibliothek zurück, während ich wie vom Donner gerührt dastand und zu begreifen versuchte, was sich gerade abgespielt hatte.

»Wie durchgedreht war der Typ denn?«, erkundigte sich Chloe und hockte sich im Schneidersitz auf meine Couch.

»Alarmstufe Rot, würde ich mal sagen. Kurz vor der Kernschmelze.« Ich reichte Chloe einen Becher Tee.

»Danke.«

»Ich kapier das nicht«, sagte ich. »Okay, ich kenne Russell nicht wirklich, aber er kam mir immer irgendwie cool vor. Jedenfalls nicht wie jemand, der bei der Erwähnung eines Spiels komplett die Nerven verliert.«

»Er hat dir also gesagt, du sollst die Finger von Rabbits lassen, weil dabei Leute sterben.«

Ich nickte.

Chloe trank einen Schluck Tee, kippte ein Tütchen Zucker in den Becher und rührte um.

»Und er hat recht, weißt du«, sagte ich.

»Womit?«

»Es gibt Todesfälle im Zusammenhang mit Rabbits.« Ich beobachtete Chloe genau. Sie zuckte nicht mit der Wimper.

»Es gibt bei allerlei Spielen Todesfälle, K.«

»Ja, aber ... wenn das hier doch was anderes ist?«

Sie starrte mich einen Moment lang an. »Hast du diesen Artikel über Tod durch Videogames aus *Vice* gelesen, den ich dir letztes Jahr geschickt habe?«

»Weiß nicht mehr genau.«

»Ich hab ihn dir sogar zweimal geschickt.«

»Hm ... ähm ...«

Chloe schüttelte den Kopf. »Also, darin ging es um die Tatsache, dass Videospielsucht im Gehirn die gleichen Veränderungen auslöst wie Drogensucht.«

»Echt?«

»Ja. Ein Junge ist zum Beispiel gestorben, weil er vierzig Stunden lang *Diablo* gespielt hat, ohne irgendetwas zu trinken oder zu essen.«

»Das ist total gestört.«

»Ja, absolut gruselig. Ich liebe *Diablo* auch, aber das … Ich schick dir den Text noch ein drittes Mal.« Chloe verstummte und drehte den Becher unschlüssig in den Händen. Schließlich sah sie auf. »K … kennst du jemanden, der wegen Rabbits gestorben ist?«

Ich hatte Chloe mal erzählt, dass ich als Kind einen Autounfall miterlebt hatte. Dass der in Zusammenhang mit Rabbits stand, hatte ich verschwiegen.

»Ja«, sagte ich jetzt.

»Beim Spielen?«

»Ich glaube schon, ja.«

»Und wieso denkst du, dass es mit Rabbits zu tun hatte?«

»Keine Ahnung. Vielleicht bilde ich mir auch nur Zusammenhänge ein, die es gar nicht gab«, log ich. Mein Mund fühlte sich plötzlich trocken an, und das vertraute Dröhnen im Kopf war wieder da.

Ich blickte auf meine Hände. Als ich merkte, dass ich das Match zwischen Andre Agassi und Michael Chang bei den Australian Open trommelte, klemmte ich die Hände zwischen die Oberschenkel.

Chloe schien nichts aufgefallen zu sein.

»Du weißt aber, dass es bei Rabbits um Muster und Vernetzung geht«, sagte sie jetzt.

Sie spürte, dass ich ihr etwas verheimlichte. Und ich fürchtete, dass sie mir gleich eine Frage stellen würde, die ich nicht beantworten wollte.

Chloe legte mir eine Hand aufs Bein und sah mich eindringlich an.

Sie machte sich eindeutig Sorgen.

Vielleicht war ihr mein Trommeln doch nicht entgangen.

Vielleicht ahnte sie, dass es doch einen Zusammenhang gab. Dass Rabbits alles andere als ein *Spiel* war.

13 »Eigentum von Shirley Booth«

Eine ganze Weile nach meinem Treffen mit Russell Milligan traf ich mich mit Chloe bei mir, um den Stand der Dinge zu besprechen. Wir hatten auch Baron geschrieben, aber er meldete sich nicht. Als wir ihn anriefen, landeten wir sofort auf seiner Mailbox.

»Wann hast du eigentlich das letzte Mal von ihm gehört?«, fragte ich.

Chloe scrollte ihre Nachrichten durch. »Gar nicht mehr, seit er seinen Job bei WorGames angefangen hat.«

»Im Ernst? Du auch nicht?«

»Na ja, ich würd wahrscheinlich auch abtauchen, wenn ich mich in Sidney Farrows digitalem Traumreich aufhalten dürfte.«

»Ginge mir bestimmt nicht anders«, räumte ich ein. »Aber Baron meldet sich sonst ständig. Zumindest schreibt er mal.« Ich spürte Unruhe am Rande meines Bewusstseins kratzen.

»Sollen wir ihm das Handtuch schicken?«, schlug Chloe vor. Baron kannte die Bedeutung.

»Geben wir ihm noch bis heute Abend Zeit.«

»Okay.«

»Und was läuft so mit dem Magier?«, fragte ich Chloe. Immerhin hatte er etwas Neues über den Stand von Rabbits herausfinden wollen.

»Weiß nicht«, antwortete Chloe. »Seit wir die Verbindung zu WorGames auf dem Handy entdeckt haben, ist er irgendwie … komisch.«

»Inwiefern?«

»Ich hab ihn seither nur einmal in der Spielhalle gesehen, und da hat er nur irgendwas von einer Band namens Toto gemurmelt, ging nach oben und schloss sich im Büro ein.«

»Meinst du, er hat etwas über das Spiel erfahren?«

Chloe zuckte die Achseln.

»Weißt du, ob er Kontakt zu jemandem bei WorGames aufgenommen hat? Das wollte er doch machen.«

»Keine Ahnung.«

»Wir sollten ihn unbedingt treffen.«

Chloe nickte. »Aber kannst du bitte aufhören, so rumzutigern? Das macht mich nervös.«

»'tschuldige.« Ich setzte mich auf die Couch und dachte wie so oft an mein Treffen mit Scarpio. Als er mir erzählt hatte, dass etwas mit dem Spiel nicht stimme und Gefahr drohe, hatte ich einen Ausdruck in seinen Augen bemerkt, den ich erst jetzt richtig deuten konnte.

Angst.

Und danach hatte er den Anruf von WorGames bekommen und war seither verschollen.

»Ich versuche, den Magier zu erwischen«, sagte Chloe. »Aber wir sollten auch noch mal mit deinem Freund reden, der so ausgerastet ist, als du Rabbits erwähnt hast. Der weiß doch bestimmt was.«

»Er wollte aber nicht damit rausrücken. Und hat gesagt, ich soll ihm vom Hals bleiben.«

»Da hattest du aber mich nicht dabei«, erklärte Chloe entschieden.

Ich war mir ziemlich sicher, dass Chloes Anwesenheit

nichts an Russells Reaktion ändern würde, so wie der Mann ausgetickt war.

»Wir können es probieren«, sagte ich. »Aber er wird uns garantiert zum Teufel jagen.«

»Den wollte ich eh mal persönlich kennenlernen«, war Chloes einziger Kommentar.

Es gelang mir, ein Treffen mit Russell zu vereinbaren, zwei Stunden später in einem Café in der Nähe der Uni.

»Hi«, sagte ich, als wir uns zu ihm an den Tisch setzten. »Das ist Chloe.«

Chloe schüttelte Russell die Hand.

»Hi, Chloe. K sagt, du suchst einen User-Experience-Designer?«

Okay, Chloe suchte vieles, aber keinen, der die Nutzererfahrung irgendeines digitalen Produkts optimierte. Doch ohne Notlüge ging es eben nicht.

»Nicht so direkt«, antwortete Chloe.

Russells Lächeln erstarb, als ihm klar wurde, was hier ablief.

»Ich hab dir gesagt, du sollst dich davon fernhalten«, sagte er, sprang auf und wandte sich zum Gehen.

»Alan Scarpio hat gesagt, mit dem Spiel stimme etwas nicht, und hat mich um Hilfe gebeten«, sagte ich. »Und ich hab keine Ahnung, was da los ist.«

Russell blieb stehen und drehte sich um.

Ich war mir sicher, dass er irgendetwas Schlimmes im Zusammenhang mit dem Spiel erlebt hatte. Aber ich sah die Aufregung in seinen Augen, als Scarpios Name fiel. Die dann allerdings schnell wieder erlosch.

Er kam zum Tisch zurück und sagte leise: »Das ist los: Vergesst das Spiel, wenn ihr am Leben bleiben wollt.«

»Aber kannst du uns nicht wenigstens irgendeinen Hinweis geben?«, bohrte Chloe nach.

»Doch. Dass ihr in höllische Schwierigkeiten kommen werdet, wenn ihr euch nicht raushaltet.«

»Bitte«, sagte ich und hob die Hände. »Es ist wahnsinnig wichtig. Du bist unser einziger Anhaltspunkt. Auch, was Scarpio angeht.«

Er seufzte. »Ihr lasst nicht locker, was?«

»Wir können einfach nicht«, antwortete ich.

Russell blickte zwischen uns beiden hin und her, er schien einen inneren Kampf auszufechten.

»Okay, ihr könntet die Nummer anrufen.«

»Welche Nummer?«, fragte ich.

»Die von Hazel.«

»Hazel hat eine Telefonnummer?«

»Ja, eine 1-800er-Nummer, wie Bill Murray.«

»Der Schauspieler?«

Russell nickte. »Bill Murray hat keine Agentur. Wenn man ihn erreichen will, muss man an seine Nummer kommen und kann ihm dann eine Nachricht hinterlassen.«

»Du verarschst uns doch«, sagte ich.

»Nee, stimmt wirklich.«

Ich warf Chloe einen Blick zu, die nur die Achseln zuckte.

»Ein Rabbits-Spieler in Bali hat behauptet, er hätte über diese Nummer ein Treffen mit Hazel ausmachen können«, fuhr Russell eindringlich fort. »Viele Leute halten die Nummer immer noch für eine Mär, aber ich weiß es von ein paar Quellen, denen ich vertraue. Es gibt sie tatsächlich.«

»Hast du sie?«, fragte ich.

»Nein. Ich habe nie nach Hazel gesucht. Aber … ich kann euch einen Kontakt zu jemandem ermöglichen, der euch weiterhelfen kann.«

»Und wer ist das?«

»Ist echt nichts Persönliches, K, aber … Wenn ich dir diese Info gebe, *versprichst* du mir dann, dass ich dich nie wieder zu Gesicht kriege?«

»Versprochen«, sagte ich.

Er sah Chloe an. »Und für dich gilt das Gleiche.«

»Aber wir haben uns doch gerade erst kennengelernt.«

Russell starrte sie hartnäckig an.

»Ist gut«, sagte Chloe schließlich.

Er sah noch mal zwischen uns hin und her, schien mit sich zu ringen. Dann verlangte er nach meinem Handy und speicherte den Namen *Amanda Obscura* und eine Nummer ein.

»Schreib ihr, dass du spielst«, sagte er noch, bevor er das Weite suchte.

Chloe trank einen Schluck Kaffee. »Der Typ macht ja echt Laune.«

Ich schrieb eine Nachricht an Amanda Obscura.

Ein paar Minuten später hatte ich eine Uhrzeit und eine Adresse, die in zwanzig Minuten zu erreichen war. Wir hatten eine Viertelstunde, um hinzukommen.

Chloe und ich landeten bei einem Secondhandladen namens Bloom Vintage, in dem ich selbst schon öfter gewesen war. Er bot alte Schallplatten zu supergünstigen Preisen an.

Im vorderen Teil des Ladens gab es Kleidung, darunter jede Menge Band-T-Shirts aus den Siebziger- und Achtzigerjahren, weiter hinten Schallplatten und allerlei Krempel. Hinter der Verkaufstheke saß ein Mann mit langem weißem Pferdeschwanz und las ein Buch. Als wir ihm sagten, wir wollten mit Amanda Obscura sprechen, deutete er ohne aufzuschauen nach hinten.

Sie saß an einem Tisch und löste ein Kreuzworträtsel.

»Elf Buchstaben, anderes Wort für Klugscheißer?«, fragte sie, einen Kugelschreiber zwischen den Zähnen.

Amanda war etwa Mitte dreißig, trug eine runde rosafarbene Sonnenbrille und einen engen Jeans-Hosenanzug aus den Siebzigern. Die wilden platinblond gefärbten Haare hatte sie mit einem rosa-blauen Paisley-Tuch hochgebunden.

»Schlaumeier?«, schlug ich vor.

»Ach, Mist, hab's vermasselt«, sagte sie.

»Aber vielleicht stimmt es ja auch nicht.« Ich sah Chloe an, die mit den Achseln zuckte.

»Nee, ist bestimmt richtig. Beim nächsten Mal nehm ich einen Bleistift.« Amanda warf das Kreuzworträtsel in einen Papierkorb und lächelte uns an. »Was hättet ihr gerne?«

»Eine Telefonnummer«, sagte ich.

Amanda lächelte vielsagend. »Ich meine, was braucht ihr aus dem Laden?« Sie wies auf den Raum. Überall standen Kartons mit Schallplatten, ein hohes Regal voller Bücher, CDs, Kassetten, elektronischer Geräte.

»Ach, wir brauchen eigentlich nichts«, antwortete Chloe. »Wir sind wegen Hazels Telefonnummer hier.«

Amanda nickte lächelnd und schwieg.

Ich merkte, dass wir irgendetwas falsch machten.

»Ein paar Schallplatten könnte ich sicher gebrauchen«, erklärte ich.

Das Lächeln hielt an. »Super. Wir haben eine großartige Auswahl. Wenn ihr was Bestimmtes sucht, sagt Bescheid.«

Am Ende kaufte ich drei Alben: *On the Beach* von Neil Young, *Let it Be* von den Beatles und *Arthur* von den Kinks. Ich legte sie vor Amanda auf den Tisch, die aber noch immer nicht gnädig war. Erst als Chloe sich eine Jadehalskette und ein Shirt von einem Posies-Konzert kaufte, trat Amanda zu einem Regal und kramte etwas aus einem Karton ganz oben hervor.

»Hier.« Sie reichte Chloe eine kleine grüne Schachtel, die ein Taschenvideospiel aus dem Jahr 1978 enthielt, *Electronic Quarterback*.

Chloe und ich betrachteten die Schachtel. Sie war abgenutzt, zusammengehalten nur noch durch vergilbten Klebefilm. *So spannend wie ein echtes Football-Spiel!*, verhieß die Verpackung.

»Und was hat es damit auf sich?«, fragte ich, aber Amanda steuerte gerade auf neue Kunden zu.

Chloe nahm das Spiel heraus, das genauso aufgebaut war wie alle Taschenspiele aus dieser Zeit. Es war grün und beige, auf der oberen Hälfte prangte ein Football-Feld, darunter befanden sich Schalter und Knöpfe, mit denen man die Mannschaft steuern konnte. Die bestand aus kleinen roten Lichtern, die allerdings nicht leuchteten, weil das Ding nicht mit Batterien bestückt war.

Ich wollte gerade das Batteriefach öffnen, als Amanda wieder zu uns kam. »Was machst du da?«

»Wir sollen doch spielen, um irgendwie an die Nummer zu kommen, oder?«

»Manchmal ist eine Zigarre einfach nur eine Zigarre.« Amanda nahm Chloe das Spiel aus der Hand und drehte es um. Auf der Rückseite waren ein Name und eine Nummer eingeritzt.

Eigentum von Shirley Booth

1-888-464-2935

Amanda erlaubte uns nicht, das Spiel zu fotografieren. Chloe durfte die Nummer notieren, und wir mussten hoch und heilig versprechen, sie nicht im Internet zu posten.

»Wer ist Shirley Booth?«, fragte ich.

»Googeln«, antwortete Amanda knapp, verpackte das Spiel wieder und verstaute die Schachtel an ihrem angestammten Platz.

Wir gingen zu mir, um die Nummer auszuprobieren. Die Recherche nach Shirley Booth ergab, dass sie Schauspielerin gewesen und in den Neunzigerjahren gestorben war. Sie hatte die Titelrolle in einer amerikanischen Sitcom namens *Hazel* gespielt, die von 1961 bis 1966 lief. Die Serie basierte auf dem gleichnamigen Comic von Ted Key.

»Shirley Booth war Hazel«, sagte ich. »Schlau.«

»Bist du bereit?« Chloe hatte die Nummer in mein Handy eingegeben und wartete auf mein Startsignal.

»Los geht's.«

Chloe drückte die Anruftaste.

Wir riefen wirklich und wahrhaftig Hazel an.

Das Freizeichen klang seltsam, wie bei einem alten Analogtelefon aus den Achtzigern. Nach dem dritten Ton hörten wir ein Klicken, dann verkündete eine Frauenstimme:

Guten Tag, Sie haben die Teppichreinigung Golden Seal erreicht. Momentan sind wir leider nicht zu sprechen. Hinterlassen Sie bitte Name, Kontaktdaten und eine kurze Nachricht, wir melden uns so bald wie möglich. Falls Sie sich auf die ausgeschriebene Stelle bewerben wollen, kommen Sie bitte in den Schreibwarenraum im zweiten Stock. Vielen Dank.

»Hallo, mein Name ist K«, legte ich los. »Meine Freundin Chloe und ich würden gerne mit Ihnen über … alles Mögliche sprechen. Das Wichtigste ist, dass Alan Scarpio mir sagte, mit dem Spiel stimme was nicht und es müsse vor der nächsten Runde in Ordnung gebracht werden. Er hat mich um Hilfe gebeten, ist jetzt aber verschollen, und wir wissen nicht, wie wir weitermachen sollen. Bitte rufen Sie mich zurück.«

Ich hinterließ meine Nummer und legte auf.

»Und jetzt?«, fragte ich.

»Ich hab einen Bärenhunger«, sagte Chloe. »Lass uns unterwegs was essen gehen.«

»Unterwegs wohin?«

»Na, zur Teppichreinigung Golden Seal natürlich.«

14 »Schreibwaren zweiter Stock«

Wir gönnten uns Pizza und Salat am Pike Place Market und steuerten dann die Adresse in Georgetown an, die Chloe für die Teppichreinigung gefunden hatte.

Georgetown ist eines der ältesten Viertel von Seattle, eine Mischung aus historischen Gewerbegebäuden und angesagtem Künstlerquartier. Wir kamen an einem Pub und einer Clownschule vorbei und standen schließlich in einer stillen Straße vor einem vierstöckigen alten Backsteingebäude.

Die Eingangstür war verschlossen, am Klingelbrett standen keine Firmennamen. Wir umrundeten das Haus einmal. Als wir durch die Fenster hineinschauten, sahen wir nichts als leere Räume. Nirgendwo Autos, keine Menschen, keinerlei Geräusche. Offenbar ein leer stehendes Gebäude.

»Da ist niemand drin«, brachte Chloe es auf den Punkt. Sie beschirmte die Augen mit der Hand, während sie zum obersten Stockwerk hinaufblickte.

»Aber auch kein Schild, dass das Haus zum Verkauf steht oder so. Bist du sicher, dass die Adresse stimmt?«

»Ja. Gab nur diese eine.«

Ich ging die Stufen zum Eingang hoch und drückte gegen die Tür. Immer noch zu.

Dann schaute ich auf die zwanzig Klingelknöpfe neben den leeren Namensschildern. »Einfach mal klingeln?«

»Genau.«

»Wo?«, fragte ich, aber Chloe drückte schon einen Knopf nach dem anderen, worauf jeweils ein grelles Surren ertönte.

Dann warteten wir, aber es tat sich nichts. Als wir uns schließlich abwandten und die Treppe hinuntergingen, hörten wir plötzlich einen Brummton und ein Klacken.

Jemand ließ uns ein.

Wir sahen uns an und rasten die Treppe wieder hoch. Im letzten Moment warf ich mich gegen die Tür, und wir taumelten in den Flur.

Dann holten wir synchron Luft, während die Tür mit einem schweren Rums zufiel, was in der unheimlichen Stille besonders laut wirkte.

Wir waren drin.

Der Boden bestand aus abgetretenen beigen und weißen Linoleumfliesen. An der Wand hing eine Tafel mit leeren Namensschildern. Rechts sahen wir einen alten grauen Aufzug, direkt daneben führte eine Treppe nach oben.

»Was meinst du?« Chloe starrte auf die leere Tafel.

Ich trat zu dem Aufzug und drückte den Knopf. »Es hieß doch, wenn man sich auf die Stelle bewerben will, soll man in den Schreibwarenraum im zweiten Stock kommen.«

Chloe trat zu mir und drückte dreimal den Knopf.

»Was machst du da?«

»Bin aufgeregt«, sagte sie und boxte mich gegen die Schulter.

Ich war auch aufgeregt, versuchte aber angestrengt, mich im Griff zu behalten.

Auf dem Weg hierher war mir mehrfach die Zahl dreiundzwanzig aufgefallen. Dreiundzwanzig Blumen auf einer Plakatwand in der Werbung für einen Blumenladen, dreiundzwanzig Schritte fürs Überqueren der Straße, ein junger Typ mit einem Sweatshirt von LeBron James, der als Basketballer die Nummer 23 trug, und dann stieg dieser Typ auch noch in den Bus 23. Und jetzt fuhren wir in den zweiten Stock hoch, und Chloe hatte dreimal den Knopf gedrückt. 2-3.

Eine wilde Euphorie erfasste mich, wie immer, wenn ich Muster und Verknüpfungen erkannte. Ich zwang mich, ruhig zu atmen. Einer meiner vielen Therapeuten hatte mir geraten, die erstaunlichen Koinzidenzen zu würdigen und dann nicht mehr darauf achten, sobald ich in diesen Zustand geriet. Also holte ich jetzt tief Luft und wartete darauf, dass die Dreiundzwanzig sich verflüchtigen würde.

Ich konnte es mir nicht erlauben, wieder die Kontrolle zu verlieren. Nicht jetzt.

Aus dem Aufzug traten wir in einen langen Flur mit dem gleichen beige-weiß karierten Linoleumboden.

Auch im zweiten Stock war es vollkommen still. Falls sich hier jemand aufhielt, machte er keinerlei Geräusche.

Unsere Schritte klackten laut, als wir an den Büros vorbeigingen. Alle Türen standen offen, und wir sahen, dass die Räume komplett leer waren – keine Möbel, keine Telefone, gar nichts. Wir wirbelten beim Gehen viel Staub auf, was darauf hinwies, dass lange niemand hier gewesen war.

Am Ende bogen wir nach rechts in einen Flur ein, der exakt wie der erste aussah – mit einem entscheidenden Unterschied.

Ganz hinten war eine geschlossene Tür.

Sie sah aus wie die Tür zum Büro eines Privatdetektivs aus einem alten Film noir. Das Wort *Schreibwaren* war mit Schablone darauf geschrieben oder aufgeklebt worden, in einer Variante der Futura-Schrift. Direkt darunter stand die Nummer des Bürozimmers. Dreiundzwanzig. War ja klar.

Chloe und ich sahen uns an. Sie zog die Augenbrauen hoch und lächelte, dann drehte sie den Knauf. Die Tür war unverschlossen.

Wir betraten den Raum. Er war dunkel, und wir drückten den Lichtschalter.

Das Zimmer war eher eine Kammer, höchstens drei Quadratmeter groß. Links von der Tür befanden sich zwei hohe Fenster, rechts drei ramponierte graue Metallregale voller Bücher, hauptsächlich über Industriedesign. Von Schreibwaren keine Spur. Zwischen den Büchern standen hier und da kleine Topfpflanzen, nicht verdorrt.

Was auch immer hier ablief: Jemand goss die Pflanzen.

Auf einem kleinen Tisch aus Teakholz in der Mitte des Raums sahen wir einen uralten Computer, offenbar ein Commodore Vic 20, ein 8-Bit-Computer noch aus den Siebzigern. Ein Kassettenrecorder und ein Röhrenbildschirm aus grauer Vorzeit leisteten dem antiken Gerät Gesellschaft.

Chloe ließ sich auf dem Teakholzstuhl nieder, und ich schaltete den Computer ein.

Bei dem Kassettenrekorder handelte es sich um eine Datasette, ein System aus den Achtzigern, mit dem man Computerdaten speichern konnte. In einem Laden für historische Computer in New York hatte ich einmal etwas Vergleichbares gesehen. Aber bei diesem Gerät befanden sich auf den Tasten nicht nur Nummern und Zahlen, sondern auch jeweils zwei kleine Symbole. Eines war geometrisch, das andere schien aus einer Sprache zu stammen, die mir unbekannt war. Auf der Tastatur des Vic 20 entdeckte ich auch zusätzliche Zeichen, aber die erinnerten mich eher an alchemistische oder okkulte Symbole. Womöglich hatten sie mit einer alten Programmiersprache zu tun, doch das konnte ich nicht einschätzen.

Als der Computer hochgefahren war, kniete ich mich neben Chloe auf den Boden, und wir starrten auf den blinkenden Cursor und das Wort »Ready«.

Wir probierten die üblichen BASIC-Programmierbefehle aus, aber nichts tat sich.

Dann versuchte ich etwas anderes. Ich gab nur ein Wort ein – *Hazel* – und drückte die Entertaste.

Nichts.

Danach tippte ich *Rabbits* ein.

Nach kurzem Flackern und Brummen, gefolgt von einem Aufblitzen und einer schnellen Serie von Bildern, schien der Computer hochzufahren, und der winzige Lautsprecher auf der Datasette knackte.

Auf dem Monitor erschien ein Video in Farbe. Es sah ganz nach einer Pressekonferenz aus. Ein Rednerpult auf einem Podium, eine Schar Journalisten, die gespannt auf das Eintreffen einer Person zu warten schienen.

Nach ein paar Sekunden drängte sich eine große dünne Frau um die dreißig in einem weißen Kostüm durch die Menge und stieg auf das Podium. Mit festen Schritten ging sie zum Rednerpult, und eine kraftvolle klare Stimme mit britischem Akzent ertönte.

»Minister Jesselman wird ein kurzes Statement abgeben, aber wir bitten Sie, davon abzusehen, Fragen zu stellen. Nach der morgigen Sitzung werden wir Sie jedoch erneut informieren. Ich bitte Sie, das zu respektieren.« Von der Presse war ärgerliches Murmeln und Stöhnen zu hören, man hatte dem Minister offenbar jede Menge Fragen stellen wollen.

Worum ging es hier? War dieser Jesselman vielleicht in einen privaten oder politischen Skandal verwickelt? Wollte er eine Kandidatur verkünden?

Schließlich trat ein distinguiert wirkender Mann in elegantem blauem Anzug an das Pult und räusperte sich.

»Guten Morgen, meine Damen und Herren. Ich bin eigentlich heute hergekommen, um das vorläufige Scheitern des Gesetzesentwurfs zur Einführung erneuerbarer Energien bekannt zu geben und dazu aufzurufen, dieses Ziel im Parlament weiterzuverfolgen. Ferner wollte ich ein anderes, eher … persönliches Thema ansprechen. Doch ich fürchte, ich muss stattdessen eine andere Nachricht übermitteln.«

Und mit diesen Worten griff Minister Jesselman in aller Ruhe in die Innentasche seines Sakkos und brachte einen kurzläufigen silbrigen Revolver zum Vorschein.

Unter den Presseleuten brach Panik aus, schreiend versuchten sie zu flüchten, aber Jesselman kümmerte sich nicht darum. Er blickte nur direkt in die Kamera, lächelte seltsam wehmütig und sprach:

»Die Tür ist offen.«

Danach setzte er den Revolver ans Kinn und drückte ab.

Ein Blutschwall spritzte aus seinem Kopf. Dann wurde der Bildschirm schwarz, und der Lautsprecher verstummte.

»Großer Gott«, murmelte Chloe.

Ich versuchte etwas zu sagen, brachte aber kein Wort hervor. Mein Mund war trocken, alles verschwamm vor meinen Augen. Das Dröhnen erfüllte meinen Schädel, und ein Kribbeln breitete sich in meinem Körper aus, wie wenn Blut in abgeklemmte Gliedmaßen zurückströmt.

Das graue Gefühl. Es schlug wieder zu.

Chloe startete auf ihrem Handy eine Internetsuche nach Jesselman, und sofort tauchten diverse Meldungen auf. Dieses Video, das auf dem Magnetband eines uralten Computers abgespeichert war, stammte nicht aus der Vergangenheit. Es lief gerade über alle Newsticker.

Der Vorfall hatte sich eben erst ereignet. Wir waren Zeuge seiner Tat gewesen.

Mir wurde übel.

Dann leuchtete der Monitor plötzlich wieder auf.

Von der Pressekonferenz war nichts mehr zu sehen. Stattdessen erschien eine Liste mit römischen Zahlen, hinter denen jeweils ein Name stand.

Der Circle.

Aber diese Version war anders. Sie endete nicht wie die bisherigen Listen mit der Nummer zehn, sondern am Ende blinkte XI, die römische Ziffer für elf.

Ich sah Chloe an, dann zog ich mein Handy raus und schrieb an Baron. Ich schickte ihm ein Meme und zwei Wörter. Das Handtuch und den Text *Sofort anrufen*.

Die elfte Runde hatte offiziell begonnen.

NOTIZEN ZUM SPIEL: NACHRICHT VON HAZEL

(authentifiziert)

Wie spielst du?

Finde die Diskrepanzen, folge den Hinweisen; folge den Hinweisen, finde die Diskrepanzen.

Spielen ist einfach; viel schwerer ist es zu wissen, ob du spielst oder nicht. Es gibt keine offizielle Teilnehmerliste, keine Aufnahmegebühr, kein Handbuch, und wer immer das Spiel leitet, spricht nicht. Woher weißt du also, ob du spielst?

Die gute Nachricht ist: Wenn du Rabbits spielst – und zwar richtig spielst –, wirst du es irgendwann merken. Etwas wird seltsam sein. Etwas wird anders sein. Etwas wird falsch sein.

Und alles wird gefährlich sein.

– Hazel 8

15 »Ein völlig fertiges Häufchen Elend«

»Ich mache mir wirklich übel Sorgen um Baron«, sagte ich.

Es war halb elf Uhr abends, Chloe schloss die Spielhalle ab. Über ein Tag war vergangen, und Baron hatte sich noch immer nicht gerührt, trotz der Handtuch-Nachricht.

»Geht mir genauso.« Chloe hängte sich ihren Rucksack um. »Der flippt aus, wenn wir ihm von der Teppichreinigung erzählen. Vielleicht kann er uns ja erklären, wie dieser Uraltcomputer uns eine Livesendung zeigen und sie dann selbst wieder löschen konnte.«

»Lass uns zu Baron fahren«, drängte ich.

»Machen wir.«

Eine Viertelstunde später hielten wir vor seinem Haus.

Als wir aus Chloes Auto stiegen, fröstelte ich. Ich weiß nicht, ob es daran lag, dass es ziemlich kalt geworden war. Oder eher daran, dass zwei Straßenlaternen nicht funktionierten und das Backsteingebäude wie in einem alten Horrorfilm wirkte. Es war früher mal ein Kloster gewesen, und die Mauerschnörkel erinnerten mich an *Rosemarys Baby*.

Wir überquerten die Straße, und ich klingelte bei Baron.

Nichts geschah.

»Er nimmt auch nicht ab«, sagte Chloe, die gerade mehrfach versucht hatte anzurufen.

Barons Wohnung lag im Erdgeschoss. Chloe und ich blickten gleichzeitig zur Ecke des Hauses.

»Also, ich weiß nicht recht«, sagte ich, aber Chloe grinste nur.

Wir näherten uns dem Gebäude von hinten durch eine schmale Gasse, die kaum mehr als einen Meter breit und mit Unkraut überwuchert war. Ein Fenster von Barons Wohnung ging zu dieser Gasse hinaus. Um ein Haar wären wir über ein verrostetes Dreirad, Plastikspielzeug und einen verschimmelten Gartenstuhl gestolpert.

Wir kamen an einer Wohnung vorbei, in die man hineinschauen konnte. Auf einem fleckigen schwarzen Ikea-Tisch am Fenster stand ein Aquarium, das mit einer dicken graugrünen Algenschicht bedeckt war. Ich konnte nicht erkennen, ob darin noch ein Fisch schwamm.

Einen kurzen Moment lang hatte ich den Eindruck, dass sich hinter der modrigen Algenwand etwas bewegte, aber dann war es wieder verschwunden.

Falls in dieser trüben Brühe wirklich noch etwas am Leben war, das versuchte, einen Blick nach draußen zu erhaschen, konnte ich gut verstehen, wie sich dieses Wesen fühlte.

Bei Baron waren die Vorhänge zugezogen, das Schiebefenster aber war einen schmalen Spalt weit geöffnet.

Das machte er immer, weil er so viel Gras rauchte.

Ich klopfte an die Scheibe und rief seinen Namen. Keine Antwort.

»Wahrscheinlich ist er nicht da«, sagte ich.

»Lass uns nachschauen«, erwiderte Chloe, wuchtete das Fenster ein kleines Stück höher, schob den Vorhang beiseite und spähte ins Zimmer.

Baron saß am Schreibtisch und starrte auf seinen Computerbildschirm, auf den Ohren große weiße Kopfhörer.

Wir riefen seinen Namen, aber er reagierte nicht.

Mit vereinten Kräften schoben wir das alte Holzfenster weiter hoch.

»Ich klettere hinein«, verkündete Chloe.

»Meinst du wirklich?« Ich zögerte noch.

»Na klar. Er ist doch nicht am Wichsen oder so.«

»Ja, aber …«

»Also, Baron würde bei dir jederzeit einsteigen.« Mit diesen Worten zwängte Chloe sich durch den Spalt.

Sie hatte recht, das wäre Baron wirklich zuzutrauen. Ich warf rasch einen Blick in die Runde, aber unser Einbruch schien bislang unbemerkt zu bleiben.

»Ach, scheiß drauf«, murmelte ich und tat es Chloe gleich.

Sie zog Baron behutsam die Kopfhörer herunter und wedelte mit der Hand vor seinem Gesicht herum.

»Hey.« Er blinzelte. »Was geht?«

Er schien nicht wütend zu sein, dass wir bei ihm eingebrochen waren. Genau genommen war er so weggetreten, dass ich mir nicht sicher war, ob er mich überhaupt erkannte.

Dann: »Hey, K, was läuft so?« Baron hatte offenbar Mühe, klar zu sehen. Sein Blick schien so vernebelt, als schwämme er in diesem veralgten Aquarium herum.

Auf seinem Schoß lag eine kleine Holzkiste, in der ich sein Weed vermutete. Er stellte sie vorsichtig auf den Boden und bewegte dabei den Kopf hin und her, um zu sich zu kommen.

»Was ist passiert?«, fragte er benommen.

Ein durchdringender Geruch stieg mir in die Nase, irgendwas in Richtung verrottender Dachs oder so. Dann wurde mir klar, dass der Gestank von Baron selbst ausging. Er schien seit Tagen nicht geduscht zu haben, aber das war nicht alles. Offensichtlich hatte er sich auch vollgepisst, und zwar nicht nur einmal.

»Was ist los mit dir?«, fragte ich.

»Hab wohl irgendwie die Zeit vergessen«, murmelte er.

»Und vielleicht auch noch ein bisschen mehr?«, bemerkte Chloe mit Blick in das Zimmer, das in einem grauenhaften Zustand war.

Überall stand schmutziges Geschirr herum, auf dem Schreibtisch und anderen Flächen türmten sich Papierstapel. Die große Korkpinnwand war mit Fotos, Papierfetzen und Post-its übersät, auf die Wörter und Symbole gekritzelt waren. Nichts davon ergab irgendeinen Sinn. Die Pinnwand erinnerte an Serienkiller-Ermittlungen in Krimis, mit dem Unterschied, dass hier nirgendwo Verbindungen hergestellt wurden.

»Wann hast du zuletzt geduscht?«, fragte Chloe Baron.

»Scheiße, bin ich das?«, fragte Baron und rümpfte die Nase, als bemerkte er den Gestank erst jetzt.

»Was machst du da gerade?«, fragte ich und beäugte den Bildschirm.

»Weiß ich nicht mehr«, sagte er langsam. »Einen Film gucken, glaub ich.«

Chloe führte Baron ins Badezimmer, stellte die Dusche an und machte hinter ihnen die Tür zu.

Das Video, das Baron sich angeschaut hatte, war nur ein paar Minuten lang. Es erinnerte mich an diesen gruseligen japanischen Film *Ringu*, in dem ein Mädchen aus dem Fernseher kriecht, war aber durch seine Schlichtheit noch viel düsterer und unheimlicher.

Zu Anfang war eine riesige schattenhafte Gestalt zu sehen, die sich über eine zweite Figur beugte. Sie saß in der Mitte eines kleinen Raums auf einem Metallstuhl. Die Wände waren mit Tausenden von Geheimzeichen bekritzelt. Hin und wieder flackerte das Licht; dann schienen die Zeichen plötzlich zum Leben zu erwachen und über die Wände zu krabbeln wie Insekten, die der Helligkeit entkommen wollen.

Nach etwa einer Minute beugte sich die riesige Schattengestalt zu der anderen Figur hinunter und flüsterte ihr etwas ins Ohr.

Worauf die Figur ganz langsam in den Stuhl hineinsank. Zuerst wirkte es, als duckte sie sich nur, um dem Schattending auszuweichen. Aber so war es nicht.

Die Figur löste sich nach und nach auf.

Sie verschwand aus der Welt.

Die Szene fühlte sich so unheimlich und bedrohlich an wie nichts anderes, was ich je gesehen hatte. Etwas Schreckliches geschah mit der sitzenden Gestalt. Und was da geschah, war real. Baron hatte sich ins Darknet eingeloggt.

Dann nahm ich Laute wahr, entfernt zunächst, aber sie kamen näher. Es war eine tiefe, raunende Stimme, die in meinem Kopf vibrierte und ein kribbelndes Gefühl erzeugte. Es war nicht mal unangenehm. Ich schaute nach unten. Die Laute kamen aus Barons Kopfhörern, die neben dem Stuhl am Boden lagen.

Ich griff danach und wollte sie gerade aufsetzen, als Chloe von hinten auf die Leertaste haute und das Video anhielt.

»Ey, spinnst du komplett?«, fauchte sie. »Willst du dich auch vollpissen, oder was?«

Video und Link verschwanden in dem Moment, in dem Chloe die Taste gedrückt hatte.

Ich versuchte, die Seite wieder aufzurufen, aber vergeblich.

»Es ist weg«, sagte ich. Das angenehme Kribbeln in meinem Kopf war ebenfalls verschwunden.

»Und das ist auch gut so.« Chloe klappte Barons Laptop zu. »Weil wir hier nämlich ein völlig fertiges Häufchen Elend haben, um das wir uns kümmern müssen.«

Nachdem Baron frisch geduscht war, bugsierten wir ihn auf einen Stuhl am Tisch und setzten ihm Hühnersuppe und Cracker vor.

»Was ist passiert?«, fragte ich. »Wir haben dir geschrieben und x-mal angerufen.«

»Tut mir leid. Hatte viel zu tun. War 'n bisschen im Homeoffice.« Er schob sich einen Löffel Suppe in den Mund.

»Was ist das da?«, fragte Chloe und deutete auf die chaotische Pinnwand.

»Arbeit. Kann ich nicht drüber reden.«

»Warum nicht?«, fragte ich.

»Musste eine krasse Geheimhaltungsvereinbarung unterschreiben.«

Chloe betrachtete die Wand eingehend. Mich interessierte in diesem Moment etwas anderes.

»Wie ist es denn so, mit Sidney Farrow zu arbeiten?«, hakte ich nach. »Ist sie so toll, wie man glaubt?«

Baron nickte lächelnd. »Ja, ist sie.«

Baron war ein Glückspilz, irgendwie.

»Ich stell sie dir mal vor«, schob er nach.

»Super.«

»Hey, mir auch!«, verlangte Chloe.

»Na klar.«

»Dude, ganz im Ernst«, seufzte ich. »Wir haben uns echt Sorgen um dich gemacht.«

»Ich hab an was gearbeitet …« Er verstummte, und ich merkte, dass er den Faden verloren hatte.

»An was?«, fragte ich hartnäckig weiter.

Aber Baron konnte kaum noch die Augen offen halten. Ich war mir nicht mal sicher, ob er sich am nächsten Tag an unsere Unterhaltung erinnern würde.

»Bin hundemüde«, sagte er. »Können wir morgen weiterreden?«

»Klar. Ehrenwort?«, fragte ich.

Er nickte und schob die Suppe von sich.

»Wir müssen nämlich unbedingt über Rabbits reden«, köderte ich ihn. »Wir haben irres Zeug erlebt. Es wird jetzt ziemlich ... heftig.«

Aber Baron war zu müde. »Wir quatschen morgen«, sagte er nur. »Pfadfinderehrenwort.«

»Du warst überhaupt nicht bei den Pfadfindern.«

»Ey, soll ich jetzt auch noch die Hand aufs Herz legen, oder was?«

Ich musste lachen und entspannte mich. Baron war wieder ein ganzes Stück weit der Alte.

»Okay, dann bis morgen«, sagte ich, und wir machten uns auf den Weg.

»Pfadfinderehrenwort, Leute!«, rief er mir noch nach, als er die Tür hinter uns schloss.

Auf dem Weg zum Auto reichte Chloe mir ihr Handy. »Was ist da bloß los, K?«

Sie hatte die Chaospinnwand fotografiert. Die Kritzeleien auf den zig Zetteln waren nahezu unleserlich, die Fotos ergaben nicht den geringsten Sinn.

»Das ist doch alles Blödsinn«, sagte Chloe. »Irgendwas läuft total schief.«

Sie hatte recht. Die Notizen waren Blödsinn, und etwas lief total schief.

Am nächsten Morgen war Baron Corduroy tot.

16 »Auf keinen Fall spielen!«

Als Barons offizielle Todesursache wurde Herzstillstand aufgrund einer defekten Herzklappe angegeben.

Es hieß, er sei eines natürlichen Todes gestorben.

Seine Schwester hatte ihn zum Brunch abholen wollen und ihn im Bett gefunden, ans Kopfbrett gelehnt, mit toten Augen ins Leere starrend.

Ein paar Tage später wurde in einer Kirche in Downtown eine Trauerfeier für ihn abgehalten.

Chloe und ich verbrachten die nächste Woche fast ausschließlich mit Trinken und Gaming, um nicht daran denken zu müssen, dass einer unserer besten Freunde mit Ende dreißig an Herzversagen gestorben war.

Barons plötzlicher Tod hatte zur Folge, dass wir uns noch mehr um den Magier sorgten. Er hatte bislang keinerlei Anstalten gemacht, uns in seine Recherchen zum Spiel einzuweihen, obwohl inzwischen eine Menge Zeit vergangen war.

Zwei Wochen nach Barons Tod nahmen Chloe und ich gerade in der Spielhalle einen Imbiss zu uns, als der Magier, barfuß und mit wildem Blick, aus seinem Büro stürzte, die Treppe hinuntersprintete und zum *Robotron-2084*-Automaten raste. Dort zog er ein abgegriffenes Heft aus der Tasche und machte sich Notizen. Anschließend murmelte er irgendetwas Wirres vor sich hin, nickte uns beiläufig zu und hastete wieder nach oben.

»Also, der Magier … macht irgendwie keinen guten Eindruck«, bemerkte ich.

»Ja, wird immer schlimmer. Ich glaube, er war seit Tagen nicht mehr zu Hause.«

»Glaubst du, er spielt Rabbits?«

»Ähm … ja. Bin mir ziemlich sicher. Was meinst du?«

Ich nickte. Chloe versuchte es sich nicht anmerken zu lassen, aber ich spürte, wie besorgt sie war.

»Wir sollten endlich mit ihm reden. Jetzt«, schlug ich vor.

»Weiß nicht«, erwiderte Chloe und schürzte die Lippen.

»Los, komm schon.« Ich wandte mich in Richtung Treppe. »Wenn er partout nicht reden will, schmeißt er uns sowieso raus.«

»Hast recht.« Chloe folgte mir.

»Wie immer«, sagte ich und klopfte an die Bürotür.

Keine Antwort.

Wir warteten fast eine Minute, dann klopfte ich noch mal.

Schließlich hörten wir etwas, das wie »Hab doch gesagt, kommt rein« klang.

Chloe öffnete die Tür, und wir betraten das Büro.

Unsere Augen mussten sich erst an die Dunkelheit gewöhnen, denn die Rollos waren alle runtergezogen. Eine kleine Lampe und das bläuliche Licht von zwei uralten Computern mit irgendeinem Betriebssystem, das ich noch nie zuvor gesehen hatte, waren die einzige Beleuchtung.

Im Büro herrschte wüstes Chaos. Papierstapel und allerlei Computerzubehör, das sich in Regalen und auf Tischen verteilte, waren beim Magier der Normalzustand. Aber jetzt war der Boden rings um den Schreibtisch weitflächig mit Notizzetteln, Kabeln und Fast-Food-Behältern bedeckt.

»Verdammt, ist das da etwa ein Amiga?« Chloe deutete auf den linken Computer.

»Worum geht's?«, fragte der Magier, während er zu einem anderen Tisch eilte und auf die Leertaste von zwei Laptops haute, die daraufhin surrend zum Leben erwachten. Hektisch schaute der Magier zwischen den beiden Monitoren hin und her. »Hab nicht viel Zeit.«

Chloe sah sich schweigend um. Sie wirkte ziemlich schockiert.

Jetzt drehte sich der Magier endlich zu uns um, und wir hatten noch mehr Anlass zur Sorge. Sein Blick wirkte abwesend und irr, das Gesicht war hager und fahl.

»Wie geht's dir?«, fragte ich.

»Wie's mir *geht*?« Der Magier starrte mich an, und ich war mir nicht sicher, ob er mich umarmen oder vor einen Zug stoßen wollte. Schließlich nickte er fahrig. »Gut. Tut mir leid wegen Baron.«

»Danke«, sagte ich.

Der Magier wandte sich wieder den zwei Laptops zu und murmelte etwas vor sich hin, während er die Bildschirme beobachtete.

Ich warf Chloe einen Blick zu. Sie bedeutete mir weiterzureden.

»Ähm … glaubst du, der Suizid von Minister Jesselman weist darauf hin, dass die elfte Runde begonnen hat?«, fragte ich.

»Habt ihr den Circle gesehen und den Satz ›Die Tür ist offen‹ gehört?«

»Ja«, antwortete ich.

»Dann hat sie angefangen.« Der Magier kickte mit dem

Fuß zwei Bürostühle in unsere Richtung. »Guckt euch bitte mal was an.«

Wir fielen fast über unsere Füße vor Eifer. Der Magier bat uns sonst nie um Hilfe.

Auf beiden Bildschirmen hatte er dieselbe Website aufgerufen, sie hatte den seltsamen Namen *Sieh Wien*.

»Was ist das?«, fragte ich.

»Eine Website«, antwortete der Magier überflüssigerweise, lehnte sich zurück und rieb sich die Augen.

»Wie lange arbeitest du schon?«, fragte Chloe.

»Weiß nicht mehr. Nicht lang genug.«

»Was willst du denn hier finden?« Ich konnte keinen Unterschied erkennen, beide Seiten sahen genau gleich aus. Es war eine altertümliche Reisereklame für die Stadt Wien.

»Wieso Wien?«, fügte Chloe hinzu.

»›Sieh Wien‹ ist ein Anagramm für ›Hinweise‹«, erklärte der Magier. »Als ich vorhin draufgeschaut habe, gab es eine Diskrepanz.«

»Und welche?«

»Kann ich nicht genau sagen … Irgendetwas stimmte nicht.«

»Ich kann keinen Unterschied entdecken«, sagte Chloe.

»Ja, ich weiß. Selbe URL, selbe Firma, selber Quellcode.«

»Und, ähm … Ist diese Seite irgendwie wichtig?«, fragte ich.

»Die ist als Forum für Rabbits-Spieler genutzt worden. Hier haben wir über das Spiel gechattet.« Der Magier stand auf und streckte sich. Dann blickte er sich im Raum um, als hätte er ihn länger nicht mehr registriert. »Hier sieht's ja übel aus«, sagte er kopfschüttelnd, ging ans Fenster, schob es ein Stück hoch und zündete sich eine Zigarette an.

Ich ließ den Blick durchs Zimmer schweifen und rieb mir den Nacken. Der Zustand erinnerte mich an etwas.

An Barons Zimmer am Abend vor seinem Tod.

»Wenn man wusste, wo«, sagte der Magier in meine aufkeimende Nervosität hinein, »konnte man sich in Internetforen mit anderen Spielern austauschen.« Er pustete eine riesige Rauchwolke aus und starrte nach draußen.

Ich wusste nicht, ob ich etwas darauf sagen sollte, und warf Chloe einen fragenden Blick zu.

Sie schüttelte kaum merklich den Kopf.

Schließlich fuhr der Magier fort: »Dieses Forum wurde Mitte der Neunziger stark genutzt. Da tummelten sich jede Menge Spieler, aber vor allem einer namens Neuromancer wusste immer mehr als die anderen. Er postete nur selten was, aber dann immer Hinweise, die nützlich waren.«

»Was denn zum Beispiel?«, fragte ich.

»Er riet uns, das Spiel in größeren Dimensionen zu sehen. Uns nicht nur auf die moderne Version zu konzentrieren, von der wir glauben, dass sie 1959 begann. Neuromancer war überzeugt davon, dass es das Spiel in gewisser Weise schon viel länger gibt.«

»Seit wann denn?«, fragte Chloe.

»Womöglich schon so lange wie die Menschheit selbst oder das Leben auf dem Planeten Erde. Oder die Erde. Neuromancer glaubte, Rabbits sei extrem mächtig und gefährlich – weit mehr als ein Spiel. Er vermutete, dass ... eine fremde Welt damit verbunden sein könnte.«

Mir wurde plötzlich kalt. Wahrscheinlich, weil der Magier das Fenster geöffnet hatte. Ich schlang die Arme um mich.

»Mich interessierten nicht nur Neuromancers Ansichten über die historische Version«, erzählte der Magier weiter. »Ich wollte wissen, wie hoch er das Gefahrenpotenzial der heutigen Version einschätzte.« Er nahm einen tiefen Zug von seiner Zigarette und blickte dem Rauch hinterher.

Ich versuchte meine Gedanken zu sortieren. Klar barg Gaming einige Gefahren. Spielsucht, Schlafmangel, Realitätsverlust, davon konnte ich ein Lied singen. Dann die gewisse Verrohung, die Gewaltverherrlichung, die mit manchen Games einherging … Von Mobbing und Missbrauch durch eine beschissene Community ganz zu schweigen. Aber wie soll ich sagen … das waren bekannte Gefahren. Darüber redeten sich Eltern, Pädagogen und Psychologen den Mund fusselig. Was der Magier hier andeutete, war eine andere Ebene … Meine Gedanken wanderten zu den Conners-Schwestern. Bar jeder Vernunft war Emily den Waldweg in völliger Dunkelheit entlanggerast. Als wäre sie von etwas besessen.

»Neuromancer sah alles aus einem anderen Blickwinkel«, sagte der Magier in meine Überlegungen hinein. »Er meinte, er suche nach etwas ›hinter dem Spiel‹ …« Er verstummte gedankenverloren.

»Nach dieser anderen Welt?«, hakte ich nach.

Der Magier schloss die Augen. Ich rührte mich nicht und hoffte, dass er weitersprach.

Schließlich sagte er: »Neuromancer glaubte, dass man Verbindungen zwischen Rabbits und weltbewegenden Ereignissen finden kann: Kriegen, Wirtschaftskrisen, Attentaten, Massenselbstmord und vielen anderen Phänomenen von globalem Ausmaß.«

Der Magier versank wieder in Schweigen, und diesmal hatte ich das Gefühl, dranbleiben zu müssen, damit er nicht vollends abdriftete.

»Klingt das nicht zu sehr nach Verschwörungstheorien und anderen Konzepten von irgendwelchen Spinnern?«, fragte ich.

»Schon möglich.« Der Magier drückte die Kippe in einem kleinen Glasgefäß aus.

»Was ist aus Neuromancer geworden?«, wollte Chloe wissen.

»Eines Tages postete er plötzlich nichts mehr.«

»Wann war das?«, fragte ich.

»Kurz vor dem Ende der achten Runde.«

»Meinst du, Neuromancer könnte Hazel gewesen sein?«, fragte ich.

»Glaube ich eigentlich nicht… aber denkbar wäre es natürlich.«

Jetzt trat tatsächlich ein allgemeines Schweigen ein, das abrupt unterbrochen wurde durch das schrille Klingeln des analogen gelben Telefons auf dem Schreibtisch. Es klingelte wie neulich nur einmal und verstummte dann.

Der Magier kümmerte sich nicht darum, sondern ging zu einem alten hölzernen Aktenschrank neben der Tür zur Toilette. Er zog die unterste Schublade auf und förderte eine graue Metallbox zutage. Aus der nahm er ein Motorola-Klapphandy und gab eine Nummer ein.

Ich warf Chloe einen fragenden Blick zu. Sie zuckte die Achseln.

Der Magier hielt das Handy ans Ohr und hörte nur zu, ohne einen einzigen Laut von sich zu geben. Nach einer Minute klappte er das Handy zu und verstaute es wieder an seinem angestammten Platz.

»Alle sind völlig fertig wegen Jesselmans Suizid«, sagte er kopfschüttelnd.

»Wer ist ›alle‹?«, fragte Chloe.

Der Magier schien die Frage überhört zu haben. »Elf hat angefangen, und etwas stimmt nicht.«

Scarpios Worte.

»Und was heißt das?«, fragte ich.

»Dass ihr aufhören müsst.«

»Womit?«

»Mit dem Spiel.«

»Warum? Es hat doch gerade erst angefangen.«

»Eine große Anzahl von Spielern verschwindet … und noch Schlimmeres«, antwortete der Magier, schloss die Augen und rieb sich den Nasenrücken.

»Wer war da dran?«, fragte ich.

»Hmmm?«, machte der Magier.

»Am Telefon.«

»Ein Freund.«

Jetzt fing der Magier eindeutig an zu mauern.

»Noch mal wegen Neuromancer … Hast du irgendeine Ahnung, wer er ist – oder war?«, fragte ich beharrlich weiter.

Der Magier schnaubte und massierte seine Schläfen. »Woher soll ich das wissen? Das ist der Titel eines Romans von William Gibson. Könnte sich jeder dahinter verstecken.«

»Und woher weiß dein Freund, dass Leute verschwinden und all so was?«, warf Chloe ein.

Der Magier wühlte in einem Haufen Ausdrucke auf seinem Schreibtisch herum. Nach einer Weile wurde er fündig und reichte Chloe ein Blatt.

»Das ist eine Liste von Personen, die gespielt haben und verschwunden sind. Die meisten Namen kenne ich. Alles erfahrene Leute.«

»Und du bist sicher, dass die wirklich verschwunden sind?«, sagte Chloe.

»Und du bist sicher, dass du weiter scheißblöde Fragen stellen willst?«, raunzte der Magier sie gereizt an.

Der Mann stand eindeutig neben sich.

Er hatte sich immer schon gerne aufgeregt, wenn jemand mit einer Theorie oder Frage kam, die er halb gar oder nicht ausreichend durchdacht fand. Dann brachte er einen mit einer hochgezogenen Augenbraue oder einem genervten Seufzer schnell zum Schweigen. Aber in all den Jahren hatte ich ihn noch nie so erlebt. Er hatte Chloe kein einziges Mal schlecht behandelt.

»Das sind bloß die Verschwundenen aus Deutschland und Kanada«, sagte er und griff nach einem weiteren Ausdruck.

»Und wie erklärst du dir das?« Ich hatte nicht die Absicht, mich einschüchtern zu lassen.

»Ich sag doch, das Spiel ist irgendwie gestört, deshalb verschwinden diese Leute. Und wenn ihr zwei weiterspielt, wird euch das Gleiche passieren.« Er packte Chloe und mich bei den Schultern und starrte uns aus seinen geröteten Augen an. »Ihr lasst ab jetzt die Finger vom Spiel, kapiert?«

Wir nickten.

»Ich muss an die Arbeit zurück«, sagte er dann, womit wir offiziell entlassen waren. Durch den Türspalt rief er uns nach: »Das ist mein voller Ernst. Ich will eure Namen nicht auf dieser verdammten Liste sehen!«

Ich drehte mich zu ihm um. Sein Blick war wie Barons. Genauso irre. Als zerrte etwas an ihm, dem er sich nicht widersetzen konnte. Unwillkürlich machte ich einen Schritt auf ihn zu. Wie zur Antwort schloss er lautstark die Tür.

NOTIZEN ZUM SPIEL: NACHRICHT VON HAZEL
(authentifiziert)

Koinzidenz ist definiert als auffälliges Zusammentreffen von Ereignissen oder Umständen ohne sichtbaren kausalen Zusammenhang.

Wenn du Rabbits spielst, fallen dir Dinge auf, die andere Menschen nicht bemerken, zum Beispiel: Der Titel des Songs, den du unterwegs gerade im Radio hörst, ist eine Kombination aus dem Namen des Restaurants, an dem du in diesem Moment vorbeigehst, und dem dazugehörigen Straßennamen. Oder du bekommst im Abstand von vier Minuten und vierundvierzig Sekunden zwei Anrufe, bei denen sich jemand verwählt hat. Dabei sind beide Nummern der Anrufer identisch bis auf die Vorwahl. Oder sie sind unterschiedlich, doch die Anrufer haben denselben Namen.

Der Psychoanalytiker Carl Gustav Jung nannte solche Ereignisse »Synchronizitäten«.

Während ich dies hier schreibe, läuft in dem Lokal, in dem ich sitze, *Synchronicity II* von The Police. Ihr versteht jetzt sicher, was ich meine.

Nur weil es keinen sichtbaren kausalen Zusammenhang gibt, heißt das noch lange nicht, dass es keinen Zusammenhang gibt.

– Hazel 8

17 »Riecht bisschen sehr alkoholisch hier«

Einen Monat nach Barons Tod trafen Chloe und ich uns, um seinen Geburtstag zu feiern.

Wir lunchten zusammen und kauften dann auf dem Weg zur Spielhalle eine Riesenflasche isländischen Wodka. Chloe musste nicht arbeiten, weshalb wir beschlossen hatten, uns zu entspannen, indem wir den Nachmittag mit Trinken und Zocken verbrachten.

Wir bemühten uns nach Kräften, den Rat des Magiers zu befolgen und Rabbits zu meiden.

Zu Anfang fiel es schwer, aber dann wurde es von Tag zu Tag leichter. Der Tod von Baron hatte uns beide enorm erschüttert, und wir fanden es plötzlich nicht mehr so wichtig, das Geheimnis um das Spiel zu ergründen.

Vom Magier hatten wir beide seit dem Tag, an dem er uns aufgetragen hatte, die Finger vom Spiel zu lassen, nichts mehr gesehen oder gehört.

Chloe und ich spielten an jedem Automaten mindestens einmal, die meiste Zeit verbrachten wir aber mit *Galaga*, *Gauntlet*, *Joust* und *Wonderboy*. Es tat gut, sich einfach zu entspannen und zusammen Spaß zu haben. Keine Politiker, die sich öffentlich umbrachten, keine absurden Attentate auf berühmte Schauspieler.

Und kein Rabbits.

Als wir den isländischen Wodka stark dezimiert hatten und beim fünften oder sechsten Spiel von *Missile Command* waren, hörten wir jemanden an die Eingangstür hämmern, obwohl schon geschlossen war.

»Wie viel Uhr ist es?«, fragte Chloe.

»Gleich Mitternacht.«

»Wir haben längst geschlossen!«, schrie Chloe ungehalten.

Worauf das Hämmern noch lauter und drängender wurde.

»Was zur Hölle?«, fluchte Chloe. »Ich bin kurz davor, meinen Highscore zu knacken.«

»Ich schau nach.«

Als ich um die Ecke bog, sah ich jemanden vor der Tür stehen, den ich aber nicht erkennen konnte, und rief noch mal: »Tut mir leid, aber die Spielhalle ist geschlossen!«

»Bitte, ich muss dringend mit Ihnen sprechen.« Eine Frauenstimme, die verzweifelt klang.

Ich ging zögernd zur Tür und spähte durch die Scheibe.

Und mir blieb fast die Spucke weg.

Hastig schloss ich auf, und eine schlanke rothaarige Frau kam herein. Sie trug verwaschene Jeans, ein hellgraues T-Shirt und einen blauen Hoodie und wischte sich die regennassen Haare aus dem Gesicht. Dann streckte sie mir die Hand hin.

»Sie kennen mich nicht. Mein Name ist Sidney Farrow.«

»Doch, ich kenne Sie«, erwiderte ich. »Ich meine, ich kenne ... Entschuldigung, ich bin K.« Ich schüttelte ihr die Hand.

»Ich wollte schon früher vorbeikommen«, sagte sie, »aber bei meiner Arbeit ging es etwas verrückt zu.«

»Ah. Okay.« Mir hatte es ziemlich die Sprache verschlagen, doch ich riss mich zusammen. »Also ... worum geht's denn?«

»Ich möchte gern mit Ihnen über Baron sprechen.«

»Über Baron? Warum?« Ich fühlte mich schlagartig nüchtern.

»Wer zur Hölle ist das?«, fragte Chloe drohend und trat zu mir. Sie war offenbar alles andere als nüchtern.

»Chloe, das ist Sidney Farrow.«

Chloe starrte sie an. »Ich fass es nicht.«

»Sie möchte über Baron sprechen.«

»Was? Warum?«

Sidney Farrow warf einen Blick auf die Wodkaflasche in Chloes Hand.

Worauf Chloe den Rest des isländischen Wodkas Sidney Farrow anbot.

Sie nahm einen Schluck aus der Flasche, atmete tief ein und schüttelte den Kopf. »Habt ihr beide jemals von einem Spiel namens Rabbits gehört?«

Chloe und ich sahen uns an.

Passierte dieser Irrsinn hier gerade wirklich?

Wer wie wir unzählige Stunden mit Sidney Farrows Videospielen verbracht hatte, der kannte sie nicht nur als beste Spiel-Engine-Entwicklerin, sondern auch als extrem kreative Erfinderin von Figuren und Geschichten. Ich habe so viel Zeit mit ihren Figuren verbracht, dass ich mich an manche meiner Spielerlebnisse genauer erinnern kann als an reale Ereignisse aus meinem Leben.

Sidney Farrow war direkt verantwortlich für vier der fünf tollsten Spielerfahrungen meines Lebens.

Und jetzt stand sie leibhaftig vor mir.

»Warum … äh … wollen Sie etwas über Rabbits wissen? Wenn ich … fragen darf?« Ich kam mir völlig bescheuert vor. Meine persönliche Heldin stand vor mir, und ich kriegte keinen vollständigen Satz auf die Reihe.

»Mir missfiel etwas an der Technologie, die WorGames einsetzte, um die Spielerfahrung bei meinem neuesten Game zu testen«, sagte Sidney. »Als ich anfing, Fragen zu stellen, hatte ich das Gefühl, dass man versuchte, mich irgendwie auszutricksen.«

»Was genau meinen Sie damit?«, fragte ich.

»Ich merkte, dass ich von Leuten in meiner eigenen Abteilung genau beobachtet wurde. Deshalb versuchte ich auf andere Weise, mir Informationen zu beschaffen: Ich bat jemanden von außerhalb, Nachforschungen anzustellen.«

»Baron Corduroy«, sagte ich tonlos.

Sidney nickte. »Ich arbeite ziemlich eng mit seiner Freundin Valentine zusammen. Die erzählte mir, Baron sei ein Fan von meinen Games … gewesen.«

»Das ist eine Untertreibung«, sagte ich. »Wir sind alle *extreme* Fans.«

»Danke«, sagte Sidney.

»Und wegen dem, was mit Baron passiert ist, interessieren Sie sich jetzt für Rabbits?«

Sidney nickte wieder und beäugte die Wodkaflasche, die inzwischen leer war. »Hey, wollen wir noch irgendwo was zusammen trinken?«

Ich warf Chloe einen Blick zu. Das konnten wir uns wohl kaum entgehen lassen.

»Wir könnten zu mir fahren«, schlug ich vor. »Ist nicht weit.«

»Klingt gut, aber fahren sollte vielleicht ich«, erwiderte Sidney. »Riecht ein bisschen sehr alkoholisch hier.«

In meinem Apartment öffnete Chloe eine Flasche Wein, und wir machten es uns bequem.

»Also, was hast du mit Baron so erlebt?«, begann ich, inzwischen per Du mit Sidney – was ein Teil von mir immer noch nicht glauben konnte.

Sidney berichtete, dass Barons Team ihr Game mit dem ultraneuesten Hightech-System von WorGames getestet habe. Es nannte sich »Byzantine Game Engine«. Die Tests waren etwa eine Woche im Gange, als eine der Frauen aus dem Team verletzt wurde. Sidney war besorgt, dass ihr Spiel womöglich die Ursache sein könnte, stellte den Leiter der Abteilung zur Rede und wollte wissen, was passiert sei. Man sagte ihr, die verletzte Frau, eine Game-Testerin namens Mary, habe einen epileptischen Anfall erlitten. Aber Wor-Games sei von jeglicher Verantwortung befreit worden, weil die Frau eine Anlage dazu habe.

Als Sidney präzisere Informationen verlangte, wurde ihr mitgeteilt, dass sie durch den Einsatz der von WorGames entwickelten Testtechnologie keinerlei Zugang mehr zu ihrem Spiel habe.

Sidney rastete daraufhin aus und rief ihren Anwalt an, der ihr nach Durchsicht ihres Vertrags mitteilte, dass sie gegen diesen Ausschluss leider nichts unternehmen könne, da er vertraglich fixiert sei.

Sie war aus ihrem eigenen Spiel komplett ausgeschlossen worden. Unfassbar.

»Ich habe mich trotzdem weiter umgehört«, erzählte Sidney, »und erfahren, dass schon ganz zu Anfang der Testphase bei einigen Teammitgliedern Kopfschmerzen, Übelkeit und Erbrechen aufgetreten sind.«

»Und du glaubst, dein Game ist die Ursache dafür?«, fragte Chloe.

Sidney zog die Schultern hoch. »Ich kann es nicht einschätzen. Baron war in der Testkabine neben der Frau, die den epileptischen Anfall hatte. Er hat mir erzählt, er habe seltsame Geräusche gehört und dann die Frau dort am Boden vorgefunden, während sie krampfte. Es ist ihm wohl gelungen, ihr etwas zwischen die Zähne zu stecken, um ihre Zunge zu retten. Dann wurde sie von Sanitätern weggebracht.«

»Weißt du, was aus ihr geworden ist?«, fragte Chloe und köpfte die nächste Flasche Wein.

»In der Firma hat man mir gesagt, es ginge ihr wieder gut. Aber ich hab später noch mal nachgeforscht und herausgefunden, dass sie kurz nach ihrer Einlieferung in der Klinik gestorben ist.«

»Oje«, sagte ich.

Sidney nickte und blickte im Raum umher, als wäre sie nicht sicher, ob sie weitersprechen sollte.

»Was ist?«, fragte Chloe argwöhnisch.

»Baron hat mir noch mehr erzählt. Er hatte wohl irgendetwas auf dem Monitor der Frau gesehen, kurz bevor die Sanitäter eintrafen und die Securityleute ihn aus der Kabine scheuchten.«

»Was denn?«

»Das weiß ich nicht, aber er sagte, es hätte etwas mit einem Spiel namens Rabbits zu tun.«

Mir lief es kalt den Rücken hinunter.

»Kurz nachdem ich begonnen hatte, unbequeme Fragen zu stellen«, fuhr Sidney fort, »teilte man mir mit, die Testphase finde ab sofort im Turm statt, zu dem ich keinen Zutritt mehr habe. Deshalb hatte ich Baron gebeten rauszufinden, was da abläuft. Er hat eingewilligt und versprochen, mir sofort Bescheid zu geben, sobald er etwas herausgefunden hätte.«

»Und?«, fragte ich.

»Ich weiß es nicht. Er meldete sich nicht, und ich dachte,

er hätte es sich vielleicht anders überlegt. Aber als ich hörte, dass er … verstorben ist, habe ich mir seine Akte angesehen. Und rausgefunden, dass er dabei ertappt worden war, wie er sich Zugang zu einem internen Server von WorGames verschaffen wollte. Er wurde fristlos entlassen, ohne Bezahlung.«

»Oh, Scheiße«, sagte Chloe.

»Und nicht mal eine Woche später war er … nicht mehr am Leben. Es … es tut mir sehr leid. Ich weiß, dass er euer Freund war.«

»Danke«, sagte ich. Mehr brachte ich nicht hervor.

»Es scheint also doch so, als hätte Baron mir helfen wollen«, sagte Sidney. »Wenn ich daran schuld bin, dass …«

»Ganz bestimmt nicht«, warf Chloe ein.

Ich nickte bestätigend. »Hat Baron irgendetwas gesagt über das, was er auf dem Bildschirm der Testerin gesehen hat?«

Sidney schüttelte den Kopf. »Nein, er erwähnte eben nur Rabbits.«

Chloe und ich sahen uns an, beide die gleiche Frage im Blick. Was zur Hölle mochte Baron entdeckt haben?

»Hat er euch erklärt, was er vorhatte?«, wollte Sidney wissen.

Wir berichteten von Barons Abtauchen, der Chaos-Pinnwand und dem unheimlichen Video, das er sich angesehen hatte.

Sidney rieb sich über das Gesicht. »Ich habe das Gefühl, dass im Turm irgendetwas passiert. Etwas Gefährliches.«

»Was ist denn der Turm?«, fragte Chloe.

Sidney erklärte, der Turm sei eines der neuen Gebäude auf dem Gelände von WorGames. Die skandinavische Firma, die es gebaut hatte, war direkt nach Abschluss der Arbeiten wieder in die Heimat zurückgeschickt worden. Soweit Sidney wusste, hatte noch niemand außer dem Team, das mit der Byzantine Game Engine arbeitete, jemals einen Fuß in das Gebäude gesetzt.

»Und warum wird so ein Geheimnis um dieses Byzantine-Ding gemacht?«, wollte Chloe wissen.

»Ich habe deshalb den Job bei WorGames angenommen«, antwortete Sidney. »Die Byzantine Game Engine, kurz BGE, erschafft virtuelle Welten, die sich absolut real anfühlen. Das Einzige, was fehlt, ist der Geruch. Ich weiß nicht, wie es funktioniert, aber der Effekt ist fantastisch. Es ist eine Sache, einer Person ein anderes Gesicht zu verpassen und mit Online-Samples von Stimmen eine Deepfake-Version einer Szene zu erstellen, die nie stattgefunden hat. Aber was die BGE-Technologie erzeugt, sind vollkommen andere Dimensionen. Es ist absolut atemberaubend. Wenn das auf den Markt kommt, werden ebenso strenge gesetzliche Regelungen vonnöten sein wie bei der Genmanipulation. Die BGE wird Regierungen zwingen, neue ethische Normen für die digitale Welt zu erstellen. Unternehmen werden ihre Gesetze für geistiges Eigentum überarbeiten müssen. Gamer werden völlig neue Erfahrungen machen. Und WorGames wird stinkreich werden.« Sidney trank ihr Glas in einem Zug leer. Sie wirkte wie im Rausch.

»Das hört sich ziemlich … abgedreht an«, sagte Chloe vorsichtig.

Sidney nickte. »Ja, unter ethischen Gesichtspunkten ist es der reinste Albtraum, aber es ist trotzdem unglaublich eindrucksvoll. Die Byzantine Game Engine war Hawk Worrickers letztes Projekt. Er begann kurz vor seinem Tod mit der Arbeit daran und meinte, sie sei die Vollendung seines Lebenswerks und das Größte, was ihm jemals gelungen sei.«

»Echt?«, fragte ich.

»Ja, er hat offenbar den Schlüssel zu dieser neuen Technologie entdeckt, als er die Quantenfeldtheorie mit dem sogenannten Baader-Meinhof-Phänomen kombinierte.«

»Meinst du so was wie eine kognitive Verzerrung?«, fragte ich.

»Das ist Teil davon, ja«, antwortete Sidney. »Wobei der Begriff ›Frequenzillusion‹ in unserem Zusammenhang präziser ist. Beim Baader-Meinhof-Phänomen geht es darum, dass etwas, das man kürzlich gehört, gesehen oder erlebt hat, plötzlich überall auftaucht. Man führt es auf die selektive Wahrnehmung des Gehirns zurück.«

»Weil man an etwas denkt, nimmt man es überhaupt erst wahr«, sagte ich. Das Phänomen war mir nur allzu bekannt.

»Ganz genau.«

»Und was hat das mit der Game-Engine zu tun?«

»Das weiß ich auch nicht«, sagte Sidney. »Worricker war offenbar gegen Ende seines Lebens besessen von der Mustererkennung. Er glaubte, alles sei vorherbestimmt – es gäbe überall Muster, wir würden sie nur nicht wahrnehmen, weil unser Hirn nicht dafür geschult sei.«

»War er vielleicht zuletzt ein bisschen durchgedreht?«, erkundigte sich Chloe und nippte an ihrem Wein.

»Schon möglich«, sagte Sidney und goss sich nach.

»Worum geht es denn bei deinem neuen Game?«, fragte ich. »Könnte der Inhalt irgendwie … schädigend sein oder so?«

Sidney schüttelte den Kopf. »Ich finde, es macht richtig Spaß, aber es unterscheidet sich nicht so stark von meinen bisherigen Spielen. Action mit Fokus auf Charakterfähigkeiten und dazu eine coole Story.«

»Kannst du uns nicht ein bisschen mehr verraten?«, hakte ich nach.

»Wie gesagt, die Geheimhaltungsvereinbarung ist gnadenlos. Ich darf auf keinen Fall Details preisgeben, tut mir leid.«

»Schade, aber das versteh ich natürlich. Ist dir in den Gesprächen mit Baron irgendetwas aufgefallen?«

»Er hat viele Fragen gestellt, aber die waren ganz gewöhnlich. Obwohl, doch … eine war eigenartig, fällt mir gerade auf.«

»Was war das?«

»Er wollte wissen, ob ich Alan Scarpio kennen oder vielleicht sogar mit ihm ein Game entwickeln würde.«

»Und?«, fragte Chloe.

»Ich hab Baron gesagt, dass ich Scarpio nicht kenne – nicht näher jedenfalls. Einmal hab ich ihn getroffen, bei einer Party beim Sundance Filmfestival. Wir haben uns lange über die Independent-Filme von Richard Linklater unterhalten. Scarpio sagte mir, *Before Sunset* möge er am liebsten, und Linklater würde vielleicht einen dritten Film machen. Das war aber auch alles. Ich hab Scarpio nie bei WorGames gesehen, und soweit ich weiß, arbeitet er auch nicht für die Firma.«

»*Before Sunset* ist auch mein Lieblingsfilm aus der Trilogie«, sagte ich.

»Trilogie?«, fragte Sidney stirnrunzelnd.

»Ja. *Before Sunrise* und *Before Midnight* sind die anderen beiden.«

»*Before Midnight* wäre der perfekte Titel«, meinte Sidney.

»Ja, finde ich auch …« Ich stockte. »Aber …«

Chloe unterbrach mich. »Also hast du von Baron gar nicht mehr erfahren, ob er irgendetwas herausgefunden hat, während er in deinen Servern herumsuchte?«, fragte sie Sidney.

»Leider nicht.«

Wir versanken einen Moment lang in Schweigen. Ein

Gedanke lauerte am Rande meines Bewusstseins, doch ich bekam ihn nicht zu fassen. Dann sah Sidney uns an. »Kann ich euch eine extrem wichtige Frage stellen?«

»Na klar, schieß los«, sagte ich.

»Was zum Teufel ist Rabbits eigentlich?«

Ich machte Kaffee, und dann begannen wir beide Sidney Farrow alles zu berichten, was wir über das Spiel wussten.

Danach wandte sich das Gespräch anderen Themen zu.

Sidney erzählte, sie schreibe schon seit ihrer Jugend Geschichten. *Der Wüstenplanet* war ihr Lieblingsroman. Damals erklärte sie ihren Eltern und jedem, der bereit war zuzuhören, dass sie der nächste Frank Herbert sein würde.

»Normalerweise kriegt das hier nur zu sehen, wer mich nackt erlebt«, erklärte sie, knöpfte ihre Jeans auf und zeigte uns ein kleines Tattoo an ihrer Hüfte, einen roten Habicht im Fluge.

»Kennt ihr das?«, fragte sie uns.

Wir schüttelten beide den Kopf.

»Das ist das Symbol des Hauses Atreides aus dem *Wüstenplaneten*.«

Und ich hielt mich für einen Nerd. Während meine Lieblings-Gamedesignerin ein Tattoo von der Sippe einer Romanfigur an einer verborgenen Stelle ihres Körpers hatte.

Dann erzählte Sidney, dass sie das Romanschreiben aufgegeben hatte, nachdem sie dem Game *Zelda* von Nintendo begegnet war. Ab diesem Punkt hatte sie nur noch Videospiele entwickelt.

Wir redeten ausführlich über unsere Lieblingsspiele und erörterten Schwächen und Vorzüge der Filme und Comics, die uns beeinflusst hatten.

Es war ein fantastisches Erlebnis, mit Sidney Farrow über

all das quatschen zu können. Ich hätte es gern eine Ewigkeit gemacht, doch ich war erschöpft. In letzter Zeit hatte ich wenig Schlaf bekommen und heute schon den ganzen Tag gebechert. Ich versuchte, mich wach zu halten, aber kurz nachdem Chloe die dritte Flasche Wein aufgemacht hatte, döste ich ein.

Als ich aufwachte, war es kurz nach zehn Uhr morgens, und ich war irgendwann irgendwie in meinem Bett gelandet. Ich checkte meinen Körper auf Katersymptome. Ich hatte einen säuerlichen Geschmack im Mund, und mein Magen fühlte sich an wie Kabelsalat, aber ein Spiegelei-Sandwich und elf Tassen Kaffee würden das schon wieder richten.

Ich ging ins Wohnzimmer. Chloe schlief auf der Couch, und Sidney zog sich gerade die Schuhe an.

»Hey«, sagte ich.

»Hey. Konntest du schlafen?«

»Schon möglich, aber ich fühl mich nicht so.«

Sidney grinste. »Das kenn ich.«

Chloe wurde wach, rieb sich die Augen und setzte sich auf. »Wie viel Uhr ist es?«

»Kurz nach zehn.«

»Ich muss zur Arbeit«, erklärte Sidney. »Und ich werde versuchen, noch mehr darüber zu erfahren, was Baron bei WorGames rausgefunden hat.«

»Das wäre super«, sagte ich. »Und wenn wir irgendwas tun können, sag bitte Bescheid.«

»Mach ich.«

Sidney brach auf, und ich setzte mich neben Chloe. Sie reckte die Arme Richtung Decke, und wir schwiegen einen Moment.

»Unfassbar. Wir haben gerade in einem Apartment mit

Sidney Farrow übernachtet«, sagte Chloe schließlich, und wir kicherten beide.

»Ich bin froh, dass Baron sie noch kennengelernt hat«, sagte ich. »Bevor er … du weißt schon.«

Chloe nickte.

Manchmal hatte Baron echt nervig sein können, aber mir fehlten seine grenzenlose Energie und sein Enthusiasmus. Und er hatte Sidneys Arbeit genauso verehrt wie wir.

Es war schrecklich, dass er nicht mehr lebte.

»Wer kocht Kaffee?«, fragte Chloe.

»Schere, Stein, Papier?«, schlug ich vor.

»Ich mach schon«, sagte Chloe, rührte sich aber nicht.

»Vielleicht sollten wir frühstücken gehen?«

»Klingt verlockend.«

»Machen wir.«

»Meinst du, Richard Linklater dreht noch einen Film in der Serie?«, fragte Chloe.

»Ich hoffe. Aber mit *Before Midnight* war die Trilogie eigentlich vollständig.«

»Trilogie?«, fragte Chloe. »Seit wann sind zwei Filme eine Trilogie?«

»Aber es sind doch drei. *Before Midnight* haben wir zusammen im Cinerama gesehen.«

»Was redest du für einen Stuss, K? Den dritten Film gibt es nicht.«

Chloe holte ihr Handy raus und tippte etwas in ihre Suchmaschine, um mir zu beweisen, dass ich mich irrte. Sie scrollte sich durch Richard Linklaters Filmografie, wo der Film nicht auftauchte, und zeigte mir mehrere Websites zum Beweis.

»Das muss ein Fehler sein«, beharrte ich und suchte selbst nach dem Titel.

Ohne Ergebnis.

»Was zur Hölle passiert hier?«, fragte ich. Mir wurde schwindlig, und das Zimmer wirkte plötzlich dunkler. Als ich aufstehen wollte, kamen Decke und Wände auf mich zu, und ich setzte mich wieder.

»Alles okay?«, fragte Chloe besorgt.

»Weiß nicht. Ich erinnere mich genau an diesen Film. Das ergibt keinen Sinn.«

Es klopfte an der Tür.

»Meinst du, Sidney hat was vergessen?«, fragte Chloe.

»Wahrscheinlich.«

»Komm rein!«, riefen wir gleichzeitig.

»Was hast du denn vergessen?«, fragte Chloe.

»Jemand hat vergessen, die Tür abzuschließen«, sagte eine Stimme hinter uns, die nicht zu Sidney Farrow gehörte.

Wir fuhren herum.

Es war die mysteriöse asiatische Frau, die ich im Diner getroffen hatte. Die Frau, die behauptet hatte, sie arbeite für Alan Scarpio.

»Ich hoffe, wir stören nicht?«, begann sie.

»Wir?«, fragte ich perplex.

Im nächsten Moment traten zwei weitere Frauen ins Zimmer. Es waren eineiige Zwillinge, Ende zwanzig vielleicht. Sie waren identisch gekleidet, mit schwarzer Lederjacke, weißem T-Shirt, auf dem ein großer dunkelroter Stern prangte, Jeansshorts und schweren schwarzen Bikerstiefeln. Die Frauen hatten kurz geschorene weißblond gefärbte Haare, grüne Augen und auf dem rechten Oberschenkel ein Tattoo von x-förmig überkreuzten Maschinengewehren.

Haltung und Miene waren ebenso identisch wie alles andere. Die beiden ähnelten sich so komplett, als wären sie jeweils eine perfekte Kopie.

Die Sache mit dem Linklater-Film war plötzlich nicht mehr mein dringlichstes Problem.

»Haben Sie mit Alan Scarpio gesprochen?«, fragte ich.

Die Frau reagierte nicht auf meine Frage, sondern wanderte durchs Zimmer. »Wer ist deine Freundin hier?«, fragte sie und strich über die Bücher in einem der Regale.

»Ich bin Chloe«, sagte Chloe. »Und wer zur Hölle sind Sie?«

Ich musste trotz der bedrohlichen Lage grinsen, weil Chloe sich von diesen drei bizarren Gestalten nicht im Geringsten einschüchtern ließ.

Die Asiatin lächelte. »Eine neue Freundin von euch. Ihr könnt mich Swan nennen, wenn ihr wollt.«

»Okay, Swan, und wer sind die Killermädels hier?« Chloe wies mit dem Kopf auf die Zwillinge, die an der Wand lehnten. Sie wirkten wachsam, aber zugleich gelangweilt, als hätten sie diese Unterhaltung schon tausendmal gehört.

»Die gehören zu mir«, antwortete Swan knapp. Mehr Erklärungen würden wir wohl nicht bekommen.

»Scarpio?«, hakte ich nach.

»Ich habe nichts von ihm gehört«, antwortete Swan und sah die Schallplatten durch, die neben meiner Anlage standen. »Aber wir müssen unbedingt herausfinden, was aus ihm geworden ist. Dringend.«

»Wir?«, sagte ich.

»Ja. Ihr und ich.« Sie stellte *Bringing It All Back Home* von Bob Dylan zurück und setzte sich zwischen mich und Chloe auf die Couch. »Ihr müsst mir sagen, was ihr auf seinem Handy gefunden habt.«

»Gar nichts«, äußerte Chloe, vermutlich etwas zu schnell.

»Ach ja?«, erwiderte Swan, nahm meine Patti-Actionfigur aus der Fernsehserie *The Leftovers* vom Couchtisch und beäugte sie. »Wer von euch beiden hat Scarpios Handy?«

Ich warf einen Blick auf Chloe, dann auf Swan, weil ich innerlich hin- und hergerissen war. Ein Teil von mir wollte ihr vom Rhabarber, dem absurden Video mit Tabitha Henry und Jeff Goldblum erzählen. Aber der Teil, der die bedrohlichen Zwillinge beobachtete, war misstrauisch und gewann die Oberhand.

Ich gab Swan Scarpios Handy, aber keine Informationen. Irgendwann würde sie das Video bestimmt entdecken, aber ich war sicher, dass sie nicht von der Polizei war. Weshalb wir auch nicht gezwungen waren, irgendwelche Aussagen zu machen.

»Danke.« Swan stand auf und warf das Handy den Zwillingen zu.

Dann starrte sie mich an und schüttelte grinsend den Kopf.

»Was?«, fragte ich.

»Spielt ihr beide Rabbits?«

Chloe und ich bemühten uns um ein Pokerface.

»Tja«, sagte Swan. »Dann solltet ihr euch lieber beeilen.«

»Warum?«, fragte ich.

»Weil euch die Zeit davonläuft.« Swan folgte den Zwillingen nach draußen und schloss die Wohnungstür hinter sich.

Sobald ich das Klacken hörte, sprang ich auf und verriegelte sie.

Als ich mich umdrehte, stand Chloe hinter mir.

»Was zur Hölle, K?«, sagte sie.

»Ja.« Das traf es auf den Punkt.

Sie zog ihr Handy raus. »Mach schon, mach schon«, sagte sie zu irgendeiner App, die gerade lud, und zog sich nebenbei die Schuhe an.

»Was tust du?«, fragte ich.

Sie schaute grinsend zu mir hoch. »Ich zieh mir Schuhe an.«

»Das sehe ich, aber was hast du vor?«

»Wir verfolgen die drei.«

»Die sind doch längst über alle Berge.«

»Nee«, erwiderte Chloe und hielt ihr Handy hoch, auf dem ein blinkender grüner Punkt zu sehen war.

»Du trackst die?«

»Jo.«

»Wie denn?«

»Wir leben im einundzwanzigsten Jahrhundert, K. Das ist eine kostenlose Tracking-App. Ich hab Scarpios Handy hier auf dem Schirm.«

Sie schnappte sich ihre Jacke und lief raus. Dabei rief sie über die Schulter: »Du fährst«, und sprintete zum Fahrstuhl.

Ich folgte ihr. Dabei sagte mir ein inneres Gefühl, dass diese Aktion keine gute Idee war. Überhaupt keine gute Idee.

18 »Auf geheimem Pfade«

Wir folgten dem blinkenden Licht, das sich in Richtung Ufer bewegte. Da wir nicht wussten, mit welchem Auto die drei unterwegs waren, achtete ich darauf, dem grünen Punkt nicht zu dicht auf den Fersen zu bleiben.

Irgendwann hörte das Blinken auf, und zwar mitten in einem Parkhaus in der Nähe der Union Street.

Ich fuhr ebenfalls in die Parkgarage, dann warteten wir ab. Kurz darauf bewegte sich der Punkt wieder, aber nun viel langsamer.

Sie mussten zu Fuß unterwegs sein.

Was Chloe und ich dann auch waren, bis wieder ein Stillstand eintrat.

Sie hatten offenbar ihr Ziel erreicht: irgendwo im Seattle Art Museum.

Wir kauften Eintrittskarten und fuhren mit dem Aufzug nach oben in die Hauptausstellungsräume.

Am Wochenende wäre im Museumsshop ein großer Andrang gewesen, aber weil heute Mittwoch war und das Museum erst seit einer Stunde geöffnet hatte, war es ziemlich ruhig.

»Wo sind sie jetzt?«, fragte ich, während wir einen breiten Gang entlanggingen.

»Dicke Betonwände hier. Ich hab kein Netz, komm nicht an die App ran.«

»Aber diese absurden Matrix-Zwillinge stechen doch ziemlich heraus, die müssten wir auch so finden«, wandte ich ein.

»Seh ich auch so«, meinte Chloe, und wir starteten eine systematische Suche.

Wegen der großen offenen Räume hatten wir das Museum zügig durchforstet, ohne Swan oder die Zwillinge irgendwo gesichtet zu haben.

»Wir haben sie verloren«, konstatierte Chloe und ließ sich auf einer Bank nieder.

»Kann man so sagen.« Ich griff nach einem Museumsprospekt, der auf der Bank lag, und blätterte ihn durch. Plötzlich fiel mir etwas auf.

»Was ist denn mit der Ausstellung ›Erkundung von Himmel und Hölle‹? Die haben wir nirgendwo gesehen, oder?«

»Oben war ein Schild, aber die Räume sind geschlossen.«

Ich grinste und schüttelte den Kopf, als mir ein Gedanke kam. »So geht mein Meister auf geheimem Pfade.«

»Bitte, was?« Chloe zog eine Braue hoch.

»Das hat Alan Scarpio gesagt, als wir im Diner saßen.«

»Und was soll das bedeuten?«

»Hier steht, dass in der Sonderausstellung Leihgaben aus dem Kupferstichkabinett in Berlin und einige Exponate aus der Vatikanischen Bibliothek zu sehen sind.«

»Stark. Können wir uns ja mal angucken, wenn die Ausstellung wieder geöffnet ist.«

»Einige der Zeichnungen auf Pergament sind von Sandro Botticelli.«

»Und das ist von Bedeutung, weil …?«

»Weil Botticelli annähernd hundert Zeichnungen zu Dantes *Göttlicher Komödie* angefertigt hat, auch zur Hölle.«

»Ich fürchte, wir sind mal wieder auf dem Level: Und was soll der Scheiß?«

»Die ersten Worte aus dem Teil über die Hölle lauten: ›So geht mein Meister auf geheimem Pfade.‹«

»Ganz ehrlich, K«, sagte Chloe, »so was nennt man Verschleierungstaktik, oder?« Sie sprang auf, packte mich an der Hand und zerrte mich zum Aufzug.

Während wir uns auffällig unauffällig dem abgesperrten Bereich näherten, in dem sich die Ausstellung über Himmel und Hölle verbarg, registrierten wir etliche Schilder mit der Aufschrift »Kein Zutritt«. Etwa anderthalb Meter dahinter hingen zwei riesige dunkelgraue Leinwandbahnen von der Decke, die aussahen wie die Flügel gigantischer Nachtfalter.

Chloe spähte vorsichtig hinter eine der Bahnen.

»Bingo«, flüsterte sie.

»Was machen sie?«

»Fotos.«

»Wovon?«

»Allem.«

»Und was ist in dem Raum?«

»Keine Ahnung, Museumszeug halt«, antwortete Chloe.

»Was denn genau …«

»Sie kommen!« Chloe zuckte zurück und zerrte mich hastig in die Damentoilette.

Dort warteten wir etwa fünf Minuten, dann kehrten wir möglichst geräuschlos zu dem abgesperrten Bereich zurück.

Als wir diesmal hinter die Leinwände spähten, waren Swan und die Zwillinge nirgends zu sehen.

Rasch huschten wir hinter die Vorhänge. Der größte Teil der Ausstellung befand sich in einer gewaltigen Glasvitrine, die eine ganze Wand des hohen Raums einnahm. Gezeigt wurden Gemälde, Skulpturen, Videos und andere Exponate. Es gab einen Gobelin mit dem Titel *Anblick der Hölle* aus der Vank-Kathedrale im Iran, auf dem unter anderem ein kopulierendes Paar zu sehen war, das von einer Horde Dämonen geköpft wurde. Ferner ein kurzes, aber gruseliges japanisches Gedicht mit dem Titel »Yushimos Hölle«. In einem verschlossenen Plexiglaskasten drehte sich auf einem Plattenspieler *Heaven and Hell*, das neunte Album von Black Sabbath.

Ich begann sofort damit, alles zu fotografieren.

Falls wir entdeckt und rausgeschmissen wurden, wollte ich nachvollziehen können, was Swan und die Zwillinge sich angesehen hatten.

Dieses ganze Erlebnis – die drei verfolgen, auf dem Klo verstecken, Fotos machen in einer Ausstellung, die noch gar nicht eröffnet war – fühlte sich gefährlich und berauschend zugleich an. Genau auf dieses Gefühl war ich aus gewesen, als ich mir in meiner Jugend das erste Würfelset aus *Dungeons & Dragons* zugelegt hatte. Und als ich dann Jahre später mitgehört hatte, wie Emily Connors ein geheimnisvolles Spiel namens Rabbits erwähnt hatte.

In dem Sommer, in dem meine Eltern starben – zwei Monate bevor sich am elften September in New York die Welt für immer veränderte –, kletterte ich zum ersten Mal aufs Dach meiner ehemaligen Highschool.

Es ist erstaunlich, wie viele Methoden man finden kann, um auf etwas raufzukraxeln, wenn man unbedingt will. Ich hatte mich für ein Fenstersims und ein dickes verrostetes Abflussrohr entschieden, aber es hätte mindestens fünf andere Möglichkeiten gegeben, auf das Dach zu gelangen.

Ich stand lange dort oben und blickte über die Lichter der Stadt.

Die Welt fühlte sich aus dieser erhöhten Perspektive kleiner und viel verständlicher an. Wenn man mittendrin war im Leben, wenn es von allen Seiten bunt und in Großaufnahme auf einen zugeschossen kam, war es kompliziert und chaotisch. Dort oben auf dem Dach konnte ich freier atmen und mir aussuchen, welchen Blickwinkel auf den Kosmos ich einnehmen wollte. Ich konnte die Anordnung von Häusern, Straßen und Laternen erkennen und der beruhigenden Symphonie alltäglicher Geräusche lauschen. Wenn ich aus dieser Höhe auf die Stadt hinabblickte, hatte ich das Gefühl, meine Umwelt besser im Griff zu haben.

Damals fing ich dann an, auf alle möglichen anderen Gebäude zu klettern: weitere Schulen, Wohnblocks, Shoppingmalls und so fort. Es hatte etwas Meditatives für mich, auf die Welt hinunterzuschauen. Auf den Dächern fiel mir das Denken leichter.

Als ich eines Abends – es waren gerade Sommerferien – wieder auf dem Dach meiner Highschool war, entdeckte ich eine Luke, die bestimmt nicht offen sein sollte, aber das rostige alte Vorhängeschloss war nicht eingerastet. Vielleicht hatte jemand keine Lust gehabt, ständig abzuschließen.

Ich öffnete die Luke und sah eine schmale graue Metalltreppe, die offenbar in einen Teil der Schule führte, den ich nicht kannte. Mir war schon klar, dass es garantiert untersagt war, hier einzusteigen. Aber ich zögerte höchstens eine Sekunde, bevor ich mich auf den Weg machte und die verbotene Welt betrat.

Plötzlich befand ich mich an einem Ort, an dem ich nicht sein durfte.

Es war ein magischer Moment.

Ich fühlte mich, als stiege ich in eine Schattenversion meiner eigenen Welt hinab. An diesem fremden Ort ruhte alles, schien in der Schwebe zu sein, bis Anfang September die Schulglocke wieder läuten würde.

Verbotenerweise nachts alleine durch dieses Gebäude zu streifen, fühlte sich aufregend und gefährlich an – genau wie jetzt, als Chloe und ich uns die verschlossene Ausstellung *Erkundung von Himmel und Hölle* ansahen.

Es musste einen bestimmten Grund geben, warum Swan und die Zwillinge hier gewesen waren. Und vielleicht hatte Alan Scarpio aus demselben Grund im Diner Dante zitiert.

Das Spiel musste der Grund sein.

Während Chloe und ich durch die Ausstellung eilten und versuchten, möglichst schnell die immensen Mengen an Exponaten in uns aufzunehmen, sahen wir einige äußerst unheimliche Bilder von Gustave Doré und etliche bizarre Skulpturen und Gemälde religiöser Natur. Ein Bild jedoch fiel uns ganz besonders auf. Es stammte von einem unbekannten Künstler.

Und es war absolut grauenvoll.

Unzählige kleine Gestalten strömten aus brennenden Rissen in der Erde, während unheimliche Dämonen mit Tierköpfen oben darauf warteten, die winzigen Wesen zu verschlingen. Ein Dämon war größer als alle anderen, er ragte mit klaffendem, blutverschmiertem Maul über dem ganzen tödlichen Geschehen auf.

Der riesige Dämon hatte einen Hasenkopf.

Direkt unter dem blutigen Schlund stand der Text von Dante, der mit den von Alan Scarpio zitierten Worten begann: *So geht mein Meister auf geheimem Pfade, der zwischen Martern sich und Mauer hinzieht.*

In diesem Moment geschah dann das Gleiche, was mir damals passiert war, als ich in der Schule durch die Gänge gestromert war. Sicherheitsleute kamen angerannt und warfen uns raus.

»Und, was denkst du?«, fragte Chloe.

Wir waren bei mir, und sie starrte über meine Schulter auf das Foto von dem gigantischen Hasendämon in meinem Handy.

»Das hier könnte wichtig sein«, antwortete ich und deutete auf winzige römische Ziffern auf den Felsen am unteren Rand des Bildes.

Chloe beugte sich vor. »Was haben die hier zu bedeuten?«

Ich machte den Laptop an und rief eine Website mit den Gesängen der *Göttlichen Komödie* auf. Gemeinsam arbeiteten wir uns durch den Text, zählten Strophen und Wörter und verglichen sie mit den römischen Zahlen.

Schließlich hatten wir den nächsten Hinweis.

Die Zahlen auf den Felsen führten uns zu folgender Botschaft:

Die – Tür – ist – offen

»Aber das wissen wir doch schon«, sagte Chloe achselzuckend.

»Sehr wahr. Es muss noch irgendetwas anderes zu finden sein.«

Stundenlang starrten wir auf die Fotos und untersuchten sie Millimeter für Millimeter.

»Aber da ist nichts«, erklärte Chloe schließlich und rieb sich die Augen.

»Das kann nicht sein«, widersprach ich hartnäckig und deutete auf die winzigen Gestalten unterhalb des Hasendämons, die reihenweise aus den Erdspalten quollen. »Vielleicht kommen wir mit der Anzahl dieser Figuren weiter.«

Ich zählte alle Reihen so lange, bis ich dreimal auf dieselbe Anzahl kam, und notierte die Ziffern. Dann diktierte ich sie Chloe, die sie in meinem Laptop in alle möglichen alphanumerischen Zahlenrätsel- und Codeknacker eingab. Leider ergebnislos.

Während ich die Fotos auf meinem Desktop herumschob, fiel mir schlagartig etwas auf.

»Wahnsinn!«, sagte ich.

»Was denn?« Chloe starrte auf den Bildschirm.

»Sieh dir das an.« Ich fügte vier Radierungen aus unterschiedlichen Teilen der Ausstellung zu einem Quadrat zusammen.

»Was soll das?«, fragte Chloe. »Sieht nett aus, aber …«

Dann bemerkte sie es.

»Ausgeschlossen«, sagte sie.

Aber es gab keinen Zweifel.

Die vier Illustrationen von Gustave Doré, entstanden um 1860, ergaben zusammengefügt einen QR-Code – eine Technologie, die erst 1994 erfunden worden war.

Chloe lud eine QR-Scanner-App und machte ein Foto von dem Code. Die URL, die dabei herauskam, führte uns zu einer Website.

»Scheiße«, bemerkte Chloe und drehte den Laptop zu mir.

Unter der Grafik eines sich drehenden Balls stand *Error 404. Page Not Found.*

»Defekter Link. Mist«, sagte ich.

Chloe klappte langsam ihren Laptop zu und sah mich an.

»Was machst du?«, fragte ich. »Wir müssen weiterforschen.«

»Kann sein. Aber erst mal müssen wir rauskriegen, was mit dir los ist.«

»Was meinst du damit?«

»Ich meine damit, dass dir sechs Stunden flöten gehen, dass du unsere Aufenthalte im Kingfish Café vergisst und dich an Filme von Richard Linklater erinnerst, die es gar nicht gibt.«

Einen Moment lang erwog ich, Chloe gegenüber zu behaupten, ich hätte mich bei allem geirrt. Aber ich konnte sie einfach nicht anlügen.

»Okay«, sagte ich. »Aber bitte versuch, gedanklich offen zu bleiben.«

Chloe nickte.

»Ich erinnere mich an jedes Detail aus dem dritten Linklater-Film«, sagte ich. »Es gibt ihn. Und vor fünf Jahren galt das Kingfish Café als dauerhaft geschlossen. Ich verstehe, dass für dich der Film nie existiert hat und das Kingfish Café ganz normal geöffnet ist. Aber – und ich weiß, das klingt jetzt völlig verrückt – ich glaube, dass noch vor nicht allzu langer Zeit die Dinge … sich in anderem Zustand befanden. Für uns beide.«

»Jetzt machst du mir echt Angst, K.« Ich musterte sie, um herauszufinden, ob sie es ironisch meinte. Aber sie wirkte völlig ernst.

»Ganz ehrlich: Ich verstehe es nicht«, fuhr ich fort. »Mir selbst macht es ja auch Angst.«

»In anderem Zustand? Was zur Hölle soll das heißen?«

»Das weiß ich eben selbst nicht genau. Ich bitte dich nur darum, mir Zeit zu lassen, damit ich es herausfinden kann. Bitte verlier nicht den Glauben an mich.«

Chloe starrte mich einen Moment lang an. Dann ergriff sie meine Hand und sagte: »Ich verspreche, dass ich nicht den Glauben an dich verlieren werde. Aber du musst mir unbedingt sagen, wenn noch mehr …«

»Absurdes Zeug passiert?«, vollendete ich ihren Satz.

»Unvorstellbar durchgeknalltes Zeug passiert.«

»Das verspreche ich.«

»Ich will's hoffen«, sagte sie und packte ihren Laptop ein. »Ich muss jetzt zu meiner Schicht in der Spielhalle. Wenn du noch irgendwas über diesen abgefahrenen Hasendämon-QR-Code-Scheiß rausfinden solltest, rufst du mich sofort an, ist das klar?«

Ich nickte lammfromm.

»Wir knacken das.«

»Meinst du?«

»Worauf du einen lassen kannst.«

19 »Das Ding mit der Vier«

Ich marschierte zur Spielhalle, mal wieder ohne Schirm, nur mit einem Hoodie als Schutz gegen den strömenden Regen. Durch die dünnen Sohlen meiner braunen Lieblingslederstiefel spürte ich kleine Steinchen, als ich bei Rot über die Straße sprintete.

Als ich schon fast bei der Spielhalle angelangt war, fing es wieder an – wie immer mit einem Kribbeln in der Magengrube, das sich bald zu einem heftigen Zucken auswachsen würde. Und danach wartete dann der übelste Teil auf mich.

Ich stürzte zum nächstbesten Laternenpfahl, um mich auf das vorzubereiten, was als Nächstes passieren würde. Es fühlte sich nämlich an wie der Weltuntergang.

Zuerst ging die Schwerkraft verloren.

Alles, was nicht niet- und nagelfest am Boden verankert war, bewegte sich langsam in die Höhe. Die Angstschreie von Menschen und Tieren waren ohrenbetäubend, während wir alle uns dem Ende entgegenbewegten.

Es musste ein Komet oder Asteroideneinschlag gewesen sein, der die Erde aus ihrer Laufbahn brachte. Oder vielleicht kollidierte unser Planet dort draußen im Weltall mit irgendeinem größeren Sonnensystem. Eines war jedenfalls sicher: Das Ende war gekommen, jetzt blieb nur mehr das Sterben.

Was wir auch gerade tun, ob wir auf der Couch sitzen oder im Bett liegen, jeder einzelne Mensch bewegt sich mit einer Geschwindigkeit von fast zwei Millionen Stundenkilometern durchs All. Wir haben nicht die geringste Ahnung, wie erschreckend verletzlich wir alle in Wahrheit sind – winzige Wesen auf einem winzigen Planeten in einer relativ kleinen Galaxie, die mit unvorstellbarer Geschwindigkeit durch den Weltraum rast. Da kann jederzeit etwas Apokalyptisches geschehen.

Und jetzt war es so weit.

Ich versäumte knapp den Laternenpfahl und trieb nach oben in die kühle blaue Weite, die sich am Ende in tiefschwarze Unendlichkeit verwandeln würde.

Just als ich die Atmosphäre verließ und in die Dunkelheit des Weltalls driftete, sah ich den schwarzen Turm, der von der Erde aufragte.

Babel. Babylon. Zikkurat.

Diese Wörter kamen mir in den Sinn, als ich ihn von der grünblauen Erdoberfläche ins All hineinragen sah.

Ich fragte mich, warum wir Erdbewohner dieses gigantische Ding niemals bemerkt hatten. Wie war das möglich? Der Gedanke war müßig. Ich versuchte ausfindig zu machen, wo der Turm stand, konnte aber die Kontinente nicht genau genug erkennen, um den Ort zuzuordnen.

Während ich durchs All auf dieses monströse Gebilde zuschwebte, fragte ich mich, wie es sich wohl anfühlen würde, keinen Sauerstoff mehr zu haben. Wie aufs Stichwort wurde mir schwarz vor Augen, und ich drohte ohnmächtig zu werden, doch im selben Moment streifte meine ausgestreckte Hand den Monolithen, und irgendeine Tür oder Klappe gab nach und öffnete sich.

Mit letzter Kraft gelang es mir, mich am Rahmen festzuklammern und mich irgendwie in diesen gigantischen schwarzen Bau hineinzuziehen.

Krachend schloss sich die Tür hinter mir, und ich fand mich in einem Aufzug wieder, der ebenso schwarz glänzte wie der gesamte Turm. Der Aufzug war vollkommen leer bis auf ein Symbol in Augenhöhe: einen kleinen Kreis, der die Spitze eines Dreiecks zerteilte. Das Zeichen erinnerte an ein Schlüsselloch, durch das man spähte, um heimlich einen verbotenen Film zu sehen. Aus dem Kreis strömte weiches weißes Licht.

Ein Knopf.

Nach Luft ringend, drückte ich darauf, und der Fahrstuhl bewegte sich nach oben.

Nach etwa einer Minute veränderte sich die Farbe des Lichts, wurde nach und nach rot wie Blut. Der Fahrstuhl wurde immer schneller und begann zu beben. Ich spürte, wie mir jegliche Farbe aus dem Gesicht wich. In den Winkeln der Kabine lauerte die Ohnmacht, um nach mir zu greifen. Ruckartig änderte der Aufzug die Richtung, und ich wurde zu Boden geschleudert. Der Aufprall presste mir die Luft aus den Lungen.

Wir bewegten uns jetzt horizontal, und die hohe Geschwindigkeit drückte mich gegen die Wand. Hilflos hing ich dort wie ein Insekt in der Klebefalle. Unfähig, mich zu bewegen.

Nach einer gefühlten Ewigkeit wurde der Aufzug langsamer. Ich sackte zu Boden, dann hielt er endlich an.

Benommen rappelte ich mich auf, lehnte mich an die Wand und versuchte, wieder zu Atem zu kommen. Ich tastete nach meinen Rippen und wartete darauf, dass die Tür aufging.

Doch mit einem Mal bewegte sich der Aufzug ohne jede Vorwarnung in die Tiefe. Zuerst noch mit mäßigem Tempo, dann aber schien er regelrecht hinabzustürzen. Ich wurde an die Decke geschleudert, ein scharfer Schmerz schoss mir in den Rücken.

Als ich auf den glatten schwarzen Boden starrte, musste ich unwillkürlich an meine Eltern unter der gekenterten Fähre denken.

Ich hatte mir immer vorgestellt, wie sie Hand in Hand unter dem Speisesaal trieben, ihre letzten Atemzüge taten mit dem Blick auf die Kacheln des Bodens, abgewetzt von zahllosen Schuhen der Passagiere, die hier ihre Mahlzeiten eingenommen hatten. Was hätten meine Eltern wohl darum gegeben, stattdessen in einem Verkehrsstau zu stecken oder im Supermarkt Schlange zu stehen hinter einem Idioten, der versuchte, mit abgelaufenen Gutscheinen zu bezahlen?

Dann saß ich plötzlich mit Emily und Annie Connors in dem Pick-up und raste im Dunkeln die Landstraße entlang, mit dem Rauschen aus dem Radio im Ohr.

Ich öffnete den Mund, um Emily zu warnen, doch bevor ich einen Laut von mir geben konnte, ging die Welt in einer Explosion aus zuckendem Licht, Hitze und Krachen unter.

Ich wachte schweißbedeckt auf.

Und hatte vergessen, wie man atmet.

Es fühlte sich so an, wie wenn man sich einbildet, nicht mehr schlucken zu können.

Ich sprang abrupt auf, stieß mir dabei das Knie an meinem Glascouchtisch und lief zur Schiebetür, die zum Balkon hinausführt. Der scharfe Schmerz brachte mich zum Aufschreien, und dabei merkte ich, dass meine Lungen noch funktionierten.

Als ich auf den Balkon trat, sog ich in gierigen Zügen die feuchte Regenluft ein.

Der kühle, erfrischende Wind und der nasse, kalte Betonboden an meinen Fußsohlen brachten mich in die Realität zurück.

Es war natürlich ein Traum gewesen – ein Traum, den ich, seit ich mich erinnern konnte, immer wieder hatte.

Der Anfang war jeweils unterschiedlich, aber von dem Moment an, wo die Schwerkraft ausgesetzt war und ich zu schweben begann, war er immer gleich: Weltraum, der schwarze Monolith, der Aufzug und so fort.

Benommen warf ich einen Blick auf meine Uhr. 4.44.

Es gibt eine Theorie unter denjenigen, die sich für Rabbits interessieren (will heißen: besessen davon sind). Die Theorie hat mit der Zahl Vier zu tun.

Und sie lautet folgendermaßen: Rabbits-Spielende – und sogar solche, die es nur gerne wären – nehmen die Zeit 4.44 häufiger auf ihren Uhren wahr als andere Menschen. An sich müsste das kompletter Unsinn sein – und lediglich ein Beispiel für einen Bestätigungsfehler, der die eigenen Erwartungen erfüllen sollte –, aber ich bemerke diese Uhrzeit auch häufig und denke dann jedes Mal unwillkürlich an Rabbits.

Als es jetzt wieder passierte, begann ich eine Nachricht an Baron zu schreiben. Wenn einer von uns die Zahl auf einer Uhr sah, schrieben wir uns immer: 444.

Dann wurde mir plötzlich bewusst, dass Baron gar nicht mehr da war, und ich kroch ins Bett zurück.

Mein Freund fehlte mir schrecklich.

Nachdem ich mich eine Weile herumgewälzt hatte, war mir klar, dass ich nicht mehr einschlafen würde. Ich stand auf, kochte Kaffee und befasste mich eine Stunde oder länger mit dem Suizid von Minister Jesselman.

Das Ganze hatte sich an der Cardiff University in Wales ereignet. Die Meinungen darüber, was Jesselman mit dem Satz »Die Tür ist offen« gemeint haben könnte, gingen auseinander. Einige Leute glaubten, die Aussage beziehe sich auf seine Politik der offenen Grenzen für Migration, andere meinten, es habe mit dem Skandal um eine englische Sexsekte zu tun, in den Jesselman verwickelt gewesen war.

Von dem Satz abgesehen, wies an dem Vorfall nichts auf Rabbits hin – aber es musste einen Zusammenhang geben. Nie und nimmer war es Zufall, dass wir auf dieses Video gestoßen waren.

Schließlich klappte ich meinen Laptop zu und durchstöberte die Küche nach Frühstück. Ich hatte die Wahl zwischen abgelaufenem Müsli, Nussbrot in zweifelhaftem Zustand und zwei Bananen, die eher braun als gelb waren. Während ich versuchte eine Entscheidung zu treffen, rief Chloe an und schlug vor, wir sollten uns in der City zum Brunch treffen. Das kam gerade recht.

»Ich hab heute Morgen was entdeckt«, verkündete Chloe, nachdem sie einen Bissen von ihren verbrannten Pommes und labberigen Spiegeleiern verspeist hatte. Wir waren in einem alten Pub, der auch tagsüber fieses Kneipenfutter servierte, aber irgendwie mochten wir den Laden. Die dunklen Holzwände und der klebrige Boden erinnerten mich immer an meine Studienzeit. Das einzig wirklich schmackhafte Gericht waren die Eier Benedikt, die ich mir auch jedes Mal bestellte. Chloe jedoch hielt hartnäckig an der Hoffnung fest, dass es auf der Speisekarte noch irgendein anderes genießbares Gericht geben müsse.

Es war fast leer in dem Pub, die meisten Morgenstammgäste waren schon weitergezogen.

»Was denn?«, erkundigte ich mich.

»Erinnerst du dich an diese Namensliste vom Magier mit den Rabbits-Spielenden, die gestorben oder verschwunden sind?«

»Klar.«

»Mir ist eingefallen, dass ich einen der Namen in letzter Zeit häufiger in Rabbits-Foren gesehen habe. Deshalb hab ich ihn recherchiert.«

»Und?«

»Es war eine Spielerin aus Kamerun, die unter mysteriösen Umständen zu Tode gekommen ist. Von einer Spinne gebissen, die in ihrer Gegend gar nicht heimisch war. Ihre Freundin hat einen Aufstand gemacht und behauptet, irgendwas sei da faul. Aber dann war die Freundin plötzlich auch verschollen.«

»Ja, seltsam«, sagte ich. »Könnte aber auch Zufall sein.«

Chloe schüttelte den Kopf, mein Einwand hatte sie wohl nicht überzeugt.

»Das ist alles gar nicht gut, K. So krasses Zeug passiert gerade überall auf der Welt.«

Ich nahm einen Schluck aus meinem Kaffeebecher. »Bist du dir sicher?«

Sie nickte. »Ziemlich sicher, ja.«

»Wieso?«

»Ein paar völlig besessene Rabbits-Fans, die ich kenne, betreiben ein angesagtes Darknet-Forum namens TuringLeft.«

»Wird da nicht Spanisch gesprochen?«

»Ja, die sitzen in Madrid. Eine spanische Freundin von mir ist da Admin. Ich hab sie gefragt, ob sie irgendwas von Leuten gehört hat, die verschollen oder vielleicht sogar gestorben sind. Und sie hat mir erzählt, dass die Rabbits-Community in Spanien befürchtet, das Spiel sei gestört. Als ich mich heute Morgen eingeloggt habe, stand auf der Startseite in zehn Sprachen eine Nachricht.«

»Und welche?«

»Die hier«, antwortete Chloe und zeigte mir einen Screenshot auf ihrem Handy. In leuchtend roter Graffiti-Schrift stand da:

NICHT SPIELEN!

»Mist«, kommentierte ich.

Chloe trank einen Schluck von meinem Kaffee, weil ihre Tasse schon leer war.

»Das ist doch die Bestätigung, oder?«, sagte ich. »Das ist genau das, wovor Alan Scarpio gewarnt hat. Dass irgendwas Schlimmes droht, wenn wir das Spiel nicht vor der elften Runde reparieren.«

»Schon möglich. Aber wenn … das jetzt alles dazugehört?«

»Wie meinst du das?«, fragte ich.

»Störungen im Spiel. Leute, die verschwinden … das passt doch zu Rabbits, oder nicht?«

»Klar, irgendwie schon«, sagte ich grübelnd. »Aber trotzdem fühlt sich etwas anders an.«

»Es ist nun mal so, dass Leute, die Rabbits spielen, sterben«, sagte Chloe. »Das ist schon öfter vorgekommen.«

»Aber die elfte Runde hat doch gerade erst angefangen.«

»Hm. Du sagst doch selbst, dass jede Runde eine eigene … Stimmung hat oder so«, wandte Chloe ein.

»Sage ich das?«

»Bei einer der Abendrunden hast du mal erklärt, dass dir jede Runde beibringt, wie du sie zu spielen hast. Wie *Die Enden der Parabel* von Thomas Pynchon dir beigebracht hat, wie du das Buch lesen sollst. Pynchons Romane hast du immer herangezogen, um einen Hinweis aus der sechsten Runde zu erklären.«

Das kam mir irgendwie bekannt vor. Anscheinend hatte Chloe bei meinen Vorträgen doch zugehört.

»Ernsthaft, so ein Zeug hab ich gelabert?«, sagte ich. »Ich hab *Die Enden der Parabel* nie gelesen.«

»Nicht wahr!«

»Doch. Hab's ein paarmal probiert. Das Buch heb ich mir fürs Alter auf, genauso wie Proust.«

»Manchmal kannst du ganz schön trivial sein«, bemerkte Chloe.

Ich grinste. Ertappt.

»Ich mach mir Sorgen um den Magier«, sagte Chloe jetzt. »Hab ihn nicht mehr zu Gesicht gekriegt, seit er uns befohlen hat, Rabbits nicht zu spielen. Das ist Ewigkeiten her.«

»Aber er verschwindet doch immer mal ohne Erklärung, oder nicht?«

»Ja, schon«, antwortete Chloe, wirkte aber nicht überzeugt.

»Er ist bestimmt okay.« Ich trank einen Schluck Kaffee und schaute aus dem Fenster. Etwas hatte mich abgelenkt, fühlte sich seltsam an, aber ich wusste nicht, was es war.

Chloe schüttelte ergeben den Kopf. »Ganz ehrlich: Beim nächsten Treffen kriegt er von mir einen Tracker verpasst.«

Ich lachte. »Gute Idee.«

Im selben Moment verdüsterte sich draußen der Himmel, und ich spürte ein vertrautes Kribbeln, das in den Füßen anfing und dann langsam nach oben stieg.

Ich hatte erfasst, was mich abgelenkt hatte.

In der Ferne ragte aus einem Viertel von Seattle, das ich kannte wie meine Westentasche, ein monumentaler Wolkenkratzer aus grünem Glas auf, den ich in meinem ganzen Leben noch nie gesehen hatte.

In Seattle wird ständig irgendwo gebaut, die Skyline besteht aus Kränen auf Hochhäusern in unterschiedlichen Bauphasen. Aber dieses Ding konnte man nicht übersehen. Es war gigantisch.

»Was ist los?«, fragte Chloe.

»Ach, nichts. Wo zur Hölle bleibt die Bedienung mit der Rechnung?«

Mein Handy weckte mich. Nach dem Treffen mit Chloe war ich wohl eingeschlafen. Das Handy posaunte einen Pink-Floyd-Song durchs Zimmer, den ich als Klingelton hatte, und ich stolperte in der Dunkelheit umher, um das Ding aufzuspüren. Endlich.

»Hallo?«

»Verdammt, K, was ist los mit dir?«

»Wieso, was?«

»Du hast es vergessen.«

»Was hab ich vergessen?«

»Na, was glaubst du wohl?«

»Falle ich hier gerade durch eine Prüfung, oder was?«

»Dein Haufen wissbegieriger Spinner wartet in der Spielhalle auf dich.«

»Ach du Scheiße. Bin sofort da.«

»Halt dich ran«, sagte Chloe. »Die Bestien werden unruhig.«

20 »Ein Idiot mit Journey-T-Shirt«

»Was wisst ihr über das Spiel?« Ich lehnte mich an den Automaten von *Pole Position*, einem Rennspiel von Atari, und verschränkte die Arme vor der Brust.

Die Gruppe bestand weitgehend aus den üblichen Verdächtigen, aber es waren auch ein paar neue Gesichter dabei, was ich immer erfreulich fand.

»Es ist total gefährlich. Das wird unter den Teppich gekehrt, aber die Regierung weiß alles darüber«, behauptete ein dünner Mann Anfang vierzig, der sich seit dem letzten Treffen einen grauen Goatee hatte wachsen lassen.

»Es gibt Gerüchte, dass es beim Spielen zu Todesfällen gekommen ist, ja«, bestätigte ich. »Noch jemand?«

»Es existiert schon seit vielen Jahrhunderten«, sagte Sally Berkman, unsere *Dungeons & Dragons*-Bibliothekarin.

»Viele Leute glauben das, ja.«

»Du selbst auch?«, fragte Sally.

»Ich halte es für möglich. Man ist sich allgemein einig, dass die moderne Version 1959 begann. Aber es häufen sich Beweise, dass Rabbits tatsächlich schon seit Jahrhunderten, ja, sogar Jahrtausenden und noch länger existiert.«

Es fühlte sich gut an, etwas Bekanntes zu erleben, nach allem, was gerade passiert war. Die Spielhalle mit ihren bunten Automaten und vertrauten Geräuschen wirkte beruhigend auf mich. Ganz entspannt war ich zwar nicht, aber es ging mir jedenfalls besser als seit Langem.

»Was ich nicht verstehe … Wie funktioniert das Spiel eigentlich? Wie spielt man es?« Die Frage kam von einem jungen Mann, der ein Journey-T-Shirt trug. Ich schätzte ihn auf Anfang zwanzig. Er war noch nie dabei gewesen. Ich fand es super, wenn der Nachwuchs schon beizeiten loslegte.

»Sehr gute Frage«, sagte ich, »aber die Antwort ist enorm kompliziert. Handys und alle anderen elektronischen Geräte jetzt bitte hier reinlegen.« Ich öffnete die große Holztruhe mit der bizarren Jagdszene auf dem Deckel.

Als alle folgsam ihre Gerätschaften abgeliefert hatten, klappte ich die Truhe zu, legte die Hände auf den Deckel und beugte mich dramatisch vor.

»Dieses Spiel ist mit keinem anderen zu vergleichen«, sagte ich und nahm meine Wanderung durch den Raum auf.

»Was bedeutet es überhaupt, ein Spiel zu spielen?«, fuhr ich fort. »Kann man spielen, ohne sämtliche Regeln zu kennen? Ist es möglich, dass man spielt, ohne es zu wissen? Dass man gar nichts merkt von der Gefahr, in der man schwebt?«

Den letzten Satz ließ ich einen Moment nachwirken. Dann trat ich zu zwei Automaten, die nebeneinanderstanden, *Space Ace* und *Donkey Kong Jr.*

»Kann mir jemand den Hauptunterschied zwischen diesen beiden Games erklären?«, fragte ich, warf bei *Space Ace* eine Münze ein und drückte den Startknopf für Einzelspieler.

»Das eine ist eine Comicserie«, verkündete Grauer Ziegenbart, was ihm eine Runde Gelächter einbrachte.

»Ja, genau, und das ist auch sehr wichtig.« Ich legte eine Pause ein, weil ich für einen Augenblick vergessen hatte, dass Baron nicht mehr da war. Er hatte mir seit Langem immer die Stichwörter geliefert, um die Dramatik zu steigern.

»*Space Ace* ist ein geschlossenes System mit Laserdisc«, rief Chloe von hinten.

»Ganz genau. Die möglichen Abläufe von *Donkey Kong Jr.* sind definitiv nicht endlos, aber es gibt wesentlich mehr Variablen und Endszenarien als bei dem Laserdisc-Klassiker.« Ich trat zu dem *Space-Ace*-Automaten, gerade als das erste von meinen Leben erlosch.

Dabei spürte ich deutlich, wie alle furchtbar litten. Ich hatte hier eine Horde leidenschaftlicher Gamer um mich herum. Für die war es eine Tortur, zusehen zu müssen, wie eine Spielfigur auf dem Bildschirm ihr Leben aushauchte, wenn man doch eigentlich hinrennen und sie retten könnte.

Mir fiel es genauso schwer – und ich war auch noch dafür verantwortlich.

»Bei *Space Ace* ist alles binär«, sprach ich weiter. »Jede Abfolge von Bewegungen hat zwei mögliche Ausgänge: Entweder du machst die Tricks richtig und kommst weiter. Oder du verpatzt sie und stirbst.«

Ich hüllte mich in ominöses Schweigen, während meine zweite Spielfigur das Zeitliche segnete.

»Heutzutage haben wir Geschichten in gigantischen Open-Worlds«, fuhr ich fort. »Also Spiele, bei denen wir keinen Quests oder irgendwelchen Storylines folgen müssen, sondern virtuelle Landschaften durchstreifen und erkunden. Aber was wäre, wenn es noch etwas viel Größeres gäbe? Ein Open-World-Game von so gewaltigen und komplexen Dimensionen, dass es die ganze Welt als Spielerfahrung umfasst? Oder womöglich das gesamte Universum?«

Auf dem Bildschirm von *Space Ace* gingen meine letzten drei Leben in die ewigen Jagdgründe ein, und der Abspann begann. »Was ihr jetzt hier seht«, verkündete ich mit perfektem Timing, als die Namensliste erschien, »ist der Circle.«

Alle drängten sich um den Automaten und versuchten einen Blick auf den Bildschirm zu erhaschen.

Die Neuzugänge wollten jetzt ihre Handys wiederhaben, um zu fotografieren. Ich erklärte, sie könnten später *Space Ace* spielen und nach Lust und Laune fotografieren, müssten aber das Ende des Treffens abwarten.

»Ich glaube, du hast meine Frage nicht beantwortet«, meldete sich der Typ mit dem Journey-T-Shirt wieder zu Wort.

Ab und an kriege ich mal so jemanden ab – einen anspruchsvollen Pragmatiker, der mehr verlangt als den üblichen vagen, mysteriösen Sermon.

Wenn ihm der Circle nicht ausreichte, würde ich ihn aber garantiert mit dem Prescott Competition Manifest beeindrucken können. Der war jedenfalls von der Sorte, die jetzt schleunigst einen Extrahappen brauchte, sonst würde er mich anfallen. Ein einziger Quertreiber konnte eine derart auf Verschwörungserzählungen versessene Truppe schneller in einen wütenden Mob verwandeln, als wenn man behaupten würde, der Mord an John F. Kennedy sei nur auf einen geistesgestörten Mann zurückzuführen.

»Woher wissen wir denn, dass du das Spiel tatsächlich gespielt hast?«, fragte Journey-T-Shirt jetzt mit überheblichem Tonfall.

»Es ist eigentlich nicht erlaubt, über Details von Rabbits zu sprechen«, sagte ich, beugte mich vor und fügte mit gedämpfter Stimme hinzu: »Aber auf einer sehr allgemeinen Ebene darüber zu reden, ist generell üblich, damit Nachwuchs rekrutiert wird.«

Ich improvisierte jetzt, erfand alles spontan.

»Heute machen wir mal etwas anderes und plaudern aus dem Nähkästchen«, verkündete ich. »Was vermutlich eher nicht erlaubt ist.«

Alle spitzten gespannt die Ohren, Mr. Journey-T-Shirt inklusive.

»Geheimhaltung ist die Basis des Spiels, über das komplexe Regelwerk wird immer wieder gemutmaßt. Aber wenn man weiß, wo man suchen muss, kann man dennoch eine ganze Menge entdecken. Ein unerklärlicher Hackerangriff taucht auf einer Website auf, die es vorher nicht gab; eine unheimliche Videoserie erscheint bei YouTube; Ereignisse aus einer Horror-Shortstory auf Reddit werden plötzlich Wirklichkeit. Einige oder alle Vorkommnisse dieser Art können in Zusammenhang mit dem Spiel stehen. Woher wissen wir das? Wir wissen es nie. Wir können nur auf Querverbindungen und Muster achten und hoffen, dass wir irgendwie einen Zugang finden.«

Ich holte mein Handy und einen kleinen Projektor heraus, den ich mir für fünfzehn Dollar zugelegt hatte. Als ich gerade zum Lichtschalter gehen wollte, wurde es schon dunkel im Raum. Chloe war oft bei den Treffen dabei gewesen, aber mir war nie aufgefallen, dass sie offenbar aufmerksam zugehört hatte. Bisher hatte sie jeden Einsatz, der sonst Baron gegolten hatte, bravourös hingekriegt, und ich fragte mich, ob sie auch ständig nach Barons grinsendem Gesicht Ausschau hielt.

Ich suchte aus meinem Fotoarchiv zwei Bilder heraus und schob dann mein Handy in den Projektor. Die beiden Bilder erschienen nebeneinander an der Rückwand der Spielhalle.

»Das hier ist das berühmte Gemälde *Christina's World* von Andrew Wyeth«, begann ich. »Ich habe dieses Bild im Museum of Modern Art in New York gesehen und finde es wunderschön. Es zählt zu meinen absoluten Lieblingskunstwerken.«

Anerkennendes Gemurmel war zu hören.

»Wenn ihr euch die beiden Bilder jetzt aber mal genau anschaut«, fuhr ich fort, »werdet ihr eine Diskrepanz bemerken. Links befinden sich zwei Fenster im Dach des Farmhauses, auf dem rechten Bild dagegen drei.«

Interessiertes Raunen war die Reaktion.

Einige fanden es vermutlich einfach spannend, dass ich ein Geheimnis enthüllen würde. Die anderen waren aufgeregt, weil sie wussten, dass es in der neunten Runde des Spiels im Zusammenhang mit diesem Gemälde ein Rätsel oder eine Quest gegeben hatte.

»In der Version des Gemäldes, die als authentisch erachtet wird, hat das Farmhaus zwei Fenster, wie auf dem linken Foto. Die rechte Version mit den drei Fenstern muss also eine Fälschung sein. Doch es gibt bei dieser Theorie ein signifikantes Problem …«

Ich entschloss mich zu einer Spannungspause.

»Denn das rechte Foto mit den drei Fenstern«, sagte ich schließlich, »wurde irgendwann gegen Ende der neunten Runde im MoMA in New York aufgenommen.«

Jetzt war die Aufregung greifbar, auch beim Stammpublikum. Noch nie zuvor hatte ich so viele konkrete Details aus dem Spiel enthüllt.

»Aber das ist unmöglich«, wandte Grauer Ziegenbart ein. »Da war jemand mit Photoshop dran.«

»Wäre natürlich denkbar«, räumte ich ein. »Doch die meisten Leute halten das rechte Foto für authentisch und nicht bearbeitet. Wer sich mit Rabbits gut auskennt, führt dieses Phänomen auf den sogenannten Moriarty-Faktor zurück.«

Ich hielt wieder automatisch inne. Das wäre ein passender Moment für einen Einwurf gewesen, aber Chloe blieb stumm.

Nach einem langen Moment des Schweigens holte ich tief

Luft und fuhr fort: »Angenommen, es gäbe seit Jahrtausenden eine Geheimorganisation. Die über weit mehr Ressourcen verfügt als die amerikanische Regierung und der Vatikan zusammen.« Ich sprach schnell weiter, weil ich hier keine Unterbrechung wollte. »Und angenommen, diese Organisation wäre so mächtig, dass sie das MoMa einen ganzen Tag lang mieten, mit Statisten bestücken und eine Fälschung des Gemäldes aufhängen könnte …«

»So was würde vielleicht ein reicher, genialer Bösewicht machen – eine moderne Version vom Schurken Moriarty aus den Sherlock-Holmes-Geschichten«, äußerte Sally Berkman etwas unsicher.

»Ganz genau«, erwiderte ich.

»Klingt ja alles interessant, aber woher wissen wir jetzt, dass du das Spiel tatsächlich gespielt hast?«, bohrte Grauer Ziegenbart weiter.

»Tja, ich fürchte, die Antwort lautet: Über Rabbits spricht man nicht.«

Das brachte mir ein paar Lacher ein.

»Wenn du wirklich gespielt hast, dann beweise es.« Der Typ wurde jetzt wirklich megalästig.

Unruhiges Raunen breitete sich aus.

Als ich antworten wollte, durchzuckte mich plötzlich ein Schmerz. Alles verschwamm vor meinen Augen, ein Dröhnen erfüllte meinen Kopf. Von meinen Füßen stieg ein beängstigendes Kribbeln auf, das sich in meinem ganzen Körper ausbreitete, und mir wurde schwindlig. Ich hielt mich an der Tischkante fest und versuchte, mich auf meinen Atem zu konzentrieren. Der Tunnelblick war typischerweise das Nächste, und wenn das passierte, würde ich nicht weitermachen können.

So allmählich fing ich an, diesen Typen zu hassen.

»Stimmt es, dass du eine Kopie vom PCM hast?«, rief Chloe von hinten.

Ich fing mich wieder, für den Moment. »Ja, das stimmt.« Ich förderte aus der alten Holztruhe mein antiquiertes Spulentonband zutage.

Der *Journey*-Idiot spürte, dass sein Störbann gebrochen war, und stürmte kopfschüttelnd aus der Spielhalle.

»Gibt es hier jemanden, der das Prescott Competition Manifest kennt?«, fragte ich.

Nicken und Ausrufe, dann drückte ich die Play-Taste, und die vertraute Stimme von Abigail Prescott erfüllte den Raum …

»Du hast ausgesehen, als hättest du ein Gespenst gesehen«, sagte Chloe später.

»Alles gut.«

Wir saßen im Diner gegenüber von der Spielhalle, in derselben Nische, in der Alan Scarpio den Rhabarberkuchen verspeist hatte.

»Bist du sicher? Du hast von *Christina's World* erzählt.«

»Ich hatte das Gefühl, sie mehr fesseln zu müssen. Außerdem ist die neunte Runde doch schon ewig vorbei.«

»Seit 2017. Ewig ist was anderes, K.«

»Das ist doch egal«, fauchte ich, lehnte mich zurück und verschränkte abwehrend die Arme vor der Brust.

Dabei wusste ich ganz genau, dass Chloe recht hatte. Ich hätte dieser Truppe die Geschichte über *Christina's World* niemals erzählen dürfen. Der Circle und das PCM gelten als akzeptierte Themen unter Laien, also Nicht-Spielern. Aber Details über ein Rätsel aus einer vergangenen Runde preiszugeben? Wer ernsthaft an Rabbits interessiert war, tat so was nicht. Es galt als respektlos und war untersagt.

Ich löste die Arme und ließ den Kopf auf den Tisch sinken.

»Keine Ahnung, was in mich gefahren ist«, murmelte ich. »Bin hundemüde.«

»Ich denke, dass du aufhören solltest«, sagte Chloe.

Ich richtete mich wieder auf.

Chloe starrte mich durchdringend an. Seit ich sie kannte, hatte ich sie noch nie so ernsthaft erlebt.

»Womit?«

»Kein Witz, K. Schluss mit Rabbits, ein für alle Mal.«

Das hatte der Magier uns zwar auch schon aufgetragen, aber es aus Chloes Mund zu hören, war erschütternd.

»Du verlangst im Ernst, dass wir aufgeben? Gerade jetzt, wo wir Fortschritte erzielen?«

»Ich mach mir Sorgen um dich«, sagte Chloe.

»Nicht nötig, wirklich. Ich rede auch nie wieder über *Christina's World*.«

»Es geht doch nicht bloß darum, K. Baron ist tot. Überall auf der Welt verschwinden Leute. Du erfindest Filme, die es nicht gibt. Und du hast erlebt, in welchem Zustand der Magier zuletzt war. Hier passiert irgendwas richtig Übles.«

Auch damit hatte sie recht. Ich merkte an meinen eigenen absonderlichen Zuständen, dass etwas nicht stimmte. Aber genau aus diesem Grund mussten wir doch weitermachen.

»Die elfte Runde hat begonnen«, betonte ich. »Wir müssen unbedingt herausfinden, worauf Scarpio mich hinweisen wollte – bevor es zu spät ist.«

»K …« Chloe verschränkte die Hände auf dem Tisch.

»Was?«

»Raste jetzt bitte nicht aus.«

»Okay …«

»Versprichst du's mir?«

»Ja, gut, ich versprech's dir.«

»Also … du bist der einzige Mensch, der Alan Scarpio gesehen hat.«

»Na und?«

»Vielleicht war das so was wie der dritte Film von Linklater oder das Kingfish Café …«

»Was willst du mir damit sagen, Chloe?«

Die Frage war überflüssig, weil ich die Antwort kannte.

»Ich mach mir eben Sorgen, dass du … vielleicht einen Rückfall hast. Und ich will dich einfach nicht mehr in dieser Klinik besuchen müssen. Ich werd nicht zulassen, dass dir das Gleiche passiert wie meiner Mum.«

Ich schüttelte den Kopf. »Das wird es auch nicht.«

Chloe legte den Kopf schief.

»Im Ernst«, sagte ich. »Auf gar keinen Fall. Mir geht's gut.«

»Nee, dir geht's überhaupt nicht gut«, widersprach Chloe vehement. »Und wenn du nicht genug Achtung vor mir hast, um ehrlich zu sein, dann mach ich das nicht mehr mit.«

Und damit stand Chloe auf und verließ den Diner.

21 »Die Schnüffler«

Weil ich mich von Rabbits und dem blöden Gespräch mit Chloe ablenken wollte, legte ich zu Hause Jean-Michel Jarres Meisterwerk *Oxygène* auf.

Diese Platte höre ich mir oft an – nicht nur wegen des perfekten Zusammenspiels meiner Lieblings-Synthesizer, sondern auch, weil Jarre das Album alleine bei sich zu Hause in einem behelfsmäßigen Studio aufgenommen hat. Frühe Alben von Todd Rundgren, Guided by Voices und Lenny Kravitz liebe ich aus demselben Grund. Aus dieser Art von Freiheit, in Kombination mit begrenzten Möglichkeiten, entstehen oft überragende Kunstwerke.

Aber die Musik half auch nicht.

Ich konnte nicht aufhören, an Chloe und Rabbits zu denken.

Weil ich an der Situation mit Chloe gerade nichts ändern konnte, wandte ich mich wieder dem Spiel zu.

Mit Scarpio im Diner hatte alles begonnen.

Ich startete meinen Laptop und schaute mir ein weiteres Mal das Video an, das wir auf dem Handy gefunden hatten.

Was übersah ich?

Ich ging das gesamte Material über Tabitha noch mal durch und fragte mich dabei, ob Swan und ihre schnuckeligen Zwillinge das auch gerade irgendwo machten.

Nachdem ich mir das Video zum neunten Mal angeschaut hatte, versackte ich in den Social Media. Es ging damit los, dass ich alle Kontakte von Tabitha Henry unter die Lupe nahm, und endete damit, dass ich mir Fotos von Jeff Goldblum auf einer Fanseite ansah.

Als ich Bilder aus seinen Filmen *Nashville*, *Die Fliege*, *The Player* und *Der große Frust* durchscrollte, entdeckte ich etwas.

Jemand hatte vor Kurzem Fotos von den Dreharbeiten zu einer Fernsehserie mit Jeff Goldblum aus den Achtzigern ins Netz gestellt, *Die Schnüffler*.

Ich kannte Ausschnitte aus alten Filmen mit ihm, wie *Ein Mann sieht rot* und *California Split*, aber von dieser Serie hatte ich noch nie etwas gehört.

Danach klickte ich eine Fotoserie mit Goldblum durch, die auch erst kürzlich hochgeladen worden war. Die Bilder stammten von den Dreharbeiten zu einem Katastrophenfilm, der ein paar Jahre alt war. Der Streifen war nur wegen Goldblum sehenswert. Er hatte darin die Rolle eines exzentrischen Geologen übernommen, der sich mit der Erderwärmung befasst, und spielte alle anderen an die Wand.

Nach drei Fotos stieß ich auf ein bekanntes Gesicht.

Die blonde PR-Assistentin aus dem Attentatsvideo.

Auf einem Foto, das offenbar bei Filmfestspielen in Italien aufgenommen worden war, stand sie im Hintergrund auf dem roten Teppich. Was an sich nicht erstaunlich war, denn sie arbeitete für eine Firma, die mehrere Filme mit Goldblum gedreht hatte. Aber weil die Frau in dem schockierenden Video eine zentrale Rolle gespielt hatte, nahm ich mir die Facebook-Seite der Filmfirma vor und schaute mir Fotos von den neuesten Produktionen an. Auf denen fand ich die Blondine nirgendwo.

Als Nächstes studierte ich Fotos aus dem Jahr nach dem Vorfall mit Tabitha Henry.

Bei den Aufnahmen von der PR-Kampagne für eine Erfolgskomödie, die beim Filmfestival von Toronto Premiere gehabt hatte, wurde ich fündig.

Die Blondine war auf mehreren Fotos der Hauptdarstellerin im Hintergrund zu sehen. Ich wollte gerade den Laptop zuklappen und mir einen Imbiss machen, als mir etwas ins Auge stach.

Eines der Bilder war offenbar entstanden, als die berühmte Hauptdarstellerin geschminkt wurde. Sie lehnte sich zurück und lachte. Die Blondine beugte zu sich zu ihr hinunter, den linken Arm auf der Rückenlehne des Stuhls, die rechte Hand auf die Armlehne gestützt. Es war eine wunderbar lebendige und authentische Aufnahme, an der alles perfekt wirkte, Licht und Bildkomposition.

So perfekt, dass mein Gehirn einen Moment brauchte, um etwas Auffälliges zu registrieren.

Auf dem rechten Arm der Blondine befand sich oberhalb des Handgelenks eine lange wulstige Narbe – genau an der Stelle, an der sie sich in dem Video die Verletzung zugezogen hatte.

Ich rief Chloe an, legte aber sofort wieder auf, als ich die Zeit bemerkte.

Es war mitten in der Nacht.

Zwanzig Minuten später hatte ich den Namen der Frau. Über weitere Fotos kam ich zu Social-Media-Accounts, und ein Kommentar einer Freundin der Frau führte mich zu einem Profil bei LinkedIn.

Die Blondine hieß Silvana Kulig. Sie arbeitete nicht mehr für die Filmfirma und lebte gegenwärtig mit ihrem Mann in Rumänien.

Ich schrieb ihr eine Nachricht mit dem angehängten Foto an die angegebene E-Mail-Adresse. Wobei ich log und behauptete, ich recherchierte für einen Artikel über PR-Arbeit für Filme und deren Effekt auf Hollywood-Produktionen.

Nach einer Dreiviertelstunde erhielt ich eine Antwort inklusive einer Telefonnummer.

Ich schaute kurz nach, wie viel Uhr es in Rumänien war. Nachmittag.

»Hallo?« Eine Frauenstimme.

»Hi. Spreche ich mit Silvana Kulig?«

»Ja.«

»Mein Name ist K. Entschuldigen Sie die Störung, aber ich würde Ihnen gern ein paar Fragen stellen.«

Schweigen.

»Konnten Sie sich das Foto schon ansehen?«, fragte ich.

»Ich habe es vor mir. Sind Sie die Person, die es manipuliert hat?«

»Ich habe nichts an dem Foto manipuliert, das schwöre ich Ihnen.«

»Wissen Sie, wer das war? Ist das irgendein abartiger Scherz oder so?«

»Sie meinen, das Foto sei verändert worden?«

»Nicht wahr, oder? Solltet ihr Typen eure Geschichten nicht abstimmen, wenn ihr jemanden reinlegen wollt?«

»Was meinen Sie damit? Hat noch jemand nach der Narbe gefragt?«

»Ja, ein Mann.«

»Wer war das?«

»Hat seinen Namen nicht gesagt. Hat behauptet, er müsse aus Sicherheitsgründen anonym bleiben.«

»Hat er sonst irgendwas gesagt? Vielleicht ein Spiel erwähnt oder so?«

»Nein, und ich lege jetzt auf.«

»Bitte«, sagte ich. »Ich brauche dringend Ihre Hilfe. Ich weiß, dass diese Sache ziemlich seltsam wirkt, aber es könnte extrem wichtig sein.«

Wieder Schweigen.

»Und … mir geht es gerade nicht so gut.«

Vielleicht hörte Silvana etwas in meiner Stimme, das sie berührte, oder sie war einfach ein freundlicher Mensch – jedenfalls legte sie nicht auf.

»Ich kann Ihnen versichern, dass ich nicht verrückt bin und dass ich Sie nicht belästigen will«, sagte ich. »Es ist nur ungeheuer wichtig, dass ich erfahre, was mit Ihrem Arm ist, auch wenn sich das seltsam anhört.«

»Machen Sie einen Videoanruf bei mir.«

»Ähm … okay. Kleinen Moment bitte.«

Während ich meine Videochat-App öffnete, hörte ich, wie Silvana durch ihr Haus ging. Ein paar Sekunden später waren wir per Video verbunden.

»Ist es okay für Sie, wenn ich einen Screenshot von Ihrem Gesicht mache?«, fragte sie.

»Ja, klar.«

Sie stand in einer Eingangshalle, in der ein großes Foto an der Wand hing: das Bild, auf dem sich Silvana über die berühmte Schauspielerin beugt. Doch auf diesem Foto war der Arm makellos.

»Haben Sie das Bild mit Photoshop bearbeitet?«, fragte ich.

»Das hat der andere Typ auch gefragt.«

Sie hielt ihren Arm in die Kamera. Er war glatt und unversehrt, nirgendwo eine Spur von einer Narbe. Dann zog Silvana den Arm weg und fragte, was zum Teufel los sei.

Ich beschrieb ihr ausführlich das Ereignis mit Goldblum,

sagte aber nicht, dass ich im Besitz des Videos war. Ein merkwürdiges Foto war eine Sache, aber wenn ich Silvana dieses vermutlich gefälschte und extrem gewalttätige Video schickte, würde sie höchstwahrscheinlich die Polizei einschalten. Ich hätte das jedenfalls gemacht.

Silvana sagte, sie erinnere sich an den Event, aber ein solcher Angriff habe nie stattgefunden. Wenn ich das Foto mit der Schauspielerin noch einmal genauer anschauen wolle, könne ich das in einem Bildband tun, den der Fotograf in diesem Jahr veröffentlicht habe. Sie gab mir die Infos und fügte hinzu, damals habe sie noch ihren Mädchennamen Silvana Mitchell getragen.

Als sie gerade auflegen wollte, fiel mir noch etwas ein.

»Sie wollten ja vorhin einen Screenshot von mir machen«, sagte ich.

»Man kann heutzutage nicht vorsichtig genug sein.«

»Das verstehe ich vollkommen. Haben Sie das zufällig auch bei dem anderen Mann gemacht, der Sie wegen des Fotos angerufen hat?«

»Ja, klar.«

»Würden Sie mir das Foto vielleicht schicken?«

»Wenn ich es noch habe …«

Ich dankte ihr für das Gespräch und legte auf.

Den Fotoband hatte ich schnell gefunden. Ich gab einfach den Namen des Fotografen bei Google ein und hatte das Foto in diversen Versionen vor mir. Auf keinem davon hatte Silvana eine Narbe am Arm.

Die Version mit der höchsten Auflösung speicherte ich auf meinem Laptop ab und verglich sie dann mit derjenigen, die ich als Erstes entdeckt hatte.

Beide Bilder waren absolut identisch bis auf die Narbe.

Während ich angestrengt auf die Fotos starrte, spürte ich,

wie sich in der Raumatmosphäre in meinem Wohnzimmer etwas veränderte. Es fühlte sich an, als hätte das Zimmer eine andere Form angenommen oder als verdichtete sich die Luft. Es erinnerte mich an die dräuende Stimmung in einem Horrorfilm, bevor eine schwarze Katze hinter einer Mülltonne hervorspringt und das Publikum fast zu Tode erschreckt.

Weshalb ich beinahe vom Stuhl fiel, als mein Handy sich mit einem Nachrichtenton bemerkbar machte.

Silvana hatte mir das Bild des Mannes geschickt, der sie wegen des Videos angerufen hatte.

Es war der Magier.

Ich wartete bis sieben Uhr morgens, dann rief ich Chloe an. Nach wiederholtem Klingeln ging sie ran.

»Was ist?«

»Ich muss dir was zeigen.«

»Nur wenn es nichts mit Rabbits zu tun hat.«

»Also kommst du nun oder nicht?«

Stille.

»Chloe?«

»Ich komme nach der Arbeit vorbei. Wir können uns was zu essen bestellen.«

Sie legte auf.

Um halb fünf war sie da.

»Bitte reg dich nicht auf«, sagte ich.

»Nee, Scheiße, K.« Sie drehte sich um und ging zur Wohnungstür zurück.

»Ich habe Silvana gefunden, und sie hat mir etwas über den Magier erzählt.«

»Wer zur Hölle ist Silvana?«

»Versprich mir, dass du dich nicht aufregst.«

»Ich versprech dir, dass ich mich schon jetzt aufrege«, sagte sie, ging aber ins Wohnzimmer zurück.

Ich erstattete Bericht über meinen Fund und das Gespräch mit Silvana.

Chloe betrachtete die Fotos.

»Ist das abgedreht«, sagte sie fassungslos.

»Der Magier ist offenbar auf dieselben Fotos wie ich gestoßen und hat Silvana auch wegen der Narbe angerufen.«

»Ich hab immer noch nichts von ihm gehört«, sagte Chloe besorgt.

»Ach, es geht ihm sicher gut. Er taucht bestimmt bald wieder auf«, beteuerte ich, glaubte jedoch selbst nicht daran.

Chloe nickte zweifelnd.

»Ich möchte mich bei dir entschuldigen«, sagte ich. »Ich finde es ganz schrecklich, wenn es dir nicht gut geht. Und umso schlimmer, wenn ich daran schuld bin.«

»Du bist nicht daran schuld«, lenkte sie ein. »Es ist einfach … die ganze Situation mit Baron und dem Magier … und den Dingen, die dir passiert sind … Ich will dich nicht auch noch verlieren.«

Ich lächelte. »Danke. Ich will mich auch nicht verlieren.«

Wir bestellten uns etwas zu essen und tranken zusammen eine Flasche Wein. Dann schauten wir uns einen französischen Thriller von 2003 an, *Swimming Pool*. Chloe hatte ihn ausgesucht, und ich verschwieg, dass ich ihn schon kannte. Es machte mir Spaß, ihn mit ihr zusammen noch mal zu sehen. Und ich war dankbar für alles, was mich eine Weile ablenkte.

»Sollen wir noch eine Flasche Wein aufmachen?«, fragte Chloe, als der Film zu Ende war.

»Bisschen später vielleicht«, antwortete ich.

Chloe dehnte und rekelte sich und sank dabei zwischen

die beiden Couchkissen. Ich hielt sie rasch fest, und dabei gerieten unsere Gesichter plötzlich sehr nahe aneinander.

»Du wirkst ein bisschen angespannt«, raunte Chloe.

»Alles in Ordnung«, sagte ich. Was nicht ganz stimmte, weil ich zu zittern begonnen hatte.

Und dann küssten wir uns.

Chloe schmeckte wie Sommer, ihr Mund war weich und sinnlich, ihre Haut warm.

Wir lösten uns im selben Moment voneinander.

»Krass«, sagte Chloe.

»Ja, echt.«

Sie nahm die Fernbedienung von meinem Schoß. »Noch einen Film gucken?«

»Klingt gut.«

22 »Die Byzantine Game Engine«

Chloe und ich wurden am nächsten Morgen um halb neun vom Brummen meines Handys wach. Wir waren auf der Ausziehcouch im Wohnzimmer eingeschlafen.

Ich nahm ab und stellte auf Lautsprecher. Sidney Farrow war dran.

»Hey«, sagte ich, bemüht, so zu klingen, als wäre ich schon eine ganze Weile wach.

»Hättest du später Zeit für ein Treffen, K?«, fragte Sidney.

»Ja, klar.«

»Bin in einer Stunde bei dir. Ich glaube, ich habe was gefunden.«

»Super.«

»Kannst du Chloe Bescheid sagen?«

»Ähm ... ja, kein Problem.«

Ich legte auf und drehte mich zu Chloe um. Sie starrte mich besorgt an.

»Was hier letzte Nacht vorgefallen ist, darf auf keinen Fall noch mal passieren«, sagte sie todernst.

Als ich den Mund aufmachte, um etwas zu erwidern, brach sie in Gelächter aus.

»Oh mein Gott, du solltest mal dein Gesicht sehen.« Sie sprang auf. »Ich fahr rasch nach Hause, um zu duschen und mir was anderes anzuziehen. Bin gleich wieder zurück.«

Sidney Farrow tauchte wie angekündigt eine Stunde später auf, Chloe kurz danach.

»Ich habe jede Menge Nachforschungen angestellt«, begann Sidney, »konnte aber weder auf den Testservern, der Design-Datenbank noch irgendeiner der Datenverarbeitungsmaschinen für mein neues Game irgendetwas Außergewöhnliches finden. Aber gestern Morgen hat ein Techniker, den ich gebeten hatte, auf alles zu achten, was mit Barons ID-Code verbunden war, ein paar Dateien entdeckt, die mit dieser ID hochgeladen wurden.«

»Was für Dateien sind das?«, fragte Chloe.

»Sieht so aus, als hätte Baron an dem Tag, an dem die Testspielerin den Anfall hatte, ein paar Sachen in den firmeninternen Posteingang hochgeladen. Wenn jemand mit einer Byzantine-ID etwas lädt, wird es automatisch verschlüsselt, ich musste es also erst mal dechiffrieren.«

»Können wir die Dateien sehen?«, fragte ich ungeduldig.

Sidney reichte mir ihr Handy.

Die erste Datei war ein Screenshot, offenbar von einer Nachrichtensendung. Man sah zwei Nachrichtensprecher, eine Frau und einen Mann, und am unteren Bildrand einen Nachrichtenticker mit Meldungen über einen Orkan.

»Eine Szene aus meinem Game«, erklärte Sidney.

»Das ist doch niemals computergeneriert«, sagte Chloe und beäugte das Bild.

»Ich hab euch doch gesagt, die Byzantine Game Engine ist fantastisch«, erwiderte Sidney.

Chloe hatte recht. Das Bild sah absolut realistisch aus. Doch davon abgesehen war nichts daran bemerkenswert, und nichts wies auch nur im Geringsten auf Rabbits hin.

»Hast du eine Kopie von dieser Szene?«, fragte ich. »Oder den geschriebenen Dialog? Vielleicht finden wir darin etwas.«

»So funktioniert die BGE nicht«, entgegnete Sidney. »Diese Nachrichtenleute könnten über alles Mögliche reden.«

»Aber irgendjemand muss doch den Dialog geschrieben und aufgenommen haben«, wandte Chloe ein.

Sidney schüttelte den Kopf. »Die BGE funktioniert über Hawk Worrickers hoch entwickelte künstliche Intelligenz. Die Spielfiguren lernen automatisch, sobald das Game gespielt wird, und die synthetische Stimme klingt wie ein Mensch. Es ist richtig unheimlich. Keine zwei Leute, die das Game spielen, werden jemals dieselbe Spielerfahrung damit haben.«

»Das … kann ich mir überhaupt nicht vorstellen«, sagte Chloe.

»Das versteh ich nur zu gut. Es ist mein eigenes Spiel, aber selbst ich habe keine Ahnung, wie es funktioniert. Die BGE ist wirklich das nächste Level.«

»Aber wie kann das so … echt aussehen?«, fragte Chloe.

»Vom ursprünglichen World Building und der anteiligen Programmierung der KI-Lernmatrix abgesehen, habe ich keine Ahnung«, gestand Sidney. »Man hört Gerüchte über Quantencomputer, aber gesehen hab ich noch nichts dergleichen.«

»Ich kann einfach nicht fassen, dass die dich von deinem eigenen Game ausschließen«, sagte Chloe.

Sidney zuckte die Achseln. »Ich war nur fürs Design zuständig. Der Rest ist unter Verschluss. Wie sie diese Wahnsinnseffekte hinbekommen, bleibt ein Geheimnis von Wor-Games.«

»Und die anderen Dateien, die Baron hochgeladen hat?«, fragte Chloe.

Sidney nahm ihr Handy und klickte auf ein Foto.

Es schien ein Screenshot aus einer Videoüberwachung zu

sein, aufgenommen nachts im Eingangsbereich eines modernen Bürogebäudes, laut Zeitstempel um 00:34.

Obwohl das Bild ziemlich schwarz war, konnte man zwei Gestalten erkennen, die sich auf zwei Fahrstühle zubewegten. Eine der beiden Personen erkannte ich auf den ersten Blick.

Es war Alan Scarpio.

Über dem Zeitstempel war auch das Datum zu erkennen. Die Aufnahme war an dem Abend entstanden, als Alan Scarpio in der Spielhalle gewesen und mich angesprochen hatte.

»Das ist bei WorGames, oder?«, fragte ich. »Was hat Alan Scarpio da gemacht?«

»Ich habe nicht die geringste Ahnung«, antwortete Sidney. »Und die noch wichtigere Frage lautet: Was wollte er im Turm?«

»Wie jetzt … Das ist im Turm aufgenommen worden?«, fragte ich verblüfft.

Sidney nickte.

Allmählich fühlte sich wirklich alles wie ein völlig verrückter Traum an.

Was zur Hölle lief hier ab?

»Gibt es denn keine Möglichkeit, in den Turm reinzukommen?«, fragte Chloe.

»Mein Sicherheitsausweis gilt nicht für den Turm. Das war von Anfang an klar.«

»Gibt's noch mehr Dateien von Baron?«, fragte ich.

»Vier Bilder.« Sidney zeigte sie uns.

Es handelte sich um weitere Screenshots aus dieser Nachrichtensendung. Das Moderatorenpaar blieb gleich. Auf drei Bildern wurde im Newsticker weiter über den Orkan berichtet. Aber auf dem vierten war etwas anders.

Ich zoomte näher heran.

»Wow«, sagte Chloe, die über meine Schulter spähte. »Die Auflösung ist echt unglaublich. Was steht da im Newsticker? Irgendwas gegen Einwanderung?«

»Ja, es handelt sich um eine rechtslastige Sendung«, bestätigte Sidney.

»Mach mal die Zeile unten etwas größer«, sagte Chloe und beugte sich weiter vor, während ich heranzoomte.

»Ja, verdammt!«, rief sie aus.

Die Schlagzeile bestand aus vier Worten: *Die Tür ist offen.*

»Was bedeutet das?«, fragte Sidney.

»Das ist ein Schlüsselsatz aus Rabbits«, antwortete Chloe.

»Was heißt, dass irgendjemand bei WorGames entweder selbst spielt oder sich sonst wie mit Rabbits befasst«, ergänzte ich.

»Okay.« Sidney sprang auf. »Scheißegal. Kommt.«

»Was ist?«, fragte ich.

»Wir werden jetzt dem Turm einen Besuch abstatten.«

NOTIZEN ZUM SPIEL: NACHRICHT VON HAZEL
(authentifiziert)

Das Haus als Metapher.

Wer spielt, sollte nicht in zu großen Dimensionen denken. Beginne mit dem, was direkt vor deiner Nase ist.

Fange klein an, baue langsam auf. Nach einer Weile hast du ein Fundament, auf dem du stehen kannst. Dann wirst du mehr erkennen und kannst nach und nach ein Gerüst errichten und Wände mauern. Wenn du den Hinweisen in der richtigen Reihenfolge nachgehst, wirst du irgendwann ein Gebäude haben und dein Werk bewundern können.

An diesem Punkt wirst du sehr viel mehr erkennen. An diesem Punkt wirst du ein Geheimnis entdecken.

An diesem Punkt wird dir klar werden, dass du eine ganze Stadt anlegen musst.

– Hazel 8

23 Die Meechum-Radianten

2005, zwölf Jahre nachdem Hawk Worricker sich komplett aus dem öffentlichen Leben zurückgezogen hatte, begann WorGames mit den Bauarbeiten am sogenannten Turm.

Sidney erzählte uns, dass bei den Angestellten von WorGames wilde Gerüchte darüber kursierten, was sich im Turm befinde: ein Labor für geheime (und eventuell illegale) Genexperimente, eine multinationale Denkfabrik für Videogame-Entwicklung, das amerikanische Zentrum für sogenannte alternative Astronomie oder der Sitz einer uralten Geheimgesellschaft, die seit jeher im Verborgenen agierte.

Dass es im Internet kein einziges Bild vom Inneren des Turms gab und man auf Google Earth lediglich verschwommene Rechtecke erkennen konnte, verstärkte das Mysterium noch. Sidney berichtete auch, sie habe Gerüchte gehört, dass zwecks Finanzierung des Gebäudes die oberste Etage als Wohnraum an Prominente verkauft worden sei, darunter Madonna, Leonardo DiCaprio und William Shatner.

Es war Samstag, weshalb wir auf dem Personalparkplatz freie Auswahl hatten. Nachdem wir ausgestiegen waren, begaben wir uns aufs Firmengelände.

Alles war hypermodern und erstklassig hier, vom Bewässerungssystem für die exotischen Bäume und Gewächse bis hin zu den schnellen gläsernen Fahrstühlen an der Außenseite der Gebäude. Bei WorGames legte man Wert auf das Beste vom Besten.

Als wir den breiten Weg aus glänzendem Kopfsteinpflaster entlanggingen, der im Team »Hauptstraße« genannt wurde, begegneten wir vereinzelt Angestellten, die mit Schirmen oder Kapuzen den Regen fernhielten und mit Kopfhörern in den Ohren die Welt. Ansonsten war es still auf dem Gelände.

Wir bogen um eine Ecke, und da stand er plötzlich vor uns. Aus einem niedrigen Backsteinbau namens Gebäude A ragte der Turm zum Himmel auf wie ein brutalistischer gläserner Wächter. Er musste mindestens zwanzig Stockwerke hoch sein, die man aber durch die schwarzen Glasfenster nicht erkennen konnte.

Als wir näher kamen, sah ich, dass die Ziegel sowohl beim Gebäude A als auch beim Turm vertikal statt horizontal ausgerichtet waren, was zur Eigenart des Baus beitrug – ein Mix aus zeitgenössischer Science-Fiction und italienischem Film noir im Stil von Michelangelo Antonioni.

Kurz vor dem Eingang blieb ich stehen und warf einen Blick nach oben. Der Turm zeichnete sich düster und bedrohlich vor dem bleigrauen, wolkenverhangenen Himmel ab, und ich musste unwillkürlich an den riesigen Monolithen aus meinem Albtraum denken.

Plötzlich wurde ich von einem heftigen Grauen erfasst, als senkte sich ein schwarzer Schatten auf mich. In diesem Moment packte Chloe meine Hand, ich fing mich wieder, und wir folgten Sidney ins Innere.

Im Gebäude A gab es fast so viel Grün wie draußen auf dem Gelände. Der große Eingangsbereich war mit zahlreichen Bäumen und Hängepflanzen ausgestattet.

Sidney winkte lächelnd einer Rezeptionistin hinter dem langen Empfangstresen aus schimmerndem Holz zu, der mich an ein Edel-Casino in Las Vegas erinnerte. Die Wand dahinter war von oben bis unten mit blaugrünem Moos bedeckt.

Ihr Plan, hatte Sidney uns erklärt, sah so aus, dass wir einfach reinmarschierten, als wären wir hier zu Hause.

Und so machten wir es. Wir folgten ihr eine breite Treppe hinunter und gingen einen langen Flur mit dunkelrotem Klinkerboden entlang. Linker Hand befand sich eine Glasfront.

Am Ende des Gangs winkte uns ein Securitymann zu, der auf einer Bank saß. Er war kahlköpfig, etwa Mitte sechzig und lächelte freundlich.

»Hey, Albert«, rief Sidney ihm zu.

»Hi, Sid.«

Durch die Fensterfront hatte man Aussicht auf einen begrünten Innenhof, der einem botanischen Garten glich. Ich verlor mich in Tagträumereien, stellte mir vor, ich sei bei WorGames angestellt. Dann könnte ich in der Mittagspause in diesem grünen Paradies sitzen, die frische feuchte Luft atmen und mit meinen Kollegen über die Welten sprechen, die wir gemeinsam erschaffen würden – Welten, die der Fantasie von Sidney Farrow entstammten. Wie würde mein Leben dann aussehen? Würde ich Rabbits vergessen können? Ich wurde jäh aus meinem Tagtraum gerissen, als wir einen neuen Raum betraten, den Sidney als das Atrium des Turms bezeichnete.

Es war ein runder Raum mit einer enorm hohen kuppelförmigen Decke. Der Boden bestand aus dem gleichen roten Stein wie der Flur, doch hier waren die Kacheln in kunstvollen Mustern zu einem Mosaik verlegt, in dessen Mitte sich ein weißer Kreis befand. Darüber hing an einem dünnen Draht ein riesiges Pendel, das hin- und herschwang.

Zuerst empfand ich die langsame, hypnotisierende Bewegung als beruhigend. Aber dann spürte ich plötzlich, wie sehr dieses Pendel mit der Eigenbewegung der Erde ringen musste, all diesen Kräften des Universums, auf die es keinerlei Einfluss hatte, und ich schauderte. Mir wurde bewusst, dass es uns Menschen letztlich auch so erging.

Zur Linken befanden sich zwei Empfangstresen, rechts eine Reihe von Holzbänken. Hinter einem der Tresen stand eine hagere schwarzhaarige Frau.

»Guten Morgen, Ms. Farrow. Was kann ich für Sie tun?«

»Wir müssen nach oben«, antwortete Sidney.

»Wie bitte?«

Sidney wies zur Decke. »Wir fahren hoch.«

»Es tut mir leid, aber Sie haben keine Zugangsberechtigung für den Turm.« Ich sah der Frau an, dass ihr die Situation peinlich war. »Ist mir wirklich sehr unangenehm, aber können Sie vielleicht jemanden anrufen, der Ihnen eine Berechtigung erteilt?«

Sidney reagierte nicht, sondern marschierte wortlos mit uns zwischen den zwei Tresen hindurch und einen kurzen Gang entlang, der zu einer Halle führte. Die Wand zur Rechten war mit Efeu bewachsen, links befanden sich zwei hohe Fahrstühle.

Sidney drückte den Knopf, die Aufzüge öffneten sich, wir betraten einen davon, die Türen glitten hinter uns zu.

Unter einem großen Knopf mit den Buchstaben PH für Penthouse sahen wir zwei Reihen mit je zwölf Knöpfen. Sidney drückte hastig alle, aber keiner leuchtete.

Ein paar Sekunden später gingen die Türen wieder auf.

Wir waren immer noch im Erdgeschoss, doch jetzt stand der ältere Wachmann draußen.

»Sid«, sagte er. »Was machst du?«

»Misch dich da nicht ein, Albert. Ich muss unbedingt nach oben.«

»Klar«, erwiderte der Mann. »Das geht in Ordnung, aber du musst die Berechtigung abwarten.«

»Das ist doch Quatsch«, erwiderte Sidney und trat aus dem Aufzug, gefolgt von Chloe.

»Ist schon in Arbeit, kommt gleich«, erklärte Albert.

»Im Ernst?«, fragte Sidney überrascht.

Albert nickte. »In etwa zehn Minuten.«

Als ich den Fahrstuhl verließ, veränderte sich etwas in der Atmosphäre. Die Luft fühlte sich dicht und schwer an, wie elektrisch aufgeladen.

Etwas nahte.

Hinter Sidney und Chloe waberten schwarze Schemen durch den Raum. Ich spürte ein vertrautes Kribbeln, und dann erfasste mich das Dröhnen des grauen Gefühls.

Aber diesmal war etwas anders.

Was auch immer geschah: Dieser düstere Zustand war schon so mit mir verbunden, dass er sich wie ein eigenes Wesen anfühlte. Und dieses Wesen war jetzt … aufgeregt.

Es wollte, dass ich zurück in den Aufzug trat.

Ich bewegte mich unwillkürlich rückwärts. Mit dem nächsten Herzschlag schossen die schwarzen Schatten auf mich zu und schmetterten mich gegen die Rückwand.

Ich hörte, wie Chloe meinen Namen rief. Ihre Stimme riss mich aus dem Bann der Schattenwesen, und ich stürzte vorwärts und drückte den Türöffner.

Zu spät! Der Fahrstuhl bewegte sich aufwärts.

Ich blickte auf die Knöpfe. Obwohl ich selbst keinen gedrückt hatte, leuchtete der oberste mit den Buchstaben PH.

Das Ding raste förmlich nach oben, in meinen Ohren knackte es, und das graue Gefühl wich von mir.

Dann gingen die Türen auf, und ich trat hinaus in einen breiten Gang.

Der Boden bestand aus glattem schwarzem Marmor, die Wände waren mit schimmerndem Metall verkleidet. Am linken Ende des Gangs hing ein großes abstraktes Gemälde, auf der rechten Seite sah ich eine gläserne Doppeltür.

Das Gemälde kam mir irgendwie bekannt vor, ich meinte, es in einem Kunstgeschichtsbuch gesehen zu haben, das ich im Studium benutzt hatte.

Ich ging auf die Glastüren zu. Die Luft war kühl und roch feucht und frisch. Hier wurde zweifellos eine Menge Geld investiert, damit alles perfekt war.

Als ich durch die Glastüren trat, gelangte ich in einen kleinen Eingangsbereich mit einem Empfangstresen, Stühlen und einem Couchtisch. Hinter dem Tresen sah ich eine hohe Doppeltür aus dunklem Holz, in die verschnörkelte Symbole geschnitzt waren.

Der Raum war leer, auf dem Tresen standen weder ein Telefon noch eine Klingel. Deshalb trat ich zu der Holztür und klopfte.

Nichts rührte sich.

Neben der Tür befand sich eine kleine Metallplatte mit einer Zahlentastatur, und ich vermutete, dass man einen Code eingeben musste. Aber als ich versuchsweise den Knauf drehte, öffnete sich die Tür mit leisem Klacken.

Vor mir befand sich eine Art Zwischengeschoss mit dickem Glasboden. Eine geländerlose Glastreppe führte nach unten.

Der Raum war schummrig, und es dauerte einen Moment, bis meine Augen sich an die Lichtverhältnisse gewöhnt hatten. Doch dann war der Anblick überwältigend.

Ich schien in einer Bibliothek aus einer anderen Welt gelandet zu sein.

Die Wände waren riesig hoch, in der Decke gab es drei gigantische Oberlichter, die auf mich wirkten wie angeleuchtete Gemälde des grauen, wolkigen Himmels.

Antike Bücherregale bedeckten die Wand auf der linken Seite vom Boden bis zur Decke. Sie waren über gläserne Stege und altertümliche Rollleitern zu erreichen, mit denen man auch an die obersten Fächer gelangte. Hier und da gab es Sitzgelegenheiten, allesamt viktorianische Möbel. Von der stuckverzierten Decke hingen zwei massive schmiedeeiserne Leuchter, die mich an das Overlook Hotel aus dem Horrorfilm *Shining* erinnerten. Hätte mir jemand gesagt, ich befände mich im Gebäude der National Geographic Society im neunzehnten Jahrhundert, hätte ich ihm aufs Wort geglaubt.

An der gegenüberliegenden Wand befand sich der größte Bildschirm, den ich je außerhalb eines Sportstadions gesehen hatte. Die Wand vor mir bestand aus Glasscheiben, offenbar mit elektronisch steuerbaren Neutraldichtefiltern. Darüber hatte ich neulich etwas in einer Zeitschrift gelesen. Falls auch die Oberlichter mit dieser Technik ausgestattet waren, konnte der gesamte Raum durch Knopfdruck komplett verdunkelt werden.

Die Aussicht auf die Stadt beruhigte mich ein bisschen. Obwohl ich offenbar in einer bizarren futuristischen Welt im Stil von H.G. Wells' Romanen gelandet war, befand sich diese zumindest in Seattle. Und der Raum wirkte trotz seiner Dimensionen durch Kunstobjekte auf den vielen kleinen Tischen und stilvolle Teppiche nicht kalt und abweisend.

Ich ging die Treppe bis ganz nach unten, wo gegenüber von dem gigantischen Bildschirm zwei schwarz-braune Eames-Loungesessel auf einem leicht abgetretenen Perserteppich standen. Hier erinnerte der Stil eher an die Moderne zur Mitte des zwanzigsten Jahrhunderts als an das Viktorianische Zeitalter. Von einer Anlage mit vertikalem Plattenspieler an der Wand war laute Musik zu hören, eine Art Jazzfunk mit wummernden Bässen, hämmerndem Schlagzeug und tobender Gitarre. Das Stück hatte eine geradezu beängstigende Schönheit mit seinen stillen Vibrafonpassagen, die im Kontrast zu ausufernden Orgelsoli und orchestralem Streichersound standen.

»Kennen Sie das Stück?«

Eine Männerstimme. Ich fuhr herum.

»Entschuldigung«, sagte ich. »Die Tür war offen.«

»Eigentlich war die Tür durchaus nicht offen. Aber sie war nicht abgeschlossen, ja.« Der Mann war ein Weißer um die fünfzig und hatte eine lockige graue Mähne. Er trug eine Brille mit breitem schwarzem Gestell, ein langärmliges weißes Baumwollhemd und Jeans.

Und er wirkte eher amüsiert als verärgert über mein eigenmächtiges Eindringen.

»Das Album heißt *Songs of Innocence* und stammt von einem Musiker namens David Axelrod«, erklärte der Mann. »Der eigentlich viel berühmter hätte werden müssen.«

»Sehr interessante Musik«, sagte ich.

»Sehe ich auch so.« Der Mann nickte lächelnd. Sein hageres Gesicht war furchig, die Spuren des Lebens waren nicht zu übersehen. Aber die Augen in leicht unterschiedlichen Blautönen funkelten schelmisch und verliehen ihm die Ausstrahlung eines wesentlich jüngeren Mannes.

Wir sahen uns einen Moment lang an. Dann wich das Lächeln langsam von den Lippen des Mannes, und er sah aus, als wäre ihm etwas aufgefallen.

»Hallo, K«, sagte er.

»Woher kennen Sie meinen Namen?«

»Wir sind uns schon mal begegnet. Aber da waren Sie viel jünger.«

»Wer sind Sie?«

Er lachte. »Hm, komplizierte Frage. Ich werde jedenfalls Crow genannt.«

»Crow wie Krähe?«

»Genau«, antwortete er lächelnd.

»Was für Räume sind das hier?«

»Eine noch schwierigere Frage, fürchte ich. Aber ich will mich bemühen, sie zufriedenstellend zu beantworten.« Sein Lächeln wurde breiter.

»Was ist?«, fragte ich.

»Entschuldigung. Sie erinnern mich so sehr an Ihre Mutter.«

»Sie kannten meine Mutter?«

»Ja, ich habe zeitweilig mit Ihren Eltern zusammengearbeitet. Aber das ist, wie gesagt, lange her.«

Ich ließ den Blick durch den Raum schweifen. Irgendwie kam ich mir vor wie in einem Batman-Film. Was mochte dieser Typ mit meinen Eltern zu tun gehabt haben?

»Sie waren Buchhalter?«

»Ihre Eltern waren keine Buchhalter, K.«

»Doch, natürlich waren sie das.« Der Mann musste mich verwechselt haben. Er kannte zwar irgendwoher meinen Namen, hielt mich aber offenbar für jemand anderen.

»Wohnen Sie hier? In diesen Räumen, meine ich?«, fragte ich.

»Ich wohne eine Etage darunter. Aber den größten Teil meiner Zeit verbringe ich tatsächlich hier. Wir nennen es ›das Terminal‹.« Er zog sein Handy heraus, drückte einige Tasten, und der gigantische Bildschirm erwachte zum Leben.

Binnen Sekunden erschien eine Weltkarte.

Crow machte ein paar Bewegungen mit den Händen, worauf Nordamerika vergrößert wurde. Er schien den Bildschirm mithilfe irgendeines Bewegungsscanner-Systems zu bedienen. Was ich extrem cool fand, auch wenn ich mir nun endgültig so vorkam wie in einem Science-Fiction-Film.

»Es gibt Fakten, Muster und Gesetzmäßigkeiten jenseits der Welt, die Sie kennen, K.«

Weil sich das wie der Beginn eines Vortrags anhörte, äußerte ich mich nicht dazu.

»Zahlen sind immens wichtig«, fuhr Crow fort. »Es gibt zum Beispiel eine Zahl, aus der hervorgeht, wie viele Frauen auf der ganzen Welt innerhalb der letzten Stunde ein Kind geboren haben.«

Jetzt zoomte der Bildschirm auf einzelne Bundesstaaten der USA.

»Es gibt eine exakte Zahl für Eheschließungen in dieser Woche und eine für Jugendliche, die im selben Zeitraum die Highschool abgebrochen haben. Das sind präzise Zahlen jenseits von Zweifeln. Verstehen Sie?«

»Ich bin mir nicht ganz sicher …«

Crow zoomte auf die Westküste und sprach weiter. »Es gibt eine bestimmte Anzahl von Menschen, die im Moment einen Lottoschein besitzen, mit dem sie gewinnen werden. Und eine Zahl für die bedauernswerten Menschen, die jetzt gerade in einem Kofferraum eingesperrt sind.«

»O Gott«, sagte ich. Das nahm ja eine düstere Wendung. Wollte er mir drohen?

Crow zoomte auf Seattle und wandte sich dann mir zu.

»Diese Zahlen sind verlässlich und exakt.«

»Das leuchtet ein«, sagte ich. »Aber nur weil sie das theoretisch sind, müssen sie es nicht in der Praxis sein.«

»Ah, bei allem Respekt, K, aber genau das ist damit gemeint.«

»Ich verstehe Ihr Konzept«, erwiderte ich. »Dennoch wirkt das Ganze auf mich eher wie ein Gedankenexperiment als wie etwas aus der Wirklichkeit.«

»Warum?«

»Diese Zahlen mögen ja existieren, aber man kann sie doch überhaupt nicht ermitteln und auf ihre Korrektheit hin überprüfen.«

»Das ist eben die Frage«, erwiderte Crow.

Er zoomte auf die weitere Umgebung von Seattle, und das Haus erschien, in dem ich aufgewachsen war. Ich hatte keine Ahnung, wo dieses Gespräch hinführen sollte. Wieso zeigte er mir das Haus meiner Kindheit?

Plötzlich spürte ich ein entnervendes Kribbeln in meinem Bauch, das nach oben in meinen Brustkorb wanderte. Mein Hals fühlte sich wie zugeschnürt an, ich bekam kaum noch Luft und versuchte mich panisch auf meinen Atem zu konzentrieren, während Crow weitersprach.

»Und angenommen, es gäbe Gleichungen und Berechnungen, mit denen es nicht nur möglich wäre, diese Zahlen zu erheben … sondern auch die Entwicklung von Ereignissen zu beeinflussen?«

»Also, das halte ich echt für unwahrscheinlich.«

»Die Welt basiert auf Systemen, K. Verkehr, Kanalisation, Elektrizität, das Internet … sogar kleinste Alltagshandlungen wie die Zulassung zur Grundschule. Zu unseren Zielen gehört es unter anderem, herauszufinden, wie man diese Systeme beeinflussen und korrigieren kann.«

Er wirkte zwar ruhig und souverän, aber was der Typ hier verzapfte, war der reinste Irrsinn. Entführte Menschen im Kofferraum? Zulassung zur Grundschule? Was ging hier ab?

»Also, und wie … beeinflussen und korrigieren Sie diese Systeme?«, fragte ich schließlich.

Crow machte irgendwas an seinem Handy, und der Raum wurde noch dunkler.

Plötzlich teilte sich der riesige Bildschirm in kleine Quadrate auf. In jedem war etwas anderes zu sehen.

»Das hier«, sprach Crow weiter, »sind der Nikkei, die Börse von Toronto und der Dow-Jones-Index.« Er deutete auf einzelne Bilder. »Hier Sportergebnisse und Einkommen sowie Sozialstrukturen und Bildungssysteme. Das da sind seltene Erden und Industrieminerale. Und hier unten in der rechten Ecke: Musik, Kunst und Wetter.«

»Und was hat das zu bedeuten?«

»Damit arbeiten wir hier.«

»Wie denn?«

»Wir nehmen Korrekturen vor, um zu ändern, was geändert werden muss. Ursache und Wirkung.«

Er machte eine Handbewegung, und auf dem Bildschirm erschienen Hunderte Gesichter. Nach einem weiteren Wedeln wurden daraus Tausende. Crow schaltete den Ton dazu – Abertausende Menschen redeten gleichzeitig.

»Was machen die Leute?«, fragte ich stirnrunzelnd.

»Sie arbeiten für mich.«

»Arbeiten? Spielen sie nicht vielleicht Rabbits?«

Crow beantwortete meine Frage nicht, sondern zoomte auf ein einzelnes Bild. »Dieser Mann hier leitet die Abteilung für Internationale Entwicklung eines in Peking ansässigen Unternehmens, das an einem vielversprechenden Projekt für erneuerbare Energien arbeitet.«

Jetzt sah ich auf dem gesamtem Bildschirm das Bild eines älteren Chinesen, der einen Flur entlangging. »Er kommt heute zu spät zur Arbeit. Die Verspätung wird eine Reihe von Ereignissen auslösen, die dazu führen, dass man ihn wegen unlauteren Wettbewerbs verhaften wird.«

Crow bewegte die Hand, und wir sahen eine äußerst attraktive Japanerin etwa Mitte dreißig, die eine Sitzung in einem großen Konferenzraum leitete.

»Diese Frau heißt Nuri Tamaka«, erklärte Crow. »Sie ist Anwärterin auf den Posten des Chinesen. Und im Gegensatz zu ihm wird sie nicht unter der Hand von einem großen amerikanischen Mineralölkonzern bezahlt.«

Er vergrößerte das Bild von Nuri Tamaka. »Ihre Schwester gehört dem Philharmonieorchester Tokio an. Was wäre, wenn Ms. Tamaka in zwei Tagen abends heimlich in die Wohnung ihrer Schwester geht, um eine Überraschungs-Geburtstagsparty vorzubereiten – wo ihr Verlobter gerade Sex mit ihrer Schwester hat, worauf die Verlobung ein abruptes Ende findet. Das wäre insofern von großer Bedeutung, als Ms. Tamaka mit ihrem Verlobten zeitnah ein Kind haben wollte. Dann hätte sie die Stelle vermutlich abgelehnt, und der nächste von einem Mineralölkonzern gekaufte Mann hätte sie bekommen.«

Ich verengte die Augen. »Sie manipulieren das Leben von Menschen?«

»Nur eine theoretische Erwägung, K.«

»Wer sind diese Leute, für die Sie arbeiten?«

»Ich habe festgestellt, dass Menschen, die eine Affinität zu komplexen Spielen und Spieltheorie haben, häufig auch über eine stark ausgeprägte Fähigkeit zur Mustererkennung verfügen und schnell Verknüpfungen erkennen können … auch potenzielle Verknüpfungen in der Zukunft.«

Crow wedelte mit der Hand, der Bildschirm wurde dunkel, und das Licht im Raum ging wieder an. »Das ist nur ein kleiner Bruchteil unserer Arbeit hier. Unter der Oberfläche gibt es zahlreiche Systeme und Ereignisse, die wir überwachen und beeinflussen sollten.«

»Was passiert in den anderen Etagen des Turms?«, fragte ich.

»Zu achtzig Prozent wird der Raum im Turm für eine gigantische Serverfarm genutzt.«

»Computer?«

»Jede Menge.« Er lächelte.

Ich versuchte, mir die Rechnerkraft vorzustellen, ließ es dann aber bleiben. Außerdem beschäftigte mich eine andere Frage weitaus mehr.

»Woher kannten Sie meine Mutter?«

»Ich habe Ihre Eltern in San Francisco kennengelernt, und wir haben lange zusammengearbeitet. Das hier«, er machte eine Geste, die den Raum umfasste, »ist unter anderem das Ergebnis dieser Arbeit.«

»Aber was wurde denn da genau gemacht?«

Crow zögerte einen Moment, als müsste er die Antwort genau abwägen. Dann fragte er: »Ist Ihnen Kellan Meechum ein Begriff?«

»Eher vage. Er hat sich mit Parallelwelten und den Ley-Linien beschäftigt, oder?«

»Ja, aber das war nur ein Bruchteil seines Werks«, antwortete Crow. »Im Jahr 1945 arbeitete er mit einer Gruppe Wissenschaftler zusammen, die später dem MKUltra-Team angehörten – dem Forschungsprojekt der CIA, das sich der Bewusstseinskontrolle und der Suche nach einem Wahrheitsserum widmete. Währenddessen entdeckte Meechum – durch Zufall übrigens – etwas Sensationelles. Zu Beginn seiner Laufbahn hatte er versucht, die Existenz der Ley-Linien zu beweisen – pseudowissenschaftlicher Unsinn über angebliche Energielinien, Kultstätten und sakrale Bauten.« Ich wollte etwas einwenden, hielt mich aber zurück, da Crow bereits weitersprach. »Als Meechum 1945 die Ley-Linien in Bezug zu Mustern und Anomalien bei den Fibonacci-Zahlen und dem Benfordschen Gesetz betrachtete, stieß er auf etwas, das er als Radianten bezeichnete.« Crow hielt einen Moment inne und fuhr dann fort: »Radianten sind theoretische Linien überall auf der Welt, die sich den Veränderungen der Welt anpassen, indem sie Form und Bewegung entsprechend angleichen. Diese Prozesse sind schwer zu erklären, und sogar Meechum selbst gab zu, dass es ihm nicht hundertprozentig gelang. Aber er war auch weniger daran interessiert, sie zu erklären, als vielmehr ihre *Auswirkungen* zu erforschen. Man muss wissen, dass Meechum gegen Ende seines Lebens zum Christentum übertrat. An diesem Punkt jedoch war er zu der Überzeugung gelangt, dass Gott die Welt im Stich ließ und die Menschheit keinen Zugang mehr zum Jenseits hatte. Deshalb begann Meechum nach … nun ja, einer anderen Welt zu suchen. Er glaubte jedenfalls, dass seine Radianten eine Art Landkarte zwischen Himmel und Hölle darstellten.«

Ein Gedanke rumorte in meinem Unbewussten, doch ich bekam ihn nicht auf Anhieb zu fassen. Daher konzentrierte ich mich auf Crow. Wie zuvor hatte ich den Eindruck, dass er von allem überzeugt war, was er mir erzählte. Das machte seine Story für mich jedoch keineswegs glaubhafter.

»Und wenn ich Ihnen nun sage, dass Kellan Meechum recht hatte?«, fuhr Crow fort. »Dass diese Himmel-Hölle-Geschichte zwar eine religiöse Fantasterei war, die Radianten aber dennoch existieren?«

»Weiß nicht«, antwortete ich. »Klingt ziemlich abgedreht.«

Crow lächelte. »Ihre Skepsis kann ich durchaus nachvollziehen. Vielleicht ist es leichter zu verstehen, wenn man die Meechum-Radianten mit dem Erdmagnetfeld vergleicht.«

»Okay …«

»Tauben, Füchse, Schildkröten nutzen das Magnetfeld der

Erde zur Orientierung. Rinder verhalten sich ebenso danach wie kotende Hunde.«

»Entschuldigung, aber was haben kotende Hunde mit magischen Pfaden zu Himmel und Hölle zu tun?«, warf ich ein.

Crows Lächeln fiel jetzt etwas spärlich aus. »Viele Wissenschaftler glauben, dass die Menschheit ihren Magnetsinn nicht ganz verloren hat – einen Sinn, über den sie vor Millionen Jahren noch verfügte. Menschen hatten sich anfänglich wie Tiere unbewusst nach dem Magnetfeld ausgerichtet. Bevor Meechum in seine religiösen Spinnereien abdriftete, beschrieb er die Radianten als unsichtbare Energiequelle, etwas ebenso wenig Magisches oder Zweifelhaftes wie das Erdmagnetfeld selbst. Er glaubte, wenn es uns gelingen würde, die Funktionsweise der Radianten zu verstehen, könnte man sie dazu nutzen, sich in Welten zwischen den Dimensionen zu begeben.«

»*Zwischen* den Dimensionen?«

»Ja, klingt erst mal … seltsam.« Crow nickte verständnisvoll.

»Sie wollen mir also sagen, dass meine Eltern an die Meechum-Radianten glaubten?«

»Oh, unbedingt. Deshalb sind sie überhaupt in die Nähe von Seattle gezogen.«

»Was hat Seattle damit zu tun?«

»Die Stadt liegt an einem der stärksten Radianten, dem Radianten 23, den Meechum selbst als ›Terminal-Linie‹ bezeichnete.«

»Heißt dieses Stockwerk deshalb ›Terminal‹?«

»Exakt.«

Meine atheistischen, realistischen Eltern sollten sich mit solchem abgedrifteten Hokuspokus der Siebzigerjahre abgegeben haben? Ausgeschlossen. Meine Mutter hatte mir gesagt, wir seien nach Seattle gezogen, weil sie dort einen tollen Job bei einer großen Bank bekommen hätte.

»Ich habe sehr gern mit deinen Eltern zusammengearbeitet, K«, sagte Crow jetzt. »Ich wünschte nur, die Umstände wären besser gewesen.«

»Wieso, wie waren die denn?«

»Wir hatten damals mit Einschränkungen zu kämpfen, die ich inzwischen beseitigen konnte. Heutzutage verfügen wir über die Freiheit und die Technologie, um all das zu verwirklichen, was wir damals zu erreichen hofften. Ich wünschte, Ihre Eltern wären noch da und könnten das erleben.«

»Sie haben mit meinen Eltern an den Meechum-Radianten gearbeitet?«

»Zum größten Teil, ja.« Er sah sich im Raum um. »Ich stelle mir gerne vor, dass wir Ihren so tragisch verstorbenen Eltern durch unsere Arbeit hier ein Denkmal setzen.« Nachdenklich fügte er hinzu: »Hätte ich von Ihrer Existenz gewusst, hätte ich schon längst dafür gesorgt, dass wir uns kennenlernen.«

Ein Schatten fiel plötzlich über den Raum, als hätte sich eine Wolke vor die Sonne geschoben. Aber der Himmel war unverändert bewölkt.

»Wie meinen Sie das? Wenn Sie meine Eltern gekannt haben, müssen Sie doch von mir gewusst haben.«

»Ah, lange Geschichte.« Er lächelte und tippte etwas auf seinem Handy ein. »Sie fragen sich wahrscheinlich, ob ich in diesen riesigen Räumen ganz alleine arbeite.«

»Na ja, ganz schön viel Platz für einen alleine. Aber auf dem Bildschirm waren ja viele Mitarbeiter.«

»Es gibt in der Tat sehr viele externe Menschen, die für mich im Einsatz sind. Aber auch ein paar hier vor Ort.«

Ich hörte das entfernte Geräusch von Fahrstuhltüren.

»Unter ihnen ist auch eine Person, die Sie, glaube ich, kennen.«

Schritte näherten sich.

Eine Frau Anfang dreißig kam die Treppe herunter. Sie war an die eins siebzig groß, hatte üppiges kastanienbraunes Haar, trug einen braunen Bleistiftrock, eine cremeweiße Bluse und eine Schildpattbrille von RayBan.

Als die Frau mich sah, blieb ihr der Mund offen stehen, und sie starrte mich fassungslos an. Einen Moment lang fürchtete ich, sie würde in Ohnmacht fallen.

»K?«, fragte sie, und dann, an Crow gewandt: »Was zum Teufel soll das?«

Es war Emily Connors.

Crow nahm Emily beiseite, und sie redeten kurz, aber so leise, dass ich nichts verstand. Dann warf Emily mir einen aufgebrachten Blick zu und stöckelte von dannen.

»Was ist los?«, fragte ich Crow.

Ich hatte Emily Connors so viele Jahre nicht gesehen und konnte mir ihre Reaktion überhaupt nicht erklären. Hatte es mit dem Schock des Autounfalls von damals zu tun?

»Ich fürchte, sie ist böse auf mich«, antwortete Crow. »Aber das wird sich geben.«

»Kann ich mit ihr reden?«, fragte ich.

»Im Moment ist das keine gute Idee. Aber ich werde sehen, was ich tun kann.« Seine Stimme hatte plötzlich einen gebieterischen Unterton.

»Okay«, sagte ich. Aber ich war keineswegs damit einverstanden. Was machte Emily in diesem Penthouse? Was lief hier überhaupt ab?

Crow stieg die Treppe hinauf und geleitete mich zum Fahrstuhl, unser Gespräch war eindeutig beendet.

»Ich melde mich«, sagte Crow, als er den Knopf für den Fahrstuhl drückte.

Während ich nach unten fuhr, tobte in meinem Kopf das reinste Chaos. Was war hier gerade passiert? Wer war Crow? Wie kam Emily hierher? Waren Chloe und Sidney noch im Foyer?

Als die Tür aufging, kam Chloe herbeigeschossen und zerrte mich aus dem Aufzug. »Shit, K, wo steckst du denn? Wir haben die Zugangserlaubnis!«

Ich wollte antworten, aber Sidney brachte mich mit einer Handbewegung zum Schweigen. »Wir können gleich in die oberen Stockwerke fahren.«

Albert kam angelaufen und reichte Sidney drei laminierte Ausweiskarten. »Entschuldigt bitte die Wartezeit«, sagte er.

Wir betraten den Fahrstuhl, Sidney drückte den PH-Knopf. »Fangen wir ganz oben an«, sagte sie.

Ich nickte und überlegte kurz, ob ich ihnen erzählen sollte, dass ich dort schon gewesen war. Aber das würden sie gleich selbst merken.

Hoffentlich würden wir Emily Connors treffen. Was sie anging, hatte ich nämlich eine Menge Fragen.

Im obersten Stockwerk traten wir aus dem Fahrstuhl. Sidney ging voraus, den Flur entlang, durch die Glastüren in den kleinen Empfangsbereich. Sie sah sich kurz um und steuerte dann, wie ich zuvor, die Holzdoppeltür mit der Tastatur an. Ich hatte ein seltsames Gefühl, seit wir den Fahrstuhl verlassen hatten, konnte es aber nicht benennen.

Bevor ich Sidney sagen konnte, dass die Tür unverschlossen war, hielt sie ihre Karte vor das Codeschloss, und es klickte, Sidney öffnete die Tür.

In diesem Moment wurde mir klar, was mich verwirrt hatte. Es war die Luft. Die Luft hatte sich verändert. Sie war nicht mehr so frisch und feucht. Und als wir den Raum betraten, merkte ich, dass das nicht die einzige Veränderung war.

Die hohe Kuppeldecke mit den drei Oberlichtern und die Aussicht waren identisch. Doch von Crows Hightech-Reich war nichts mehr zu sehen. Bücherregale, Teppiche, Möbel, obskure Musik aus den Sechzigern – alles verschwunden.

Der Raum war von oben bis unten mit Computern angefüllt, die viel größer waren als die schwarzen Metallkästen, die man aus Regierungsgebäuden in Hollywood-Thrillern kannte.

Noch vor wenigen Minuten hatte ich hier ein faszinierendes Reich erlebt, in dem Steampunk und Hightech aufeinandertrafen. Jetzt stand ich in einer Serverfarm.

Während ich fassungslos auf die schwarzen Kästen glotzte, näherte sich das graue Gefühl. Bevor ich auch nur die Chance hatte, mich in der Realität zu verankern, brach es über mich herein wie eine Tonne Zement. Es presste mir die Luft aus den Lungen, und ich wurde ohnmächtig.

24 »Du brauchst bestimmt mehr als einen Keks«

Als ich wieder zu mir kam, lag ich in der Lobby vom Turm und blickte in die Augen von Sidney Farrow.

»Willkommen zurück«, sagte sie.

»Alles okay?«, fragte Chloe besorgt.

»Jaja, alles in Ordnung. Bin nur bisschen unterzuckert«, log ich.

»Sicher?«, meinte Sidney. »Du brauchst bestimmt mehr als einen Keks, so wie du aussiehst.«

»Nee, nee, wirklich alles okay«, erwiderte ich, setzte mich auf und schaute mich um. Sie hatten mich auf eine der Bänke in der Eingangshalle des Turms gelegt, und Chloe und Sidney kauerten vor mir und betrachteten mich forschend.

»Vom sechsten Stockwerk bis oben zum Penthouse nichts als Server«, berichtete Sidney.

»Das ist eine Menge Rechenkraft«, sagte ich.

Es fiel mir schwer, mich zu konzentrieren. Was zum Teufel war hier gerade passiert? Hatte ich wirklich einen Mann namens Crow kennengelernt? Und Emily Connors getroffen?

»Kann man so sagen. Eine absurde Menge Rechenkraft nur für Videogames«, bemerkte Sidney.

Als ich wieder einigermaßen bei Sinnen war, blickte ich

durch die Glaswand in den Innenhof hinaus und entdeckte einen großen runden Brunnen. Ich konnte mich nicht erinnern, ihn vorher schon gesehen zu haben. Der Brunnen war umgeben von großen steinernen Vögeln, die zum Himmel hinaufstarrten, die Schwingen ausgebreitet. Ich fragte mich, was im Kopf des Künstlers vor sich gegangen war. Wieso sahen die Vögel an diesem schönen Ort so aus, als könnten sie es kaum erwarten zu flüchten?

»Hey«, sagte Chloe sanft und riss mich aus meiner Träumerei. »Bist du sicher, dass du okay bist?«

»Auf jeden Fall.«

»Du siehst aber schon ziemlich fertig aus«, bemerkte Sidney.

»Was denkst du, was da oben im Turm vor sich geht?«, fragte ich.

»Ich weiß es nach wie vor nicht«, antwortete Sidney. »Die Stockwerke eins bis fünf sind der Byzantine Game-Engine vorbehalten. Der Fahrstuhl hält dort nicht, und nicht mal die Wachleute haben Zutritt. Es gibt keine Möglichkeit, da reinzukommen.«

»Kennst du einen Mann namens Crow?«

»Crow wie Krähe? Ist das sein Nachname?«

»Weiß nicht genau.«

»Vielleicht solltest du dich doch noch etwas länger ausruhen«, sagte Sidney und warf Chloe einen schnellen Blick zu.

»Könntest du nicht vielleicht deinen Boss anrufen, um Zutritt zu den anderen Etagen zu kriegen?«, fragte ich.

»Ich habe keinen Boss.«

»Aber mit wem verhandelst du dann, wenn du was von der Leitung brauchst?«

»Mit Anwälten. Ich werde per einstweiliger Verfügung dafür sorgen, dass mein Kreativteam die Arbeit an dem

Game einstellt, solange ich nicht erfahre, was die da mit der Spiel-Engine treiben. Irgendwo wird schon eine juristische Lücke im Vertrag sein.«

»Glaubst du denn, das könnte klappen?«, fragte Chloe.

Sidney zuckte die Achseln. »Keine Ahnung, aber einen Versuch ist es wert. Ich will nicht, dass Leute wegen meines neuen Spiels Anfälle bekommen und sterben … oder einem vor die Füße kippen.« Sie sah mich prüfend an. »Bist du sicher, dass du keinen Arzt brauchst?«

Ich nickte.

Im Uber-Taxi, das mich nach Hause brachte, starrte ich auf eine Reihe Plüschfiguren, die am Armaturenbrett des älteren Prius festgeklebt waren. Ich versuchte die Figuren zu identifizieren, während ich gleichzeitig überlegte, wie ich Chloe von meiner Begegnung mit Crow erzählen konnte. Ich würde dann auch berichten müssen, dass ich beim zweiten Besuch im Penthouse alles verändert vorgefunden hatte. Und dass aus völlig unerfindlichen Gründen meine Jugendfreundin Emily Connors dort aufgetaucht war.

Während des ganzen Erlebnisses hatte ich dieses seltsame Rauschen und Knistern im Kopf gehabt, und jetzt begann ich mich zu fragen, ob ich mir womöglich alles eingebildet hatte.

Die Plüschtiere schienen Pokemons zu sein, und ich konnte mich nicht entscheiden, ob sie eher wie Mäuse oder wie Kaninchen aussahen. Das in der Mitte hatte große grüne Augen und lange rötliche Ohren. Es hatte sich teilweise vom Armaturenbrett abgelöst und wackelte bei jedem Schlagloch, als wäre es von einem Geist besessen.

»Wie geht's dir jetzt?«, fragte Chloe, die meine Geistesabwesenheit spürte.

»Alles okay. Bin einfach nur ohnmächtig geworden.«

Chloe ergriff meine Hand und drückte sie.

»Aber die ganzen Server – das ist doch der Hammer, oder?«, sagte ich, um das Thema zu wechseln.

Chloe nickte. »Was immer die da machen: Sie brauchen jedenfalls unfassbare Mengen Rechenkraft.«

In meinem Apartment nahm ich erst mal eine ausgiebige Dusche. Danach zog ich meine bequemste Jeans und ein schlichtes weißes T-Shirt an und setzte mich zu Chloe auf die Couch. Wir hatten bisher nicht über unsere Liebesnacht gesprochen, und als Chloe mich jetzt anlächelte, fühlte ich mich gleich entspannter.

»Geht's besser?«, fragte sie.

Ich nickte.

Chloe stand auf und zog ihre Schuhe an.

»Gehst du?«

»Muss mich umziehen und danach eine Schicht in der Spielhalle abreißen«, sagte sie beim Rausgehen.

Zwei Sekunden später kam sie noch mal zurückgerannt. »Ich komm danach gleich wieder zu dir. Und, K?«

»Ja?«

»Wir machen jetzt erst mal eine ganze Weile nichts mit Rabbits, okay?«

»Mir geht's aber gut.«

»Mein Ernst. Rabbits ist verboten.«

»Auch mein Ernst. Mir geht's gut.«

»Du bist in Ohnmacht gefallen.«

»Ich war ganz bestimmt nur unterzuckert.«

»Bitte behandle mich nicht so, als wär ich blöd. Ich fange gerade an, dich zu mögen. Mehr als das.«

»Entschuldige«, sagte ich. »Ich mag dich auch echt gern.«

»Also nix mit Alan Scarpio, Tabitha Henry, Sidney Farrow – zumindest erst mal eine ganze Weile nicht. Versprich's mir. Bitte.«

Ich nickte, und dann brach Chloe tatsächlich auf.

Dass ich sie mochte, war nicht nur die Wahrheit, sondern kolossal untertrieben: Ich war regelrecht verrückt nach ihr. Nicht die Wahrheit dagegen war meine Einwilligung, auf Rabbits zu verzichten.

Das Spiel hatte etwas in mir wachgerufen in der Nacht, als Annie Connors gestorben war, etwas, das genährt werden musste. Dieser Hunger hatte mich zur Spielhalle des Magiers und schließlich zu Rabbits selbst geführt.

Ich konnte einfach nicht damit aufhören.

Nachdem Chloe gegangen war, recherchierte ich im Netz das Album, das Crow sich angehört hatte, *Song of Innocence* von David Axelrod. Das Label Capitol Records hatte es herausgebracht, und die Platte sah genauso aus wie die Scheibe, die ich auf Crows Anlage gesehen hatte.

Es war also keine Einbildung gewesen.

Von David Axelrod hatte ich bisher noch nie gehört. Sofern nicht irgendwelche absurden Erinnerungen aus meiner Kindheit sich hier Gehör verschafften, bedeutete das, dass mein Erlebnis im Turm weder ein Traum noch ein Psychokollaps war.

Sondern Realität.

Dann recherchierte ich Emily Connors.

Und fand absolut nichts. Nicht eine einzige Information im Netz über das Mädchen, mit dem ich aufgewachsen war. Weder in Telefonbüchern noch auf Social Media.

Emily Connors war, was Hacker einen »Geist« nennen.

Danach befasste ich mich mit Kellan Meechum. Als Erstes fand ich einen Artikel von ihm mit der Überschrift »Unsichtbare Linien«, der ein paar Monate vor seinem Tod erschienen war.

Stellen Sie sich vor, unter der Erdoberfläche befindet sich ein gigantischer Fingerabdruck – ein Geflecht aus Linien oder Rillen oder dergleichen. Und nun stellen Sie sich vor, dass Sie nachhaltige Veränderungen in der Struktur unseres Universums bewirken können, indem Sie diese Linien überqueren oder ihnen folgen. Ich glaube, dass es eine – oder vielleicht sogar viele – andere Ebenen von Realität gibt. Wenn wir diese Kanäle oder Rillen, die ich »Radianten« nenne, begreifen und kartieren, können wir meiner Ansicht nach nicht nur diese anderen Realitäten verstehen, sondern auch unsere Welt.

In der Wissenschaft war man sich einig, dass Meechums spätere Arbeit – die sich vor allem mit den Radianten befasst hatte – lediglich die Hirngespinste eines Mannes waren, der nach und nach den Verstand verlor. Kellan Meechums Radianten wurden ebenso wenig ernst genommen wie Nikola Teslas Forschung zum Perpetuum mobile.

Aber ich war mir nicht sicher, ob Meechum nicht vielleicht recht hatte. Wenn seine Radianten nun der Schlüssel zum Verständnis von Rabbits waren? Und der Schlüssel, um zu begreifen, was mit meinen Eltern geschehen war?

In meiner extrem obsessiven Rabbits-Phase nach der ersten Begegnung mit dem Magier tat ich kaum etwas anderes, als mich mit sonderbaren Anomalien, Mustern und Verknüpfungen zu beschäftigen, die mit dem Spiel zu tun haben könnten. Und genauso viel Spaß machte es mir, geheime Rabbits-Chatgroups zu entdecken und mich mit ähnlich besessenen Spielern auszutauschen.

Diese Erfahrung war für mich, wie nach Hause zu kommen. Ich verbrachte ganze Tage damit, das Netz nach Hinweisen zu durchforsten, mit anderen Spielern zu quatschen und Informationen über die nächste Runde aufzuspüren.

Eines Tages kurz vor Ende der neunten Runde war ich unterwegs, um einen Hinweis zu verfolgen.

Ich hatte auf einem Foto von der Hitliste aus dem Jahr 1979 eine Anomalie entdeckt. Ein Schreibfehler bei einem bestimmten Musiker führte mich zu einer Ausstellung in einer Galerie in San Francisco. Dort entdeckte ich auf einem Gemälde etwas, das mich in ein kleines Theater in Portland in Oregon brachte. Wo ich Musiker traf, die mir von einem geheimen, exklusiven Event erzählten, einem Konzert im Privathaus vom Besitzer eines ortsansässigen Independent-Labels. In der Setlist der Band sollte angeblich irgendein Hinweis versteckt sein, der entscheidend war, um die laufende Runde zu gewinnen.

Den Hinweis fand ich nicht, aber es war ein toller Abend.

Auf dem Rückweg zum Hotel allerdings passierte etwas Merkwürdiges.

Die Nacht war kühl, der Himmel bedeckt, Mond und Sterne blieben hinter düsteren Wolken verborgen. Ich beschäftigte mich in Gedanken mit jüngst entdeckten Hinweisen und versuchte Verbindungen zwischen einem Album von Blue Öyster Cult, einer Erzählung von Milan Kundera und einem Gaskraftwerk in Russland zu erkennen.

Während ich zu Fuß durch ein stilles Villenviertel spazierte, hatte ich plötzlich das intensive Gefühl, dass etwas mir folgte.

Ich fuhr herum, aber da war niemand.

Als ich schneller ging, spürte ich, wie dieses Etwas nicht nur mein Tempo mithielt, sondern immer rasanter wurde.

Ich drehte mich wieder um, sah erneut nichts.

Während ich durch die Straßen hetzte, merkte ich, wie das Etwas immer näher kam und dabei Luft und Licht aus der Welt verschlang.

Als die Luft schlagartig ohne jeglichen Wind eiskalt wurde, schaute ich mich wieder um.

Und diesmal bemerkte ich etwas – das aber eher eine Abwesenheit war.

Ein dunkles, unförmiges Gebilde hing über mir am Himmel, ein tiefschwarzes, verschwommenes Etwas, das sich langsam auf mich zubewegte, aus einer anderen Welt auf mich herabsank. Ich spürte seinen Hunger und wusste instinktiv, dass dieses Gebilde in unsere Welt eindrang und es speziell auf mich abgesehen hatte.

Ich rannte aus Leibeskräften, obwohl ich mir einzureden versuchte, dass dieses Ding auf keinen Fall real sein konnte. Garantiert hatte ich ein psychisches Problem. Ich musste mich einfach entspannen und warten, bis der Anfall vorbei war.

Doch das passierte nicht.

Im Gegenteil: Etwas brach aus der wirbelnden Düsternis über mich herein wie eine Woge, und mir war klar, dass sie mich vernichten wollte.

Wieder wurde es klamm und kalt, und ein modrig-feuchter Geruch stieg mir in die Nase, der an Schlamm am Ufer eines ausgetrockneten Sees erinnerte.

Und ich war nicht mehr in der Lage davonzurennen, denn meine Füße waren wie im Boden verwurzelt.

Die feuchte Kälte erfasste meine Füße, sie kroch durch meine Beine unerbittlich aufwärts bis hinauf zu meinem Kopf. Mein Mund war erfüllt von dickem schwarzem Haar, das nach dem ranzigen Fell eines Meeressäugers schmeckte.

Ich konnte mich nicht mehr rühren, stand stocksteif da, während die Dunkelheit mich endgültig verschlang.

Dann wachte ich auf.

Ich hatte einen grausamen Kater und keine Ahnung, wie ich ins Hotel zurückgekommen war.

Hatte ich erwähnt, dass ich bei der Party etwa eine Badewanne voll von Gin gesoffen hatte? Aber was ich danach erlebt hatte, stand nicht in Zusammenhang mit Alkohol.

Es war tatsächlich passiert, war real.

Und ich hatte so etwas schließlich auch nicht zum ersten Mal durchgemacht.

Das Erlebnis fühlte sich so ähnlich an wie damals, als ich mit meinen Eltern *Connected* gespielt hatte oder als ich mit den Connors-Schwestern im Pick-up über den nachtdunklen Pfad gerast war.

Die Wiederkehr des von mir sogenannten grauen Gefühls kam mir nicht nur vertraut, sondern auch seltsam unvermeidlich vor. Es war, als wollte mein Körper mir sagen: »Ah, du hast wohl vergessen, dass dir das immer wieder passiert, wie? Na, dann pass mal auf!«

25 »Was sollen wir denn sonst machen, Tetris spielen?«

Ich wachte mit einem Dröhnen im Kopf auf.

Während ich mich mit Kellan Meechum und den Radianten beschäftigt hatte, war ich wohl eingeschlafen. Es war stockfinster in meinem Schlafzimmer.

Ich warf einen Blick auf die Uhr. Kurz nach fünf morgens.

Zuerst dachte ich, das Dröhnen würde von irgendwelchen ominösen Schattengestalten erzeugt werden, die in meinem Kopf herumwaberten.

Aber dann wurde mir klar, dass unten jemand den Klingelknopf bearbeitete.

Ich drückte die Taste an der Sprechanlage. »Hallo?«

Keine Antwort.

Es wurde auch nicht weiter herumgelärmt.

Ich checkte mein Handy. Drei versäumte Anrufe von Chloe. Da ich garantiert nicht wieder einschlafen würde, beschloss ich, laufen zu gehen.

Der frühe Morgen am Meer fühlt sich in Seattle sehr urtümlich an. Ein feuchter, salziger Wind erfrischt die Sinne. Wenn ich diesen typischen Geruch wahrnehme, fühle ich mich zurückversetzt in die Zeit, als ich mit meinen Eltern an der Uferpromenade spazieren ging. Ich höre über dem Rauschen der Wellen wieder die Rufe vom nahe gelegenen Markt, sehe Poster von Bands, die damals noch in kleinen Clubs spielten, bald aber große Arenen füllen würden.

Ich joggte an der Kaimauer entlang. Um die Ereignisse bei WorGames zu vergessen, konzentrierte ich mich auf die Gerüche des frühen Morgens und das Klatschen meiner Füße auf dem nassen Beton. Doch nach einer Weile dachte ich trotzdem wieder an meine Eltern. Ich hatte immer gedacht, dass sie sich beruflich mit Zahlen und Rechnungen beschäftigt hätten. Aber wenn Crow die Wahrheit sagte und sie etwas ganz anderes gemacht hatten?

Zu Hause duschte ich und reagierte nicht auf einen weiteren Anruf von Chloe.

Ich hatte beim Joggen eine Entscheidung getroffen.

Dieser Fremde namens Crow hatte meine Eltern so anders dargestellt, als ich sie gekannt hatte. Ich musste unbedingt noch mal mit dem Mann sprechen. Und nach Möglichkeit auch mit Emily Connors. Aber dazu musste ich eine Gelegenheit finden, um ein weiteres Mal in den Turm zu kommen.

Ich schrieb Sidney Farrow und bat sie, mich zu treffen.

Weil Sonntag war, schlug ich ein Lokal vor, das einen guten Brunch anbot, aber aus irgendwelchen Gründen selten voll war. Sie antwortete, sie sei das ganze Wochenende über in ihrem Büro bei WorGames, aber ich könne jederzeit vorbeikommen.

Eine Stunde später traf ich auf dem Firmengelände ein.

Im nächsten Moment setzte das Kribbeln und Dröhnen in meinem Kopf wieder ein. Ich versuchte es auszublenden und steuerte das niedrige Gebäude an, in dem Sidney Farrows Designteam arbeitete.

Jede Menge Angestellte kamen mir auf dem breiten gepflasterten Weg entgegen, was mich wunderte, denn es war schließlich Sonntag. Eine Gruppe fuhr auf Fahrrädern und Rollern an mir vorbei, und auf einem Rasenstück verbogen sich unglaublich gelenkige Menschen bei Yogaübungen.

Als ich an dem langhaarigen Yogalehrer vorbeikam, stieß ich fast mit einer Frau zusammen. Sie versuchte ärgerlich, ihren schwarz-weiß gefleckten Hund weiterzuziehen, der sich anschickte, mitten auf dem Weg sein Geschäft zu verrichten.

Ich grinste und ging auf eine Kreuzung zu; in diesem Bereich des Firmengeländes waren auch motorisierte Fahrzeuge unterwegs. An einem Stoppschild blieb ich stehen, neben einem Angestellten Anfang dreißig mit welligen dunklen Haaren und gepflegtem Bart. Der Mann trug eine Wollmütze, eine grün karierte Jacke und Doc-Martens-Stiefel und hatte einen Hund dabei, einen Dalmatiner, die gleiche Rasse wie der kackende Hund auf dem Weg.

Ich bückte mich lächelnd, um den Hund zu streicheln, als mir auffiel, dass der Mann sich merkwürdig benahm. Er starrte wie vom Donner gerührt auf die Kreuzung, und als ich mich aufrichtete, sah ich den Grund.

An jedem Stoppschild stand eine Person. An sich nichts Außergewöhnliches, da hier ziemlich viel Verkehr war.

Aber jede der Personen hatte einen Hund bei sich. Und alle drei Hunde waren Dalmatiner.

Ein Schauer lief mir über den Rücken, und ich spürte, wie das graue Gefühl sich in mein Hirn drängen wollte. Ich eilte über die Kreuzung, fühlte mich vorwärtsgetrieben, als müsste ich Sidney so schnell wie möglich erreichen.

Ich starrte auf den Weg vor mir, und zum Glück begegnete ich keinem weiteren Hund mehr.

Etwa zehn Minuten nachdem ich mich im Empfangsbereich angemeldet hatte, trat Sidney Farrow aus einem Fahrstuhl und trat zur Rezeption. Nach einer kurzen Unterredung deutete der Mann zu mir, und Sidney kam auf mich zu.

»Hi«, sagte sie. »Entschuldigung, dass es so lange gedauert hat. Ich bin Sidney.«

Mir verschlug es die Sprache, und ich starrte sie fassungslos an.

»Sidney Farrow.« Sie streckte mir die Hand hin.

»Ähm … ich bin K.«

»K? K-A-Y oder nur ein Buchstabe?«

»Nur ein Buchstabe. Ich meine … nicht so wichtig … Alles okay mit dir?«

Sie lächelte irritiert. »Was soll das heißen?«

»Also …« Ich beugte mich vor und raunte: »Soll ich aus einem bestimmten Grund so tun, als würde ich dich nicht kennen?«

»Tut mir leid, ich habe zurzeit mit sehr vielen Leuten zu tun«, erwiderte sie. »Sind wir uns schon mal begegnet?«

Sidneys Gesichtsausdruck in diesem Moment ließ zwei Deutungen zu: Entweder war sie die beste Schauspielerin aller Zeiten – oder aber sie war der festen Überzeugung, dass wir uns noch nie gesehen hatten.

»Ich habe heute sehr viel zu tun«, sagte sie. »Worum geht es denn?«

»Erinnerst du dich wirklich nicht an mich? Und an Chloe? Wir haben zusammen Wein getrunken und über meinen Freund Baron gesprochen …«

»Nein, tut mir leid, daran habe ich keinerlei Erinnerung. Geht es um Baron Corduroy?«

Ich nickte.

»Du warst mit ihm befreundet?«

»Ja ...«

»Es tut mir sehr leid. Baron fehlt uns im Team.«

»Und du weißt auch nicht mehr, dass wir uns heute Morgen geschrieben und verabredet haben?«

»Absolut nicht, nein.«

Ich holte mein Handy heraus, um Sidney die Nachricht zu zeigen, aber irgendetwas stimmte nicht. Ich fand sie nicht und hatte Sidney auch gar nicht mehr in meinen Kontakten.

Und noch etwas anderes fiel mir auf. Mein Handy behauptete, heute sei Montag. Aber es war Sonntag gewesen, als ich aufgestanden und joggen gegangen war. Mir wurde schwindlig, und ich nahm weiße Blitze in den Augenwinkeln wahr.

»Wir kennen uns«, sagte ich. »Wir haben zusammen Wein getrunken, und du hast uns dein Tattoo gezeigt – das Wappen vom Haus Atreides aus *Der Wüstenplanet*.«

»Okay«, sagte Sidney. Ihr Tonfall hatte sich geändert. »Ich hab keine Ahnung, wer du bist, aber wenn du nicht sofort verschwindest, rufe ich die Security.«

»Ich heiße K, und du bist in unsere Spielhalle gekommen, weil du mit uns über Baron und die Byzantine Game-Engine sprechen wolltest.«

Sidney holte ihr Handy heraus und gab eine Nummer ein.

»Bitte«, sagte ich. »Ich muss dringend noch mal ins Penthouse vom Turm.«

»Albert, bitte sofort in die Lobby kommen«, sagte Sidney in ihr Handy.

Ich wandte mich ab und sah zu, dass ich schleunigst wegkam.

Es regnete leicht, und ich bestellte mir ein Uber-Taxi.

Dann wartete ich ein paar Minuten, fühlte mich aber so durchgedreht, dass ich das Taxi wieder absagte und zu Fuß losging.

Ich lief stundenlang durch die Gegend.

Irgendwann war ich komplett durchnässt, ging aber trotzdem weiter, zwang mich, einen Fuß vor den anderen zu setzen, um mir das graue Gefühl vom Hals zu halten und sämtliche Gedanken an Rabbits zu verscheuchen.

Es war einfach nicht möglich, dass ich einen ganzen Tag verloren hatte. Irgendeine logische Erklärung musste es dafür geben.

Irgendwann fiel mir auf, dass mir schon seit etwa zehn Minuten ein gelber Prius folgte. Der Wagen blieb immer hinter mir, auch wenn die anderen überholten. Und er war auffällig. An der Beifahrerseite prangte die Aufschrift *Frag mich nach Nature-X,* und darüber war ein Baum abgebildet. Ich versuchte zu erkennen, wer in dem Auto saß, aber die Scheiben waren getönt.

Vielleicht fuhr einfach jemand gerne langsam, und es war wirklich Zufall, dass die Person denselben Weg hatte wie ich. Aber sicherheitshalber überquerte ich die Straße an einer Stelle, an der mir der Prius nicht folgen konnte. Dann bog ich in eine schmale Gasse ein. Wenn keine Drohne oder Helikoptertechnologie im Einsatz war, konnte man mich nicht mehr aufspüren.

Aber ein paar Straßen weiter war der Wagen wieder hinter mir und folgte mir hartnäckig. Ich erwog, hinzurennen und ans Fenster zu klopfen, aber das war mir dann doch nicht geheuer.

Jetzt gab es kein Halten mehr, die Panik schlug mit voller Wucht zu. Ich hatte das Gefühl, losgelöst von meinem Körper neben mir zu gehen. Und redete mir ein, wenn es mir gelänge, dieses gelbe Auto abzuschütteln, würde alles wieder normal werden.

Ich holte mein Handy hervor, um das Nummernschild zu fotografieren, aber der Touchscreen funktionierte nicht wegen des Regens. Schließlich schaffte ich es, die Voice-Recorder-App aufzukriegen. Ich sprach die Nummer drauf und steckte das Handy wieder weg.

Dann bog ich in eine andere Straße ein und blickte über die Schulter. Das gelbe Auto war unverändert hinter mir. Ein paar Häuser weiter zog ich die Nummer noch mal durch. Der Prius musste an einer roten Ampel warten. Diesmal stieg ich in einen Bus, der gerade neben mir hielt. Damit sollte ich das lästige Teil doch wohl endgültig loswerden.

Es war extrem voll in dem Bus. Ich bezahlte, drängte mich durch die Menge und fand ganz hinten noch einen Sitzplatz. Erleichtert ließ ich mich nieder und schaute zum Fenster hinaus. Der gelbe Wagen war nirgendwo zu sehen. Ich versuchte mich zu entspannen, aber irgendetwas fühlte sich immer noch falsch an.

Ich holte tief Luft. Was war bloß los mit mir? Der Verfolger war doch weg. Alles war in Ordnung.

Aber weshalb spürte ich trotzdem dieses unangenehme Kribbeln im ganzen Körper? Weshalb pochte mein Herz wie verrückt, und warum war mir schwindlig? Ich konzentrierte mich auf eine Atemübung und schaute mich dabei im Bus um.

Ich sah Menschen allen Alters und unterschiedlicher ethnischer Herkunft. Links und rechts von mir saßen zwei ältere Frauen aus Osteuropa, die mindestens sieben Einkaufstüten dabeihatten.

Dann bemerkte ich in der Menge ein männliches Gesicht, das ich kannte. Er saß neben einem jungen asiatischen Paar mit Baby.

Crow.

Er nickte mir lächelnd zu.

Ich zwang mich, das Lächeln zu erwidern. Im selben Moment stand Crow auf und zog an der Schnur über dem Fenster, um auszusteigen. Ein schrilles Klingeln ertönte, und der Bus fuhr die nächste Haltestelle an.

Doch nicht Crow stieg aus, sondern sämtliche anderen Fahrgäste. Außer uns befand sich jetzt nur noch der Fahrer im Bus.

Er fuhr weiter, Crow kam zu mir und setzte sich auf die Bank gegenüber.

»So sieht man sich wieder«, sagte er.

»Hi. Ich hatte Sie auch dringend sprechen wollen.«

Er grinste. »Und es klappt, wie Sie sehen.«

Ich nickte.

»Sie haben sich gewundert, weil Sidney Farrow Sie nicht erkannt hat.«

»Kann man wohl sagen.« Eigentlich wollte ich ihn fragen, woher er das wusste, ließ es aber bleiben. Ich war mir gerade nicht sicher, ob ich die Antwort verkraften würde.

Stattdessen sagte ich: »Ich habe so viele Fragen wegen Ihnen und meinen Eltern. Und ich würde wahnsinnig gern noch mal mit Emily Connors sprechen.«

»Ich fürchte, das ist nicht möglich.«

»Warum nicht?«

»Ich werde jetzt etwas von Ihnen verlangen, K. Sie sollten sich aber klarmachen, dass es mir dabei nicht um mich, sondern um Sie geht. Ich biete Ihnen diese … Möglichkeit, sich zu entscheiden, aus Respekt Ihren Eltern gegenüber an.

Wären Sie jemand anders, würde diese Situation sich ganz anders darstellen.«

»Könnten Sie mir jetzt bitte erklären, was hier passiert?«

»Sie sollten gar nicht hier sein.«

Ich starrte auf meine Hände, die den Plastiksitz umklammerten. Träumte ich? Es musste so sein. Wieso wären sonst alle Leute auf einmal ausgestiegen?

»Was zur Hölle soll das bedeuten?«, fragte ich.

»Wenn Sie nicht ab sofort aufhören, Rabbits zu spielen, wird sich alles, was Ihnen vertraut ist, verändern oder verschwinden. Und sämtliche Menschen, die Sie kennen, werden vergessen, dass es Sie gibt. Auch diese Chloe aus der Spielhalle, fürchte ich.«

»Was …?«

Crow lächelte nur.

»Warum tun Sie das? Warum sagen Sie so was?«, fragte ich.

»Wie ich bereits dargelegt habe: Es hat nichts mit Ihnen persönlich zu tun, K. Aber Sie müssen unter allen Umständen aufhören, Rabbits zu spielen. Das heißt auch, dass Sie sich mit nichts mehr beschäftigen, was auch nur annähernd mit dem Spiel zu tun hat. Haben Sie das verstanden?«

»Aber ich bin mir nicht mal sicher, ob ich überhaupt spiele.«

»Tja, dann sollte es Ihnen auch nicht schwerfallen, meiner Aufforderung nachzukommen.« Er zog an der Schnur, und der Bus hielt an.

Dann stand der Mann namens Crow auf und stieg aus.

Ich sprang auf, um ihm zu folgen, aber die Tür war schon wieder zu, und der Bus fuhr weiter, obwohl ich mehrmals klingelte und »Anhalten!« schrie.

Erst an der nächsten Haltestelle zwei Straßen weiter ließ der Fahrer mich raus.

Ich stürzte hinaus, drängte mich zwischen den wartenden Leuten hindurch und rannte zurück zu der Stelle, wo Crow ausgestiegen war. Doch er war spurlos verschwunden.

Ich ging zu Fuß nach Hause und war kaum fünf Minuten in der Wohnung, als jemand unten die Klingel drückte.

»Hallo?«, fragte ich an der Sprechanlage.

»Ich bin's. Lass mich rein.«

Während Chloe raufkam, überlegte ich, wie ich ihr von dem verlorenen Sonntag, Crow und Emily Connors erzählen könnte, ohne mich vollkommen geistesgestört anzuhören. Aber als Chloe hereingestürmt kam, hielt sie mir als Erstes ihr Handy unter die Nase.

Auf dem ein bleicher, dünner Mann mit einem schmalen schwarzen Schnurrbart zu sehen war. Er stand vor einer ganzen Wand voller Bildschirme.

»Wer ist das?«, fragte ich.

»Fatman.«

»Was bitte? Der ist doch das Gegenteil von fett.«

»Ja, wahrscheinlich Ironie oder so. Jedenfalls: Gestern Abend um halb elf, als ich gerade die Abrechnung mache, höre ich so ein komisches Geräusch aus dem Büro des Magiers«, berichtete Chloe. »Ich renne rauf, weil ich denke, er ist endlich wieder da. Klopf an die Tür und will ihm die Hölle heißmachen, weil er uns so im Unklaren gelassen hat, als ich von drinnen eine Stimme höre.«

»Fatman?«

»Lass mich doch ausreden!«

»'tschuldigung.«

»Ich klopf noch mal und geh dann rein, und plötzlich geht auf dem Laptop vom Magier ein Videoanruf ein.«

»Fatman?«

»Das war die ID auf dem Bildschirm, ja. Hat auch keinen anderen Namen gesagt.«

»Und der ist ein Freund vom Magier?«

»Sie hätten regelmäßig einmal pro Woche telefoniert, hat Fatman behauptet. Aber er hat nicht über Skype oder Facetime angerufen. Sah aus wie irgendeine spezielle Software, was Militärisches vielleicht.«

»Echt?«

»Ja. Außerhalb von dem Videofenster war die Oberfläche textorientiert, wie bei DOS. War also entweder was Uraltes oder was Meganeues. Konnte ich nicht feststellen.«

»Und wer war der Typ?«

»Weiß ich auch nicht. Hat mich gefragt, ob dem Magier etwas zugestoßen sei, er hätte sich in letzter Zeit so merkwürdig verhalten.«

»Und was hast du gesagt?«

»Na, nichts. Ich kann doch nicht einem wildfremden Typen, der über irgendeine obskure Software mit mir quatscht, was über den Magier erzählen.«

»Was ist dann passiert?«

»Ich hab ihn gefragt, woher er den Magier kennt, aber der Typ ist ausgewichen. Und als ich ihn direkt gefragt habe, ob er was über Rabbits weiß, ist er buchstäblich von der Bildfläche verschwunden.«

»Mist.«

»Ich hab versucht zurückzurufen, aber der Nutzeraccount war inaktiv. Als ich es ein zweites Mal probiert habe, hat sich der Computer aufgehängt. Und nach dem Neustart war das gesamte Programm unauffindbar.«

»Seltsam.«

»Was du nicht sagst.« Chloe zog einen der alten Laptops des Magiers aus ihrem Rucksack.

»Moment mal, hast du den etwa geklaut?«

»Nein, ich hab mir von meinem abwesenden Boss ein Gerät geborgt, für den Fall, dass er Hilfe braucht, weil er in ein potenziell lebensgefährliches Spiel verwickelt ist.«

»Du weißt aber schon, dass es nicht umsonst ›Personal Computer‹ heißt, oder?«

»Ach, sei doch nicht so dramatisch, K«, erwiderte Chloe.

»Also hör mal. Du findest *mich* dramatisch?«

»Ja, tu ich«, sagte Chloe und fuhr den Lap hoch, auf dem jetzt das Logo von Windows 95 auftauchte.

»Wie war das, wolltest du nicht mit Rabbits aussetzen?«, fragte ich.

»Ich hab ja nicht gespielt. Dieser Fatman ist einfach aufgetaucht.«

Etwas in mir zog sich zusammen. Ich musste plötzlich an Crows Warnung denken. Wenn er tatsächlich bewirken konnte, dass Chloe mich vergaß? Oder noch Schlimmeres? Mir fiel wieder ein, in welchem Zustand wir Baron vorgefunden hatten, als wir durch sein Fenster eingestiegen waren. Ich wollte Chloe so nicht erleben.

»Bist du dir völlig sicher, dass wir das tun sollten?«, fragte ich.

»Was sollen wir denn sonst machen, Tetris spielen?«

26 »Im Ernst jetzt, eine Armbrust?«

Außer der Szene mit dem Fahrstuhl gibt es noch einen weiteren Traum, den ich immer wieder habe, solange ich mich erinnern kann.

Ich starre auf eine Eisfläche, offenbar einen zugefrorenen See. Mir ist schrecklich kalt, ich zittere und betrachte dabei die Muster, Linien und Farben des gefrorenen Wassers. Diese Strukturen sind so wunderschön, dass ich die Kälte kurz vergesse und nur die künstlerische Perfektion der Natur bewundere.

Dann wird mir schlagartig bewusst, dass ich nicht auf dem Eis, sondern *darunter* bin.

Und dass ich keine Luft mehr bekomme.

In diesem Moment begreife ich mit absoluter Gewissheit, dass ich sterben werde. Panik erfasst mich, ich schlage wild um mich, trete gegen das Eis. Doch jede Bewegung zieht mich nur tiefer hinab in die eisige Schwärze.

Während ich um mein Leben kämpfe, sehe ich durch die klare Fläche Menschen oben eislaufen, Hand in Hand spazieren gehen, gemeinsam lachen. Am wolkenlosen Himmel strahlt die Sonne.

Dann, als ich gerade drohe auf den Grund des Sees zu sinken, im eisigen Wasser unterzugehen wie die *Titanic*, verwandelt sich das Eis.

Es wird zu Glas.

Einer Windschutzscheibe, genauer gesagt.

Und ich rase wieder mit den Connors-Schwestern in völliger Dunkelheit die Landstraße entlang. Höre das Rauschen und Knistern aus dem Radio, rieche Annies Pfirsich-Bodylotion.

Das Rauschen erfüllt jetzt meinen ganzen Kopf, als stünde ich unter Strom, und ein stechender Schmerz droht mein Gehirn zu sprengen.

Während der Schmerz unerträglich wird und die Welt vor meinen Augen verschwimmt, spüre ich, wie das dunkle Ding aus einer anderen Realität auf mich zuschießt.

Und mir ist plötzlich klar, dass das Ende der Welt naht.

Dann wache ich auf.

»Was ist mit dir?« Über mir sah ich Chloes Gesicht, dahinter die Decke meiner Küche.

Ich lag auf dem Fußboden.

»Was ist passiert?«, fragte ich, als ich mich aufsetzte.

»Du hattest wieder … einen Anfall«, sagte Chloe.

»Wie viel Uhr ist es?« Ich versuchte mich angestrengt daran zu erinnern, wie, um alles in der Welt, ich auf dem Küchenboden gelandet war.

»Viertel vor acht abends«, antwortete Chloe. »Was ist das Letzte, woran du dich erinnerst?«

»Du hast den Laptop vom Magier gestohlen. Wir haben uns ein paar Sachen angeschaut, dann sind wir hierhergegangen.«

»Ich habe mir den Laptop geborgt. Das hatten wir doch geklärt. Und das war vor zwei Stunden.«

»Echt?«

»Ich bring dich in die Notaufnahme.«

»Mir geht's gut«, sagte ich und rappelte mich hoch.

»Na, wenn du meinst«, erwiderte Chloe sarkastisch.

Ich zeigte ihr den Finger, grinste aber dabei und sank auf einen der weißen Plastikstühle am Esstisch.

Was zur Hölle passierte mit mir?

Ich erinnerte mich nur noch daran, dass ich mir wegen irgendetwas Sorgen um Chloe gemacht hatte.

Und dann fiel es mir plötzlich wieder ein. Der Grund, warum ich um Chloe besorgt gewesen war.

Crow.

Ich hatte an seine Warnung gedacht und daran, dass er Chloe namentlich erwähnt hatte. Dabei war ich ohnmächtig geworden.

Bewirkte meine Sorge um Chloe diese Aussetzer? Mir war bewusst, dass Stress verrückte Sachen mit Körper und Geist anstellen kann. War die Antwort so einfach? Brauchte ich nur eine Meditations-App und eine Stunde Hot Yoga?

Chloe setzte sich mir gegenüber und verschränkte die Arme vor der Brust.

Ich wollte gerade wieder irgendeine Ausrede vorbringen, als mir Chloes Blick auffiel.

Und mir wurde klar, dass ich ihr lieber nichts vormachen sollte, wenn ich sie nicht verlieren wollte. Ob sie mir nun glaubte oder nicht: Ich musste auf jeden Fall aufrichtig sein.

Und das *wollte* ich auch.

Sie hatte wahrscheinlich Angst um mich, sah mich schon in einer MRT-Röhre liegen, mit einem Hirntumor, so groß wie eine Orange.

Eigentlich war ich mir ziemlich sicher, dass ich so etwas nicht hatte. Aber wenn ich an diese verworrene Geschichte dachte, die ich gleich erzählen musste, kamen mir leise Zweifel.

Ich packte aus.

Von der Begegnung mit dem Mann namens Crow im Turm bis zu der Aktion im Bus mit den Leuten, die Crow alle bezahlt haben musste für ihren Auftritt, erzählte ich ihr alles. Dann berichtete ich, wie ich neuerdings immer wieder von dem »grauen Gefühl« heimgesucht wurde, das so lange verschwunden gewesen war.

Chloe hörte sich alles an, ohne irgendwelche Reaktionen zu zeigen. Sie hörte nur zu und nickte.

Okay, ich packte nicht vollständig aus.

Ich verschwieg die Episode mit Emily Connors. Die Sache mit Crow war schon verrückt genug. Hätte ich auch noch eine Kinderfreundin erwähnt, die plötzlich aus dem Nichts auftauchte, hätte ich den Bogen wohl überspannt.

Als ich meinen Bericht beendet hatte, lehnte ich mich zurück und wartete ab. Nach ein paar Sekunden atmete Chloe tief ein und aus und strich sich durchs Haar.

»Crow?«, fragte sie.

»So hat er sich genannt.«

»Und wir beide waren mit Sidney Farrow zusammen?«

Ich nickte.

»Haben mit ihr Wein getrunken bis in die frühen Morgenstunden?«

»Ja.«

Chloe seufzte. »Das wäre schon toll gewesen.«

»War es auch.«

Nach und nach entstand ein Bild. Chloe erinnerte sich an Swan und die Zwillinge, aber an nichts, was mit Sidney zu tun hatte – auch nicht an den Aufenthalt bei WorGames und die Beschäftigung mit den von Baron geladenen Dateien. Ich wagte nicht zu fragen, ob sie sich noch an unsere Knutscherei erinnerte. Das wollte ich nicht auch noch verlieren – obwohl ich mir sicher war, dass das Thema wieder aufkommen würde.

»K …?«

»Ja?«

»Versprichst du mir, dass du nicht verrückt wirst?«

»Ja, es klingt absurd. Aber ich wollte aufrichtig mit dir sein.«

»Darüber bin ich froh. Aber du musst auch verstehen, wie sich das alles für mich anhört.«

Ich nickte. »Na klar.«

Wir versanken einen Moment in Schweigen. Dann fiel mir etwas ein, und ich holte mein Handy hervor. »Ich habe die Nummer von dem Wagen, der mich verfolgt hat.«

»Echt?«

»Vielleicht können wir den Besitzer rauskriegen.«

»Ähm … du machst Teilzeit-Daytrading, und ich lebe weitgehend von Tantiemen für einen Song, den ich vor fast zehn Jahren geschrieben habe. Wir kennen niemanden, der einen Fahrzeughalter ermitteln kann.«

»Stimmt«, gab ich zu und starrte auf das schwarze Display. »Mist, Akku leer.«

Ich suchte ein Ladekabel, und als das Handy zum Leben erwachte, öffnete ich die Voice-Recorder-App. Aber da stimmte irgendetwas nicht. Die letzte Aufzeichnung war fünfunddreißig Minuten lang.

»Was ist?«, fragte Chloe.

»Es hat geregnet, und ich konnte die Kamera nicht benutzen. Deshalb hab ich die Nummer draufgesprochen.« Ich zeigte ihr die App.

»Ziemlich lange Aufzeichnung nur für ein Nummernschild«, bemerkte sie.

»Meine Hände waren nass. Vermutlich hab ich nicht richtig abgeschaltet.«

»Warte mal«, sagte Chloe, plötzlich aufgeregt. »Wann hast du das aufgenommen?«

»Kurz bevor ich Crow in dem Bus getroffen habe.«

Sie sprang auf und starrte mich an. »Los, K, spiel das ab!«

Ich drückte auf das Symbol zum Abspielen. Und plötzlich war Crow zu hören, wie er mich davor warnte, weiter Rabbits zu spielen.

Ich drückte auf Stopp und sah Chloe an.

»Von Anfang an«, sagte sie.

Nachdem wir die ganze Aufnahme abgehört hatten, setzte sich Chloe wieder zu mir an den Tisch. »Das ist der Irrsinn«, sagte sie.

»Seh ich auch so.«

»Aber ganz im Ernst: Stell dir doch mal vor, wie viel Geld und Zeit es kostet, diese Szene im Bus zu inszenieren.«

Ich nickte, obwohl mir irgendetwas sagte, dass es Crow keine große Mühe bereiten würde, so was auf die Beine zu stellen.

»Und wenn dieser Typ nun echt gefährlich ist, K?«

»Kann ich mir problemlos vorstellen.«

»Er hat dich davor gewarnt, weiter Rabbits zu spielen.«

»Und auch davor, mich mit irgendetwas zu beschäftigen, was auch nur annähernd damit zu tun hat.«

»Also, was zum Teufel machen wir jetzt?«

Seit ich Crow begegnet war, musste ich ständig an meine Eltern denken. War meine gesamte Kindheit eine Lüge gewesen? Was hatten die beiden tatsächlich gemacht, während ich geglaubt hatte, sie seien mit Buchhaltung beschäftigt gewesen?

»Ich muss erfahren, was Crow über meine Eltern weiß«, sagte ich schließlich. »Und ich muss rauskriegen, was das alles mit dem Spiel zu tun hat. Aber es wäre mir lieber … wenn du da nicht reingezogen werden würdest.«

»Tja, Pech, wir ziehen das nämlich zusammen durch, da ist nichts dran zu rütteln.«

Ich wusste nicht, ob ich erleichtert oder beunruhigt sein sollte über Chloes Haltung. Aber sie hatte sich eindeutig entschieden und sprang jetzt wieder auf. »Nehmen wir uns erst mal den hier vor.« Sie holte den Laptop vom Magier und stellte ihn auf den Tisch. Dann rückte sie ihren Stuhl neben meinen und gab mir einen dicken Kuss.

»Wofür ist der denn?«, fragte ich.

»Mir war danach.«

Was sich also auch in dieser Realität abspielte – Chloe und ich hatten offenbar irgendetwas miteinander. Das fand ich toll, aber ich war zugleich unsicher, weil mir so viele Erinnerungen fehlten. Hatten wir beide dasselbe erlebt? Hatten wir Sex gehabt?

»Woran denkst du gerade?«, fragte Chloe.

»Wieso?«

»Weil du mich anstarrst, als würde was nicht mit dir stimmen.«

»Mit dir stimmt ja auch was nicht«, sagte ich und lächelte.

»So siehst du schon besser aus.« Dann machten wir uns gemeinsam daran, die Lesezeichen und den Browserverlauf des Magiers zu durchforsten.

Allen Warnungen zum Trotz stürzten Chloe und ich uns also wieder in die Welt von Rabbits.

Bei den Lesezeichen entdeckten wir ziemlich cooles Zeug – darunter einen Link zu einer App, mit der man Passwörter knacken konnte –, verschleierte Anmerkungen zu einem uralten Spiel und interessante Beispiele für Alternate-

Reality-Games. Aber wir fanden nicht die geringste Spur zu dem Mann, der sich »Fatman« nannte.

Danach wollte Chloe den Rechner ausschalten, aber ich sagte: »Warte noch.«

»Was denn?«

»Wenn wir schon in der digitalen Privatsphäre vom Magier rumschnüffeln, können wir auch aufs Ganze gehen.«

»Was genau meinst du?«, fragte Chloe.

»Ich hab schon länger nicht mehr mit Windows gearbeitet, aber es muss doch irgendeine Möglichkeit geben, an die Bibliothek und den AppData-Ordner ranzukommen, oder?«

»Bestimmt.«

Chloe legte los und durchstöberte einiges mit dem File-Explorer, aber erfolglos. Dann suchte sie nach verschlüsselten Bilddateien und spürte dabei in einem versteckten Bibliotheksordner im Root-Verzeichnis ein paar Vorschaubilder auf.

Dort erkannte Chloe Fatman auf den ersten Blick. Sie sagte, es sei ein Screenshot, der von dem Videochat-Programm des Magiers automatisch generiert worden sei. Vermutlich war das Bild bei einem Systemabsturz oder Verbindungsproblem gemacht worden.

»Wie zur Hölle kommt ein HD-Bild aus einem Videochat auf einen Computer, der noch Windows 95 hat?«, fragte ich.

»Das ist nur Tarnung. Hier ist ein vernünftiges Betriebssystem drauf.«

Chloe öffnete einen versteckten Unterordner, in dem sie weitere Vorschaubilder aus dem Videochat-Programm fand. Auf dreien davon saß Fatman in dem Raum, in dem er sich aufgehalten hatte, als er mit Chloe sprach. Aber ein Bild unterschied sich von den anderen.

Irgendwann hatte Fatman offenbar die Kameraposition verändert, denn auf diesem Bild war mehr vom Raum zu sehen. Im Hintergrund war ein rosafarbener Schimmer von einem Neonschild zu erkennen, auf dem *leips* stand.

»Was soll denn ›leips‹ sein?«, fragte ich.

»Guck mal«, sagte Chloe, als sie das Bild in Photoshop spiegelte.

»Heilige Sch…«, begann ich.

Aus *leips* war *spiel* geworden.

»Wie viele Unternehmen gibt es in Seattle, die das im Namen haben?«, sagte ich.

»'ne Menge«, antwortete Chloe, und dann machten wir uns auf die Suche nach Neonschildern.

Damit waren wir fast eine Stunde zugange, bis Chloe schließlich ihren Laptop zu mir drehte und mir die Website eines kleinen Sexshops namens *Lustspiel* zeigte. Die rosa Neonschrift ähnelte der auf dem Vorschaubild.

Sie stand auf. »Los geht's.«

»Aber es ist fast Mitternacht. Meinst du, der Laden ist noch geöffnet?«

»Keine Ahnung. Auf der Website stehen keine Öffnungszeiten.«

Chloe rief die angegebene Telefonnummer an, aber niemand meldete sich.

»Glaubst du wirklich, wir sind da richtig?«

Doch Chloe zog schon ihre Schuhe an.

Wir parkten ein paar Straßen weiter und gingen zu Fuß zu der Adresse. Als wir auf das rosa Schild zusteuerten, hatte ich plötzlich das Gefühl, dass jemand hinter uns war, und fuhr herum. Chloe meinte, sie hätte nichts bemerkt, aber ich war mir sicher, Schritte gehört zu haben.

Das *Lustspiel* befand sich in einem flachen Ziegelbau, zwischen einer Werkstatt für Fahrradreparaturen und einer Reinigung. Die Ziegel waren irgendwann mal schwarz angestrichen worden, aber inzwischen so verwittert, dass man die Farbe kaum beschreiben konnte.

Davor waren keine Autos geparkt, und außer dem Neonschild war in dem Sexshop auch kein Licht zu sehen. Das *Lustspiel* schien geschlossen zu haben.

Wir riefen noch mal an, aber wieder vergeblich.

Als wir gerade an die Glastür klopfen wollten, fiel Chloe etwas auf.

»Da sind noch Räume im Keller«, sagte sie.

Eine schmale Treppe hinter einem schmiedeeisernen Tor führte zu einem Raum im Untergeschoss, der offenbar als Lager oder Büro genutzt wurde. Der größte Teil des Fensters war mit Plakaten für Sextoys zugeklebt.

»Abgeschlossen«, stellte Chloe fest, als sie an dem Tor rüttelte.

»Lass uns lieber morgen wiederkommen.«

»Gute Idee«, stimmte Chloe zu. »Los, gehen wir was essen. Bin schon halb verhungert.«

Als ich ihr gerade folgen wollte, bemerkte ich eine Bewegung in dem Kellerraum.

»Warte«, raunte ich.

Chloe fuhr herum. »Was ist?«

»Da unten ist jemand.«

»Verarsch mich nicht, K.«

»Nee, im Ernst.«

Wir gingen zu dem Tor zurück und starrten durch die Gitterstäbe auf das Kellerfenster.

Durch Lücken zwischen den Werbeplakaten konnten wir einen Kachelboden im schwarz-weißen Harlekinmuster, Bücherstapel und Aktenkästen erkennen. Die Lichtquelle befand sich irgendwo weiter hinten im Raum.

In der rechten Ecke des Fensters bewegte sich etwas.

»Das ist eine Katze, K«, sagte Chloe.

»Nein, es war eindeutig keine Katze«, widersprach ich. Im selben Moment sprang eine schwarz-weiße Katze auf einen der Bücherstapel und begann, sich die Pfoten zu lecken.

Chloe schüttelte den Kopf. »Lass uns gehen.«

»Ich schwör's dir, es war größer als eine Katze«, beharrte ich und spähte angestrengt durch die Gitterstäbe.

»Na schön. Dann klettere ich mal rüber und klopf ans Fenster«, sagte Chloe und kletterte an dem Tor hinauf.

»Das ist keine gute Idee«, sagte eine Stimme aus einem Lautsprecher neben der Kellertür.

Chloe schrie entsetzt auf und wäre vor Schreck fast runtergefallen.

»Was wollt ihr hier?«, fragte die Stimme.

»Ich weiß, dass es albern klingt«, antwortete ich, »aber wir suchen jemanden namens Fatman.«

Es dauerte einen Moment, dann ging die Tür auf, und ein dünner Mann um die vierzig in einem verwaschenen blau-rosa T-Shirt von *Beverly Hills, 90210* und einer grauen Jogginghose von der Sorte, mit der man sich nicht öffentlich blicken lässt, trat heraus. In den Händen hielt er eine mittelalterlich anmutende schussbereite Armbrust, mit der er auf mich zielte.

»Das ist nicht albern, sondern Ironie des Schicksals«, erwiderte der Mann und sah zu Chloe hoch, die panisch die Eisenstäbe umklammerte.

»Im Ernst jetzt, eine Armbrust?«, sagte ich und fügte hinzu: »Wir kommen in Frieden.«

Fatman ließ die martialische Waffe sinken und schloss das Tor auf, das zusammen mit der daran hängenden Chloe aufschwang.

Ich half ihr herunter, dann folgten wir Fatman in den Kellerraum.

Das Büro war nicht direkt chaotisch, aber jedenfalls voll bis zum Anschlag.

Zwischen zahllosen Bücherregalen, Aktenschränken und Tischen gab es einige schmale Pfade. Bei genauerem Hinsehen konnte man eine Struktur in dem vermeintlichen Durcheinander erkennen. Bücher und allerlei Infomaterial waren alphabetisch geordnet.

Die Decke mit den Neonröhren war niedrig, die gesamte Atmosphäre erinnerte an eine Zeitungsredaktion aus den Siebzigerjahren. Hier und da waren Filmplakate aufgehängt, unter anderem von *Die üblichen Verdächtigen* und *Pulp Fiction.*

Gigantische blutrote Vorhänge, die aussahen wie aus einer Talkshow der Sechziger, bedeckten die gesamte Rückwand des Kellers.

Was auch immer der Bursche hier trieb – er tat es offenbar schon seit längerer Zeit.

»Du bist das Mädel aus dem Büro des Magiers«, konstatierte Fatman, als er die Tür hinter uns abschloss.

»Zaubertricks nur auf Anfrage«, erwiderte Chloe lässig.

Fatman ging nicht auf den Scherz ein. »Wie habt ihr mich gefunden?«

»Die Neonschrift«, sagte ich.

Er lächelte. »Schlau. Sehr schlau.«

Als er sich an einigen schmalen Bücherregalen vorbeidrängte, fiel mir auf, dass er leicht hinkte. Er bemerkte meinen Blick und sagte: »Vom Kamel gefallen«, als wäre das die naheliegendste Erklärung für eine Beinverletzung.

»Im Ernst?«

Ohne die Frage zu beantworten, ließ er sich auf einem

alten Holzrollstuhl nieder. Gegenüber stand ein Sofa mit zweifelhaftem grünbraunem Polster. Fatman legte die Armbrust auf seinen Schoß und deutete auf die Couch. Dann beäugte er uns über den Rand seiner schwarz gerahmten Brille hinweg. »Also, wer seid ihr?«

»Ich heiße K«, antwortete ich und sank dabei unwillkürlich tiefer in das knarrende Sofa.

»Chloe.«

Fatman nickte langsam und wandte sich wieder mir zu. »Dich hat Alan Scarpio aufgesucht.« Das war keine Frage, sondern eine Feststellung.

»Woher weißt du das?«

»Nur so geraten«, antwortete er mit einem halben Lächeln.

»Hat der Magier das erzählt?«

Fatman antwortete mit einer Gegenfrage. »Habt ihr vom Magier gehört?«

»Nein«, sagte Chloe. »Und du?«

Er schüttelte den Kopf und deutete auf sie. »Du hast mir noch eine Frage gestellt.«

»Genau, zu Rabbits.«

Fatman legte die Armbrust behutsam auf einen kleinen Tisch, sodass sie nicht auf uns gerichtet war, und beugte sich vor. »Was wisst ihr zwei über das Spiel?«

»Also vor allem, dass man nicht darüber sprechen darf«, antwortete ich. Wir hatten keine Ahnung, wer genau der Typ war, da war Vorsicht oberstes Gebot.

»Für Leute, die über etwas nicht reden wollen, habt ihr beide aber einen Haufen Fragen.« Fatman stand auf, trat zu einem Tisch und schaltete einen Wasserkocher ein. »Tee?«

Wir nickten beide.

Während Fatman den Tee zubereitete, erzählte er uns, dass sein wahrer Name Neil sei. Nachdem er einmal mit Erzählen angefangen hatte, konnte er gar nicht mehr aufhören. Keine Spur mehr von seinem anfänglich so abweisenden Verhalten. Ich kam zu dem Schluss, dass Fatman Neil nicht sehr oft Besuch bekam.

»Also John Lennon von den Beatles, okay?«

»Ja?« Ich warf Chloe einen Hilfe suchenden Blick zu, aber die sah genauso verwirrt aus, wie ich mich fühlte.

»Er sollte ursprünglich in dem Film *WarGames* mitspielen, wurde aber vorher ermordet. Und zwar nicht *ungefähr* zu jener Zeit, sondern knapp vor Drehbeginn.«

»Gibt es da einen Zusammenhang mit irgendetwas anderem?«, fragte ich.

»Es gibt *überall* Zusammenhänge«, antwortete Neil. »Alles hängt mit allem zusammen, das darf man nie vergessen.«

»Okay«, sagte ich, ohne zu wissen, worauf er hinauswollte.

Jetzt warf Chloe mir einen ratlosen Blick zu, und ich sah ihr an, dass sie das Gleiche dachte wie ich.

Fatman Neil war wohl ziemlich verdreht.

»Das Letzte, worüber der Magier und ich gesprochen haben, warst du«, sagte Neil jetzt und nickte in meine Richtung.

»Und wieso?«

»Der Magier erzählte, Scarpio habe dir gesagt, das Spiel sei irgendwie gestört und müsse vor der nächsten Runde unbedingt repariert werden. Stimmt das so?«

Ich nickte.

»Hat er noch was gesagt?«, drängte Neil.

»Nur, dass es uns allen übel ergehen würde, wenn die nächste Runde anfängt, bevor die Störungen behoben sind.«

»Das klingt gar nicht gut, oder?«, meinte Neil und fixierte uns.

»Nee, echt nicht.«

»Und wieso kam Scarpio an dem Abend zu dir?«

»Das versuchen wir herauszufinden.«

»Ach ja?«

»Was soll das heißen?«

»Ich meine«, sagte Neil, »wie sehr hast du dich denn *bemüht* rauszukriegen, weshalb Scarpio ausgerechnet zu *dir* kam?«

Ich blinzelte. »Also ... ich verstehe das ehrlich gesagt nicht. Ergibt keinen Sinn.«

»Und wenn doch?«

»Was meinst du damit?«

»Ich meine, wenn Rabbits gar nicht das ist, was du glaubst? Wenn es nicht nur ein Spiel ist?«

»Was soll es denn sonst sein?«, fragte Chloe.

»Oh, es ist schon ein Spiel, durchaus. Aber angenommen, es wäre noch viel mehr?«

Chloe zuckte die Achseln.

»Würdet ihr merken, wenn ihr dreißig Dollar weniger auf dem Konto habt? Wenn das Lesezeichen in eurem Buch nicht mehr dort steckt, wo ihr aufgehört habt zu lesen? Wenn eines Tages Fotos in einem Familienalbum anders aussehen als bei der letzten Betrachtung?«

Chloe schüttelte den Kopf. »Ich kapiere gar nichts mehr, offen gestanden.«

Sie war verwirrt, aber ich wusste sehr wohl, worüber Fatman Neil redete. Genau solche Erlebnisse hatte ich, nur dass bei mir noch unheimliche Schemen und das graue Gefühl hinzukamen.

Fatman Neil stand auf, nahm sein Handy und verkündete: »Es ist wohl an der Zeit, dass ich euch Mutter vorstelle.«

»Du willst uns ... deiner Mutter vorstellen?«, fragte ich verdattert.

»Nicht *meiner* Mutter ... *unserer* Mutter.« Neil rief eine

App auf und drückte auf eine Taste. Im nächsten Moment glitten die roten Vorhänge an der hinteren Wand beiseite, und eine gigantische Ansammlung von Bildschirmen in unterschiedlichen Größen war zu sehen, bestimmt über hundert Stück. Der Anblick hatte eine groteske Schönheit, etwa so, wie wenn sich ein Müllsammler ein Haus aus alten CDs oder Plastikflaschen baut.

Vor der riesigen Monitorwand standen ein alter brauner Ledersessel und ein langer Tisch, der fast vollständig mit verschiedenfarbigen Tastaturen bedeckt war. Über den Bildschirmen hing ein Spruchband mit der Aufschrift: *Wir wollen die Zukunft, die man uns versprochen hat, nicht die Zukunft, die wir verdienen.*

»*Das* ist Mutter«, erklärte Neil und ließ sich in dem Sessel nieder. Wir stellten uns neben ihn.

»Ja verdammt.« Chloe glotzte fassungslos auf die Monitore. »Was machst du denn damit?«

»Mutter ist ein mit Batterien und Solarzellen betriebenes stadtweites Netzwerk von Kameras, tragbaren Mikrofonen und Schaltrelais«, antwortete Neil. »Wenn die andere Seite uns beobachtet und abhört – und das tut sie –, dann sollten wir das lieber auch tun.«

»Wahnsinn«, sagte Chloe.

»Die sammeln Informationen mit unseren Bonuskarten vom Supermarkt, Mitgliedskarten vom Fitnessstudio, Schlüsselanhängern und Magnetstreifen auf dem Führerschein. Sie hören uns mit vernetzten Lautsprechern ab und wissen durch unsere GPS-Systeme im Handy jederzeit, wo wir sind und was wir gerade tun. Wir müssen uns wehren.«

»Gegen wen?«, fragte ich.

»Gegen das System«, sagte Neil und gab auf einer Tastatur etwas ein. »Die Feinde.«

»Funktioniert Mutter überall in der Stadt?«, fragte Chloe.

»Ja. Damit wir alles abdecken können, ist ein Teil nur akustisch, aber wir haben nahezu flächendeckend Video- und Bildmaterial.«

»Also weißt du quasi über alles Bescheid, was in Seattle passiert?«, fragte ich.

»So ziemlich, ja.«

»Das sind ja unfassbare Datenmengen.«

»Kann man so sagen.«

»Aber wie kannst du die auswerten?«

»Gar nicht. Das übernimmt Mutter.«

»Dein Rechner?«

»Nicht direkt. Mutter ist ein Algorithmus.«

»Und was genau macht er?«

»*Sie* macht Folgendes.« Er gab etwas über eine andere Tastatur ein.

Die Bilder auf den Monitoren verschwanden, und eine riesige Karte der Innenstadt von Seattle erschien, versehen mit einer Unmenge kleiner farbiger Zahlen und Symbole, die mich an ein Alchemiebuch erinnerten. Ich hätte sie zu gern fotografiert, aber etwas sagte mir, dass Fatman Neil davon nicht begeistert sein würde.

»Was hat das alles zu bedeuten?«, fragte Chloe und beugte sich vor, als könnte sie auf diese Weise das visuelle Chaos entschlüsseln.

»Mutter alarmiert uns, sobald etwas Außergewöhnliches geschieht. Sie ist eine Kombi aus Muster-, Gesichts- und Spracherkennung sowie Verkehrsüberwachung und fraktaler Modelliersoftware.«

»Wow.« Ich war ziemlich sprachlos.

»Wartet nur ab, bis die Quantencomputer die breite Masse erreichen. Dann haben wir endlose Möglichkeiten.«

»Aber dauert es nicht noch Jahrzehnte, bis es so weit ist?«, fragte Chloe.

»Sie kommen aber unaufhaltsam. Doch wie Andersen Cheng von Post-Quantum, schon sagte: Der erste funktionierende Quantencomputer wird nicht offiziell angekündigt werden. Denn wer den an der Hand hat, kann sich zum Herrscher des Universums aufschwingen.«

Und das aus dem Munde des CEOs eines Unternehmens, das in der Cybersicherheit inklusive der quantensicheren Verschlüsselung weltweit führend war. »Hoher Anspruch«, bemerkte ich.

»Nein, eine Tatsache. Quantencomputer werden sich Zugriff auf Bitcoin und jede erdenkliche Form von Kommunikation verschaffen können. Die werden quasi über Nacht zur Supermacht werden.«

»Benutzt du Mutter, um Rabbits zu spielen?«, erkundigte sich Chloe.

»Ich? Nein, ich spiele nie.«

»Wozu brauchst du dann das alles?«

»Uns ist bereits in den letzten beiden Runden aufgefallen, dass etwas nicht stimmte, dass es … Veränderungen gibt. Mutter wurde entwickelt, um diese Veränderungen zu überwachen.«

»Woraus bestehen denn die Veränderungen?«, fragte ich.

»Es sind eher Strukturabweichungen, Vorkommnisse, die sich von den üblichen Mustern unterscheiden, Veränderungen in der Intensität des Spiels … oder genauer gesagt, in der Art und Weise, wie sich das Spiel auf die Welt auswirkt.«

»Strukturabweichungen?«, hakte ich nach.

»Ist was Technisches«, antwortete Neil knapp.

Das war keine ausreichende Antwort auf meine Frage.

»Und wie genau arbeitet Mutter?«, wollte Chloe wissen.

»Sie wurde darauf abgestimmt, Systeme zu überwachen.«

»Welche Systeme?«

»Alle«, antwortete Neil. »Oder zumindest sämtliche Systeme, auf die eine Stadt angewiesen ist: Kanalisation, Transport, Lebensmittelversorgung und so weiter.«

»Und wenn in diesen Systemen etwas nicht funktioniert, repariert ihr es?«, fragte ich.

»Mutter ist nicht darauf ausgerichtet, einzugreifen oder zu verändern. Wir observieren nur.«

»Arbeitest du hier ganz alleine?«, fragte Chloe.

»Wir haben entsprechende Stützpunkte in San Francisco, Los Angeles, Cleveland, New York, Prag, London und einigen anderen Städten.«

»Wir?«

»Diejenigen von uns, die beunruhigt sind über die Veränderungen im Spiel.«

»Und du spielst selbst wirklich überhaupt nicht?«, hakte ich nach.

Fatman Neil blickte jetzt sehr ernst. »Nein. Und ihr besser auch nicht. Es sei denn, ihr seid dumm oder lebensmüde oder beides.«

»Weil Spielende verschwinden«, sagte ich.

»Nein, weil *so viele* verschwinden ... und schlimmer.«

»Was meinst du damit?«, hakte ich nach.

»Was glaubst du wohl?«

Ich nickte, weil ich es mir denken konnte. Kälte erfasste mich. Dabei war ich mir nicht mal sicher, was schlimmer war. In einer anderen Wirklichkeit festzustecken und nicht mehr herauszufinden – oder zu sterben. Wie Annie. Wie meine Eltern ...

»Hast du eine Ahnung, warum das passiert?«, fragte Chloe, und mein letzter Gedanke verflüchtigte sich wieder.

Neil schüttelte den Kopf. »Das versuchen wir ja gerade herauszufinden.«

»Weißt du, was mit Alan Scarpio ist?«, fragte ich.

»Nein, und das ist sehr besorgniserregend. Scarpio lebt zwar zurückgezogen, aber er ist tatsächlich komplett unauffindbar. Unsere Kameras und Mikros haben immer irgendwo etwas von ihm aufgeschnappt. Aber jetzt ist er wie vom Erdboden verschluckt.«

»Wie der Magier?«

Fatman Neil nickte.

»Was bedeuten die da?«, fragte Chloe und deutete auf gelbe Sterne, die an verschiedenen Orten auf der Karte zu blinken begannen.

»Die weisen auf Strukturabweichungen hin, die von Spielenden gemeldet werden.«

»Was meinst du damit?«, fragte Chloe.

»Also, ganz ehrlich. Für Leute, die anderen was über das Spiel erzählen, habt ihr echt wenig Ahnung«, erwiderte Neil.

Chloe deutete auf mich. »K hält diese Vorträge, ich nicht.«

»Bei Strukturabweichungen verläuft das Spiel anders als vermutet. Kommt schon – das ist doch eines der Grundelemente des Spiels.«

»Du meinst so was wie den Mandela-Effekt, wenn Menschen sich im Kollektiv falsch erinnern?«, fragte Chloe.

»Genau. Oder die Berenstain-Bären«, antwortete Neil. »Aber angenommen, sie wären gar nicht verfälscht?«

»Geht's um andere Dimensionen? Das Multiversum?«, fragte Chloe, aber ich wusste, dass Neil von etwas anderem sprach.

»Du meinst den Moriarty-Faktor«, sagte ich.

Neil lächelte.

»Aber ich dachte immer, als Moriarty-Faktor würde man

die Annahme bezeichnen, dass ein weltweit agierendes, finanzstarkes Netz von Leuten die Spielenden zu den Hinweisen lenkt«, wandte Chloe ein.

»Das ist eine Theorie«, sagte Neil. »Dass jemand mit Massen von Geld im Hintergrund agiert und inszeniert.«

»Was denkst du denn, was gegenwärtig passiert?«, warf ich ein.

»Ich bin mir nicht sicher«, antwortete Neil. »Aber eins steht jedenfalls fest: Moriarty war ein Bösewicht.«

Dabei starrte Neil mich durchdringend an, und ich musste wieder an die Szene mit Crow im Bus denken.

»Was willst du damit sagen?«, fragte ich.

»Viele von uns glauben, dass jemand darauf aus ist, das Spiel … zu beschädigen.«

»Aber wie?«, fragte Chloe.

»Denkt mal an die Sache mit dem Politiker in Wales. Wie öffentlich das ablief«, sagte Neil.

»Du glaubst also auch, das hatte mit Rabbits zu tun?«, fragte ich.

»Die Tür ist offen? Über den Satz seid ihr aber zumindest im Bilde, oder?«

»Schon klar, aber das sind eben auch einfach nur vier Wörter«, wandte ich ein. »Wir haben keine Gewissheit, dass Jesselmans Suizid im Zusammenhang mit dem Spiel steht, oder?«

»Jesselman pflegte Kontakt zu einer heidnischen Sekte namens ›Kinder des Grauen Gottes‹ aus London. Er wurde beim Sex mit drei minderjährigen Mädchen auf dem Glastonbury Tor verhaftet. War ein ausgewachsener Skandal.«

»Kinder des Grauen Gottes«, wiederholte ich verblüfft.

»Ja. Diese geheime Gruppe, die schon öfter in Verbindung mit dem Spiel erwähnt wurde. Die Gruppe, die auch …«

Fatman Neil brach ab, weil auf der Karte plötzlich an mehreren Stellen Lichter zu blinken begannen. Er tippte konzentriert etwas ein und bekam sofort eine Nachricht auf seinem Handy. »Tut mir leid, ich muss jetzt weiterarbeiten.«

»Können wir uns diese Woche noch mal treffen? Morgen vielleicht?«, drängte ich.

»Nein«, antwortete Fatman Neil und eskortierte uns eilig zum Tor zurück.

»Was? Wieso nicht?«, fragte Chloe.

»Haltet euch auf jeden Fall vom Spiel fern«, sagte er noch, bevor er das Tor hinter uns abschloss.

Die Audienz war beendet.

Wir entfernten uns von Fatman Neils absonderlichem Pornoladen und gingen zu Chloes Wagen zurück. Als wir eingestiegen waren, sah Chloe mich an und fragte: »Was zur Hölle war das für eine abgefahrene Spionagezentrale? Und was hat es mit diesen Berenstein-Bären auf sich?«

»Berenstain«, korrigierte ich.

»Sei nicht albern.«

»Bin ich nicht. Das ist ein ernsthaftes Thema.«

»Es heißt, verflucht noch mal, ›Berenstein‹, und ich hab auf jeden Fall recht.«

Für alle, die nicht mit der Berenstain-Multiversum-Thematik vertraut sind: Es gibt eine berühmte Kinderbuchserie über die Berenstain-Bären – *Geschichten aus dem Bärenland*. Aber wie Chloe haben die meisten Menschen sie als *Berenstein*-Bären in Erinnerung. Dieser Glaube an eine andere Aussprache hat einen viel bedeutsameren Hintergrund, als man mit einer simplen Google-Suche herausfinden könnte. Die Leute, die auf *Berenstein* bestehen, sind der festen Überzeugung, dass der Name nie anders geschrieben oder betont wurde.

Was ist da passiert?

Die populärste Theorie besagt, dass sich an irgendeinem Punkt in der Geschichte der Menschheit zwei (oder mehrere) Dimensionen oder Zeitbahnen abgespaltet haben. Unsere Welt geriet aus der Spur und trat in eine Parallelwelt ein. Es gibt jetzt eine Parallelwelt – die eigentlich eine unserer frühen Realitäten ist –, in der die Bären immer noch *Berenstein*-Bären genannt werden und die Variante *Berenstain* nicht existiert.

Ähnliche Theorien ranken sich um den Film *Shazaam* aus den Neunzigerjahren, den es nie gegeben hat – der Comedian Sinbad soll darin einen Dschinn gespielt haben –, und um den Mandela-Effekt. Der Begriff wurde von Fiona Broome geprägt, die sich selbst »Beraterin für Paranormale Phänomene« nennt. Broome behauptet, der südafrikanische Politiker Nelson Mandela sei in einer Parallelwelt in den Achtzigerjahren im Gefängnis gestorben, wohingegen er in der uns bekannten Realität erst 2013 starb.

Die einleuchtendste Erklärung für diese unterschiedlichen Erinnerungen lässt sich am folgenden Beispiel am besten darstellen. Dass Leute an die Existenz des Films *Shazaam* mit Sinbad glauben, kann man auf mehrere Faktoren zurückführen. Der Comedian Sinbad stellte 1994 im Fernsehen mehrere Verfilmungen von *Sindbad der Seefahrer* vor. Dabei trug er ein Dschinn-Kostüm. 1996 kam dann ein Film mit einem ähnlichen Titel, *Kazaam*, heraus, in dem der Basketballspieler Shaquille O'Neal einen Flaschengeist spielte.

Entweder haben wir also kollektiv verfälschte Erinnerungen, oder aber wir leben in unterschiedlichen Zeitbahnen, die sich irgendwann in der Vergangenheit voneinander abgespaltet haben.

Bemerkenswert übrigens, dass in Fatman Neils Höhle ein Poster von *Kazaam* an der Wand hing.

»Scheint ein korrekter Typ zu sein, dieser Neil«, bemerkte ich.

Chloe hielt beide Hände hoch. »Bin erst mal sprachlos.«

Wir schwiegen eine Weile. Dann sagte Chloe: »Und was machen wir jetzt?«

Ihre Stimme klang gepresst, und ich sah auf ihre Hände. Sie umklammerte das Lenkrad so fest, dass ihre Knöchel weiß wurden. Mir wurde klar, dass sie übermüdet war und in üble Zustände abdriftete.

Das kannte ich schon an ihr. Ich war nicht die einzige Person, die ihre Sucht nach dem Spiel nicht in den Griff bekam.

Ein paar Jahre nachdem ich Chloe kennengelernt hatte, gab es Gerüchte, dass irgendetwas Aufregendes mit Rabbits passieren würde, und wir versuchten alle wie wild rauszukriegen, ob die nächste Runde begonnen hatte.

Chloe war einigen Hinweisen um einen verschwundenen Mann von der Küstenwache nachgejagt und dabei irgendwie auf dem nördlichen Pfeiler der Aurora Bridge gelandet. Als sie dort oben versuchte, etwas zu lesen, was in den Stein gemeißelt war, rutschte sie aus und wäre fast in den Tod gestürzt.

Als ich sie schließlich fand und ihr herunterhalf, war sie schlimm dehydriert und hatte tagelang nicht geschlafen. Ich musste ihre Säufermutter aufspüren und der fünfzig Dollar bezahlen, damit sie im Krankenhaus anrief und dafür sorgte, dass ihre Tochter aus der Psychiatrie entlassen wurde.

Wie für alle Rabbits-Anhänger war das Spiel auch für Chloe eine Möglichkeit, sich zeitweilig in einer Welt aufzuhalten, in der vieles anders war als in der Realität.

Wir hatten alle unsere Gründe, aus denen wir versessen darauf waren, unsere angeschlagenen Lebensgeschichten durch das fantastische Rabbits-Reich zu ersetzen. Das Spiel war für uns wie Narnia oder Mittelerde, auch wenn bei Rabbits das magische Land der realen Welt auf den ersten Blick zum Verwechseln ähnlich sah.

»Wir müssen schlafen, Chloe«, sagte ich.

Fatman Neils Pornokeller war nicht weit von meiner Wohnung entfernt, aber Chloe gurkte seit einer Viertelstunde ziellos durch die Gegend.

»Dein Ernst?«

»Na ja, es ist gleich zwei Uhr nachts.«

»Na und? Was ist mit den Kindern des Grauen Gottes? Wir müssen rauskriegen, was es mit denen auf sich hat!«

Das wollte ich auch, aber ich machte mir Sorgen um Chloe. Sie brauchte Schlaf. Und ich auch.

»Mehrere Leute haben uns eindringlich gewarnt weiterzuspielen«, erwiderte ich. »Russell Milligan, der Magier, Crow und jetzt Fatman Neil. Vielleicht sollten wir tatsächlich pausieren und alles neu bedenken.«

»Ich fass es nicht, dass du jetzt schlafen gehen willst, wo gerade so viel passiert.«

»Lass uns morgen weiterreden«, schlug ich vor.

»Na super.«

Längeres Schweigen trat ein.

»Entschuldige, ich bin ein bisschen … gereizt«, sagte Chloe schließlich. »Ich muss einfach ständig an Baron denken. Es ist so scheiße, was ihm passiert ist. Findest du nicht, dass wir es ihm schuldig sind weiterzumachen?«

»Ich weiß nicht …«

»Mensch, K. Baron ist tot.«

»Eben. Baron ist tot, und ich will nicht, dass du als Nächstes dran bist.«

»Weil du so doll auf mich stehst, wie?«, sagte Chloe.

»Kann sein.«

Natürlich war ich nach wie vor ganz verrückt nach Chloe. Doch wenn ich ehrlich war, dann wusste ich im Moment nicht, was eigentlich zwischen uns lief. Hatten wir in den letzten Monaten überhaupt das Gleiche erlebt? In den letzten Tagen? Und mal abgesehen von ihr: War dieser irre Scheiß, den ich da erlebte, irgendeine wahnwitzige Dimensionenverschiebung oder etwas Naheliegenderes, zum Beispiel eine psychische Erkrankung?

Chloe setzte mich zu Hause ab. Mein Körper war zwar hundemüde, mein Verstand aber war viel zu überdreht zum Schlafen. Nach Ewigkeiten schaltete ich mal wieder den Fernseher an, weil ich hoffte, irgendein einschläferndes Programm zu finden.

Ich legte mich auf die Couch und sah mir einen alten Schwarz-Weiß-Film an, *Die Nacht des Jägers*. Der kam mir gerade recht, nicht nur, weil es ein großartiger Film war, sondern auch, weil ich mich daran erinnern konnte, dabei schon mal eingeschlafen zu sein.

Ich war damals neun. Meine Eltern hatten ihre Freunde Bill und Madeline Connors zum monatlichen Film-noir-Abend eingeladen. Wie immer brachten sie mich zuerst ins Bett, dann machten sie Popcorn und setzten sich alle zusammen vor den Fernseher.

An diesen Abenden schlich ich mich, wenn irgend möglich, aus meinem Zimmer und versteckte mich oben auf dem Treppenabsatz hinter dem Geländer. Von dort aus konnte ich den Bildschirm sehen, war aber nicht in Sichtweite meiner Eltern. Solange ich mich schön ruhig verhielt, konnte ich ungestört mitgucken.

Im Monat davor hatten sie sich einen Film ausgesucht, in dem ein Typ auf der Jagd nach gefährlichen Androiden gewesen war (Jahre später wurde mir klar, dass es sich um *Blade Runner* gehandelt hatte). Davor war es irgendein Streifen mit einem Boot und einem Seeungeheuer gewesen, an den ich mich nicht mehr genau erinnern konnte.

Aber noch heute weiß ich, was mich an *Die Nacht des Jägers* so ungeheuer fasziniert hatte: dass die Hauptfigur, ein Wanderprediger, der von Robert Mitchum gespielt wird, die Wörter »Love« und »Hate« auf seine Finger tätowiert hatte.

»Wollt ihr die Geschichte von der rechten und der linken Hand hören?«, fragte er und vollführte dann mit seinen Händen einen Kampf zwischen Liebe und Hass, als ränge er um die Seelen der gesamten Menschheit.

Die Szene war atemberaubend.

Die Nacht des Jägers war mir realer vorgekommen als alle anderen Filme, die ich an jenen Abenden heimlich gesehen hatte, erwachsener irgendwie. Ich hatte das Gefühl gehabt, dass sich auf einer tieferen Ebene etwas immens Bedeutsames, ja, Bewegendes abspielte. Genau dieses Gefühl fand ich später bei Rabbits wieder.

Meine Eltern hatten mich später schlafend auf dem Treppenabsatz entdeckt und ins Bett getragen. Sie hatten meine cinematischen Geheimaktionen mit keinem Wort erwähnt, und ich hatte weiterhin ungestört an den Kinoabenden zugucken können, solange wir noch in dem Haus gewohnt hatten.

Aber als ich jetzt gerade am Eindösen war, fiel mir etwas auf. Von einer Sekunde auf die andere verschwand das vertraute Gefühl. Mein Mund wurde trocken, und in mir stieg eine Ahnung auf wie ein bitterer Geschmack.

Ich fuhr hoch, klappte den Laptop auf und suchte auf

YouTube nach der Szene mit dem Kampf der Finger. Sie lief genauso ab, wie ich sie in Erinnerung hatte. Die Worte, die er sprach, seine Gesten, die gebannten Zuhörer, alles dasselbe. Und dennoch … Etwas stimmte nicht. Mein Magen zog sich zusammen. In der Version, die ich als Kind gesehen hatte, war »Love« auf Mitchums rechter und »Hate« auf seiner linken Hand tätowiert gewesen. Aber in der Version, die ich jetzt sah, war es umgekehrt.

Rasch klickte ich weitere Szenenfotos an. Überall war »Love« links, »Hate« rechts.

Mein Herz setzte einen Takt aus, dann begann es zu rasen. Schweißtropfen bildeten sich auf meiner Stirn, meine Brust wurde eng. Eine furchtbare Panik erfasste mich, und mir wurde schwarz vor Augen.

Ein durchdringendes Tröten und eine Ansage ließen mich hochschrecken.

Es war ein Alarmtest des Senders.

Ich sprang auf und schaltete den Fernseher aus. Plötzlich war es vollkommen still und dunkel im Zimmer, bis auf die Zeitanzeige auf dem Videorekorder. Es war 4.44 Uhr.

NOTIZEN ZUM SPIEL: NACHRICHT VON HAZEL
(authentifiziert)

Finde das Spiel und spiele es.

Wenn du den Eröffnungssatz »Die Tür ist offen« irgendwo entdeckst, folge den Hinweisen und suche deinen Weg.

Sobald die Tür offen ist, wird sich das Spiel auf erfolgreich Spielende konzentrieren und sie lenken.

Während die Hinweise komplexer und rätselhafter werden, bleiben immer mehr Spielende auf der Strecke. Wenn du weit genug kommst, wirst du eine der wenigen Personen sein, die bemerken, dass etwas anders ist. Du wirst zu denjenigen gehören, die begreifen. Du wirst zu den wenigen gehören, die in Kontakt mit einer anderen Welt kommen.

– Hazel 8

27 »Kinder des Grauen Gottes«

Nachdem das Alarmsystem mich aus der Ohnmacht geweckt hatte, war ich offenbar wieder eingeschlafen, denn als bei mir Sturm geklingelt wurde, war es schon fast Mittag.

Ich stolperte zur Anlage und drückte den Türöffner, ohne vorher nachzufragen, wer mich aufsuchte. Dazu war ich viel zu groggy. Sollte es Swan mit ihren monströsen Zwillingen sein, war das auch nicht zu ändern. Ich öffnete die Wohnungstür einen Spalt und ging in die Küche, um Kaffee zu kochen.

Gerade als ich den Wasserkocher einschaltete, kam Chloe in die Küche geschossen und schob die Vorhänge auf.

»Wieso ist es bei dir so dunkel, K?«

»Wir leben in Seattle. Hier ist es immer dunkel.«

»Eben deshalb brauchen wir so viel Licht, wie wir kriegen können«, sagte Chloe. »Übrigens ruft mein Cousin an, sobald er beim Dreh eine Pause hat.«

»Dein Cousin? Aus England?«

»Genau der.«

»Okay … aber warum?«

»Ich hab ihm gestern noch geschrieben, und er kennt vielleicht eine Person, die diesem Sexkult angehört hat.«

»Echt?«

»Ja, der kennt haufenweise Leute.«

»Wie viel Uhr ist es jetzt in London?«, fragte ich.

»Ich weiß nicht mal, wie viel Uhr es hier ist.«

»Fast halb zwölf.«

»Dann ist es in London halb neun abends.«

»Der arbeitet so spät noch?«, fragte ich.

»Die haben einen Nachtdreh.«

»Ah, okay.«

»Ich hab noch was anderes rausgefunden«, fuhr Chloe fort.

»Und was?«

»Minister Jesselman hat zum Zeitpunkt seines Todes für Lobbyisten an einem Gesetzentwurf zur Internet-Privatsphäre gearbeitet.«

»Na und?«

»Eine der Firmen, die dahintersteht, heißt Chronicler Enterprises«, verkündete Chloe und zog ihren Laptop aus dem Rucksack.

»Moment mal, war das nicht die Firma von Tabitha Henrys Escape Rooms?«, fragte ich.

»Genau die.«

»Hammer. Hast du noch mehr über das Unternehmen rausgekriegt?«

»Nichts außer einer abgemeldeten URL.«

Chloe lud eine Website, auf der prompt der Text *Error 404 – Page Not Found* erschien.

Darunter befand sich die übliche Grafik – ein Ausrufezeichen in einem gelben Warndreieck.

Die Website existierte nicht mehr, aber irgendetwas an dem Bild kam mir seltsam vertraut vor. Ich brauchte ein paar Sekunden, um dahinterzukommen.

»Die Schrift«, sagte ich.

»Was ist damit?«

»Sie ist die gleiche.«

»Wie – wo?«

»Wie bei der Fehleranzeige auf der Website, auf die wir durch den QR-Code von den Gustave-Doré-Zeichnungen gestoßen sind«, sagte ich.

Schnell rief Chloe die besagte Website auf. Hier prangte über der Fehlermeldung eine Kugel, die sich drehte, aber Schrifttype und Stil des Bildes waren genau gleich.

»Bis auf die Grafik identisch«, bemerkte Chloe.

Wir nahmen den Quellcode unter die Lupe, fanden aber nichts von Bedeutung.

»Was für ein Zeug ist das hier?« Chloe deutete auf eine Textzeile, die ganz unten auf beiden Seiten auftauchte – eine Reihe scheinbar beliebiger Zahlen, Leerstellen und Buchstaben sowie die Nachricht: HTTP 400 Error (Bad Request).

»Ergibt keinen Sinn«, sagte ich.

Chloe nickte.

»Aber … vielleicht doch?« Ich beugte mich vor und beäugte die Zeile.

»Was meinst du?«

»Ich hab eine Theorie«, sagte ich und druckte beide Seiten aus.

»Magst du die vielleicht mal näher ausführen?«

Ich lief zum Drucker, nahm die zwei Seiten und hielt sie nebeneinander ins Licht.

»Was machst du?«

»Das hier«, sagte ich und winkte Chloe zu mir.

»Krass!«

Fügte man die beiden Seiten zusammen, entstand inmitten der Zahlen und Buchstaben eine URL: *gatewickinstitute.com*

»Was zur Hölle ist das Gatewick Institute?«, fragte Chloe.

Wir hockten uns an unsere Laptops und machten uns auf die Suche.

Ich hatte erst mal kein Glück, aber Chloe stieß bald auf eine Spur.

»Das Institut hatte in den Siebzigern und Achtzigern mit obskuren medizinischen Forschungsprojekten zu tun«, erklärte sie.

Ich klappte meinen Laptop zu und setzte mich neben sie auf die Couch.

»Und weiter?«

Als letzten Standort hatte Chloe ein Gelände mit diversen Gebäuden in San Francisco gefunden, aber das war 1987 gewesen. Neuere Hinweise gab es nicht.

Das Gatewick Institute hatte sich offenbar als Mischung aus medizinischem Forschungsinstitut und New-Age-Retreat verkauft, in dem man für einen erschwinglichen Preis Entspannung und Seelenheil finden konnte.

Chloe gelang es, diverse Anzeigen des Instituts aus Zeitungen und Zeitschriften aufzuspüren. Die Texte klangen eher zwielichtig. Man suchte nach Probanden für ein Projekt, das sich zwischen pharmazeutischem Experiment und esoterischer Erleuchtung zu bewegen schien.

Die wenigen Personen, auf die Chloe im Zusammenhang mit dem Institut stieß, waren entweder tot oder benutzten keine sozialen Medien oder beides.

Wir wollten uns gerade einen späten Lunch gönnen, als Chloe mir ein Foto zeigte, das sie entdeckt hatte: ein schmales Gebäude aus Backstein und Glas zwischen zwei von Birken flankierten Betonwegen.

»Wo ist das?«, fragte ich. Mein Mund war plötzlich trocken.

»In San Francisco, 1982. Das ist eines von den Gebäuden, die damals zum Gatewick Institute gehörten.«

»Wie bist du da rangekommen?«

»Durch ein Darknet-Forum.«

»Gibt es dazu irgendwelche weiteren Infos?« Ich versuchte mich darauf zu konzentrieren, dass ich hier neben Chloe auf der Couch saß, aber das Herz schlug mir bis zum Hals. Ich zwang mich, tief einzuatmen, und zählte bis vier. Als ich wieder ausatmete, hatten sich meine Finger bereits selbstständig gemacht.

»Du kennst dieses Haus«, mutmaßte Chloe.

Vierzig zu dreißig.

»Bin mir nicht sicher«, log ich. Meine Stimme klang gepresst.

»Alles okay?«

Einstand.

»Jaja, klar.«

Aber mir war flau im Magen, und im Augenwinkel sah ich Sternchen. Eine weitere Ohnmacht drohte.

Vorteil McEnroe.

Ich sah Chloe an und folgte ihrem Blick. Sie starrte auf meine Oberschenkel, auf denen ich gerade das Achtelfinale der US Open von 1992 trommelte: John McEnroe gegen Jim Courier.

»K, du musst mir sagen, was los ist.«

Ich versuchte zu lächeln, doch es geriet ziemlich schief. Dann stand ich auf, ging zum Schrank und nahm einen schwarzbraunen Archivkarton heraus.

»Ich habe dieses Gebäude schon mal gesehen«, sagte ich, als ich mich wieder zu Chloe setzte und den Karton öffnete.

»Was ist da drin?«, fragte sie.

»Alles, was mir von meinen Eltern geblieben ist.«

Im Laufe der Jahre hatten Chloe und ich oft über unsere Eltern gesprochen. Sie war natürlich im Bilde über das Drama meines Verlusts, ich wusste Bescheid über die traumatischen Erfahrungen mit ihrer alkoholsüchtigen Mutter und der Schwester, die wegen einer schweren Persönlichkeitsstörung ständig kurz vor der Psychiatrie war. Aber den Inhalt dieses Kartons hatte ich Chloe noch nie gezeigt. Über etwas zu sprechen ist einfacher, als sich mit Gegenständen zu konfrontieren.

Obwohl ich die Schachtel jahrelang nicht mehr geöffnet hatte, war der Inhalt komplett in meinem Gehirn abgespeichert.

Chloe sah gespannt zu, wie ich den Karton auspackte und die Sachen auf den Couchtisch legte. Aktenordner mit Urkunden, Baseball- und Hockey-Trophäen, Halsband und Leine unseres ersten Hundes, ein großer Stapel Fotos und ein paar andere Erinnerungsstücke.

»O mein Gott, du ziehst dich heute noch genauso an wie damals!« Chloe griff nach einem Foto von mir mit Jeans und David-Bowie-Shirt.

»Chill.« Ich fühlte mich wieder etwas besser. Das ganze Zeug zusammen mit Chloe durchzugucken, war auf jeden Fall besser als alleine.

Ich klappte einen der Ordner auf und blätterte ihn durch, bis ich gefunden hatte, wonach ich suchte. Es war ein Foto, das an den Vertrag von unserem alten Haus getackert war.

»Das gibt's doch nicht«, sagte Chloe.

»Doch. Keine Ahnung, was hier gerade abgeht.«

Auf dem Foto standen meine Eltern und ihre besten Freunde, das Ehepaar Connors, vor einem Backsteingebäude. Chloe hielt das Foto neben das Bild, das sie im Darknet ergattert hatte. Alles war identisch – Gebäude, Wege, Birken.

»Derselbe Ort, eindeutig«, stellte Chloe fest.

Die Perspektive war etwas anders, aber ich hatte das Bild auf Anhieb erkannt.

Vielleicht hatte Crow tatsächlich recht.

Vielleicht waren meine Eltern wirklich keine Buchhalter gewesen.

»Ich hab noch was anderes«, sagte Chloe und begann eine neue Suche im Darknet.

»Warte«, sagte ich. »Geh noch mal zurück zu dem Bild.«

»Und jetzt?«

»Zoom mal bitte auf die Tür, so nah wie möglich.«

Es war schwer zu erkennen, aber neben der Tür befand sich ein kleines Metallschild.

Ein Dreieck und ein Kreis. Die Pyramide, deren Spitze von einem Kreis zerteilt wurde. Das Symbol aus meinem wiederkehrenden Fahrstuhltraum war das Logo des Gatewick Institutes.

»Kennst du das Zeichen?«, fragte Chloe.

»Bin mir nicht sicher«, schwindelte ich wieder.

Chloe zeigte mir ihre weiteren Funde aus dem Darknet: drei Dokumente, auf denen oben dasselbe Symbol abgebildet war.

Auf der ersten Seite waren Fragen zu psychischer und körperlicher Stabilität und eine Liste von Aktivitäten aufgeführt, mit denen man »das Negative vertreiben« und »das Positive verstärken« sollte.

»Vielleicht ein Behandlungsplan?«, mutmaßte ich.

»Glaubst du echt, dass deine Eltern mit diesem Zeug zu tun hatten?«

»Ich hab keinen Schimmer.«

Kopfschüttelnd las Chloe weiter. »Was hat das alles zu bedeuten?« Sie deutete auf die zweite Seite. »Medikamente und Meditation, Floating-Tanks, DMT? Das ist ein starkes Halluzinogen. Ganz ehrlich, K: Ich finde, das sieht verdammt nach MKUltra aus.«

»Aber es könnte auch so eine Art Esoterik-Klinik gewesen sein, oder nicht?«

»Stroboskoplichtbehandlung, Hypnose … Mensch, K, bei der Medikation hier ist sogar Ayahuasca aufgeführt. Damit haben die doch auch Versuche an Menschen gemacht, oder?«

»Das konsumieren doch heutzutage viele«, wandte ich ein. »Die neue New-Age-Generation pfeift sich das ein wie Vitamin C.«

»Aber damals nicht«, widersprach Chloe.

Ich zuckte die Achseln.

»Und die restlichen Substanzen wurden so durchgestrichen, dass sie nicht mehr lesbar sind.«

»Und?«

»Na, wenn Ayahuasca noch der harmloseste Stoff in deinem Psychodrogen-Cocktail ist, kannst du dein Hirn in der Pfeife rauchen. Und du hattest echt keine Ahnung, dass deine Eltern mit so was zu tun hatten?«

»Nee, woher denn auch? Ich meine, ich hab wahrscheinlich schon gespürt, dass sie mit ihren Freunden irgendeine besondere Gemeinschaft hatten. Aber ich war ein Einzelkind, bei Treffen mit Freunden hab ich mich sofort auf die anderen Kinder gestürzt und nicht mit den Erwachsenen rumgehangen.«

»Hast du noch Kontakte zu diesen Familien?«

Ich dachte an die Connors-Schwestern und den Unfall.

Das Rauschen und Knistern aus dem Radio war sofort wieder da. Und der Geruch von Pfirsichlotion.

»Hey?«, sagte Chloe. »K?«

»Was ist?«

Chloe legte ihre Hand auf meine, weil ich wieder zu trommeln begonnen hatte. »Bist du okay?«

»Nein«, sagte ich. »Ich meine, doch, doch, ich bin okay.

Aber nein, ich habe keine Kontakte mehr zu den Familien von damals.«

Das stimmte insofern, als ich vor Jahren erfolglos versucht hatte, einige Freunde aus meiner Kindheit über Social Media zu finden. Aber meine sonderbare Begegnung mit Emily Connors bei Crow verschwieg ich auch jetzt wieder.

Die Berührung hatte mir gutgetan, und ich entspannte mich ein bisschen, während Chloe weiter nach dem Gatewick Institute forschte, aber nichts Neues mehr fand.

Dann rief ihr Cousin aus England an, und sie stellte das Handy auf Lautsprecher, damit ich mithören konnte.

»Hey, Brendan.«

»Hey, Chloe, wie geht's dir?«

»Gut, danke. Ich hab Besuch hier und den Lautsprecher an, also bitte kein durchgeknalltes Zeug quatschen, wenn's geht.«

»Also nicht über die Familie reden, meinst du?«

»Definitiv nicht.«

Brendan lachte. »Okay, also, ich hab mit einer Bekannten über euer Sektenthema gesprochen. Sie ist bis Mitternacht auf, und ihr könnt sie anrufen.«

»Hat sie der Sekte angehört?«

»Weiß ich nicht genau, aber sie kennt sich jedenfalls damit aus.«

Im Hintergrund waren Stimmen zu hören.

»Tut mir leid, ich muss wieder an den Set. Viel Glück.«

»Danke, B«, sagte Chloe.

Eine Sekunde später schickte Brendan Name und Telefonnummer der Frau. Sie hieß Carlotta Blake und meldete sich sofort, als Chloe anrief.

»Hi, Carlotta, wir sind Chloe und K. Brendan sagte, wir könnten dich anrufen.«

»Ja, natürlich. Hi.«

»Er meint, es ginge klar, wenn wir dir ein paar Fragen zu dieser Gruppe stellen, die sich ›Kinder des Grauen Gottes‹ nennt.«

»Kein Problem. Schießt los.«

»Also, als Erstes«, sagte Chloe, »hast du schon mal von Rabbits gehört?«

»Ähm … von was bitte?«

»Hat nichts mit Tieren zu tun. Das ist ein geheimes Alternate-Reality-Spiel«, ergänzte ich.

Carlotta blieb stumm.

»Hallo? Bist du noch dran?«, fragte Chloe.

»Jaja. Aber nee, der Begriff sagt mir gar nichts. Doch in der Sekte ging es tatsächlich um irgendein seltsames Spiel.«

»Inwiefern?«, fragte Chloe.

»Es gab da so ein Ritual, das die Eingeweihten mit den Adepten machen – eine Zeremonie, die sie auf den sogenannten ›heiligen Weg‹ führen sollte. Ich habe mitbekommen, dass dieser Prozess auch als ›das Spiel‹ bezeichnet wurde.«

»Weißt du, wie dieser ›heilige Weg‹ aussehen soll?«

»Nein, aber er wurde auch ›Pfad zum Grauen Gott‹ genannt.«

»Wie lange hast du der Gruppe angehört?«, fragte Chloe.

»Gruppe? Man sollte die auf jeden Fall als Sekte bezeichnen, das ist keine harmlose Gruppe. Ich habe ihr auch nicht angehört, sondern war nur mal knapp zwei Tage dabei. Meine Freundin war Journalistin und hatte sich mit diesen Spinnern ein Jahr lang eingelassen, um eine große Reportage über die Sekte zu schreiben. Zum Ende dieser Zeit hin hatte sie das Gefühl, dass sich etwas veränderte und sie in Gefahr sein könnte. Deshalb hatte sie mich gebeten, eine Weile dabei zu sein.«

»War sicher eine gute Idee«, warf ich ein.

»Nachdem das mit den Mädchen passiert war, wollte ich sie überreden, sofort zu verschwinden«, fuhr Carlotta fort. »Aber sie sagte, sie hätte schon so viel Zeit investiert und würde das Gefühl nicht los, dass sie schon bald auf etwas ganz Großes stoßen würde.«

»Waren das die Mädchen, mit denen Minister Jesselman auf dem Glastonbury Tor Sex hatte?«, fragte Chloe.

»Nein, die Mädchen, die verschwunden sind.«

»Wie sind die denn verschwunden?«

»Sie sind dem Grauen Gott begegnet. Wenn man diesen Verrückten glauben möchte.«

»Kannst du uns mehr darüber erzählen?«, fragte ich.

»Also, meine Freundin war damals schon in die oberen Räume vorgedrungen und konnte die Ältesten davon überzeugen, dass ich mitkommen durfte bei der sogenannten ›Suche nach dem Pfad‹.«

»Und wie sah das aus?«

»Kompletter Irrsinn, das alles. Die Adepten, also auch meine Freundin, versammelten sich in einem Raum voller sonderbarer alter Computer. Dann nahmen sie jede Menge Drogen und versuchten den Weg zum Grauen Gott zu finden. Da war ich aber nicht dabei.«

»Und was ist dann passiert?«, fragte Chloe stirnrunzelnd.

»Sie hatten wohl irgendeinen Hinweis entdeckt, und wir machten uns auf die Suche nach dem Weg«, antwortete Carlotta. »Da durfte ich dann mitkommen.«

»Und du erinnerst dich nicht, irgendwann das Wort ›Rabbits‹ gehört zu haben?«, fragte ich.

»Nee, tut mir leid.«

»Was für ein Hinweis war das?«

»Sie hatten eine Straße entdeckt, die gar nicht existierte.«

»Was war damit gemeint?«, fragte ich, obwohl ich es genau wusste. Mir wurde schwindlig, und ich spürte, wie eine intensive Hitze aus meiner Brust in meinen Kopf stieg. Eine Straße, die nicht existierte. Das war der Kaiserspecht von Emily Connors; die Version von *Christina's World* mit dem überzähligen Fenster. Sidney Farrow, die mich plötzlich nicht mehr kannte.

Es war Rabbits.

»Weil sie nicht genau wussten, wo die Straße sein sollte«, fuhr Carlotta fort, »teilten wir uns in drei Vierergruppen auf. Ich war mit meiner Freundin und diesen zwei Mädchen in einer Gruppe. Die beiden waren noch nicht mal zwanzig.«

Carlotta klang halb erstickt und versank einen Moment in Schweigen.

»Lass dir Zeit«, sagte Chloe mitfühlend.

Wir hörten, wie Carlotta ein paarmal tief einatmete. Dann sprach sie weiter.

»Die beiden waren total aufgeregt und schauten immer wieder auf ein Blatt mit seltsamen Kritzeleien und Zeichen. Das benutzten sie als Karte, um uns durch Whitechapel zu führen.«

»Weißt du, wie sie an diese Karte gekommen sind?«, fragte Chloe.

»Offenbar sind sie durch die Drogen in eine Trance gefallen, in der sie alles aufschrieben, was ihnen in den Sinn kam. Wie beim automatischen Schreiben oder so. Jemand hatte die Aufgabe, den ganzen Unsinn auf Wörter und Muster zu untersuchen, die wiederholt vorkamen. Aus diesen wiederholten Elementen bestand wohl die Karte. So hat meine Freundin mir das jedenfalls erklärt.«

»Und habt ihr die Straße gefunden?«, fragte Chloe.

»Ja. Aber vorher ist noch was anderes passiert. Die Mädchen wurden noch aufgeregter als sowieso schon und raunten sich zu, sie würden ihn spüren, er käme zu ihnen.«

»Wer?«

»Der Graue Gott«, antwortete Carlotta. »Sie sagten, er würde sie rufen, und rannten los. Wir folgten ihnen. Ein paar Straßenzüge weiter blieben sie stehen, am Eingang zu einer schmalen Gasse mit Kopfsteinpflaster. Als ich in meinem Handy auf Google Maps schaute, war da aber gar keine Gasse angezeigt, sondern ein großes Gebäude. Und noch etwas anderes war total merkwürdig.«

»Was denn?«, fragte Chloe.

»Wir waren komplett alleine. An einem Freitagabend, mitten in London.«

»Na ja, das kann doch mal vorkommen, oder?«, fragte Chloe.

»Nee, nee, nicht in London. Da sind ständig überall Leute.«

Carlotta versank wieder einen Moment in Schweigen.

»Und dann?«, hakte ich nach.

»Meine Freundin sagte, wir müssten auf die anderen warten und gemeinsam reingehen. Aber die zwei Mädchen waren völlig überdreht. Sie behaupteten, der Graue Gott rufe nach ihnen und wolle nicht warten. Dann nahmen sie sich an der Hand und betraten die Gasse. Ich höre immer noch das Klacken ihrer Absätze auf dem Kopfsteinpflaster.« Carlotta holte tief Luft, rang um Fassung. »Meine Freundin schrieb schnell den anderen, dann folgten wir den beiden in die Gasse. Sie war so schmal, dass nur zwei Leute nebeneinandergehen konnten.«

Wir hörten, wie Carlotta etwas trank. »Und dann wurde es richtig unheimlich«, sagte sie schließlich.

»Was ist passiert?«, fragte Chloe.

»Tja, echt schwer in Worte zu fassen. Irgendetwas veränderte sich ganz hinten, am Ende der Gasse.«

»Was hat sich da verändert?«, fragte ich.

»Also, zuerst war da so ein unförmiges Gebilde … Aber das nahm dann Gestalt an, wie in einem Horrorfilm. Die Gasse war plötzlich stockfinster, und wir konnten die Mädchen nicht mehr sehen. Ich wollte sofort wegrennen, weil ich spürte, dass irgendetwas auf uns zukam. Etwas furchtbar Bedrohliches.«

»Was war so bedrohlich daran?«, fragte ich.

»Ich hatte das Gefühl, dass es uns vernichten wollte.«

Mein Herz pochte wie wild, und mein Mund fühlte sich staubtrocken an.

»Und nicht nur uns«, fügte Carlotta hinzu. »Sondern alles. Die ganze Welt.«

Ich holte tief Luft und warf Chloe einen Blick zu. Ihre Augen waren vor Angst geweitet, und sie umklammerte krampfhaft ihre Knie.

»Also, jedenfalls«, sagte Carlotta, »packte ich die Hand meiner Freundin, und wir rannten davon, so schnell wir konnten.«

»Was war mit den zwei Mädchen?«, fragte ich, obwohl ich die Antwort schon ahnte.

»Wie vom Erdboden verschluckt.«

»Gab es da vielleicht irgendwo eine Tür oder so?«, fragte Chloe.

»Nein, nur diese Sackgasse, Wände links und rechts. Als wir eine Straße weiter auf die anderen gestoßen sind, haben wir alles erzählt und sind mit denen zurückgelaufen. Aber als wir an die Stelle kamen, war die Gasse verschwunden. Jetzt war da wirklich ein Gebäude.«

»Und ihr habt euch ganz sicher nicht geirrt?«, fragte Chloe.

»Ganz sicher. Alles andere sah genau wie vorher aus – nur die Gasse war weg. Den beiden Mädchen ist garantiert irgendwas Schreckliches zugestoßen. In dieser Nacht habe ich kein Auge zugetan und gleich am nächsten Morgen meine Freundin angerufen. Ich wollte ihr sagen, dass sie sofort aus dieser Sekte aussteigen muss, Reportage hin oder her. Aber ich hab meine Freundin nicht mehr erreicht.«

»War sie auch verschwunden?«

»Nein. Sie war tot.«

Wir schwiegen schockiert.

»Was ist passiert?«, fragte ich schließlich.

»Man hat uns gesagt, sie sei an einem Herzinfarkt gestorben – aber sie war erst achtundzwanzig.«

Chloe und ich sahen uns an.

Baron war erst neununddreißig gewesen.

28 »Rakete«

»Westlake«, verkündete eine leicht verzerrte Roboterstimme, als die Stadtbahn im Tunnel anhielt.

Chloe musste noch ein paar Stunden arbeiten, und ich hatte beschlossen, auf dem Pike Place Market etwas fürs Abendessen einzukaufen.

Als ich aus der Unterführung kam, hielt ich mich Richtung Third Avenue. Es regnete ausnahmsweise mal nicht, aber der Himmel war schon den ganzen Tag über bleiern. Ich zog mir gegen die kühle Meeresbrise die Kapuze über die Ohren und steuerte mit schnellen Schritten auf den Markt zu.

Als ich gerade in Gedanken ein paar Rezepte durchging (und Pasta mit Lachs erwog), drangen mehrere Wahrnehmungen gleichzeitig auf mich ein. Aus den Augenwinkeln sah ich einen schwarzen Sportwagen – ein neuerer Audi vielleicht –, der über eine rote Ampel fuhr, blitzschnell wendete und auf mich zuraste. Gleichzeitig bemerkte ich in etwa fünfzig Metern Entfernung Swan und ihre Gruselzwillinge, die mich eindeutig im Visier hatten. Und als wäre das nicht genug, wendeten zwei weitere Autos mit quietschenden Reifen und hielten auf mich zu.

Ich gab Fersengeld. Wenn nicht irgendetwas passierte, würde ich meinen Verfolgern wohl kaum entkommen können.

Im nächsten Moment schoss ein weißer Lieferwagen über die Kreuzung und bremste so dicht neben mir, dass die drei anderen Autos nur in letzter Sekunde ausweichen konnten. Es kam mir vor wie eine Szene in einem Videospiel. Perplex starrte ich auf den Lieferwagen. *Teppichreinigung Golden Seal,* stand auf einem Magnetschild an der Seite. Deren Anrufbeantworter hatte ich unter der Nummer erreicht, die laut Russell Milligan zu Hazel führen würde.

Die hintere Tür glitt auf.

»Steigen Sie ein. Schnell!«

Der Mann, zu dem die Stimme gehörte, riss die Tür hinter mir zu, und der Lieferwagen raste los.

Im Inneren sah er nach einem hypermodernen Wohnmobil aus, nichts wies auch nur im Geringsten auf eine Teppichreinigung hin. Keinerlei Zubehör, lediglich zwei Sessel mit einem rechteckigen Couchtisch dazwischen.

Der Mann, der mir die Tür geöffnet hatte, ließ sich nieder. Er hatte dunkelbraune Augen und rabenschwarzes Haar.

»Ich habe Ihre Nachricht bekommen«, sagte der Mann.

Er schien etwa Anfang dreißig zu sein, hatte einen leichten britischen Akzent und trug einen perfekt sitzenden schwarzen Anzug, eindeutig auf seinen schlanken Körper maßgeschneidert.

»Welche Nachricht?«, fragte ich, obwohl ich das natürlich wusste.

»Diese hier.« Er spielte auf seinem Handy eine Aufnahme ab, und plötzlich erfüllte meine eigene Stimme den Raum.

Hallo, mein Name ist K. Meine Freundin Chloe und ich würden gerne mit Ihnen über … alles Mögliche sprechen. Das Wichtigste ist, dass Alan Scarpio mir sagte, mit dem

Spiel stimme was nicht und es müsse vor der nächsten Runde in Ordnung gebracht werden. Er hat mich um Hilfe gebeten, ist jetzt aber verschollen, und wir wissen nicht, wie wir weitermachen sollen. Bitte rufen Sie mich zurück.

»Sind Sie Hazel?«, fragte ich.

Der Mann lächelte nur.

»Wohin fahren wir?«, lautete meine nächste Frage.

»Ich soll Sie absetzen«, antwortete der Mann und las dabei eine gerade eingetroffene Nachricht auf seinem Handy.

»Sie sollen mich absetzen?«, wiederholte ich und runzelte die Stirn.

Der Mann nickte.

»Wo denn?«

»Entschuldigen Sie bitte einen Moment«, sagte er, während er etwas schrieb.

Saß ich hier wahrhaftig mit der Rabbits-Legende Hazel in einem Lieferwagen? Sollte ich den Mann nach Alan Scarpio fragen? Ich überlegte einen Moment und entschied mich dagegen. Der Typ mochte mir zwar gerade das Leben gerettet haben, aber ich hatte trotzdem keine Ahnung, wer er war.

Ob Hazel oder nicht – Chloe würde so sauer sein, dass sie das nicht miterlebte.

Während ich an Chloes Reaktion dachte, fiel mir etwas auf.

Niemand saß am Steuer.

Ich befand mich zum ersten Mal in meinem Leben in einem selbst fahrenden Auto. Wie sich das Lenkrad bewegte, erinnerte mich irgendwie an ein Fahrgeschäft in einem Vergnügungspark. Eigentlich hätte ich erwartet, dass ich bei diesem Anblick Panik schieben würde, aber irgendwie fand ich es erstaunlich entspannend.

Ein paar Minuten später hielt der Wagen an, und der mysteriöse Mann, der vielleicht Hazel war, öffnete die Tür und stieg aus.

»Ich setze Sie jetzt hier ab«, verkündete er.

»Wo sind wir?«

»In Seattle.«

»Ach was.«

Er grinste.

»Und was soll ich als Nächstes machen?«, fragte ich.

»Keine Ahnung«, antwortete der Mann, während er rundum die Magnetschilder von der Teppichreinigung Golden Seal abpflückte.

»Wer hat Sie geschickt?«

»Sie selbst«, lautete die Antwort, bevor der Mann wieder einstieg und der weiße Lieferwagen sich in Bewegung setzte.

Wie konnte es sein, dass der Anruf, den Chloe und ich vor über zwei Monaten getätigt hatten, jetzt dazu führte, dass dieser Typ mit seinem selbst fahrenden Auto zu meiner Rettung erschien? Und vor allem: Was zum Geier sollte ich jetzt tun?

Ich blickte mich um. Der Mann hatte mich in Fremont an der Evanston Avenue abgesetzt, direkt vor einem Coffeeshop, in dem ich öfter gewesen war, als Baron noch in diesem Viertel gelebt hatte.

An dem niedrigen Gebäude ragte eine Skulptur auf, die sogenannte Fremont Rocket – eine Rakete, die an die Zeit des Kalten Krieges erinnert. Aus alten Flugzeugteilen im Art-déco-Stil montiert, wirkt sie wie ein Stück Kulisse aus einem trashigen Science-Fiction-Film à la *Barbarella* oder *Flash Gordon*.

Während ich zu der Rakete hochschaute, hielt ein roter VW Käfer in der Nähe. Aus den offenen Fenstern dröhnte ein Song von Def Leppard aus den Achtzigern. Ich erkannte die Textzeile »I can take you through the center of the dark«.

Der Song hieß »Rocket«.

Diesen Song zu hören und dabei zu einer riesigen Raketenskulptur hochzuschauen, wäre an sich schon eine interessante Koinzidenz gewesen. Aber dann kamen auch noch zwei Frauen vorbei, von denen die eine ein hellblaues NASA-T-Shirt trug, die andere eine Originaljacke von der *Sorted*-Tour der Band Love and Rockets 1988. Das könnte man nun wirklich als Zeichen deuten – und wer von Mustern und Vernetzungen besessen ist, würde diesen beiden Frauen folgen, um zu sehen, wo sie hingingen.

Was ich natürlich tat.

Ich blieb hinter den beiden bis zur North 36th Street, wo sie rechts abbogen. Die beiden hielten sich an der Hand und lachten zusammen, ein glückliches Paar. Sie wirkten so unbeschwert und fröhlich, dass ich unwillkürlich lächelte.

Ich konnte mich nicht erinnern, jemals so unbekümmert gewesen zu sein.

Während sie am Weg zum Troll's Knoll Park vorbeispazierten, spürte ich ein bekanntes Kribbeln im Nacken. Wenige Atemzüge später hatte mich das graue Gefühl voll im Griff.

Jeder Schritt war so mühsam, als müsste ich am Grunde eines Sees durch den Schlamm waten. Ich konzentrierte mich aufs Atmen und zählte die Bodenplatten, um mich zu beruhigen. Als die beiden Frauen schließlich vor der monumentalen Trollskulptur unter der Brücke stehen blieben, hatte ich mich einigermaßen gefasst und konnte mich normal bewegen. Aber das graue Gefühl lauerte noch irgendwo, das spürte ich.

Es wartete auf etwas.

Der Fremont Troll ist eine fünfeinhalb Meter hohe Trollfigur aus Zement, die 1990 von einer Künstlergruppe unter der George Washington Memorial Bridge, besser bekannt als Aurora Bridge, erschaffen wurde. Der Koloss hat eine eigenartige Schönheit, und ich mag ihn sehr. Leider wird der Troll häufig besprayt und vandalisiert, weshalb immer wieder neue Zementschichten aufgetragen werden müssen, um ihm sein ursprüngliches Aussehen wiederzugeben.

Besonders interessant ist, dass der Troll einen roten VW Käfer mit einem kalifornischen Nummernschild in der Pranke hält. Aber nachdem die Skulptur jahrzehntelang zerstört und als Klettermonument benutzt wurde, ist die Farbe des Autos nicht mehr zu erkennen und das Nummernschild schon lange verschwunden.

Es besteht kein Zweifel daran, dass der Fremont Troll einen VW Käfer aus den Siebzigerjahren umklammert.

Deshalb traute ich meinen Augen nicht, als ich jetzt vor der Statue stand.

Denn in der gigantischen Pranke befand sich kein VW Käfer, sondern ein Austin Mini Cooper.

Das Frauenpaar machte ein Selfie mit dem Troll im Hintergrund und spazierte dann die North 36th Street entlang.

Während ich die Sache mit dem Auto zu begreifen versuchte und überlegte, ob ich den beiden Frauen weiter folgen sollte, fielen mir vier identische Plakate auf, die an einem der Brückenpfeiler klebten.

Sie wiesen auf ein Musikfestival in Oregon hin. Es war dem Genre Space Rock gewidmet und fand westlich von Portland rund um den Yaquina-Head-Leuchtturm statt. Die Plakate faszinierten mich vor allem deshalb, weil der Leuchtturm darauf als Rakete dargestellt war.

Noch eine.

Ich hielt nach Hinweisen beim Datum und den Bandnamen Ausschau (durchgängig Indie-Rock aus dem Pazifischen Nordwesten), fand aber nichts.

Nur die Leuchtturm-Rakete war von Bedeutung.

Erwog ich im Ernst, wegen einer Rakete auf einem Plakat sechs Stunden die Küste runterzufahren? Was, wenn der nächste Hinweis mich nun nach Uganda schickte?

Das letzte Mal, als ich in diesem Zustand gewesen war, wurde ich im Keller des Harvard Exit Theatre verhaftet, weil ich auf jemanden namens »Der Passagier« wartete. Danach waren die Psychoexperten dran, gefolgt von Jahren gesetzlich verordneter Therapie.

Ich musste eine Entscheidung treffen.

Wenn ich mich beeilte, konnte ich die beiden Frauen noch einholen, die mich hierhergeführt hatten. Aber meine Intuition sagte mir, dass ihre Ergiebigkeit für Hinweise (ob sie nun real oder eingebildet waren) ausgereizt war. Wenn ich dranbleiben wollte, waren die Leuchtturmplakate ein Muss.

Aber ich konnte nicht aus Jux und Tollerei eine solche Entfernung zurücklegen – zumindest im Moment nicht. Deshalb holte ich mein Handy raus und nahm mit Google Street View den Veranstaltungsort unter die Lupe.

Der Yaquina-Head-Leuchtturm steht auf einer Klippe direkt am Ozean, ist verbunden mit einem Außengebäude und umgeben von einem betonierten Weg. Ich betrachtete die Umgebung so genau, wie Google es zuließ, stieß aber auf nichts, was irgendwie mit Raketen in Verbindung stand.

Mit einem Mal merkte ich, dass ich ziemlich Hunger hatte. Also kehrte ich zu dem Café in dem Raketenhaus zurück. Dort bestellte ich mir Avocadosalat und Käsetoast, wie früher, wenn ich mit Baron hier gewesen war. Ich erwog, den Kellner nach dem Auto in der Hand des Trolls zu fragen. Aber ich fürchtete, dass der Mann sagen würde, was ich nicht hören wollte, nämlich, dass es schon immer ein Austin Mini Cooper gewesen war.

Beim Essen zoomte ich weiter auf die Umgebung des Leuchtturms. Das lenkte mich zumindest so weit ab, dass ich nicht weiter über die möglichen Folgen der Sache mit dem anderen Automodell nachdachte. Ich betrachtete die gewundene Holztreppe, die zum Strand hinunterführte, als mir etwas Merkwürdiges auffiel. Es war erst zu erkennen, als ich näher ranzoomte.

Auf den glatten grauen Kieseln, aus denen der Strand bestand, hatte jemand mit dem goldfarbenen Treibholz dieser Region eine Nachricht gelegt. Sie lautete: *Monorail K.*

Mir stockte der Atem. Ich trank einen Schluck Wasser und sah mich in dem Café um. Was zur Hölle ging hier vor sich?

Ich schaute auf mein Handy. Das Bild hatte sich nicht verändert.

Monorail K.

Das Foto von Google stammte von Juni 2018.

War es möglich, dass dieses Foto, das vor drei Jahren entstanden war, etwas mit mir zu tun hatte? Wenn ich das herausfinden wollte, gab es nur eine Möglichkeit: ein Taxi rufen und mich zur Monorail chauffieren lassen.

Der Wagen setzte mich an der Center Station ab, und ich fuhr mit dem Fahrstuhl zum Gleis hoch. Ich wollte mir gerade eine Fahrkarte lösen, als ich etwas Seltsames bemerkte.

Es gab zwei Fahrziele.

Seit ich denken kann, gab es bei der Monorail nur zwei

Stationen: Center Station und Westlake Station. Es gibt keine anderen, man kann nur zwischen diesen beiden hin- und herfahren. Aber jetzt hatte ich die Wahl zwischen Westlake und SeaTac.

Die Monorail hatte eine Haltestelle am Seattle-Tacoma International Airport?

Ausgeschlossen. Die Station SeaTac gab es nicht.

Ich kaufte eine Fahrkarte dorthin.

Dass etwas anders war, merkte ich sofort, als ich den Wagen betrat.

Da die Strecke nur zwei Stationen hat, braucht man auch keine Pläne und kann stattdessen historische Bilder von der Monorail betrachten.

Jetzt aber gab es tatsächlich einen Plan mit der dritten Station, dem SeaTac Airport.

Falls ich noch Zweifel an der Richtigkeit meiner Fährte hatte, waren sie in dem Moment behoben, als ich eine Zeitung umdrehte, die neben mir auf dem Sitz lag. Es war die Ausgabe von vorgestern, was ebenso unmöglich war wie die dritte Monorail-Station. Diese Zeitung war nämlich im Herbst 2000 eingestellt worden.

Sie war kostenlos gewesen und im Zweiwochenrhythmus erschienen. Ihr Name: *The Rocket*.

»Willkommen im SeaTac Airport«, sagte eine Frauenstimme, als der Zug in den Bahnhof einfuhr. Während der viertelstündigen Fahrt hatte ich wechselweise die Zeitung und die sechs anderen Fahrgäste betrachtet, ohne weitere Hinweise zu entdecken.

Aber irgendwo musste etwas sein.

Dieses Etwas erwies sich als Person.

Sie erwartete mich am Gleis, als ich ausstieg.

Es war Emily Connors.

»Komm«, sagte sie und packte mich am Arm. »Ich hab nicht viel Zeit.«

»Was zur Hölle machst du hier?«

»Meine Zeit mit der Suche nach dir vergeuden, obwohl ich die Welt retten sollte«, antwortete sie und marschierte los.

»Tut mir leid.«

»Nicht nötig. Steig einfach ein.«

Wir waren auf der Straße angekommen. Emily drückte einen Knopf an ihrem Schlüsselanhänger, und die Flügeltüren eines schwarzen Tesla X klappten mit leisem Surren hoch.

»Was ist los?«, fragte ich. »Verändert sich die Realität irgendwie?«

»Du hast doch sicher auf dem Weg hierher ein paar … Diskrepanzen bemerkt, oder?«

»Ja … Ist das …«

»Eine andere Dimension?«

»Das wollte ich nicht aussprechen. Aber … ist es denn so?«

»Alles sehr kompliziert. Jetzt erst mal ins Auto mit dir, und zwar sofort.«

Wir stiegen ein, und Emily raste los.

Von der Autobahn aus blickte ich aus dem Fenster auf die Innenstadt. Das aus dem Nichts aufgetauchte Gebäude war verschwunden, die Skyline sah aus wie vorher. Der Fremont Troll hielt zwar wahrscheinlich noch das falsche Auto umklammert, und die Monorail hatte eine Station mehr. Aber von hier aus konnte ich mir einbilden, dass wieder Normalität eingetreten war.

Emily fuhr an der nächsten Ausfahrt ab.

Ich hatte so viele Fragen, dass ich nicht wusste, mit welcher ich anfangen sollte. Deshalb schwieg ich vorerst, während Emily uns durch die Stadt kutschierte.

Schließlich fuhr sie in einen Carport unweit des Lake Washington Boulevard. Wir stiegen aus und traten auf einen Weg, der eine Gummifläche zu haben schien, sich dann aber als ein Laufband wie auf Flughäfen erwies.

Schließlich landeten wir vor einem schmalen weißen Betonbau, in dem sich ein Fahrstuhl befand. Es gab nirgendwo Bedienelemente, aber Emily veranstaltete irgendetwas mit ihrem Handy, woraufhin die Türen aufgingen. Sobald wir den Fahrstuhl betreten hatten, fuhr er auch schon nach oben.

Dort betraten wir ein Musterbeispiel für offenes Wohnen. Vor uns befand sich eine Glasfront mit Blick auf den See. Die Aussicht war atemberaubend, nur Wasser, Bäume und in der Ferne die Berge. Mit den düsteren grauen Wolken wirkte das ganze Ambiente wie das Haus eines wohlhabenden Mörders aus einem nordischen Krimi.

Durch eine Schiebetür gelangte man zu einer großen Terrasse, von der aus eine Treppe zu dem Laufband hinunterführte.

Die Designermöbel waren perfekt auf die Räumlichkeiten abgestimmt: das Sofa von Florence Knoll, der Tisch von Noguchi, die Pendellampe von Nelson Ball, dazu wandhohe Bücherregale und Korkböden.

»Du hast ja ein fantastisches Haus«, sagte ich.

Emily lächelte. »Das gehört nicht mir, sondern einem Freund.«

»Imposant.«

Emilys Lächeln erstarb, und sie wies mit dem Kopf Richtung Sofa. »Ich hab nicht viel Zeit. Stell deine Fragen.«

Ich ließ mich auf dem Sofa nieder, Emily schnappte sich

einen Sperrholzstuhl von Eames und setzte sich mir direkt gegenüber.

Jetzt erst kam ich dazu, sie richtig anzusehen. Emily wirkte müde. Vielleicht musste sie sich nur mal richtig ausschlafen, aber ich bemerkte auch Traurigkeit in ihren Augen und etwas Fernes, fast Abwesendes.

»Als ich dich in diesem Penthouse bei WorGames gesehen habe – war das real?«, legte ich los. Warum nicht gleich aufs Ganze gehen.

Sie antwortete nicht, sondern starrte mich wortlos an.

Es kam mir vor, als hielte sie nach etwas Bestimmtem Ausschau.

»Emily?«

»Entschuldige«, sagte sie. »Du erinnerst mich an jemand anderen.«

»An wen?«

Sie schüttelte den Kopf und beantwortete meine erste Frage. »Ja, das war real. Das Penthouse und Crow auch.«

»Aber was ist da passiert? Als ich später noch mal dort oben war, war alles ganz anders.«

»Crow hat es entfernt.«

»Er hat ein *Penthouse* entfernt?«

»Na ja, eher verändert.«

»Wie denn?«

»Mit der gleichen Methode, mit der ich dich hierhergebracht habe.«

»Wo sind wir hier überhaupt?«

»Ist kompliziert«, sagte Emily.

»Gut, also dann mal so: Sind wir in einer anderen Dimension?«

Emily strich sich durchs Haar und holte tief Luft. Dann antwortete sie mit einer Gegenfrage.

»Wie viel weißt du über Quantenphysik?«

»Nicht so viel. Ich meine, ich weiß, dass Teilchen sich auch wie Wellen verhalten können und dass die Beobachtung das Ergebnis beeinflusst. Aber dieses ganze Wahrscheinlichkeitszeug hat mich immer abgeschreckt.«

»Okay, dann versuch ich mal, so gut es geht, zu erklären, was derzeit vor sich geht. Unterbrich mich einfach, wenn du etwas nicht verstehst.«

Ich nickte. Mich beschlich die Vorahnung, dass ich wohl ziemlich viel nicht verstehen würde.

»Was weißt du über die Meechum-Radianten?«, fragte Emily.

»Nur, was Crow mir erzählt hat und was man im Internet findet.«

»Und was hat Crow dir erzählt?«

»Dass Kellan Meechum etwas entdeckt hat, das er mit den Ley-Linien verglichen hat – Energieadern im Weltgefüge sozusagen. Die hat er Radianten genannt.«

»Bislang korrekt.«

»Er hat auch gesagt, meine Eltern hätten an diese mysteriösen Energieadern geglaubt, und man könne sie benutzen, um zwischen den Dimensionen zu reisen.«

»Vieles wird dir ziemlich … abgedreht erscheinen«, sagte Emily. »Aber es passiert eine Menge jenseits der Welt, die wir beide kennen.«

»Das magische Multiversum?«

»Quantenmechanik ist keine Magie, sondern Wissenschaft, K.«

»Also, was sind nun diese Meechum-Radianten wirklich?«

»Man weiß es noch immer nicht genau. Aber 1945, während Meechum Forschungen zu seltsamen Attraktoren und dem Schmetterlingseffekt machte, stieß er auf etwas Unbekanntes. Er stellte fest, dass manche Ursache-Wirkung-Veränderungen ebenso wie Koinzidenzen und Zufallsbegegnungen in bestimmten Teilen der Welt verstärkt auftreten.«

»Und das hat er auf die Radianten zurückgeführt?«

»Genau. Indem er bestimmte Aktionen und Muster erzeugte oder Verknüpfungen und Koinzidenzen beobachtete, konnte er den Schmetterlingseffekt beeinflussen, behauptete Meechum. Das heißt, er konnte Wirkungen schaffen, die in keinem erkennbaren Zusammenhang mit der Ursache standen.«

»Was für Aktionen denn?«, fragte ich.

»Es heißt, Meechum habe jahrelang Anomalien und sogenannte Zufälle in und um Seattle beobachtet. Irgendwann kam er zu dem Schluss, dass diese Anomalien eben nicht so beliebig auftraten, wie es den Anschein hatte. Diese Vorfälle häuften sich nämlich entlang bestimmter Routen – die er Radianten nannte. Meechum glaubte, man könne sie nutzen, um wichtige Veränderungen in der Welt zu bewirken. Und er war der Überzeugung, dass es möglich sei, zwischen den Universen hin und her zu reisen. Er behauptete, es sei ihm zum Beispiel gelungen, den Zinssatz einer Bank zu verändern, indem er eine Datenanalystin daran hinderte, ihren Morgenkaffee zu kaufen.«

»Und du glaubst im Ernst an dieses Zeug?«

»Ja. Genau wie deine Eltern.«

»Dann glaubst du also auch, dass wir jetzt in einer anderen Dimension sind?«

Sie bedachte mich mit einem Blick, als könnte sie nicht fassen, dass ich es immer noch nicht kapiert hatte.

»Hast du seltsame Erlebnisse gehabt?«, fragte sie. »Ein absolut bedrohliches Gefühl, und die Welt kommt dir schlagartig verändert vor?«

»Wie bei einem Déjà-vu?«, fragte ich, obwohl ich wusste, dass Emily auf etwas anderes anspielte.

Sie meinte das graue Gefühl.

»Nein, ich meine ein anderes Phänomen«, sagte sie dann auch. »Hast du schon mal erlebt, dass dir Zeit verloren gegangen ist? Oder bist du zwanghaft fasziniert von Mustern und vermeintlichen Zufällen? Hast den Eindruck, dass sich an der dir bekannten Realität etwas verändert? Das muss nichts Großes, Weltbewegendes sein, eher kleine Details, die in Bezug zu deinem Leben stehen. Ein Kinderbuch, an das du dich von früher erinnerst, hat plötzlich einen anderen Titel. Oder ein Farmhaus auf einem berühmten Gemälde hat mehr Fenster als auf dem Originalbild.«

Sie sprach eindeutig von Andrew Wyeths *Christina's World*.

»Du meinst den Mandela-Effekt«, sagte ich.

»Was ich meine, ist das Gefühl, dass die Welt, die du kennst, sich selbst Stück für Stück zu vergessen scheint.«

»Ja, ich kenne alles, was du gerade beschrieben hast«, gab ich zu.

Emily nickte. Sie sah traurig aus.

»Wie kommt es dazu?«, fragte ich.

»Um zu mir zu finden, musstest du Koinzidenzen entdecken und Mustern folgen. Und du bist auf Diskrepanzen gestoßen, richtig?«

Ich nickte. »Der Fremont Troll hatte plötzlich einen Mini Cooper in der Hand anstelle eines VW Käfers.«

»Interessant.«

»Du weißt, dass es ein VW Käfer war, oder?«

»Ja, klar.«

»Aber ich vergesse so furchtbar viel«, sagte ich.

»Was meinst du damit?«

»Die meisten Diskrepanzen verschwinden schnell wieder. Ich kann sie notieren, mir Geschichten dazu ausdenken, sie mit Videos und Tonaufnahmen festhalten, aber das ändert gar nichts. Weil ich sie dann nämlich selbst nicht mehr glaube. Sie kommen mir später wie erfunden vor.«

Ich erinnerte mich zum Beispiel schon nicht mehr an die Handlung des dritten Films von Richard Linklater, *Before Midnight*. Dass ich ihn dreimal gesehen hatte, wusste ich noch, aber die Einzelheiten hatte ich vergessen.

»Tut mir leid«, sagte Emily mit einem Blick auf die Uhrzeit auf ihrem Handy, »aber ich muss mich beeilen. Wo war ich stehen geblieben?«

»Du hattest gerade die Meechum-Radianten erklärt.«

»Genau. Also, ein paar Jahre nach Meechums Veröffentlichungen über die Radianten übernahm ein Informatikgenie die Staffel und hat sich intensiver mit Meechums Arbeit befasst.«

»Hawk Worricker etwa?«, fragte ich.

»Genau. WorGames ist weit mehr, als es den Anschein hat.«

»Nämlich was?«

»Dazu komme ich noch.«

»'tschuldige.«

»Alles okay. Hör einfach auf dazwischenzuquatschen.«

Ich öffnete den Mund, um mich noch einmal zu entschuldigen, klappte ihn aber wieder zu.

»In puncto Mathematik, statistische Analyse und strategische Planung war Worricker wirklich genial. Er sammelte Daten und extrapolierte dann Entwicklungen für Bevölkerungsgruppen und Unternehmen. Dabei traf er immer wieder ins Schwarze und verdiente Millionen mit seiner Markteinschätzung. Aber erst als er die Radianten entdeckte, fand er seine Bestimmung.

Worricker fühlte sich dazu berufen herauszufinden, woraus sie bestanden, wie sie funktionierten und weshalb es sie überhaupt gab. Irgendwann hatte er genügend Material für Experimente gesammelt und kam zu dem Schluss, dass die Radianten real waren. Er war begeistert – bis er noch etwas anderes entdeckte. Das entsetzlich bedrohlich war.«

»Was denn?«, fragte ich.

»Er fand heraus, dass die Meechum-Radianten im Begriff waren zu verfallen und bald ihre Wirkung verlieren würden.«

»Welche Wirkung?«

»Worricker glaubte, dass die Radianten nicht nur unsichtbare Energielinien waren, sondern dass sie als eine Art Absicherung des Multiversums dienten.«

»Bitte was?«

»Wie gesagt, ich bin keine Quantenphysikerin, ich kann das nur so weitergeben, wie man es mir erklärt hat. Stell dir die Radianten vor wie eine universelle Resetfunktion – eine Möglichkeit, Dampf abzulassen sozusagen. Sie sind dazu da, die Funktionsweise der anderen Strömungen des Multiversums zu erhalten.«

»Was meinst du mit Multiversum? Kommt hier jetzt die Quantenmechanik ins Spiel?«

»Ja. Wir leben in einem Multiversum, K.«

»Also gibt es da draußen irgendwo unzählige Emilys und Ks, die dieses Gespräch führen?«

»Soweit ich weiß, wirkt sich das nicht so aus, nein. Ein neues Universum entsteht nicht durch kleine Elemente im Leben einer Person, sondern benötigt eine gewaltige Energiemenge.«

»Planetarische Dimensionen?«

»Ja, genau. Dennoch kann jedes einzelne Individuum eine

Menge dieser Energie erzeugen, unter passenden Umständen sogar genug für einen Wendepunkt. Und es hat sich herausgestellt … dass es auch noch andere Methoden gibt, um die Radianten zu beeinflussen.«

»Und welche Methoden sollen das sein?«

»Damit haben sich unsere Eltern befasst«, antwortete Emily.

»Du meinst, am Gatewick Institute?«

»Ja. Aber an dem Punkt sind wir noch nicht.«

»Entschuldige.«

»Also, Worricker musste sich etwas einfallen lassen, um das zu reparieren, was er für einen verfallenden Reparaturmechanismus des Universums hielt. Dabei scheiterte er immer wieder, aber am Ende hatte er die Lösung gefunden.«

»Rabbits«, mutmaßte ich.

Emily nickte. »Anfänglich hatte er einfach eine künstliche Intelligenz entwickelt, um von Zeit zu Zeit Korrekturen vorzunehmen. Er brauchte über ein Jahrzehnt, um herauszufinden, dass ein Spielsystem die effektivste Methode war, die Radianten überall auf der Welt zu beeinflussen.«

»Und das war 1959, als die moderne Version von Rabbits begann?«

»Genau.«

»Okay«, rekapitulierte ich. »Worricker hat Rabbits also angeblich geschaffen, um einen Reparaturmechanismus des Multiversums aufrechtzuerhalten …« Ich hielt inne. »Und was ist nun, wenn Rabbits eines Tages versagt?«, fragte ich alarmiert.

»Das ist der erste Tag vom Weltuntergang.«

Mein Verstand schien sich gegen die Aussage zu wehren und biss sich stattdessen an der Quantenmechanik fest. »Bin ich jetzt wirklich in einer anderen Dimension als heute Morgen beim Aufwachen?«

»Im Moment? Technisch gesehen, ja.«

»Also sitzt jetzt eine andere Version von mir in meiner Wohnung?«

»Nein.«

»Warum nicht?«

»Offen gestanden, kann ich dir nicht genau erklären, wie das alles abläuft. Aber wenn ich es richtig verstanden habe, existieren … nennen wir es ›die Seelen‹ … von Menschen in einer Art kosmischem Pool. Jeder Mensch in jeder Dimension ist ein einzigartiges Individuum, aber alle sind Teil dieses multidimensionalen Pools.«

»Okay …«

»Zu jeder Zeit kann nur eine Version eines Menschen bestehen. In dem extrem seltenen Fall, wenn jemand die Dimensionen wechselt, verschmilzt die neue Version mit der bereits vorhandenen beziehungsweise ersetzt sie. Die Erinnerung aus der vorherigen Inkarnation ist mit etwas verknüpft, das wir Dimensionsdrift nennen.«

»Könnte nicht behaupten, dass ich das verstanden habe …«

»Wie gesagt, wir sind auch nicht sicher, wie es genau funktioniert.« Emily blickte wieder auf ihr Handy. »Tut mir leid, K, aber ich muss jetzt unbedingt los.«

»Und was ist mit dem Gatewick Institute?«

»Das hat Hawk Worricker für seine Forschungen zu den Radianten gegründet. Seine Vision war, durch die Beeinflussung der Radianten für weltweiten Wohlstand zu sorgen. Am Institut hat er Experimente gemacht, mit denen die Radianten verlässlich gelenkt werden konnten.«

»Also hatte das Gatewick Institute nichts mit Rabbits zu tun?«

»Nein, das Spiel war davon völlig unabhängig. Das Institut diente der Erforschung der Radianten und deren Einsatz, ohne Rabbits zu tangieren. Worricker wusste, dass das Spiel der Schlüssel zur Gesundheit des Multiversums war.«

»Gatewick sollte also dem Wohl der Menschheit dienen?«

»Ja. Und deshalb sind auch unsere Eltern dort gelandet – und andere, ein Mann namens Edward Crawford zum Beispiel. Er wurde von allen Crow genannt.«

»Also hat Crow wirklich mit unseren Eltern zusammengearbeitet?«

»Ja.«

»Und wie kam es dazu, dass du jetzt für ihn im Turm tätig bist?«

»In meiner Jugend«, antwortete Emily, »hab ich im Schrank meiner Eltern einen Haufen verrücktes Zeug entdeckt – Dinge, die darauf hinwiesen, dass die beiden ebenso wenig Buchhalter waren wie deine Eltern. Was mich auf Anhieb in Bann gezogen hat, war ein kompliziertes Underground-Spiel, in das ich ziemlich schnell eingestiegen bin.«

»Rabbits.« Ich hörte wieder das Rauschen und Knistern des Radios, das Surren der Reifen auf der nächtlichen Straße.

»Aber meine Obsession führte zum Tod meiner Schwester.«

»Es war ein Unfall«, wandte ich ein.

»Nicht lange danach starben meine Eltern. Ich muss gestehen, dass ich mit alldem überhaupt nicht klarkam. Als Crow mich fand, schlug ich mich gerade als eine Art Online-Eintreiberin für Kredithaie durch. Crow hatte leichtes Spiel mit mir. Er erklärte mir, wie er meine speziellen Fähigkeiten einsetzen wollte, und ich fing an, für ihn zu arbeiten.«

»Was für Fähigkeiten denn?«

»Ich habe dich doch gefragt, ob dir Muster besonders auffallen, ob dir Zeitspannen fehlen und so weiter.«

»Ja …«

»Das hängt damit zusammen, dass unsere Eltern im Zuge der Experimente am Gatewick Institute jede Menge Drogen ausprobierten – darunter einen Drogencocktail, den unsere Mütter während der Schwangerschaft einnahmen.«

»Du willst damit sagen, dass meine zwanghafte Mustererkennung und die Zeitausfälle auf diese Drogen zurückzuführen sind?«

»Ja, genau das will ich damit sagen, K. Meine Mutter hat diesen Cocktail auch geschluckt. Alle Leute am Gatewick Institute.«

»Das heißt … du erlebst die gleichen Phänomene wie ich?«

Emily nickte.

Einen Moment lang war ich sprachlos.

»Und ist das auch die Erklärung dafür, wie du mich hergebracht hast?«, fragte ich dann. »In diese … andere Dimension oder was immer das hier ist?«

»Ja, so ist es.«

»Aber wie funktioniert das denn?«

»Die Vorgeschichte ist, dass infolge des pränatalen Drogenkonsums etwas passierte, das niemand vorhersehen konnte. Einige Kinder kamen mit … außergewöhnlichen Fähigkeiten zur Welt.«

»Und wie sehen diese Fähigkeiten aus?«

»Die Betroffenen können unter bestimmten Umständen die Meechum-Radianten ohne die aufwendigen Mapping-Techniken und Computersysteme beeinflussen, die normalerweise dafür notwendig sind.«

»Und was sind das für Umstände?«

»Momente extremster psychischer Belastung.«

Ich schluckte. Mein Mund fühlte sich plötzlich trocken an.

»Du hast also auch … diese außergewöhnlichen Fähigkeiten?«, fragte ich.

»Ein bisschen.«

»Was heißt das?«

»Meine Mutter hat sich nach drei Monaten Schwangerschaft geweigert, den Cocktail weiter einzunehmen, also hab ich nicht so viel von dem Gatewick-Elixier abgekriegt.«

»Aber offenbar genug, um auf die Radianten einzuwirken und mich hier in diese Dimension zu befördern?«

»Ich habe eine Art … Trick angewandt. Indem ich eine Zeitblase geschaffen habe, die aber in Kürze wieder einschrumpfen wird, und dann muss ich weg sein.«

»Und ich?«

»Du solltest eigentlich wieder da landen, wo du vorher warst. Oder wenigstens da, wo du begonnen hast, dieser Spur zu folgen.«

»Ich *sollte*?«

»Na ja, tut mir leid … das ist alles nicht … hundertprozentig.«

»Und was ist mit mir?«, fragte ich.

»Was meinst du damit?«

»Wie viel … Gatewick-Elixier habe ich abbekommen?«

»Das weiß ich nicht.« Emily stand auf und ging zum Fahrstuhl. »Wird wohl für immer und ewig ein Geheimnis bleiben.«

»Als ich Crow im Turm traf, hat er behauptet, nichts von meiner Existenz zu wissen.«

»Weil deine Eltern dich mithilfe deiner Fähigkeiten vor ihm versteckt haben.«

»Und wieso hat er mich dann verfolgt und mir gedroht?«

»Das weiß ich auch nicht genau«, antwortete Emily. »Aber es war eine komplette Überraschung für ihn, als du im Turm aufgetaucht bist. Und Überraschungen kann Crow auf den Tod nicht ausstehen.«

»Was macht er da im Turm überhaupt?«, fragte ich schnell.

»Was hat er dir denn gesagt?«

»Er hat behauptet, er nehme Veränderungen zum Wohl der Menschheit vor oder so was.«

Emily schüttelte den Kopf. »Als ich anfing, mit ihm zu arbeiten, schien er wirklich Worrickers Vermächtnis weiterzuführen und sich für positive Veränderungen einzusetzen. Aber nach einer Weile fielen mir sonderbare Veränderungen auf.«

Ich spürte, wie meine Nackenhaare sich aufstellten. »Was denn, zum Beispiel?«

»Vor langer Zeit war etwas geschehen, und Crows Tochter verschwand. Seither versucht er die Radianten zu manipulieren, um seine Tochter zurückzubringen.«

»Wäre das möglich?«

»Keine Ahnung, aber was er da treibt, um sie zu finden, destabilisiert zunehmend die Radianten. Im Rückblick kann ich auch die ersten Anzeichen erkennen, aber Crow hat sich so langsam verändert, dass es zunächst nicht auffiel.«

»Weiß Crow denn, was er mit seinen Aktivitäten anrichtet?«

»Ja, er weiß es. Ich bin mir nur nicht sicher, ob er imstande ist zu begreifen, dass er langsam den Mechanismus zerstört, der das Multiversum stabilisiert. Aber vielleicht ist es ihm auch egal.«

»Und kann man denn nichts dagegen unternehmen?«

»Nur Rabbits ist imstande, den Schaden zu verhindern, den er anrichtet.«

»Dann wäre es eine Hilfe, wenn man Rabbits gewinnt?«

»Wer Rabbits gewinnt, rettet die Welt.«

»Aber wie sollen wir das schaffen?«

»Ich glaube nicht, dass es möglich ist«, antwortete Emily.

»Und warum nicht?«

»Abgesehen davon, dass Crow Spielende terrorisiert und umbringt, hat er auch die Funktionsweise von Rabbits schon so beschädigt, dass man das Spiel kaum noch finden, geschweige denn, es gewinnen kann.«

Emily drückte den Fahrstuhlknopf.

»Bitte, ich hab noch so viele Fragen …«, rief ich.

»Glaub mir, K, ich täte nichts lieber, als noch stundenlang mit dir zu quasseln. Du hast mir gefehlt, wirklich, aber ich muss jetzt sofort los, sonst komme ich nicht mehr zurück.«

»Was meinst du damit?«

Sie sah ein weiteres Mal auf ihr Handy. »In zwanzig Sekunden schrumpft die Zeitblase, dann wird alles wieder so sein wie heute Morgen, als du aufgewacht bist.«

»Und was soll ich jetzt machen?«

»Mir Glück wünschen.«

»Wieso, was hast du vor?«

Ihr Blick traf meinen. »Ich werde Crow töten«, sagte sie. »Und dann allem zum Trotz versuchen, das Spiel zu gewinnen.« Mit diesen Worten trat Emily in den Fahrstuhl, und die Türen schlossen sich hinter ihr.

Ich öffnete die Schiebetür nach draußen und rannte die Außentreppe hinunter. Unten sprintete ich zu dem Fahrstuhlhaus am Ende des Laufbands. Unter keinen Umständen würde ich Emily ein weiteres Mal aus den Augen verlieren.

Die Türen des Aufzugs gingen in dem Moment auf, als ich davor ankam.

Doch er war leer.

Emily Connors war ein weiteres Mal spurlos verschwunden.

29 »Dann ist es eben unmöglich, nutzlos und potenziell tödlich«

Nach der Begegnung mit Emily in der Luxusvilla ihres mysteriösen Freundes stattete ich als Erstes dem Fremont Troll einen Besuch ab.

In seiner Pranke steckte ein VW Käfer.

Im Taxi auf dem Heimweg stellte ich beim Googeln fest, dass es den Film *Before Midnight* von Richard Linklater immer noch nicht gab. Der sonderbare Wolkenkratzer, der eigentlich nicht existierte, war wiederaufgetaucht, und die Bären wurden noch immer Berenstain und nicht Berenstein genannt.

Es hatte ganz den Anschein, als wäre ich wieder in der Welt gelandet, die ich hinter mir gelassen hatte, während ich Emilys Hinweisen folgte. Ich sah nach, wie spät es war. In einer halben Stunde würde Chloe bei mir zum Essen aufkreuzen.

»Was gibt's denn?«, erkundigte sie sich, als sie hereinspazierte und ihre alten grauen Converse All Stars von den Füßen kickte.

»Spaghetti Cacio e Pepe«, verkündete ich.

»Ooooh, toll. Du weißt, wie sehr ich deine leckere Pasta liebe, K.« Chloe küsste mich und steuerte den Kühlschrank an.

»Holst du den Wein raus?«

»Was dachtest du denn?«, erwiderte sie.

»Gut. Den werden wir brauchen.«

Sie drehte sich um und beäugte mich kritisch. »Wieso, was ist?«

»Ach, nichts. Ich hab bloß den Nachmittag in einer anderen Dimension verbracht.«

Chloe lachte und stellte den Sauvignon Blanc auf den Küchentresen. »Wenn das so ist, brauchen wir bestimmt was Stärkeres als Weißwein.«

Ich legte die Löffel ab, mit denen ich die Soße aus Butter, Pecorino und Pfeffer unter die Pasta gemengt hatte, und sah Chloe an.

»War doch ein Scherz, oder?«, fragte sie.

Ich schüttelte den Kopf. »Hatte einen völlig absurden Tag.«

Chloe goss uns Wein ein und setzte sich an den Tisch.

»Okay, dann leg mal los«, sagte sie. »Und nichts auslassen.«

Ich trug die Pasta auf, trank einen kräftigen Schluck Wein und erstattete beim Essen Bericht.

Als ich fertig war, lehnte Chloe sich zurück und stieß einen tiefen Seufzer aus. »Ja verdammt«, sagte sie. »Danach brauch ich von meinem Tag gar nicht erst anfangen.«

Ich zeigte ihr auf meinem Handy das Foto von dem Festivalplakat und dem Troll mit Mini Cooper. Das Plakat war natürlich ohne Zusammenhang eher witzlos, und das Foto hätte ebenso gut ein Fake sein können. Aber ich spürte, dass Chloe mir ohnehin glaubte, auch ohne Beweismaterial.

»Heißt das also, dass du so was wie … Gatewick-Superkräfte hast?«, fragte sie.

»Glaube ich eigentlich nicht. Es bedeutet wohl nur, dass ich ziemlich verrückt bin, weil meine Eltern jede Menge

Drogen genommen und seltsame Spiele mit mir veranstaltet haben.«

»Du bist nicht verrückt, K. Nur eine komplexe Persönlichkeit. Das ist ein Riesenunterschied.«

»Danke ... sag ich mal.«

Chloe nickte und goss uns Wein nach. »Nach diesem Bericht von deinem wilden Abenteuertag bin ich zu einem Entschluss gekommen.«

»Ich höre«, sagte ich und verschränkte die Arme vor der Brust.

»Wir müssen tun, was deine Freundin Emily dir aufgetragen hat.«

»Und was?«

»Das Spiel gewinnen, die Welt retten.«

»Geht von mir aus klar. Aber sosehr ich deinen Enthusiasmus zu schätzen weiß – Emily hat eben auch erzählt, dass Crow Spielende terrorisiert und tötet. Und seine Manipulationen haben Rabbits so übel beschädigt, dass man es kaum noch spielen, geschweige denn gewinnen kann.«

»Ich sehe das als Herausforderung«, erklärte Chloe.

»Ach, echt? Ich eher als unmögliches, nutzloses und potenziell tödliches Unterfangen.«

»Dann ist es eben unmöglich, nutzlos und potenziell tödlich. Aber du hast doch sonst nichts zu tun, oder?«

Nach dem Essen räumten wir die Spülmaschine ein, setzten uns wieder an den Tisch und öffneten die zweite Flasche Wein.

»Angenommen, wir sind hier nicht mehr sicher?«, sagte ich.

»In deiner Wohnung?«

Ich nickte. Es ging mir nicht um mich selbst, sondern um

Chloe. Crow hatte sich klar ausgedrückt. Wenn Chloe etwas zustieß, war das meine Schuld.

»Denkst du an Swan und ihre Killerzwillinge?«, fragte sie.

»Und an andere Gestalten, die Crow uns womöglich auf den Hals hetzt«, antwortete ich.

»Meinst du nicht, die wären dann schon längst hier?«

»Keine Ahnung. Vielleicht warten sie ab, bis wir wieder zu spielen anfangen.«

»Aber tun wir das nicht, seit wir Minister Jesselman live dabei zugeguckt haben, wie er sich das Hirn weggepustet hat?«, wandte Chloe ein.

»Weiß nicht. Wahrscheinlich schon.«

»Glaubst du wirklich, dass unser Multiversum in Gefahr ist?«

Ich überlegte einen Moment. Meine Erinnerungen verflüchtigten sich zwar schnell, wie ich Emily gesagt hatte. Aber ich war ganz sicher, dass ich *Before Midnight* im Kino gesehen hatte. Irgendetwas war da faul.

»Ja, ich glaube das wirklich«, antwortete ich schließlich.

»Und jetzt?«

»Ich kann nicht fassen, dass ausgerechnet wir zwei es retten müssen.«

»Jetzt lass mal diesen Erlöserquatsch«, erwiderte Chloe. »Gehen wir lieber noch mal ganz von Anfang an durch, ob uns irgendwas entgangen ist. Und wenn wir etwas finden, können wir uns immer noch überlegen, was wir damit anfangen wollen. Einverstanden?«

»Einverstanden.«

»Super.«

Wir holten unsere Laptops und sahen uns jedes einzelne Detail an: die Spielhalle, Scarpios Handy, das Attentat auf Jeff Goldblum, Silvanas verschwundene Narbe und schließlich Russell Milligan und die Teppichreinigung Golden Seal.

Etwas Neues fanden wir nicht, staunten aber über das ganze verrückte Zeug, das wir in den letzten zwei Monaten erlebt hatten.

Als wir vom Laptop aufsahen, war es schon nach Mitternacht. Wir beschlossen, gleich am nächsten Morgen weiterzumachen, und zwar ab dem Zeitpunkt von Barons Tod.

Ich speicherte gerade die Fotos in meinem Laptop ab, die Chloe von Barons irrer Pinnwand gemacht hatte, als Chloe sagte: »Hey, warte mal.«

»Was ist?«

»Guck mal hier.« Sie deutete auf drei Klebezettel inmitten des ganzen Chaos.

Auf den Zetteln standen drei Namen: Hazel, Murmur und The Dark Thane.

»Ja, und?«, sagte ich.

»Das sind drei total berühmte Rabbits-Spielerpersönlichkeiten.«

»Ja, klar. Glaubst du, das hat was zu bedeuten?«

»Warum hat Baron ihre Namen aufgeschrieben und dorthin gepinnt?«

»Keinen Schimmer.«

»Und guck mal da«, sagte Chloe, beugte sich vor und zoomte auf das Bild. Auf einem kleinen Papierfetzen tauchten die drei Namen noch einmal auf, aber hier waren Hazel und The Dark Thane durchgestrichen und Murmur umkringelt.

»Wieso sind die beiden durchgestrichen?«, fragte sie.

Ich zuckte die Achseln. »Na ja, Baron war wohl … nicht mehr so ganz klar im Kopf. Ist möglicherweise Unsinn.«

»Kann schon sein«, erwiderte Chloe. »Aber angenommen, er suchte Hilfe?«

»Bei Hazel, Murmur und The Dark Thane?«

»Warum nicht? Die haben alle auf dem höchsten Level gespielt. Wenn Baron irgendetwas Bestimmtes herausfinden wollte, wären die drei ein guter Start gewesen.«

Chloe zoomte auf einen anderen Zettel. »Und sieh mal hier. Baron hat einen Pfeil von Murmur zu diesem Ausdruck über Rabbits-Gruppen in Seattle gemacht. Da ist auch eine umkringelt.«

Ich spähte auf das Bild. »Die Navidsonians?«

»Anspielung auf Danielewskis Roman *Das Haus – House of Leaves?*«, meinte Chloe.

»Wäre denkbar – aber du glaubst nicht, dass das ein Hinweis ist, oder?«

»Na ja, K – ein Hinweis ist es ganz bestimmt. Aber es kommt darauf an, wie du damit umgehst.«

»Was soll das denn heißen?«

»Das soll heißen, dass ich der Meinung bin, du solltest deinen Arsch bewegen und mir helfen, diese Navidsonians aufzuspüren, damit wir einer berühmten Rabbits-Persönlichkeit ein paar Fragen stellen können.«

»Und du glaubst im Ernst, wir finden Murmur? Da könnten wir doch genauso gut Bono oder Oprah Winfrey einen Besuch abstatten wollen.«

»Baron hat uns aber einen Hinweis auf Murmur hinterlassen und nicht auf Bono oder Oprah«, widersprach Chloe. »Und bist du nicht heute von Hazel in einem Lieferwagen gerettet worden?«

Ich war mir ziemlich sicher, dass der Mann nicht Hazel gewesen war, aber Chloe hatte natürlich nicht ganz unrecht. Wir hatten eine Nummer angerufen, die angeblich zu Hazel führte, und plötzlich war jemand aufgetaucht und hatte mich davor bewahrt, von drei Autos zu Brei gefahren zu werden.

»Na schön«, sagte ich. »Nehmen wir mal an, der Hinweis führt uns zu Murmur, was aber hochgradig unwahrscheinlich ist.«

»Ich bin nicht deiner Meinung.«

»Jedenfalls … was ist mit den Gerüchten?«

»Die sind bestimmt übertrieben«, erklärte Chloe lässig.

»Skrupellos? Gefährlich? Hat vermutlich einen Mord begangen?«

»Ach, das klingt doch ganz schon überspannt.«

»Das meinst *du*. Und hast nicht du mich erst kürzlich davor gewarnt weiterzumachen?«

Chloe überging meinen Einwand.

»Diese drei Namen haben jedenfalls etwas zu bedeuten, und wir werden rauskriegen, was«, verkündete sie entschieden, öffnete in einem Tor-Browser einen beliebten Rabbits-Chatroom und drehte ihren Laptop so, dass ich nicht draufgucken konnte.

Und sie hackte los wie eine Wilde.

Ich schüttelte den Kopf und seufzte. »Na dann.«

Chloes Lächeln spürte ich mehr, als dass ich es sah.

»Wir machen das morgen«, fügte ich hinzu. »Jetzt wird erst mal geschlafen.«

30 »Zompocalypse«

Am nächsten Morgen frühstückten wir Croissants und Rühreier und durchforsteten dabei sämtliche Rabbits-Seiten im Darknet, die wir finden konnten, auf Informationen über Spielende, die mit einer Gruppe namens Navidsonians in Verbindung standen. Wir folgten jedem Gerücht und jeder Spur, bis wir zehn Namen zusammenhatten, die wir jeweils viermal in vier voneinander unabhängigen Websites entdeckt hatten. Dann schrieben wir die Namen an Chloes Whiteboard und sammelten alles, was über die zehn Personen zu erfahren war.

Fünf Stunden später, nachdem wir so viele Internet-Pseudonyme wie möglich ausgeschlossen hatten, bestand unsere Liste noch aus vier Namen:

1. Karl Yasserman
2. Darla Chung
3. Carla Yu
4. Trenton Hall

Konnte jemand von diesen vier die berühmt-berüchtigte Spielerpersönlichkeit Murmur sein?

Alle vier waren wiederholt im Zusammenhang mit den Navidsonians erwähnt worden, aber nichts verwies auf Murmur.

Wir beschlossen, uns auf Trenton Hall aus Vancouver in Kanada zu konzentrieren, und auf Darla Chung aus Tacoma, Bundesstaat Washington. Beide schienen an mehreren Runden des Spiels teilgenommen zu haben, weshalb es im Netz einiges an Gerüchten und Spekulationen über ihre Zugehörigkeit zu den Navidsonians gab.

Den gegenwärtigen Aufenthaltsort von Trenton konnten wir nicht herauszufinden, aber Darla Chung hatte eine Facebook-Seite mit einigen Fotos. Sie war klein und zierlich und hatte ein strahlendes, sehr fotogenes Lächeln. Murmur – die Spielerpersönlichkeit, die angeblich nicht mal vor Mord zurückschreckte – hatte ich mir allerdings ganz anders vorgestellt.

Über Murmur war genauso wenig bekannt wie über Hazel. Über einige berühmte Rabbits-Spielende kursierten Gerüchte: Californiac (vermutlich Alan Scarpio), Vampire Billy (eventuell ein bekannter Schauspieler aus einer alten Fernsehserie), Sadie Palomino (angeblich die Videogame-Legende Vera Spiotta aus dem Silicon Valley). Aber Murmur und Hazel waren seit jeher geheimnisumwitterte Figuren.

Wer sich für das Spiel interessierte, hatte auf jeden Fall schon von Murmur gehört. Es hieß, er oder sie habe vierhundert Karten für ein Konzert gekauft, um es sich alleine ansehen zu können. Angeblich hatte Murmur während der neunten Runde einen Freund an die Polizei verpfiffen, um die Nase vorn zu haben.

Am schockierendsten war allerdings immer noch das Gerücht, dass Murmur die Person, mit der er oder sie verheiratet war, vom Dach eines fünfgeschossigen Hauses gestoßen hatte, um einen Hinweis alleine verfolgen zu können.

Ich war mir ziemlich sicher, dass Darla Chung nicht Murmur war. Sie sah einfach nicht aus, als wäre sie imstande, jemanden von einem Dach zu schubsen.

Auf den Fotos tauchte wiederholt eine Freundin von Darla namens Alison auf, eine Immobilienmaklerin. Auf ihrer Website waren sämtliche neueren Verkäufe aufgeführt, unter anderem eine tadellos renovierte Eigentumswohnung ganz in meiner Nähe. Stolz lächelte Alison in die Kamera, den Arm um die Käuferin gelegt.

Es war Darla Chung.

Außerdem hatten wir herausgefunden, dass die Navidsonians sich immer donnerstags und sonntags trafen.

Heute war Mittwoch. Chloe und ich beschlossen, gleich morgen früh eine Observation von Darlas Wohnung zu starten.

Am nächsten Morgen parkten wir vor dem Gebäude, tranken im Auto Kaffee und vertrieben uns die Wartezeit, indem wir uns alle drei Folgen der ersten *Sherlock*-Staffel noch mal anschauten.

Gegen zwei Uhr mittags kam Darla aus dem Haus.

Wir stiegen aus und folgten ihr zu Fuß.

Sie ging durch den Volunteer Park in eine stille Wohngegend. Nach einer Viertelstunde Fußmarsch stieg Darla die Treppe zu einem mittelgroßen historischen Wohnhaus im Craftsman-Stil hinauf, klopfte an die Tür und wurde von einer Person eingelassen, die wir nicht erkennen konnten.

Kaum war Darla im Haus, zog Chloe mich die Treppe hinauf und klopfte auch.

Zwei Sekunden später wurde von Darla geöffnet.

»Hi«, sagte Chloe.

»Hi«, erwiderte Darla überrascht. »Wer seid ihr?«

»Ich bin Chloe, das ist K.«

Ich winkte zur Begrüßung.

»Wir spielen die elfte Runde und brauchen Hilfe«, erklärte Chloe.

»Wer ist da?«, rief jemand von innen.

»Das sind Chloe und K. Sie sagen, sie spielen die elfte Runde.«

Schweigen trat ein. Schließlich sagte eine Frauenstimme: »Na, dann sollen sie die Schuhe ausziehen und ihren Hintern hier reinbewegen.«

Wie sich herausstellte, hieß die Frau, die gesprochen hatte, Easton Paruth. Sie stammte aus Südasien, war um die fünfzig und hatte kurze graue Haare mit einem fransigen Pony. Easton saß mit vier weiteren Personen an einem langen Tisch. Die anderen waren der Colonel, ein Mann Mitte sechzig mit wilder weißer Mähne und Nickelbrille, Alberto, ein Brasilianer, der noch vor etwa zehn Jahren Leistungssportler gewesen war, und ein junges Ehepaar aus Irland, Jenny und Hugh, denen das Haus gehörte. Jenny war von den Handgelenken bis zum Hals tätowiert und hatte gebleichte Haare mit rosa Spitzen. Hugh war mager und blass, hatte kurz geschorene rote Haare und wache grüne Augen.

Chloe und ich warfen uns einen Blick zu. Konnte jemand aus dieser Runde Murmur sein?

»Ihr wisst aber schon, dass es nicht erlaubt ist, über das Spiel zu sprechen«, sagte Easton mit schelmischem Funkeln in den Augen. Sie hatte einen leichten indischen Akzent.

Ich mochte sie auf Anhieb.

»Trefft ihr euch deshalb hier?«, fragte ich. »Wegen des Spiels?«

Darla setzte sich und blickte nervös zu Easton und Hugh.

Dann sagte sie: »Wir spielen nicht. Wir sind eine Art … Unterstützungsgruppe für ehemalige Spielende.«

»Ey, Darla, was tust du?«, knurrte Hugh.

»Ist okay. Wir sind unter Freunden«, sagte Easton.

»Bist du dir da ganz sicher?«, fragte der Colonel.

Easton starrte Chloe an, als müsste sie gründlich überlegen. »Ihr zwei seid befreundet, nicht?«

»Ja«, antwortete Chloe.

Darauf schaute Easton mich fragend an.

»Ja, sind wir«, bestätigte ich.

Der Colonel und Alberto murrten etwas vor sich hin.

»Also, es ist so«, erklärte Easton. »Das Spiel neigt dazu, Leben zu verschlingen. Deshalb halten wir unsere Entdeckungen … unter Kontrolle. Wir unterstützen uns gegenseitig und achten darauf, dass …«

»Niemand den Überblick verliert«, vollendete Jenny den Satz.

»Genau«, sagte Easton. »Das Spiel ist viel zu gefährlich geworden. Wir treffen uns hier, um uns gegenseitig zu … schützen.«

Da die anderen immer Easton ansahen, bevor sie sprachen, hielt ich sie für die Leiterin der Gruppe.

»Aber spielt ihr nun oder nicht?« Ich fixierte Easton, als ich die Frage stellte, doch ihre Miene verriet nichts.

»Nein«, antwortete Hugh. »Wir erörtern nur Möglichkeiten.«

»Wir spähen in den einen oder anderen Kaninchenbau und versuchen, ein paar Rätsel zu lösen. Während der neunten Runde haben wir einige geknackt«, berichtete Darla.

Ich behielt Easton im Auge, aber ihr Gesicht blieb ausdruckslos. War sie womöglich Murmur? Aber sie wirkte so … nett.

»Und woran arbeitet ihr gerade?«, fragte ich Darla.

Sie lächelte aufgeregt. »Ist echt cool. Wir haben in einem neuen Video auf YouTube einen versteckten ...«

»Darla!«, fiel Jenny ihr ins Wort. »Spinnst du?«

»Das geht klar«, verkündete Easton und sah Jenny an, die den Blick senkte. Was meine Annahme bestätigte: Hier hatte Easton das Sagen.

»Jemand hat in einem Videogame namens *Zompocalypse* ein Geheimlevel gefunden«, sagte sie jetzt. »Wir versuchen gerade festzustellen, ob man dieses Geheimnis unbeschadet ergründen kann oder ob es uns zu Rabbits führt.«

»Dann würdet ihr es nicht weiterverfolgen?«, fragte ich.

Easton lächelte nur.

»*Zompocalypse?* Ist das nicht diese miserable Kopie von *Fortnite*?«, fragte Chloe.

»Das finde ich aber zu grob«, warf Hugh ein, offenbar Fan von dem Game, das definitiv ein komplett misslungener Abklatsch von *Fortnite* war. Womit er als Kandidat für Murmur eindeutig ausschied.

»Was ist so besonders an diesem Geheimlevel?«, fragte ich.

»Es enthält ein Bild – eine Collage aus Symbolen und Zahlen, die eindeutig Hinweise sind, aber wir sind bisher nicht schlau daraus geworden«, antwortete Easton.

»Können wir das mal sehen?«, fragte ich.

»Von mir aus, ja«, sagte Easton. »Vorausgesetzt, die ganze Gruppe ist einverstanden.«

Es wurde geflüstert und geraunt.

»Wir können auch rausgehen, damit ihr euch in Ruhe besprechen könnt«, schlug ich vor.

»Gute Idee«, sagte Easton. »Wir rufen euch dann wieder rein.«

Wir traten nach draußen auf die Veranda am Eingang.

»Willst du abhauen?«, fragte Chloe, sobald die Tür hinter uns zu war.

»Was? Wieso das denn?«

»Wir können doch alleine *Zompocalypse* spielen. Das Geheimlevel finden wir locker.«

Daran hatte ich selbst auch schon gedacht.

»Komm schon«, sagte Chloe und ging die Treppe runter. »Von denen dadrin ist garantiert niemand Murmur.«

Ich war mir nicht so sicher wie sie. »Ich habe das Gefühl, dass Easton nicht komplett aufrichtig ist.«

»Du glaubst, dass sie spielt.«

»Ja, genau.« In diesem Moment ging knarrend die hölzerne Haustür auf.

»Ihr könnt wieder reinkommen«, erklärte Darla, und wir folgten ihr.

Sie führte uns zu zwei Stühlen, die man für uns am Kopfende des Tischs aufgestellt hatte. Auf einem Laptop erwartete uns das Geheimlevel von *Zompocalypse*.

Es sah genauso aus wie von Easton beschrieben: farbiger Text, Buchstaben, Zahlen und Symbole auf blauschwarzem Hintergrund.

Genau in der Mitte befand sich ein Symbol, das wesentlich größer war als alle anderen.

Ein Dreieck, dessen Spitze von einem Kreis zerteilt wurde: das Zeichen neben der Eingangstür zum Gatewick Institute. Das Zeichen aus meinem Fahrstuhltraum.

Wie konnte es sein, dass ein Symbol aus einem Traum, den ich schon seit meiner Kindheit hatte, in diesem Spiel auftauchte?

»Was meint ihr?«, fragte Easton.

Ich beugte mich vor und betrachtete die winzigen Zeichen und Buchstaben. »Sieht irgendwie schön aus«, sagte ich, und das stimmte auch. Das Symbol war sehr kunstvoll und detailreich gestaltet, im Gegensatz zum Rest der schrottigen, zusammengeklaubten Grafik.

»Könnt ihr uns was darüber sagen?«, fragte ich und deutete auf die winzigen Symbole.

»Wir glauben, dass die kleinen bedeutungslos sind, bloßes Dekor für die Gruselstimmung. Diesen Geheimkult-Hintergrund kann sich jeder für neunundneunzig Cent aus dem Netz holen.«

Ich nickte. »Und das da?«, fragte ich und deutete auf das Symbol in der Mitte. »Kennt ihr die Bedeutung dieser Kombination aus Dreieck und Kreis?«

»Nee, keine Ahnung«, antwortete Jenny, aber etwas huschte über Eastons Gesicht.

»Wie habt ihr das Geheimlevel gefunden?«, fragte Chloe. Es war schließlich sinnlos, wenn wir hier herumrätselten, während andere schon alles geknackt hatten.

Gemurmel am Tisch.

»Sollen wir wieder rausgehen?«, fragte ich.

»Man muss den goldenen Kriegshammer zum Schmiedeschuppen im Subquadranten bringen, dann kommt man durch die hintere Wand in einen versteckten Raum«, sagte Darla.

Hugh und Jenny sogen erschrocken die Luft ein, offenbar erschüttert, weil Darla das ausgeplaudert hatte.

»Was denn?«, sagte Darla, aber die beiden schüttelten nur den Kopf.

Easton lächelte versonnen. »Das ist in Ordnung«, sagte sie. »Wir sind Gleichgesinnte und wollen alle mehr erfahren. Wenn wir uns gegenseitig helfen können«, sie sah mich an, »schadet das nicht.«

»Wir haben diese Symbole auf der Wand in dem Geheimraum gefunden.« Darla zoomte ran, und wir sahen den ganzen Raum.

»Cool«, sagte ich.

»Wie deutet ihr das?«, fragte Easton.

»Keine Ahnung«, sagte ich. »Hat jemand von euch eine Idee?«

»Ein paar Dinge sind uns dazu schon eingefallen«, sagte Darla.

»Die wir nicht preisgeben werden«, warf der Colonel jetzt mit strengem Tonfall ein, und Alberto nickte bekräftigend.

Vielleicht war einer von diesen beiden Murmur?

Ich sah Chloe an, und sie nickte. Es war an der Zeit, die Frage zu stellen.

»Hat jemand von euch schon mal von der Spielerpersönlichkeit namens Murmur gehört?«, fragte ich, und wir beobachteten scharf die Gesichter der Anwesenden.

Doch wir konnten keine auffallende Reaktion feststellen.

Von Murmur hatten sie natürlich schon mal gehört, sagten alle. Aber sie wüssten auch nicht mehr als wir.

Wir blieben anderthalb Stunden bei der Runde. Alle erzählten von Rätseln im Spiel, auf die sie gestoßen waren, und wir verglichen Notizen über das Prescott Competition Manifest. Ich bot an, die Version abzuspielen, die ich immer bei meinen Vorträgen verwendete, aber die anderen kannten sie schon.

Dann brachte Darla uns zur Tür, und wir mussten hoch und heilig versprechen, ihr Bescheid zu sagen, wenn wir in dem Geheimlevel von *Zompocalypse* Hinweise auf Rabbits fanden.

»Dafür, dass ihr euch alle gegenseitig von einem gefährlichen Spiel fernhalten wollt, habt ihr aber mächtig Interesse daran«, bemerkte ich.

»Wir finden es stärkend, in einer geschützten Umgebung darüber zu sprechen«, sagte Darla. »Für uns ist das etwa so wie Methadon für Heroinsüchtige. Wir haben alle heftige Dinge mit dem Spiel erlebt.«

Ich nickte. »Kann ich mir vorstellen.«

»Außerdem«, fügte sie leise hinzu, »müssen wir darauf achten, dass das Spiel … uns nicht folgt.«

»Was heißt das?«, fragte ich und rieb mir unwillkürlich den Nacken.

In diesem Moment rief Easton nach Darla.

»Tut mir leid«, sagte sie. »Muss wieder rein.«

Chloe hatte eine Schicht in der Spielhalle und setzte mich zu Hause ab. Wir verabredeten uns für den nächsten Morgen. Wenn nicht zu viel los war, wollte Chloe sich während der Arbeit mit *Zompocalypse* beschäftigen.

Ich setzte Wasser für Pasta auf und hackte Knoblauch. Dabei dachte ich über unser Erlebnis mit den Navidsonians nach. Hatten die sich wirklich aus dem Spiel zurückgezogen, oder lief da irgendwas anderes ab?

Es hatte Spaß gemacht, sich mit Gleichgesinnten zu unterhalten, war sogar inspirierend gewesen. Aber weitergebracht hatte uns die ganze Aktion nicht.

Nach dem Essen (Spaghetti Aglio e Olio mit Garnelen, dazu ein Glas Sauvignon Blanc) schaltete ich meine Konsole ein, kaufte *Zompocalypse* und steuerte meine Figur nach Darlas Anweisungen zu dem Geheimlevel.

Dann starrte ich stundenlang auf die eigentümlichen Zahlen, Buchstaben und Symbole, kam aber keinen Schritt weiter. Schließlich stolperte ich ins Schlafzimmer und warf mich bäuchlings aufs Bett. Wo ich binnen weniger Minuten in einen tiefen, traumlosen Schlaf sank.

Als ich wach wurde, war es stockfinster.

Ich setzte mich auf und tastete nach meinem Handy, um nachzusehen, wie lange ich geschlafen hatte. Es war aber nicht da, ich hatte es wohl im Wohnzimmer liegen lassen.

Irgendetwas fühlte sich merkwürdig an.

Ich war zweifellos in meinem Schlafzimmer, aber etwas hatte sich verändert.

Durch die Jalousien drang ein wenig Mondlicht, sodass ich die vertrauten Umrisse meiner Sachen erkennen konnte: die Lehne des alten Ledersessels, den ich, in der Woche als ich hier eingezogen war, am Straßenrand gefunden hatte; den vollgestopften Korb für Schmutzwäsche am Schrank. Aber etwas stimmte nicht. Hatte sich die Luft verändert?

Als meine Sinne wacher wurden, merkte ich, dass es nichts mit der Luft im Raum zu tun hatte.

Ich hatte vielmehr das Gefühl, eben nicht in meinem Schlafzimmer, sondern ganz woanders zu sein. Und so seltsam das auch sein mag, aber ich wollte das Licht nicht anmachen.

Das Gefühl war unheimlich, aber auch aufregend, und ich wollte es noch eine Weile behalten.

Als Kind war ich fasziniert von allem, was nicht alltäglich war. Damit meine ich nicht nur paranormale Phänomene wie Geister, UFOs und außersinnliche Wahrnehmung, sondern auch Religion, Astrologie und Mythologie. Ich experimentierte mit Ouija-Brettern und Séancen herum und raunte sogar »Bloody Mary« vor einem Spiegel, konnte aber nichts Paranormales heraufbeschwören.

Ich hätte alles gegeben, um einmal einen Geist zu sehen. Das hätte mir bestätigt, dass es da draußen noch etwas anderes gab als die gewohnte Wirklichkeit.

Als ich älter wurde und begann, Geister und dergleichen für reine Hirngespinste abzutun, fand ich es nicht mehr so spannend, mich mit Geheimnissen und bizarren Vorkommnissen in der realen Welt zu beschäftigen.

Doch die Faszination verschwand nie ganz.

An jenem Abend im Pick-up mit Emily und Annie fühlte sich die Welt dann auch verändert an.

Und während ich jetzt durch den stockdunklen Flur tappte, empfand ich wieder diese aufgeregte Spannung.

Als ich ins Wohnzimmer trat, dauerte es, bis meine Augen sich an die Dunkelheit gewöhnt hatten. Dann erkannte ich im matten gelben Schimmer der Straßenlaternen die Umrisse der Dinge hier. Alles schien so zu sein wie immer.

Ich war in meinem Wohnzimmer, aber auch hier fühlte sich etwas verändert an.

Eine Uhr war gerade nicht in Sicht, aber ich war mir sicher, dass sie 4.44 angezeigt hätte.

Ich trat ans Fenster und blickte hinaus. Unten auf der Straße war ein junges Paar unterwegs, das sich zu streiten schien. Es sah ganz danach aus, als wäre ihm irgendetwas furchtbar wichtig, was sie aber nicht interessierte.

Dem nervösen Flattern in meinem Bauch nach zu schließen, war an Schlaf nicht mehr zu denken. Deshalb beschloss ich, lieber gleich Kaffee zu kochen und in den Tag zu starten.

Während das Wasser siedete, starrte ich nach draußen auf die langsam erwachende Stadt. Die ersten Autos tauchten in den Straßen auf, Menschen traten aus ihren Behausungen und machten sich auf den Weg zur Arbeit.

Ich wurde noch immer das Gefühl nicht los, in eine andere Welt geraten zu sein, aber das Rauschen des Verkehrs draußen und das Brummen meines Kühlschranks beruhigten mich. Wahrscheinlich fehlte mir nur Flüssigkeit, oder ich war an einer blöden Stelle in der REM-Phase aufgewacht. Ich nahm mir eine Flasche Wasser und trank sie in einem Zug leer.

Erst als ich schon auf der Treppe war, merkte ich, dass ich das Dach ansteuerte. Im letzten Sommer hatte ich oft dort gesessen, Kaffee getrunken und über die Stadt geschaut. Aber im Dunkeln war ich noch nie da oben gewesen.

Als ich aufs Dach trat und zum Himmel aufschaute, verflog das unangenehme Gefühl von vorher. Der Anblick der Sterne war überwältigend. Noch nie hatte ich in Seattle einen so klaren Sternenhimmel erlebt.

Ich war öfter mal in Northern British Columbia gewesen, und dieser Anblick jetzt erinnerte mich an die Aussicht auf den Himmel dort, weit entfernt von den Lichtern der Menschen.

Lange starrte ich zum Himmel hinauf.

Ich betrachtete gerade den Großen Wagen, als es mir auffiel.

Das Geheimlevel.

Plötzlich sah ich die Verbindung. Die scheinbar beliebig angeordneten Zahlen und Symbole bildeten ein Muster.

Ich sauste nach unten, lud mir eine Sternenkarte mit der aktuellen Konstellation und begab mich wieder ins Geheimlevel.

Nach fünf Minuten hatte ich entdeckt, was sich in dem Zeichenwust verbarg.

Die gelben Zahlen an der Wand entsprachen Sternbildern.

Ich begann mit dem Polarstern, dem größten Stern im Kleinen Bären – auch Kleiner Wagen genannt –, und suchte in dem Geheimlevel die Zahlen heraus, die für die sieben wichtigsten Sterne in dieser Konstellation angegeben waren.

Am Ende hatte ich sechzehn Ziffern.

Ich hatte genug Erfahrung mit Alternate-Reality-Games und Rabbits, um zu vermuten, dass es sich hierbei um einen Code handelte. Ich probierte jede alphanumerische, hexadezimale und binäre Kombi aus, die mir einfallen wollte, aber das brachte gar nichts.

Stirnrunzelnd starrte ich auf den Bildschirm. Irgendetwas entging mir offenbar, aber ich kam einfach nicht dahinter.

Nachdem ich noch eine gefühlte Ewigkeit an den Zahlenkombis herumgebastelt hatte, ging mir plötzlich ein Licht auf. Die Zahlen spielten gar keine Rolle. Ich hatte etwas ganz anderes übersehen.

Ein weiteres Sternbild.

Ophiuchus, den Schlangenträger, hatte ich erkannt, das große Sternbild, in dem man einen Mann mit einer Schlange erkennen konnte. Manche Leute halten Ophiuchus – fälschlicherweise – für das dreizehnte Sternzeichen des Tierkreises. Doch das war es nicht.

Ich konnte nicht fassen, dass mir die kleine Konstellation entgangen war – verborgen in einem dichten Zeichenwust, den ich für Hintergrunddeko gehalten hatte.

Zwölf Sterne, die ein Dreieck mit einem Kreis an der Spitze bildeten. Das Symbol aus meinem Fahrstuhltraum und vom Gatewick Institute.

Ich versuchte, irgendein Muster zu erkennen, das die Sterne und Zahlen verband, fand jedoch nichts.

Aufgeben aber kam überhaupt nicht infrage.

Ich kochte endlich den Kaffee und machte mich wieder ans Werk.

Zunächst gab ich die endlose Zeichenreihe der zwölf Sterne des Symbols in die Adresszeile eines Internetbrowsers ein. Dann fügte ich .com hinzu und drückte die Enter-Taste.

Nichts.

Aber als ich dieselbe Kombi in die Adresszeile eines Tor-Browsers eingab und .onion hinzufügte, tat sich etwas.

Eine Website lud, aber ich bekam kein Video zu sehen, wie ich erwartet hatte.

Sondern eine Ansicht der Erde, und die Art, wie die Kamera heranzoomte, kam mir bekannt vor. Das war die Ansicht einer Satellitenkamera. Ich lehnte mich zurück und sah zu, wie Nordamerika erschien, dann der Bundesstaat Washington und zuletzt eine schmale Gasse in der City von Seattle.

31 »Hat jemand behauptet, es sei ein Spaziergang?«

Als ich diese Satellitenansicht oder was immer es war, entdeckt hatte, war es kurz nach sechs Uhr morgens.

Ich rief Chloe an, aber sie ging nicht ran. Wahrscheinlich hatte sie ihr Handy auf stumm gestellt.

Mir blieb nichts anderes übrig, als alleine loszuziehen.

Als ich aus dem Haus trat, war der Himmel wieder mal stahlgrau, und es regnete leicht. Ich zog meinen Hoodie zu und hastete zu dem Uber-Taxi, das auf der anderen Straßenseite wartete.

Der Fahrer sprach nicht, während er mich Richtung Pike Market chauffierte. Die Stille, in der nur das rhythmische Säuseln der Scheibenwischer zu hören war, und das Glitzern der Lichter auf den nassen Straßen hatten etwas Hypnotisches.

Kurz vor der besagten Stelle bat ich den Fahrer anzuhalten und stieg aus.

Ich checkte noch mal mein Handy und lief los.

Die Kamera hatte auf die Mitte dieser Gasse zwischen Western Avenue und First Avenue gezoomt. Bald würde hier viel los sein, aber im Moment war es noch still. Nur die Möwen waren schon kreischend unterwegs, um am Hafen nach Essbarem Ausschau zu halten.

Ich bog in die Gasse ein.

Rostige Feuerleitern, vernagelte Fenster. Ich betrachtete alles genau, suchte gespannt nach einem Hinweis.

Aber ich entdeckte keinerlei Muster im nassen graubraunen Kopfsteinpflaster, die Sprossen der Leitern ergaben keine auffällige Zahl, auch die Graffiti an den Backsteinwänden und die Mülltonnen waren unergiebig.

Hatte ich mich geirrt?

Ich war enttäuscht und bereit aufzugeben, da hörte ich ein leises Scharren hinter einem Müllcontainer.

Ich umklammerte meinen Schlüsselbund so, dass die Spitzen zwischen meinen Fingern herausragten. Aber dann sagte ich mir, dass ich mit meiner behelfsmäßigen Waffe wohl kaum etwas gegen irgendeinen Unhold ausrichten konnte.

Stattdessen ging ich vorsichtig auf den dunkelgrünen Metallcontainer zu, bereit davonzurennen, wenn eine Person (oder etwas Übleres) dahinter hervorspringen sollte.

Ich war noch etwa einen Meter entfernt, als eine riesige Ratte hinter der Tonne hervorgehuscht kam.

Hastig sprang ich zurück und setzte mich dabei fast auf den Hintern.

Vor Ratten fürchtete ich mich nicht, die begegneten einem in Seattle auf Schritt und Tritt. Aber ich war mir schon darüber im Klaren, dass ich gerade im Dunkeln durch eine menschenleere Gasse spazierte.

Ich nahm meinen ganzen Mut zusammen und rückte die große nasse Mülltonne beiseite.

Dahinter entdeckte ich lediglich eine weitere Ratte, noch größer als die erste. Sie lag auf nassen Zeitungen, mit etlichen rosaroten Jungen an den Zitzen.

Behutsam schob ich das schwere Ding wieder zurück und wollte mich gerade mit Firmen- und Namensschildern an den Häusern beschäftigen, als mir ein weiterer Container gegenüber auffiel. Ich war nicht versessen darauf, noch mal eine Rattenfamilie bei ihrer Mahlzeit zu stören. Auslassen wollte ich aber auch nichts, weil mir das später keine Ruhe lassen würde.

Ich wappnete mich innerlich und zog den Container von der Mauer weg. Eine der Rollen war abgefallen, und das Ding machte einen Höllenlärm, als ich es bewegte.

Ratten waren keine da.

Aber etwas anderes.

Die Mauer war mit Zahlen, Buchstaben und Symbolen bedeckt, angeordnet um ein vertrautes Zeichen.

Das Dreieck mit dem Kreis an der Spitze.

Stil und Anordnung der Zeichen glichen dem Geheimlevel in *Zompocalypse*. Mir stockte der Atem, und mein Herz pochte wie wild.

Als ich ein Foto machte, hörte ich eine Stimme hinter mir.

»Und, was denkst du?«

Ich fuhr herum.

Easton Paruth.

Ich hatte sie nicht kommen hören, wahrscheinlich hatte sie sich genähert, während ich den Container verschob.

»Verfolgst du mich?«, fragte ich.

»Ich hab dafür gesorgt, dass Darla deine Schuhe mit einem Tracker ausstattet.«

»Was?«

Sie reagierte nicht, sondern fragte lediglich: »Ob ich wohl mal schauen dürfte?«

Ich trat beiseite.

»Wunderschön«, sagte Easton und legte die Hand auf das Zeichen in der Mitte.

»Du kennst dieses Symbol«, folgerte ich.

Sie strich über den Rest des Bildes.

»Es ist ein wichtiges Sigill in der Welt des Spiels«, sagte Easton. »Wir nennen es ›Mondaufgang‹.«

So bekam das eigentümliche Symbol aus meinem Traum einen Namen.

»Und was bedeutet es?«

»Das weiß ich auch nicht genau. Aber es erscheint meist während des Spiels als Zeichen, dass man auf dem richtigen Weg ist.«

»Willst du ein Foto machen?«, fragte ich.

»Nur zu gern, ja.« Sie fotografierte das Bild aus unterschiedlichen Perspektiven.

»Warum verfolgst du mich?«, lautete meine nächste Frage.

Easton steckte ihr Handy ein. »Ich lade dich auf einen Kaffee ein. Dann erzähl ich dir alles.«

»Bist du Murmur?«

»Kaffee.«

Sie half mir, den Container zurückzuschieben, und marschierte dann schnellen Schrittes los.

Ich eilte hinterher. Unter keinen Umständen würde ich Easton Paruth aus den Augen lassen, bevor ich mehr erfahren hatte.

Sie zog ihre Jacke aus und hängte sie über die Stuhllehne. Ein elegantes orange-blau gemustertes Top mit eckigem Ausschnitt kam zum Vorschein. An den Ohren baumelten große goldene Kreolen, an den Handgelenken trug Easton etliche Armreifen.

»Du hast Fragen an mich«, begann sie, »und ich verspreche, sie, so gut es geht, zu beantworten. Aber könnte ich selbst vielleicht zuerst ein paar Fragen stellen?«

»Was willst du wissen?«, fragte ich. Ich trank nervös einen

Schluck Kaffee und verbrannte mir prompt die Zunge, weil er noch viel zu heiß war.

»Ist es wahr, dass Alan Scarpio dich um Hilfe gebeten hat?«

Ich starrte Easton einen Moment wortlos an. Es war klar, dass sie das also bereits wusste, aber sie wollte es offenbar von mir bestätigt bekommen.

»Würdest du meine Frage zuerst beantworten?«, wollte ich wissen.

Ihr langsames Nicken war keine Bestätigung, eher ein Zeichen, dass sie darüber nachdachte. »Kommt drauf an«, antwortete sie.

»Bist du Murmur?«

Sie lächelte kurz. Dann nickte sie.

Easton Paruth war gerade von einem Moment auf den anderen höchst bedrohlich geworden.

»Seit wann spielst du?«

»Das ist eine zweite Frage«, sagte sie. »Geht aber klar. Schon sehr lange, lautet die Antwort.«

»Das hab ich nicht gemeint.«

»Du willst wissen, seit wann ich die elfte Runde spiele?«

»Genau.«

»Ich würde dir gern von meinen Erfahrungen berichten, K – aber in letzter Zeit kommt es verdammt häufig vor, dass Spielende verschwinden oder das Zeitliche segnen.«

»Was meinst du damit?«

Ich hatte nicht die Absicht zu offenbaren, dass ich das schon wusste. Zumindest jetzt noch nicht.

»Mehrere Spielende, die ich kannte, sind in letzter Zeit spurlos verschwunden oder gestorben. Und man hört, dass das weltweit zurzeit gehäuft vorkommt.«

»Wie erklärst du dir das?«

Sie zuckte die Achseln. »Ich weiß, dass man von mir behauptet, ich … würde mich ein wenig von den Spielregeln entfernen. Aber es wird wirklich gefährlich, K. Du solltest dich in Acht nehmen. Es gibt gar nicht mehr so viele von uns.«

»Ahnen Darla und die anderen, dass du sie quasi benutzt, um Rabbits zu spielen?«

»Nicht über das Spiel zu reden, gehört noch immer dazu. Ich würde dir raten, das in Erinnerung zu behalten.«

Eine unterschwellige Drohung von Murmur sollte man wohl eher nicht auf die leichte Schulter nehmen. Ich war jedoch so müde, dass mir gerade alles ziemlich egal war. »Aber wir reden doch jetzt auch darüber, oder?«

Sie lächelte. »Kann man so sehen, ja.«

Ich pustete auf meinen Kaffee, damit er abkühlte.

»Du bist doch nicht böse, dass ich dich benutzt habe, um diese Spur zu verfolgen, oder?«, fragte Easton.

Ich zuckte die Achseln. »Eigentlich nicht.« Und das stimmte tatsächlich. Ich trank hier Kaffee mit der Spielerlegende Murmur. Die mich auch noch für ihre Zwecke eingesetzt hatte. Das war eine Ehre. Chloe würde so was von neidisch sein.

»Wir haben alle unseren eigenen Stil zu spielen«, sagte Easton. »Aber dass du noch am Leben bist, ist eindrucksvoll.«

»Danke.« Ich trank einen Schluck Kaffee, diesmal erfolgreich ohne Verbrennen. »Also gut, ja, es stimmt«, sagte ich dann. »Alan Scarpio hat mich um Hilfe gebeten. Er glaubte, dass etwas am Spiel nicht in Ordnung sei.«

Easton beugte sich vor. »Er hatte recht. Das Spiel war immer schon gefährlich … aber was zurzeit passiert, ist definitiv neu. Noch nie sind so viele Spielende verschwunden oder ums Leben gekommen.«

Ich nickte.

»Wenn Scarpio dich um Hilfe gebeten hat, musst du bei diesen Vorgängen irgendeine Rolle spielen.«

»Wäre denkbar.« Ich fingerte an meinem Kaffeebecher herum. So spannend ich es auch fand, mit Murmur zu reden – unter keinen Umständen würde ich ihr von Crow und dem Gatewick Institute erzählen.

»Und ihr hattet vorher keinerlei Kontakt?«, bohrte Easton weiter.

»Nein. Ich bin ihm zum ersten Mal begegnet, kurz bevor er verschwand.«

Easton trank einen Schluck Kaffee und lehnte sich zurück. Ihre Armreife klirrten, und ich zählte sie – zehn an jedem Handgelenk. Zwanzig Armreife, ein Zwanzigdollarschein in der Hand eines Mannes, der Kaffee kaufen wollte, zwanzig Zuckertütchen im Behälter auf dem Tisch. Ich schüttelte den Kopf. Ich durfte mich jetzt bloß nicht in einem Mustererkennungszwang verlieren.

»Warum spielst du immer noch? Wenn ich das fragen darf.«

Easton starrte mich einen Moment lang an. Dann blickte sie sich nervös um, um sich zu vergewissern, ob auch niemand zuhörte. Schließlich sagte sie leise: »Weil ich weiß, was passiert, wenn man gewinnt. Ich habe es erlebt.«

»Was heißt das?«

»Ich war dabei, als jemand das Spiel gewonnen hat.«

»Wer?«

Sie schüttelte den Kopf. Auf diese Info brauchte ich nicht zu hoffen.

»Ich habe miterlebt, wie eine Person ihren Herzenswunsch erfüllt bekam«, sagte Easton, während sie aufstand und einen Zehndollarschein auf den Tisch legte. »Es war fantastisch. Deshalb spiele ich immer noch.«

Sie lächelte herzlich. »Ich wünsche dir Glück, K, wirklich aufrichtig. Aber ich hoffe, du verstehst, dass du nie mehr Kontakt zu mir aufnehmen solltest.«

Ich nickte, und Easton Paruth verließ den Coffeeshop.

32 »Der ›Mondaufgang‹«

Als ich zurückkam, stand Chloe vor meinem Haus.

»Du hast mich um sechs Uhr früh angerufen?«, sagte sie.

»Hab ich.«

»Und wo zur Hölle warst du jetzt?«

Ich lächelte nur.

»Du trinkst Kaffee mit Alan Scarpio und Murmur? Was denn als Nächstes, Bagels mit Hazel?«

Während Chloe Frühstück für uns machte, erstattete ich ihr Bericht über alles.

Nachdem wir gegessen hatten, zeigte ich ihr die Fotos von der Wand hinter dem Müllcontainer, und wir starrten auf mein Handy, um aus den Zeichen und Buchstaben schlau zu werden.

»Also, das ist jedenfalls das Symbol von der Tür des Gatewick Institutes«, sagte Chloe und deutete auf das Dreieck mit dem Kreis auf der Spitze.

»Easton nennt es ›Mondaufgang‹«, erzählte ich.

»Was soll es wohl bedeuten?«

»Keine Ahnung.«

Wir versanken einen Moment in Schweigen.

»Der Magier würde es wissen«, sagte ich schließlich und bereute die Äußerung auf der Stelle.

Er war immer noch verschollen, und daran wollte ich Chloe nun beileibe nicht erinnern.

»Entschuldige«, fügte ich hinzu.

Sie schüttelte den Kopf. »Schon okay. Aber irgendjemanden muss es doch geben, den wir fragen können.«

Ich dachte an Russell Milligan, aber der würde garantiert kein Wort mehr mit uns reden.

»Weiß nicht, Fatman vielleicht?«, schlug ich vor.

Chloe sprang auf. »Hey, ja, wieso hab ich nicht an ihn gedacht. Klar, Fatman.« Sie sprintete zur Tür und warf mir meine Schuhe zu.

»Moment«, sagte sie dann.

»Was ist?«

»Erst mal auf Tracker untersuchen.«

Wir inspizierten gründlich unsere Schuhe. Doch wir konnten nichts Ungewöhnliches entdecken.

Ich rief mir das Gespräch mit Easton in Erinnerung. Wenn es keine Tracker gab, wie zur Hölle hatte sie mich dann aufgestöbert? Noch dazu in dem Moment?

33 »Die unsichtbare Stadt«

Wir parkten ein paar Häuserblocks vom Pornoshop entfernt, sprangen aus dem Auto und setzten gleichzeitig unsere Kapuzen auf. Als wir über die Straße rannten, griff Chloe nach meiner Hand, und einen Moment lang kam es mir vor, als wären wir ein ganz normales Pärchen, das im Regen auf ein gemütliches warmes Café zusprintete – und nicht zwei Spinner, die ein lebensgefährliches Spiel gewinnen wollten, um das Multiversum zu retten, und deshalb einen Keller-Pornoshop ansteuerten, um einen Eremiten mit einer Armbrust um Hilfe zu bitten.

Unterwegs stellte ich mir vor, das alles im Alleingang machen zu müssen. Das hätte ich nie und nimmer geschafft, und ich war enorm froh, dass Chloe mir zur Seite stand.

Als wir näher kamen, sahen wir, dass das schmiedeeiserne Tor offen stand.

»Was ist da los?«, sagte Chloe.

Wir liefen hinunter zur Tür, und als wir davorstanden, hörten wir von drinnen ein seltsames Scharren und Rumsen.

»Hallo?«, rief Chloe.

Die Geräusche wurden lauter und brachen dann abrupt ab.

Die Tür war nur angelehnt. Ich klopfte und schob sie weiter auf. Das Knarren war echt unheimlich.

»Fatman?«

»Neil?«, rief Chloe.

Keine Antwort.

»Hier sind Chloe und K«, rief ich. »Wir kommen jetzt rein. Bitte erschieß uns nicht mit der Armbrust!«

Wir betraten das Büro.

Das Neonlicht war nicht eingeschaltet, aber von hinten kam ein schwacher Lichtschein.

Das Büro sah wüst aus. Offenbar war es durchsucht worden. Überall waren Bücher und Papiere verstreut.

»Hallo?«, rief ich wieder.

Stille.

»Was zur Hölle ist hier passiert?«, fragte Chloe.

»Klassische Filmszene. Jemand scheint was gesucht zu haben«, antwortete ich. »Nichts anfassen.«

»Verdammt.« Chloe starrte auf die Rückwand. »Mutter ist weg.«

Tatsächlich war das gigantische Überwachungssystem spurlos verschwunden. Statt auf hundert Monitore und eine Tonne elektronischer Gerätschaften blickten wir auf Kabelsalat und eine schwarz gestrichene Holzwand.

Während wir fassungslos auf die Wand glotzten, hörten wir von hinten wieder ein Scharren, diesmal schwächer.

»Scheiße«, flüsterte ich. »Vielleicht ist der Einbrecher noch hier?«

Chloe schnappte sich eine Lampe und wog sie in den Händen.

»Nützt bestimmt nicht viel«, sagte ich und schraubte von einem Metalltisch ein Bein ab.

»Wie kommst du denn auf so eine Idee?«, wollte Chloe wissen.

»Keine Ahnung. Hab ich wahrscheinlich mal in einem Film gesehen.«

Ich reichte das schwere Tischbein Chloe und bewaffnete mich auch mit einem. Dann schlichen wir in die hinteren Räume, wo der Lichtschein und die unheimlichen Geräusche herkamen.

Wir huschten einen schmalen Flur entlang, und als wir um eine Ecke bogen, sahen wir, dass das Licht aus einer halb offenen Tür am Ende des Gangs drang.

Wir hielten nahezu lautlos darauf zu, und ich schob die Tür vorsichtig mit dem Tischbein auf.

Zuerst sahen wir nur das Blut.

Der Raum war eine Toilette, und am Boden saß ein Mann, an die Wand gelehnt.

Es war Fatman Neil.

Und es hatte den Anschein, als wäre er tot.

Chloe riss ihr Handy aus der Tasche, aber just, als sie den Notruf wählen wollte, hörten wir ein Knallen. Es klang wie das Eisentor, das zufiel.

Wir rannten durch das verwüstete Büro nach draußen, aber weit und breit war niemand zu sehen.

Gut möglich, dass die Person, die Fatman Neil so zugerichtet hatte, zeitgleich mit uns in dem Keller gewesen war. Mir lief ein eisiger Schauer über den Rücken.

Wir liefen zurück, und als Chloe den Notruf wählte, gab Fatman plötzlich ein gurgelndes Geräusch von sich.

Ich hockte mich neben ihn. »Halt durch«, sagte ich. »Hilfe ist unterwegs.«

Neil packte meinen Arm und zog mich näher zu sich. Er hatte mehrere Stichverletzungen, darunter eine gezackte Wunde am Hals. Ich hatte Sorge, dass er das Eintreffen des Krankenwagens nicht mehr erleben würde.

Offenbar wollte er etwas sagen, brachte aber nur ein Gurgeln hervor. Er deutete mit dem Zeigefinger auf eine Stelle am Boden, die nicht komplett mit Blut bedeckt war.

»Was?«, sagte ich. »Da ist nichts.«

Aber er wollte nicht auf etwas deuten, sondern begann zu schreiben.

Mit seiner blutigen Fingerspitze zeichnete er mühsam Buchstaben auf den Boden, bis da ein Wort stand, geschrieben mit seinem eigenen Blut:

Valdrada.

Dann starb Fatman Neil.

Wir lehnten uns an die Wand und warteten auf den Krankenwagen. Beide waren wir relativ ruhig, aber wahrscheinlich nur, weil wir unter Schock standen.

»Was zum Teufel ist Valdrada?«, fragte Chloe irgendwann.

Darüber dachte ich auch schon angestrengt nach.

Und plötzlich hatte ich einen Geistesblitz.

»Unsichtbare Stadt«, platzte ich heraus.

»Was soll das denn heißen?«

»Das Werk von Italo Calvino«, rief ich aus und rannte nach vorne ins Büro. Trotz der Verwüstung waren die Bücher irgendwie alphabetisch geordnet auf dem Boden gelandet, und ich fand das Gesuchte auf Anhieb, ein Hardcover mit dem Titel *Die unsichtbaren Städte.*

Darin gab es ein Kapitel über eine Stadt namens Valdrada, die eine andere Stadt in einem See spiegelte. Das Spiegelbild war aber nicht zweidimensional, sondern enthielt sämtliche Details des Originals, jeden Raum, jede Person.

Ich schlug das Buch bei einem Kapitel namens *Die Städte und die Augen 1* auf, suchte nach einem Hinweis im Text oder einer Notiz am Rande, entdeckte aber nichts. Als ich das Buch gerade wieder zuschlagen wollte, spürte ich etwas Hartes, das in den Einband eingefügt war.

Ein kleiner dünner Metallschlüssel.

Dass der Schlüssel zum Rätsel so konkret sein würde, hatte ich nicht erwartet.

Ich steckte ihn in dem Moment in die Tasche, als die Sanitäter hereingestürmt kamen, dicht gefolgt von der Polizei.

Fatman Neils Büro war plötzlich zum Tatort geworden.

34 »Ihr wollt gar kein Zimmer«

Im Revier wurden wir anderthalb Stunden lang verhört.

Wir sagten aus, dass wir uns im Keller des Pornoshops aufgehalten hatten, weil wir Fatman Neil eine Frage zu einem Spiel hatten stellen wollen. Alan Scarpio, das Überwachungssystem namens Mutter und die Tatsache, dass Fatman Neils Tod mit besagtem Spiel zu tun haben könnte, erwähnten wir mit keinem Wort.

Man stellte uns natürlich jede Menge Fragen zu dem Spiel. Wir behaupteten, es heiße *Starfire Enterprises*. Das war der Titel eines Alternate-Reality-Games, das Teil der Marketingkampagne zur neunten Folge eines erfolgreichen Actionfilms war.

Irgendwann nahm eine große brünette Frau, die sich als Detective Marianne Sanders vorstellte, unsere Kontaktdaten auf und erklärte, wir könnten gehen.

Wir wurden mit dem Streifenwagen zu Chloes Auto zurückchauffiert.

Nachdem wir eingestiegen waren, saßen wir einen Moment schweigend da und starrten durch die Windschutzscheibe.

Schließlich sagte Chloe: »Was für ein Scheißchaos. Und jetzt?«

Ich förderte den Schlüssel aus dem Buch zutage und reichte ihn Chloe.

»Was ist das?«

»Den hab ich in dem Buch gefunden.«

»Die unsichtbaren Städte?«

»Ja.«

Chloe hielt den Schlüssel ins Licht. »Sieh dir das an.« Die Schrift war abgegriffen, aber noch zu erkennen.

The American
28

»Hast du eine Idee?«, fragte ich.

»The American Hotel?«

Ich nickte. »Klingt gut. Könnte ein Schließfachschlüssel sein.«

»Ich kenn das Hotel«, sagte Chloe. »Ist so ein Hostel für Rucksacktouristen. Da gibt's bestimmt Schließfächer.«

Sie suchte die Adresse raus, tippte sie in ihre Maps-App ein und fuhr los.

»Was hast du vor?«, fragte ich.

»Na, was glaubst du wohl? Wir schauen im American mal nach, was man mit diesem Teilchen hier öffnen kann.«

Unterwegs legten wir uns eine Taktik zurecht. Wir würden fragen, ob wir die Räume besichtigen könnten. Sobald wir die Schließfächer gefunden hatten, würde ich angeblich zur Toilette gehen, in Wahrheit aber das Fach plündern.

»Willkommen. Was kann ich für euch tun?« Eine junge Frau mit blonden Dreadlock-Zöpfen, mit denen sie wie eine Cantina-Figur aus *Star Wars* wirkte, lächelte uns strahlend an, als wir die Lobby betraten.

»Hi«, sagte Chloe. »Wir bräuchten ein Zimmer für ein paar Tage. Können wir uns das Hotel vorher mal anschauen?«

»Klar. Sekunde.« Die Rezeptionistin schnappte sich einen Schlüsselbund und sagte: »Kann losgehen.«

Sie zeigte uns den Essbereich, die Gemeinschaftsräume und ein paar unbelegte Zimmer. Es gab jede Menge Etagenbetten, und die Zimmer waren in einem coolen Stilmix eingerichtet. Schließfächer sahen wir etliche, aber sie waren allesamt mit Zahlenschlössern gesichert.

Hatte den Anschein, als würde unsere schlaue Taktik nicht hinhauen.

»Habt ihr hier noch mehr Schließfächer?«, fragte ich.

Die Rezeptionistin überlegte einen Moment und schüttelte dann den Kopf. »Nee, ich glaube, wir haben alle gesehen. Solltet ihr irgendwas haben, das zu groß ist, können wir es auch in einem abgeschlossenen Raum für euch aufbewahren.«

»Darum geht's nicht.« Ich zeigte ihr den Schlüssel. »Könnte der hier zu irgendwas passen?«

Die Rezeptionistin warf einen Blick auf den Schlüssel, sah dann mich an. »Ihr wollt gar kein Zimmer«, schlussfolgerte sie messerscharf.

Ich sah Chloe an.

»Woher habt ihr diesen Schlüssel?« Die Zopflady stemmte die Hände in die Hüften. Sie würde zweifellos komplett dichtmachen. Wir mussten uns schleunigst etwas einfallen lassen.

»Hat meinem Bruder gehört«, sagte Chloe. »Er hat den Schlüssel immer um den Hals getragen.«

Ich hatte keinen blassen Schimmer, worauf sie mit dieser Story hinauswollte. Chloe hatte keinen Bruder.

»Sogar beim Schwimmen, beim Duschen, Marathonlaufen«, fuhr Chloe fort. »Den Schlüssel hatte er immer dabei. Er hat nie was darüber gesagt.« Chloe atmete zittrig ein. »Mein Bruder ist vor Kurzem gestorben.«

»O Gott«, sagte die Zopflady. »Das ist ja furchtbar. Was ist passiert?«

Chloe schüttelte den Kopf. »Er ist an einem Stromschlag gestorben.«

»Was?« Die Zopflady schlug erschrocken die Hände vor den Mund. »Wie schlimm. Tut mir total leid.«

»Ja. Eine abgerissene Stromleitung. Er hat auf einer vereisten Straße ein Metallgeländer berührt ... und war tot.«

Chloe und ich hatten unlängst beide mal wieder *Der Eissturm* gelesen und den Film geguckt. Es haute mich fast um, dass sie hier kaltblütig die brutal schöne Todesart von Elijah Woods Figur einsetzte, um unser Ziel zu verfolgen.

»Hier entlang«, sagte die Zopflady. »Auf der Treppe Vorsicht mit dem Kopf, die Decke ist niedrig.« Durch einen schmalen Flur führte sie uns nach unten in den Keller.

Wir betraten einen kleinen Raum, in dem es nach altem Leder und feuchtem Papier roch. Betonboden, eine abgewetzte Holzbank zwischen zwei Reihen Schließfächern mit Nummern von eins bis dreißig. Das Ganze wirkte wie die Miniausgabe einer Umkleide in einer Herberge der YMCA oder einem Boxstudio aus den Achtzigern.

»Die benutzen nur die Angestellten«, erklärte die Zopflady. »Für die Nummer achtundzwanzig haben wir keinen Schlüssel. Ich glaube, das Fach ist noch nie geöffnet worden, solange ich hier arbeite. Wir haben es auch nicht gebraucht, deshalb hat es wohl nie jemand aufbrechen lassen. Glaubt ihr, es ist etwas drin?«

Der Blick in ihren Augen war mir vertraut. Sie witterte ein Geheimnis und war fasziniert davon.

»Das halten wir für möglich, ja«, antwortete ich.

Die Zopflady nickte und wies mit dem Kopf auf das Fach.

»Du solltest es selbst aufschließen«, sagte sie zu Chloe. »Das hätte dein Bruder so gewollt.«

»Danke«, sagte Chloe. Ich reichte ihr den Schlüssel. Hatte sie etwa Tränen in den Augen?

Wir waren wirklich schrecklich, eindeutig ein Fall für Fremdschämen.

Chloe schloss das Fach auf. Eine runde flache Blechdose lag darin, etwa fünfzehn Zentimeter im Durchmesser.

»Was ist das?«, fragte die Zopflady.

»Könnte ein Film sein.« Chloe nahm die Dose heraus und öffnete sie. Auf der Innenseite sahen wir ein vertrautes Symbol.

Das Dreieck mit dem Kreis.

»Meinst du, das ist ein Film von der Familie?«, fragte die Zopflady hoffnungsvoll.

»Ganz bestimmt«, antwortete Chloe. »Mein Bruder hat für sein Leben gern analoge Filme gedreht. Ich danke dir so sehr. Das bedeutet mir wirklich viel.«

»Dafür nicht«, sagte die Zopflady und ging wieder mit uns nach oben, wo sie uns dann bat, für alle Fälle unsere Kontaktdaten zu hinterlassen. Wir gaben den Schlüssel zurück und mussten versprechen, ihr zu erzählen, was auf dem Film zu sehen war.

»Ich setz dich bei dir ab«, sagte Chloe, als wir losfuhren. »Hab meiner Nachbarin versprochen, ihren Hund auszuführen. Gleich morgen früh besorge ich uns einen Filmprojektor.«

»Klingt gut.«

Während der Fahrt öffnete ich das Fenster, und Chloe machte Musik an. Ich hoffte, das Album *Fold Your Hands Child, You Walk Like a Peasant* von Belle & Sebastian würde mich von Fatman Neils furchtbarem Tod ablenken.

Mir fiel ein, dass ich den ersten Song von dieser Platte – »I Fought in a War« – am Abend des Tages gehört hatte, an dem ich vom Tod meiner Eltern erfahren hatte.

Ich stand damals in der Schlange an der Kasse im Supermarkt.

Natürlich hätte ich jemanden bitten können, für mich einzukaufen. Aber ich brauchte Milch und hatte einfach nicht die Kraft, mit jemandem zu reden.

Es ging gar nicht so sehr darum, dass ich nicht bemitleidet werden wollte. Das hätte ich zwar auch schwer ertragen, aber vor allem fühlte ich mich nicht imstande, mich der Meinung anderer Menschen auszusetzen.

Ich konnte die Vorstellung nicht aushalten, in ihren Gesichtern die Frage zu sehen, wie ich mit dem Tod meiner Eltern umging. Trauerte ich genug? Trauerte ich zu wenig?

Das ging keinen außer mir etwas an.

Dann stellte sich hinter mir eine junge Frau an. Sie war etwa zwanzig, trug Flip-Flops in unterschiedlichen Farben an schmutzigen Füßen, Jeansshorts mit Rissen, ein Band-T-Shirt von Guns N' Roses und eine Halskette mit Kaurimuscheln. Das Wassermelonenaroma von einem Kaugummi stieg mir in die Nase, während aus den großen Kopfhörern, die sie sich um den Hals gehängt hatte, laute Musik dröhnte.

»I Fought in a War« von Belle & Sebastian.

Als ich mich zu der jungen Frau umdrehte, die sich im Rhythmus der Musik wiegte, glückselig und vollkommen unbeschwert, kam es mir vor, als hätte ich noch nie etwas so Wunderschönes und Fröhliches gesehen.

Ich fing an zu weinen und konnte nicht mehr aufhören.

35 »Auf die Bühne spucken strengstens verboten«

Als ich am nächsten Morgen Chloe anrief, feilschte sie in einem Trödelladen gerade um einen Acht-Millimeter-Projektor und sagte, ich solle in einer Viertelstunde zu ihr kommen.

Ich fuhr mit dem Rad hin und traf Chloe, als sie einparkte.

»Hast du einen Projektor ergattert?«, fragte ich.

»Zwei sogar. Einen für acht Millimeter, einen für Super-8.«

»Was ist der Unterschied?«

»Keine Ahnung. Der Typ meinte, es hat was mit der Perforierung zu tun. Sagte, ich könnte den zurückbringen, der nicht passt.«

Wir schleppten beide Geräte nach oben in Chloes Wohnung.

Dort machte ich die Blechdose auf und inspizierte die Perforierung, während Chloe das Filmformat im Netz recherchierte. Es stellte sich heraus, dass unser Film Super-8-Format war, mit einer Magnetspur für Ton.

»Kann man mit dem Projektor den Ton hören?«, fragte ich.

»Weiß nicht. Lautsprecher hat er.«

»Wenn die Kamera ein Mikro hatte, müsste man auch Ton haben.«

»Hier drin ist es jedenfalls zu hell«, sagte Chloe mit Blick auf die hohen Fenster. »Gehen wir ins Schlafzimmer.«

Dort stellte ich den Super-8-Projektor auf die Zedernholzkommode am Fußende von Chloes Bett und zog die dicken schwarzen Vorhänge zu. Sofort war es stockfinster im Raum, und ich wunderte mich, dass es mitten in der Stadt irgendwo so dunkel sein konnte.

»Hoffentlich funktioniert die Lampe im Projektor.« Chloe stand plötzlich neben mir und erschreckte mich fast zu Tode. Ich hatte nicht gemerkt, dass sie zu mir getreten war.

Ihr Arm streifte meinen, als sie nach dem Projektor tastete, aber bevor sie ihn einschaltete, küsste sie mich. Währenddessen legte sie irgendeinen Schalter an dem Gerät um, und es wurde schlagartig taghell.

»Aua«, kreischte ich, als das Licht meine Augen traf.

Chloe lachte und richtete den Lichtkegel so aus, dass er ein riesiges Filmplakat von *Howard – Ein tierischer Held* beleuchtete, das eine ganze Wand einnahm.

Ich lief hin, um das Poster abzunehmen.

»Vorsicht«, warnte Chloe. »Das ist ein rares und wertvolles Stück Filmgeschichte.«

»Schon klar.« Ich legte das Plakat behutsam auf Chloes Bett.

Und im Handumdrehen hatten wir so etwas wie eine Kinoleinwand.

Dann kam der schwierige Teil. Wir fummelten zwanzig Minuten herum, bis wir die Rolle richtig eingelegt hatten. Als es schließlich zu funktionieren schien, schaltete ich das Licht wieder aus, und Chloe ließ den Film laufen.

Als Erstes sahen wir einen Namen und ein Symbol: »Gatewick Institute« und das Zeichen namens »Mondaufgang«.

»Oh Mann«, sagte Chloe aufgeregt und ergriff meine Hand.

Meine Kehle wurde trocken. Ich war aufs Äußerste gespannt.

Der Projektor ratterte laut, aber irgendwoher lief leise Musik.

»Hörst du das?«, fragte ich.

Sie kam tatsächlich aus den kleinen Lautsprechern des Projektors.

Wir drehten sie bis zum Anschlag auf und hörten gedämpfte Klaviermusik aus dem Off.

Ein leerer Flur war zu sehen.

Nach ein paar Sekunden trat ein Mann mit langer schwarzer Lederjacke ins Bild und ging den Flur entlang.

Die Kamera filmte ihn nur von hinten und folgte ihm um die Ecke in einen anderen Gang. Schließlich blieb der Mann vor einer Tür stehen, öffnete sie, betrat den Raum und machte Licht.

Eine kahle Glühbirne an der Decke beleuchtete einen mittelgroßen Raum, dessen Wände vollständig mit Graffiti bedeckt waren. Auf einem schmutzigen goldfarbenen Teppich standen mehrere Tische mit Stühlen. Die Möbel waren ebenso mit eingeritzten Graffiti übersät wie die Wände. Gegenüber der Tür hing ein gerahmtes Schild, auf dem stand: *Wer seinen Auftritt um mehr als zehn Minuten überzieht, kriegt keine Gage. Auf die Bühne spucken strengstens verboten.*

Offenbar ein Aufenthaltsraum für Bands und Entertainer, vermutlich in irgendeinem schäbigen Club.

Jetzt drehte sich der Lederjackenmann plötzlich um, und wir sahen zum ersten Mal sein Gesicht.

Chloe sog scharf die Luft ein und quetschte meine Hand.

Es war der Magier.

Er sah so aus wie bei unserer letzten Begegnung: die Haare

zottelig, in den Augen ein wahnhafter Ausdruck. Aber er wirkte ruhig, als wäre er auf alles Mögliche gefasst.

»Okay«, sagte er zu der Person hinter der Kamera. »Sieh zu, dass du alles draufkriegst.«

Dann brachte der Magier etwas zum Vorschein, das wie ein Tagebuch aussah. Er verglich eine Notiz mit einem der Graffiti. Als er sich einer anderen Wand zuwenden wollte, zuckte ein greller Blitz auf, nur für den Bruchteil einer Sekunde.

Danach befand sich noch jemand im Raum.

Ein gigantischer Mann, sicher zweieinhalb Meter groß. Die Gestalt stand reglos da, gebückt unter der Decke, der Magier schien sie nicht zu bemerken.

Als die Gestalt sich schließlich zu bewegen begann, wurde klar, dass es sich eindeutig nicht um einen Mann handelte.

Sie veränderte ihre Form, breitete sich aus, ein finsterer Schatten, der nach und nach alles Licht aus dem Raum saugte.

Der Magier richtete sich auf, schien jetzt zu spüren, dass er nicht mehr alleine war.

Chloe schauderte und umklammerte meine Hand noch fester.

Der Magier schaute auf sein Tagebuch, blickte wieder auf. Er konnte das Ding jetzt sehen, dieses furchtbare wabernde Wesen, das aus zuckenden und zappelnden Teilen bestand.

Mein Herz begann zu rasen, mein Körper fühlte sich scheußlich heiß an.

Dann wurde der Film immer dunkler.

Der Magier schaute zur Kamera auf. Jetzt war ihm anzusehen, dass irgendetwas schrecklich schieflief.

»Nein«, sagte er und schaute wieder zwischen der Wand und seinen Notizen hin und her. »Das stimmt nicht. Das ist ganz falsch!«

Er ließ das Tagebuch fallen und stürzte auf die Kamera zu.

Nach zwei Schritten kollidierte er mit einem Teil der wabernden grauen Gestalt.

Und etwas Schreckliches geschah.

Die untere Körperhälfte des Magiers blieb stecken, die obere dagegen zog sich in die Länge.

Im allerersten Moment wirkte das noch wie eine besonders akrobatische Yogastellung. Doch dann wurde der Magier so in die Länge gezogen, als bestünde er aus Gummi, und sein Körper riss auf Höhe der Brust entzwei.

Purpurrote Flüssigkeit spritzte auf die Kamera, als er auseinandergerissen wurde.

Einen kurzen Augenblick lang sahen wir die Lunge unter dem knochenweißen Gitter des Brustkorbs. Dann wurde der Magier von der Dunkelheit verschlungen, und es war wieder stockfinster im Zimmer.

Die Filmspule war zu Ende, ich schaltete den Projektor aus, es wurde still. Ich spürte, wie Chloe neben mir bebte. Sie weinte.

»Chloe«, sagte ich, hatte aber auch nicht die Kraft, etwas hinzuzufügen.

Kurz darauf stand sie auf, machte Licht, zog die Vorhänge auf. Die Tränen waren verschwunden, stattdessen sah sie wild entschlossen aus.

»Das war nicht der Magier«, sagte sie. »Ausgeschlossen.«

Ich nickte, war mir jedoch nicht so sicher. Irgendetwas an diesem Film fühlte sich … real an.

»War grausig«, sagte ich. Etwas anderes fiel mir gerade nicht ein.

»Diese zappelnden grauen Schatten? Komm schon, K. Das waren doch eindeutig visuelle Effekte.«

Ich nickte wieder und versuchte zu überspielen, dass mein

Herz hämmerte wie verrückt und ich Mühe hatte zu atmen. Der Magier war in diesem Film von grauenhaften, mörderischen Schatten verschlungen worden. Und im Gegensatz zu Chloe war ich nicht der Meinung, dass es sich dabei um visuelle Effekte handelte.

Weil ich dieses Schattenwesen kannte.

Ich hatte es nachts auf der Straße in Portland erlebt, am Aufzug im Turm und in meinem Traum von der tödlichen Fahrt mit Emily und Annie Connors.

Im nächsten Moment wurde ich von einem überwältigenden Gefühl erfasst. Denn eines war klar.

Wenn ich nicht aufhörte, Rabbits zu spielen, würde dieses Schattending auch mich vernichten.

NOTIZEN ZUM SPIEL: NACHRICHT VON HAZEL

(authentifiziert)

Wer leitet das Spiel?

Die Regeln verlangen, dass jemand oder etwas die Spielenden lenkt und uns auf potenzielle Lösungen oder Irrwege hinweist. Aber sind diese Wächter des Spiels zu bewusstem Denken fähig, so wie wir es verstehen? Oder üben sie in einer Weise Kontrolle aus, die für menschliche Denkweisen gar nicht begreifbar ist?

Einige glauben, dass irgendwo da draußen Geheimagenten im Illuminati-Stil die Spielenden aus der Ferne quasi steuern. Andere sind der Meinung, dass eine finstere Alien-Spezies – so anders als wir, dass wir sie mit unseren menschlichen Sinnen nicht erfassen können – heimlich die Aktionen der Spielenden beeinflusst.

Wie die Wahrheit auch aussieht – es ist jedenfalls deutlich geworden, dass diese Wächter der Geheimnisse extrem rätselhaft und gefährlich sind. Und wenn die Wächter tatsächlich existieren, gibt keiner von ihnen etwas preis.

– Hazel 8

36 »Ostseite der Scheune«

Nachdem wir den Super-8-Film angeschaut hatten, schoss Chloe in einer Art Raserei zwischen ihrem Laptop, ihrem PC und dem Handy hin und her, komplett im Overdrive-Modus.

Zuerst rief sie jede einzelne Person an, die mit dem Magier in Verbindung stand, und fragte, ob jemand ihn gesehen oder von ihm gehört hatte (was nicht der Fall war). Dann ging sie den Film Bild für Bild durch, um einen Hinweis auf den Ort zu finden, entdeckte aber nichts.

Danach bat sie mich, im Netz sämtliche auffindbaren Fotos von Silvana Kulig rauszusuchen. Doch die Betrachtung der Bilder war ebenso unergiebig.

Schließlich rief Chloe Silvana an und fragte nach dem Magier. Was hatte er gesagt? Wie hatte er sich angehört? Aber Silvana konnte nichts Neues zum Besten geben.

Als Nächstes trug Chloe mir auf, Russell Milligan zu kontaktieren. Als ich dezent zu verstehen gab, wir sollten erst mal Pause machen und etwas essen, erwiderte Cloe, sie habe keinen Hunger, und ich solle jetzt sofort den Anruf erledigen. Und als ich vorschlug, wir sollten das doch lieber auf morgen verschieben, schickte sie mich nach Hause.

Sie war eindeutig ziemlich durchgedreht wegen dieses Films. Ich wäre lieber geblieben, um sie zu stärken, sagte mir aber, dass sie vielleicht erst mal eine Weile allein sein musste.

Zu Hause erledigte ich die Wäsche, dachte dabei aber ständig an den Magier. Wenn die Zopflady aus dem Hotel recht hatte und das Schließfach seit über zehn Jahren nicht geöffnet worden war – wie konnte er dann in diesem Film erscheinen? Und auch noch genau in dem Zustand wie bei unserer letzten Begegnung?

Nicht nur Chloe war jetzt völlig durch den Wind.

Nachdem ich die Wäsche gefaltet hatte, legte ich mich auf die Couch und versuchte mich zu entspannen.

Irgendwann muss ich eingeschlafen sein, denn ich wachte davon auf, dass jemand unten an die Haustür hämmerte.

Ich blickte auf mein Handy. Es war kurz nach halb sieben. Von den anderen Mietern drückte niemand die Tür auf, deshalb kümmerte ich mich auch nicht darum. Falls es Chloe war, würde sie mich anrufen.

Ein paar Minuten später wurde wieder geklopft, diesmal lauter – und an meiner Wohnungstür.

Ich stand auf und spähte durch den Spion. Niemand war zu sehen. Doch noch während ich in den leeren Flur starrte, schlug jemand heftig gegen die Tür.

Erschrocken taumelte ich zurück.

Als der Krach endlich aufhörte, war noch immer nichts und niemand zu sehen. Hatte sich jemand vor die Tür gehockt oder schnell hinter der Ecke versteckt? Eigentlich unmöglich, der Spion ermöglichte eine breite Sicht. Aber zur Sicherheit gab ich die Nummer der Polizei ein und hielt den Finger über die Anruftaste.

»Ich ruf die Polizei, Arschloch!«, schrie ich.

Als sich nichts tat, riss ich, mit dem Telefon in der freien Hand, abrupt die Tür auf.

Der Flur war leer. Wer auch immer den Radau veranstaltet hatte, war verschwunden.

Ich überlegte kurz, ob ich mir etwas zu essen machen sollte, war aber zu überdreht, um mich aufs Kochen zu konzentrieren. Stattdessen beschloss ich, eine Runde um den Block zu drehen und irgendwo unterwegs etwas zu futtern.

Weil ich mir nicht sicher war, ob der Krachmacher womöglich das Gebäude beobachtete, ging ich durch den Hintereingang hinaus.

Es hatte gerade aufgehört zu regnen, und die Gasse hinter dem Haus roch nach nassem Abfall. Ich hielt die Luft an, während ich an den überquellenden Müllcontainern vorbeilief. Am Ende der Gasse sprang ich über eine große Pfütze auf den brüchigen Gehweg, der zu einer Grünanlage führte.

Als ich am Spielplatz im Park vorbeikam, erinnerte mich der orange Glanz der Abendsonne auf der Rutsche an ein Anime, das ich kürzlich gesehen hatte. Ich überlegte gerade, ob ich ein bisschen schaukeln sollte, als ich hinter mir ein vertrautes Geräusch hörte.

Ein Fahrrad.

Ich verzichtete aufs Schaukeln und verließ den Park rasch wieder.

Das Fahrrad folgte mir hartnäckig, vermutlich etwa in zehn Metern Entfernung.

Als ich in meiner Jugend auf die Highschool gewechselt hatte, war ich mal von einem Auto voller älterer Schüler verfolgt worden, die mich einem Initiationsritual unterziehen wollten. Und unlängst hatte sich ein Prius an meine Fersen geheftet, der mich dann zu Crow in dem Bus geführt hatte. Aber es fühlte sich bedrohlicher an, von einem Fahrrad verfolgt zu werden als von einem Auto. Nicht nur, weil ich ein schwerfälliges Auto zu Fuß leichter hätte abschütteln können; es hatte auch etwas mit den Geräuschen zu tun. Dieses rhythmische Knacken und Klicken von Gängen und Pedalen war verdammt unheimlich.

Ich flitzte über eine Straße und durch den Vorgarten eines mehrstöckigen Mietshauses, rannte dann dahinter über den Parkplatz.

Die untergehende Sonne war verdeckt durch die hohen Gebäude, und auf dem Parkplatz war es schon wesentlich dunkler. Als ich zwischen Autos hindurchlief und mich rasch umdrehte, um nach dem Fahrrad Ausschau zu halten, kollidierte ich mit einem Mann, der einen dunkelgrauen Wollanzug in der Farbe der Abenddämmerung trug.

»Entschuldigung«, sagte ich automatisch und wich aus.

Der Mann verzog keine Miene.

Vielleicht reagierte ich übernervös, aber ich war mir ziemlich sicher, dass der Typ hinter diesem Gebäude auf mich gewartet hatte.

Im nächsten Moment fuhr ein Auto auf den Parkplatz, und im Scheinwerferlicht sah ich etwas in der Hand des Mannes glitzern.

Es sah aus wie eine Schusswaffe oder vielleicht ein Taser.

Ich ging schnell weiter und blickte nach ein paar Sekunden hastig über die Schulter. Der Mann folgte mir im selben Tempo.

Ich begann zu joggen und versuchte dabei so lässig zu wirken, als wäre ich zu spät dran zu einer Einladung bei Freunden.

Der Mann legte auch an Geschwindigkeit zu. Er hatte eine leichte Gehbehinderung, die ihn gekrümmt und damit noch unheimlicher wirken ließ.

Jetzt fing ich an zu rennen. Ich war in einer Gasse gelandet und musste unbedingt auf die offene Straße raus. Dort würde der Typ es garantiert nicht wagen, mich anzugreifen.

Als ich noch mal zurückschaute, folgte er mir mit Riesensätzen wie ein Schurke aus einem Comic.

Er wurde plötzlich furchtbar schnell, und als er dicht hinter mir war und ich seine Finger schon an den Schultern spürte, bekam ich durch meine Panik noch einen Extra-Kraftschub. Ich raste wie irre los, bis mir die Lunge brannte. Nach ein paar Sekunden schaute ich hinter mich. Er war noch da, fiel aber zurück.

Es würde mir gelingen zu entkommen.

Ein paar Schritte vor der Straße lief ich etwas langsamer, um nicht dort vorne vor ein Auto zu rennen. In diesem Moment kam der Radfahrer aus dem Park in die Gasse geschossen und versperrte mir den Weg.

Ich wich nach links aus, zwängte mich zwischen zwei blauen Müllcontainern hindurch, sprang über ein niedriges Tor und raste einen schmalen Pfad zwischen mehreren Wohnblöcken entlang.

Jetzt lief ich nur noch um mein Leben und schaute mich nicht mehr um.

Diese Typen durften mich nicht zu fassen kriegen.

Ich hörte erst auf zu rennen, als ich mit Karacho gegen ein geparktes Auto prallte, weil ich nicht mehr rechtzeitig bremsen konnte. Aber ich war so mit Adrenalin vollgepumpt, dass ich den Schmerz nicht mal spürte. Rasch sprang ich auf und schaute mich um. Der Mann im Wollanzug und der Radfahrer waren nirgendwo zu sehen.

Ich entspannte mich ein bisschen, versuchte wieder Luft zu kriegen und mich zu orientieren.

Die Straße war mir irgendwie vertraut.

Ohne es zu merken, war ich zu Barons Wohnung gelaufen. Was mir gelegen kam, denn ich hatte keine Ahnung, ob meine Verfolger mich nicht doch noch einholen würden.

Schnell lief ich die Gasse zwischen Barons Gebäude und dem Wohnblock entlang, vorbei an den vertrauten vergammelnden Plastikstühlen und dem anderen Müll.

Barons Fenster stand noch immer ein kleines Stück offen.

Ich sah mich hastig um, dann schob ich das Fenster höher, zwängte mich durch den Spalt und plumpste drinnen in Barons Wohnzimmer.

Seltsamerweise sah alles unverändert aus. Nur die Küche war gesäubert, und alle Lebensmittel waren entfernt worden. Und die chaotische Pinnwand mit den zahllosen Zetteln war verschwunden.

Langsam wanderte ich durchs Wohnzimmer, vorbei an dem Couchtisch, an dem immer ein Messingknauf abfiel, wenn man dagegenstieß. Dabei achtete ich sorgfältig darauf, keine sichtbaren Spuren zu hinterlassen.

Ich suchte nach nichts Bestimmtem, aber da ich nun schon hier eingebrochen war, konnte ich mich auch ein bisschen umsehen. Obwohl ich bezweifelte, dass ich irgendwas von Bedeutung finden würde. Wenn Baron etwas verstecken wollte, befand sich das bestimmt auf seinem Laptop, und der war verschwunden.

Nachdem ich auch die anderen Räume inspiziert hatte, setzte ich mich auf die Couch und schaute mich noch mal um.

Was hoffte ich eigentlich zu finden?

Die Pinnwand hatten Chloe und ich ausführlich untersucht, und in Schubladen und Schränken hatte ich nichts Außergewöhnliches entdeckt.

Ich legte mich lang, den Kopf auf die Armlehne der Couch gebettet.

Während ich an die Decke starrte, stellte ich fest, dass ich mich wohlfühlte zwischen den Dingen meines toten Freundes: dem Ascher, den er in der siebten Klasse aus Ton geformt hatte (ein halber Joint lag noch am Rand), dem Brettspiel *Mousetrap*, Originalausgabe von 1963 (das seit über zwei Jahren halb aufgebaut auf dem Esstisch verstreut war) und dem riesigen Poster vom Titelblatt der *Mad*, Heft 166 vom April 1974, auf dem ein hochgereckter Mittelfinger abgebildet war (das Poster hatte ich Baron zum fünfunddreißigsten Geburtstag geschenkt).

Es kam mir fast so vor, als könnte ich meinen Freund selbst noch hier in den Räumen spüren.

Nachdem ich ein paar Minuten so herumgelungert hatte, wurde ich unruhig, weil ich das Gefühl bekam, etwas Augenfälliges zu übersehen.

Ich setzte mich wieder auf und blickte mich um. Ein paar Dinge waren umgestellt worden, und das Filmplakat von *Talon im Kampf gegen das Imperium* hing nicht mehr an der Wand über der Couch, sondern lag am Boden. Aber das beschäftigte mich nicht weiter.

Und dann merkte ich es. Sein Apple IIe.

Der uralte Apple stand neben dem Plattenspieler auf einer Fünfzigerjahre-Anrichte, die Baron von seiner Großmutter geerbt hatte. Wir hatten immer angenommen, dass der Apple nur als Deko diente, aber ich wusste, dass er noch funktionierte. Unerklärlich war mir allerdings, dass er angeschlossen war und jemand einen Esszimmerstuhl vor die Anrichte gestellt hatte.

Ich schaltete den betagten Computer ein und wartete, während er hochfuhr. Nach ein paar Sekunden war 8-Bit-Musik zu hören, und auf dem Bildschirm erschien die Mitteilung:

Dein Adventure lädt ...

Ein paar Sekunden später war zu lesen:

OSTSEITE DER SCHEUNE
Du befindest dich auf einer Lichtung in einem Wald. Am anderen Ende der Lichtung, Richtung Westen, siehst du eine große rostbraune Scheune. Vor dir auf dem Boden steht ein kleiner Lederaktenkoffer.

Das mutete an wie die Anfangsszene eines Textadventures à la *Zork*, einem Fantasyspiel, das 1979 von MIT-Studenten entwickelt worden war.

In *Zork* schlug man sich mit simplen Befehlen wie »Nimm Zettel« und »Lies Zettel« durch einen Dungeon nach dem nächsten. *Zork* war der Nachfolger vom allerersten Adventure überhaupt, das den einfallsreichen Titel *Adventure* trug. Die MIT-Studis waren wohl nicht so angetan von der beschränkten Ausdrucksweise in *Adventure* gewesen und hatten deshalb dafür gesorgt, dass Zork nicht nur so etwas wie »Töte Ork« kapierte, sondern auch anspruchsvollere Sätze wie »Töte Ork mit Säbel«.

Jetzt blinkte der Cursor auf dem Bildschirm.

Ich starrte kurz darauf und gab dann *Geh nach Westen* ein. Ein neues Bild erschien, und plötzlich war ich mitten im Spiel und versuchte mir nach Kräften alles einzuprägen.

Es handelte sich anscheinend um einen simplen Dungeon Crawler: Finde das goldene Götzenbild (benutze dafür den Tarnumhang der Unsichtbarkeit), töte den Herrscher (mit dem flammenden Schwert von Arioch), und rette die Stadt vor einem Feuer speienden Drachen (mit dem äußerst fantasievollen Namen Brenni).

In zwanzig Minuten hatte ich das Ding durchgespielt. Es war eine sehr schlichte Quest, aber immerhin mit ein paar echt coolen Rätseln und Aufgaben.

Ich stand auf und streckte mich, und wie aufs Stichwort erschien auf dem Bildschirm die Mitteilung:

Dein Adventure geht weiter in Morlanas Quest II.

Die Internetrecherche nach *Morlanas Quest* erbrachte einige Ergebnisse. Das erste war ein Artikel über Game-Klassiker von 1982. Darin wurde eine Trilogie von Textadventures erwähnt, die ein Konkurrenzunternehmen von Infocom damals auf den Markt bringen wollte. Die Spiele wurden aber nie fertiggestellt.

Ansonsten fand ich nur Fotos und einen Scan von einer Werbung aus einer Videospiel-Zeitschrift aus den späten Achtzigern oder frühen Neunzigern. Auf der Anzeige war ein etwa elfjähriger Junge mit Brille zu sehen, der ein braunbeiges Hemd mit Hahnentrittmuster trug. Er saß an einem Tisch und hielt eine braune, mit Geheimzeichen bedeckte Holzkiste in Händen. Auf dem Tisch lagen eine Farbtabelle, ein Spielmodul und eine Diskette. Das Spiel hieß *Morlana's Quest* und war laut Anzeige sowohl am Heimcomputer als auch mit der Konsole Atari 2600 spielbar.

Morlana's Quest war seinerzeit von einem Newcomer in der Welt der Videogames entwickelt worden.

Die Firma hieß WorGames.

Der visionäre Geist hinter diesem Spiel und der Firma war natürlich Hawk Worricker gewesen. Zufall? Niemals.

Und noch etwas anderes fiel mir auf.

Eine solche Holzkiste hatte ich schon mal gesehen. Auf Barons Schoß an dem Abend, an dem Chloe und ich ihn aufgestöbert hatten, während er das unheimliche Video angeschaut hatte. An dem Abend vor Barons Tod.

Ich sprang auf und rannte zum Schreibtisch.

Da stand die Kiste am Boden, genau dort, wo Baron sie damals abgestellt hatte.

Ich hob sie hoch.

Eines der Zeichen auf dem Deckel war mir vertraut. Ein kleiner Kreis an der Spitze einer Pyramide.

Der »Mondaufgang«.

Ich konnte es kaum erwarten, die Kiste zu öffnen, wollte es aber lieber mit Chloe gemeinsam tun.

Es war kurz nach acht, wie ich nach einem Blick auf mein Handy feststellte.

Ein guter Zeitpunkt, um zu checken, ob Chloe wieder für zwischenmenschlichen Kontakt bereit war.

37 »Was, nur Steely Dan?«

Chloe zwängte sich durch das Fenster und plumpste in Barons Zimmer auf den Fußboden.

»Ich hätte dich durch die Tür reinlassen können.«

»Wie langweilig ist das denn«, erwiderte Chloe, während sie sich den Staub von der Jeans wischte.

»Alles okay mit dir?«

Sie trat zu mir und umarmte mich fest und lange.

»Der Mann in dem Film kann einfach nicht der Magier sein, oder?«, murmelte sie.

»Weiß nicht. Schwer zu sagen.«

»Aber das ist unmöglich«, erwiderte Chloe und ließ mich los. »Der Film ist so alt, und der Magier sah aus wie jetzt.«

»Ich denke, wir sollten keine voreiligen Schlüsse ziehen. Lass uns erst mal Schritt für Schritt weiterdenken.«

»Tut mir leid, dass ich mich vorhin so schräg benommen habe«, sagte Chloe. »Den Magier so zu sehen, war schrecklich für mich.«

»Für mich auch.«

Ich überlegte kurz, ob ich ihr von meinen beiden Verfolgern erzählen sollte, entschied mich dann aber dagegen. Das hätte ihr nur noch mehr Angst gemacht.

»Jetzt geht's ab. Das Symbol vom Gatewick Institute«, sagte Chloe, als ich ihr die Kiste reichte.

»Ja. Plötzlich begegnen wir dem Ding auf Schritt und Tritt.«

Chloe wollte die Kiste gerade öffnen, als ich sie ihr aus der Hand riss.

»Was ist?«

»Nichts.« Ich klappte das Teil auf.

Falls es etwas Furchtbares enthielt, sollte Chloe nicht gleich damit konfrontiert werden.

Aber der Inhalt war nichts Furchtbares. Zumindest auf den ersten Blick nicht.

Es handelte sich um ein Foto und eine Kassette.

Chloe griff danach. »Meinst du, Baron hatte noch einen Kassettenrekorder?«

»Ich hab ihm zum Geburtstag einen von Sears auf eBay ersteigert. Müsste eigentlich noch irgendwo hier sein.«

Wer Rabbits spielt, muss jederzeit Zugang zu allerlei obskuren veralteten Medien und Geräten haben. Man weiß nämlich nie, wo Hinweise, Verbindungen oder Diskrepanzen auftauchen. Ich habe zwei Abspielgeräte für Mikrokassetten, drei Spulentonbänder, zwei Plattenspieler und einen Minidisc-Player – um nur ein paar der altertümlichen Gerätschaften zu erwähnen, mit denen ich mich auf die Jagd nach Hinweisen mache.

»Das kommt mir bekannt vor«, sagte ich, als ich das Foto betrachtete.

»Was ist es?« Chloe hatte inzwischen Barons Kassettenrekorder aufgespürt.

Ich reichte ihr das Foto, auf dem eine mit Zeichen übersäte Backsteinmauer zu sehen war – die Mauer, die ich hinter dem Müllcontainer entdeckt hatte.

»Die hab ich auch gesehen«, sagte ich.

»Okay, es muss eine Querverbindung geben.«

Während Chloe nach einer Steckdose Ausschau hielt, hörte ich Schritte vor der Wohnungstür.

»Schsch«, zischte ich.

»Was ist?«

Ich deutete Richtung Tür.

Wir starrten auf den schmalen Spalt, durch den von außen Licht drang.

Ein Schatten bewegte sich.

Da war jemand.

Wir hörten ein Raunen, dann das Klirren von Schlüsseln.

Schnell schnappten wir uns die Kassette, das Foto und die Holzkiste und hechteten durchs Fenster nach draußen.

Als ich in der Gasse landete, hörte ich, wie die Tür zu Barons Wohnung aufgeschlossen wurde.

Ich wartete nicht ab, wer da hereinkam, sondern raste Chloe hinterher.

Ihr Auto war einen Häuserblock entfernt geparkt.

»Hast du was gesehen?«, fragte sie, als ich ins Auto sprang und die Tür zuschlug.

»Nee.«

»Zu dir?«

»Hast du zu Hause einen Rekorder?«

»Wieso willst du denn nicht zu dir?«, fragte Chloe.

Jetzt erzählte ich ihr doch von dem unheimlichen Verfolgerduo. Chloe war auch der Meinung, dass mein Haus vermutlich beobachtet wurde.

»Aber wir müssen uns die Kassette anhören«, sagte ich.

»Es gibt einen Rekorder in der Spielhalle.«

»Gute Idee. Nichts wie hin.«

Dort begrüßten wir den Neuen im Team, Marcus, der seit einiger Zeit die Abendschicht übernahm, und gingen dann ins Büro des Magiers.

Chloe stieg routiniert über Stapel von Büchern und Papieren hinweg und kramte in einer Teakholzkommode herum, die mit Uraltgeräten vollgestopft war. Nach ein paar Sekunden förderte sie einen tragbaren Kassettenrekorder der Marke Realistic zutage.

»Ich glaube, der funktioniert noch«, sagte sie und verband ihn mit einer Steckdose.

Ich zog uns zwei Bürostuhle heran, wir ließen uns nieder und legten die Kassette ein.

»Bereit?«, fragte Chloe, den Finger über der Play-Taste.

»Kann losgehen.«

Sie drückte die Taste.

Man hörte, wie jemand eine Tür öffnete, einen Raum durchquerte und eine Schallplatte auflegte.

Die Person gab keinen Ton von sich, setzte nur den Tonabnehmer auf die Platte, und ein langsamer Song mit Jazz-Anklängen begann. Weil ich ihn nicht kannte, rief ich meine Musikerkennungs-App auf.

Wenige Sekunden später wurde mir mitgeteilt, es handle sich um »Third World Man« von Steely Dan.

Als der Song endete, war auch die Aufnahme zu Ende.

»Was, nur Steely Dan?«, sagte Chloe enttäuscht.

Ich zuckte die Achseln. »Lass uns noch mal anhören.«

Als Chloe zurückspulen wollte, klopfte es an der Tür.

»Hallo?«, rief Chloe.

Keine Antwort.

»Marcus, bist du das?«

Stille.

Chloe holte ihr Handy hervor und rief eine Überwachungs-App auf, mit der sie die Aufnahmen aller Videokameras aus der Spielhalle sehen konnte.

»Scheiße«, bemerkte Chloe lakonisch und reichte mir das Handy.

Die Kamera vor dem Büro hatte drei Personen gefilmt.

Swan und ihre Killerzwillinge.

38 »R U Playing?«

Es gab zum Glück einen Hinterausgang im Büro des Magiers, den wir uns zunutze machten. Dann fuhren wir zu Chloe und checkten ständig, ob uns jemand folgte.

Bei Chloe machten wir eine digitale Kopie der Aufnahme und ließen die Datei dann durch eine spezielle Software laufen, um zu schauen, ob sich in der visuell dargestellten Form irgendein Hinweis verbarg.

Nichts dergleichen.

Chloe griff nach dem Foto von den Zeichen hinter den Müllcontainern. »Ich denke, wir sollten uns die Wand noch mal anschauen.«

»Wozu?«

»Muss doch einen Grund geben, dass dieses Foto in Barons komischer Kiste lag.«

»Schon«, sagte ich. »Aber wir sollten auch mal irgendwann was essen. Ich komme bald um vor Hunger.«

»Ich auch. Aber zuerst die Wand angucken.«

Zwanzig Minuten später parkten wir in der Nähe der Gasse.

Es regnete gerade nicht, aber die Straßen glänzten nass. Als wir auf den rissigen Gehwegen unterwegs waren, über uns der wolkenverhangene schwarze Himmel zwischen den hoch aufragenden Häusern, kam es mir einen Moment so vor, als machten wir einfach nur einen entspannten Abendspaziergang. Aber dann musste ich wieder an Baron denken, wie er völlig abgedriftet vor seinem Computer saß, und an den Magier, der von irgendeinem grauenvollen Schattenwesen zerfetzt wurde. Ich umklammerte Chloes Hand fester, sie drückte meine, und wir betraten die Gasse.

Nachdem wir den Container weggeschoben hatten, beleuchteten wir mit den Handy-Taschenlampen die Wand, die nach wie vor mit dem »Mondaufgang« und den geheimnisvollen Zeichen bedeckt war.

Aber etwas war anders.

In dicken gelben Buchstaben hatte jemand auf das Bild eine Frage geschrieben.

R U PLAYING?

»Nee, oder«, murmelte ich.

»Verrückt«, flüsterte Chloe. Sie berührte die Buchstaben so ehrfürchtig, als würden sie im nächsten Moment verschwinden. »Die Farbe ist trocken.«

Als ich in dieser Gasse stand und auf die Wand starrte, empfand ich das gleiche Gefühl von Faszination wie damals, als ich hörte, wie Emily Connors das Wort Rabbits aussprach.

Wieder kam es mir vor, als spähte ich hinter einen Vorhang in eine geheime Welt. Und wieder war diese Welt hinter dem Vorhang Rabbits.

Aber war es vielleicht gar keine geheime Welt, sondern nur ein Untergrundspiel? Eine irre Urban Legend, der ein paar einsame, versponnene Gamer eine Wirkung und Macht zuschrieben, die in Wirklichkeit gar nicht vorhanden war?

Wir fotografierten die Wand, um sie mit meinem ersten

Foto zu vergleichen. Aber ich war sicher, dass die Zeichen nicht verändert worden waren. Lediglich die Frage war neu.

R U PLAYING?

Wir konnten sie auf jeden Fall bejahen.

Als wir ins Auto stiegen, fiel mir etwas ein.

»Kannst du mal außen herum fahren, zur Vorderseite des Gebäudes mit der bemalten Wand?«, fragte ich.

»Willst du dir den Eingang anschauen?«

»Nicht nur. Da gibt's diese leckere Pizza.«

»Nee, der Pizzaladen ist ein paar Häuser weiter. In diesem Gebäude hatte Holy Cow Records letzte Woche einen Pop-up-Store, und davor war es so ein Einrichtungsladen für Hipster. Da hab ich die Edison-Glühbirnen gekauft, die du aus meiner Küche mopsen wolltest.«

»Stimmt, fällt mir gerade wieder ein«, sagte ich.

Chloe fuhr um ein paar Ecken und hielt dann vor dem Gebäude. Im Erdgeschoss befand sich tatsächlich ein Geschäft, das von wechselnden Betreibern genutzt wurde. Und es sah aus, als wäre es noch immer ein Plattenladen.

»Ist der offen?«, fragte ich.

»Scheint so«, antwortete Chloe. »Geh du rein, ich parke inzwischen und bestell uns schon mal Pizza.«

»Für mich halb unbelegt, halb Käse«, sagte ich.

»Echt schlicht.«

»Echt perfekt.«

Ich stieg aus und betrat den Plattenladen, der laut Öffnungszeiten am Eingang erst in einer Dreiviertelstunde schließen würde.

Eine junge Frau mit orangen Haaren und einem Fünfzigerjahre-Pudelrock saß an einem grauen Metalltisch und lächelte mich an, als ich hereinkam. Ich erwiderte das Lächeln.

Offenbar war sonst keiner da.

Ich hielt Ausschau nach etwas, das mit dem Spiel zu tun haben könnte – einer Nachricht, versteckt in den Plattenraritäten an den Wänden, irgendeinem Muster in der Deko oder der Anzahl der Behälter. Aber ich ging leer aus.

Sollte hier irgendetwas in Zusammenhang mit Rabbits stehen, stach es jedenfalls nicht gleich ins Auge.

Ein paar Minuten später kam ein junges Pärchen herein, was mir die Gelegenheit gab, heimlich zu fotografieren. Ich versuchte alles im Laden abzulichten, damit wir es später in Ruhe anschauen konnten.

Chloe schrieb, sie habe bestellt und säße ganz hinten.

Ich winkte der Frau mit dem Pudelrock zum Abschied zu und beeilte mich, in die Pizzeria zu kommen. Mir war schon ganz flau vor Hunger.

»Und, was entdeckt?«, fragte Chloe, während wir uns die Pizza schmecken ließen.

Ich hatte den Mund voll und schüttelte nur den Kopf. Draußen sah ich eine große blonde Frau vorbeigehen, und ich fragte mich, ob Swan und die Killerzwillinge irgendwo in der Nähe lauerten.

»Und wenn deine Freundin Emily recht hat?«, sagte Chloe. »Wenn Crow es wirklich darauf abgesehen hat, Rabbits-Spielende abzumurksen?«

»Tja. Dann hätten wir schlechte Karten.«

»Von einem Spiel ermordet. Seltsame Todesart«, bemerkte Chloe.

»Kann man wohl sagen.«

Sie sah plötzlich ziemlich blass aus. »So ein Scheiß.«

»Das hätte Baron garantiert auch gesagt.«

Chloe nickte.

»Diese zwei Typen, von denen ich dir vorhin erzählt habe«, sagte ich. »Der mit dem grauen Wollanzug und der mit dem Rad. Ich bin mir ziemlich sicher, dass die mich umbringen wollten.«

»So ein Scheiß«, wiederholte Chloe.

Nach dem Essen warteten wir gerade auf die Rechnung, als mir plötzlich etwas einfiel.

»Mist!«, rief ich aus.

»Was ist?«

»Bin gleich wieder da.« Ich lief raus, rannte zu dem Plattenladen zurück und verfluchte mich, weil ich nicht schneller reagiert hatte.

Die Tür war schon abgeschlossen. Verdammt.

Ich drückte mir die Nase an der Scheibe platt und sah drinnen die junge Frau mit den orangen Haaren am Tresen. Als ich heftig klopfte, schaute sie auf, ein Bündel Scheine in der Hand, die sie gezählt hatte. Ich winkte und merkte, dass sie erwog, ob sie mich reinlassen sollte.

Daraufhin legte ich bittend die Hände aneinander.

Es funktionierte. Sie schloss die Tür auf.

Ich sagte, ich wisse genau, was ich kaufen wolle, und es ginge ganz schnell. Dann flitzte ich zu den Schallplatten, schaute bei S nach und zog *Gaucho* von Steely Dan heraus. Die Platte war nur einmal vorhanden.

Als ich rauskam, wartete Chloe vor dem Laden.

»Was war denn los?«, fragte sie, sah dann aber die Steely-Dan-Scheibe.

»Oh Mann. Wieso hast du da nicht gleich dran gedacht?«

»Weil ich Hunger hatte?«

Wir kehrten zu Chloes Wagen zurück. Auf dem Weg dorthin geschah etwas Merkwürdiges. Die Straßenlaternen erloschen, sobald wir an ihnen vorbeigingen, eine nach der anderen.

Zuerst dachten wir uns nichts dabei. Es konnte ja wohl kaum einen Zusammenhang zwischen einem Stromausfall und uns geben.

Aber dann bekam ich ein seltsames Gefühl. Als würden wir in der Dunkelheit von etwas verfolgt, das das Licht raubte.

Ein kalter Schauer lief mir den Rücken hinunter, ich packte Chloes Hand, und wir gingen schneller.

Irgendwann drehte ich mich rasch um. Es dauerte einen Moment, bis ich sie erkennen konnte, aber sie waren da – wabernde graue Schatten, wie riesige dunkle Fische am Grunde eines tiefen Sees.

Es passierte wieder.

Wie damals in Portland auf der Straße. Wie beim Magier in diesem Super-8-Film.

Die Schattengestalten näherten sich.

Panisch griff ich nach ihrer Hand, und wir rannten den Rest der Strecke, bis wir den Wagen erreichten.

Der Regen prasselte aufs Auto, während wir zu Chloe fuhren.

Sie hatte die unheimlichen Gestalten im Dunkeln nicht gesehen. Aber die Sache mit den Straßenlaternen fand sie schon gruselig genug.

Plötzlich bekam ich eine Nachricht.

Ein Bild von einem weißen Handtuch auf einem Ständer und den vertrauten Text: *Handtuch.*

Aber Chloe saß neben mir, und Baron war tot. Niemand

außer uns dreien wusste von der Bedeutung dieser Nachricht.

Kurz darauf traf ein Link zu Google Maps ein. Ein gelber Punkt zeigte einen Ort an.

Es war der Diner gegenüber der Spielhalle.

39 »Handtuch«

Als wir auf den Diner zugingen, verdunkelte sich plötzlich der Himmel, als dimmte jemand das Licht.

»Hast du das gesehen?«, fragte ich Chloe.

»Was? Die Plakatwand da drüben?«

Ich schüttelte den Kopf. Aber dann fiel mein Blick auf die Plakatwand, und ich registrierte etwas Seltsames.

Es wurde für ein Album eines berühmten Musikers geworben. Auf den ersten Blick war das nichts Ungewöhnliches. Aber dann fiel mir auf, dass es sich um ein nagelneues Album handelte und nicht um unveröffentlichtes Material von früher oder eine Greatest-Hits-Platte.

Der berühmte Musiker war David Bowie.

»Okay«, sagte ich und hielt Chloe fest, bevor sie die Tür zum Diner öffnen konnte. »Ich muss dir eine Frage stellen, die merkwürdig klingt … Lebt David Bowie noch?«

»Ähm … ja. Alles okay mit dir?«

»Jaja, alles gut.«

»Ganz sicher?«

»Klar.« Ich öffnete die Tür. »Lass uns reingehen.«

Es war nicht viel los. Höchstens sechs Gäste hielten sich im Diner auf, und es war niemand unter ihnen, den ich kannte.

Wir suchten uns einen Platz und bestellten Kaffee. Danach stand Chloe auf und setzte sich neben mich in die Nische.

»Warum hast du nach David Bowie gefragt?«, wollte sie wissen. »Wir haben ihn doch letztes Jahr zusammen mit Gram Parsons im Tacoma Dome gesehen.«

»Gram Parsons?«

»K, ganz ehrlich, das ist mir jetzt unheimlich.«

»Entschuldige. Alles okay.«

Ich hätte sie wirklich gerne gefragt, ob Gram Parsons auch noch am Leben sei, zwang mich aber stattdessen zu einem Lächeln und schaute zur Eingangstür, durch die gerade jemand hereinkam.

Es waren Swan und die Zwillinge.

Panik erfasste mich wie eine Woge, und mir wurde schwindlig. Ich packte Chloes Hand, doch im nächsten Moment war ich wie erstarrt.

Swan setzte sich uns gegenüber in die Nische, die Zwillinge bezogen auf beiden Seiten Posten, sodass wir nicht abhauen konnten.

»Du hast meine Nachricht bekommen«, konstatierte Swan.

»Warum habt ihr Fatman Neil umgebracht?«, fragte Chloe die Zwillinge wütend.

»Das waren wir gar nicht, Schätzchen«, sagte der Zwilling rechts vom Tisch.

»Ihr lügt doch«, fauchte Chloe.

In diesem Moment bemerkte ich sie. Die dunklen Schatten krochen langsam auf uns zu, aus dem hinteren Teil des Diners.

»Wir müssen sofort weg hier«, sagte Swan, stand auf und packte mich an der Hand.

»Mit euch gehen wir nirgendwohin«, erklärte Chloe.

Ich blickte auf die Schatten, dann wieder auf Swan. Dass

sie etwas schrie, konnte ich sehen, aber ich verstand ihre Worte nicht.

In der nächsten Sekunde ging das Licht aus.

Es war stockdunkel im Diner, die Stimmen der Leute wurden zu einem dumpfen Dröhnen.

Und ich war plötzlich an einem Ort, den ich nicht kannte. Oder genauer gesagt: Ich war nirgendwo.

Ich hatte das Gefühl, zwischen Orten festzustecken, stand auf einer Grenzlinie und wusste nicht mehr, auf welcher Seite ich sein sollte. Oder wie viele Seiten es überhaupt gab.

Wo ich hingehörte, war mir ein Rätsel.

Es war schrecklich, so einsam und verloren zu sein, aber ich kannte dieses Gefühl. Als Kind hatte ich es oft erlebt.

In meiner Kindheit hatte ich wiederkehrende Albträume – die Ärzte bezeichneten das damals als »Nachtangst«.

In diesen Träumen war ich umgeben von einer dichten, bedrängenden Dunkelheit, war wie gelähmt und konnte nicht aufwachen.

Diese Dunkelheit nannte ich den »Zwischenort«.

Zu Beginn des Traums war der Zwischenort leer, bestand nur aus dieser beängstigenden Dunkelheit. Doch wenn ich mich darauf konzentrierte, konnte ich noch etwas anderes spüren – etwas, das um mich herum in Bewegung war.

Dann schien ich plötzlich in einer Flüssigkeit zu treiben, als wäre die Schwärze dichter als Wasser, und binnen Kurzem konnte ich meine eigenen Konturen nicht mehr spüren, verschmolz mit der Dunkelheit.

In der Tiefe gab es irgendwelche Ströme, die als Fluchtwege aus meinem grauenerregenden Zustand dienen konnten. Doch sosehr ich mich auch bemühte, es gelang mir nie, einen der Ströme auszuwählen und zu entkommen. Deshalb steckte ich weiterhin an diesem schwarzen Zwischenort fest, meine Augen schienen offen zu sein, aber mein Körper war erstarrt, und irgendwann wachte ich immer schreiend auf.

Meiner Mutter gelang es im Laufe der Zeit, mir einen anderen Umgang mit den Albträumen beizubringen.

Nach einem besonders schlimmen saß sie nachts lange bei mir, während ich mich zu beruhigen versuchte.

Sie bat mich zu beschreiben, wie sich der gelähmte Zustand anfühlte.

Ich schilderte meine Hilflosigkeit und sagte, ich könne der Lähmung nie entkommen, weil ich außerstande sei, mich für einen der Ströme zu entscheiden.

Meine Mutter riet mir, mich auf mein Bauchgefühl zu verlassen und eine Entscheidung zu treffen. Zuerst müsse ich all meine intensiven Gefühle auf den Plan rufen – an die Liebe meiner Eltern denken, mich daran erinnern, wie stark ich sei. Dann solle ich mich auf die Ströme konzentrieren in der Gewissheit, dass ich den richtigen finden würde. Und danach müsse ich nur noch nach unten greifen in diesen speziellen Strom und ihre Hand nehmen. Denn sie sei dort für mich da.

Ich kann mich nicht erinnern, diese Technik jemals angewendet zu haben. Aber in der Nacht damals schlief ich so gut wie lange nicht mehr. In der Woche darauf hatte ich meinen ersten Termin bei einer Verhaltenstherapeutin, die mir Medikamente verschrieb und mir Techniken beibrachte, mit denen ich Stress und Ängste in den Griff bekommen konnte.

Die Albträume wurden seltener. Aber bald darauf wurde ich Zeuge des Unfalls mit den Connors-Schwestern, und nicht lange danach starben meine Eltern.

Als ich in dem Diner wieder gelähmt in der schwarzen Finsternis feststeckte, durchfuhr mich der Gedanke, ob ich jetzt wohl für immer an diesem Zwischenort ausharren müsste. Es war kalt und still dort, fühlte sich aber nicht bedrohlich oder böse an. Eher … gleichgültig, als wäre die Dunkelheit durch nichts zu erschüttern.

Und plötzlich dachte ich an die Worte meiner Mutter. Dass ich nur eine Entscheidung treffen müsse, um den Strom zur Flucht zu finden.

Ich vertrieb alles aus meinen Gedanken bis auf Chloe, stellte mir vor, wie ihre Augen leuchteten, wenn sie aufgeregt war, wie ihre Lippen schmeckten, wenn sie mich küsste, wie sie mich schelmisch anlächelte. Und dann spürte ich, wie ich in Bewegung geriet, über die Ströme hinwegflog.

Mein Körper fühlte sich an, als würde er gleichzeitig fliegen, sinken und in einer Flüssigkeit treiben. Und mir war klar, dass ich die Entscheidung sehr schnell treffen musste, weil ich sonst niemals entkommen würde. Deshalb streckte ich die Hand aus.

Und bekam etwas Festes zu fassen.

Es war Chloes Hand.

Ich zog Chloe hoch und von der Nische weg, und plötzlich rasten wir zwei zur Tür.

»Nicht umdrehen«, schrie ich, aber Chloe hatte schon über die Schulter geschaut.

»Ist okay, glaube ich«, keuchte sie.

Wir hechteten ins Auto, und als Chloe den Wagen startete, fragte ich: »Hast du irgendetwas … Seltsames gesehen?«

Chloes Hände zitterten, als sie losfuhr. »Nee, gesehen nicht … aber gespürt.«

»Und was war das?«

»Etwas furchtbar Unheimliches.«

40 »Die Hörner von Terzos«

Chloe und ich fuhren eine halbe Stunde durch die Gegend, um sicherzugehen, dass uns niemand folgte. Wir waren so erschöpft, dass wir kein Wort redeten, aber es war ein entspanntes Schweigen, mit dem wir uns beide wohlfühlten.

In der Wohnung teilten wir uns eine Tüte nicht mehr allzu knackiger Barbecue-Chips und ein japanisches Bier und schauten die letzte Folge einer tollen BBC-Serie. Danach schliefen wir eng umschlungen ein, während wir das neue Album von David Bowie anhörten.

Eine halbe Stunde später wachte ich auf und fuhr hoch.

»Was ist?«, fragte Chloe verschlafen.

»Gib mir mal deine Autoschlüssel.«

Chloe hielt die Eingangstür auf, während ich zum Auto sprintete und die Steely-Dan-Platte rausholte, die ich nach dem ganzen Chaos im Diner völlig vergessen hatte.

Oben packten wir sie aus. Auf der Innenhülle standen Songtitel und -texte sowie Namen aller Musiker und Techniker.

Chloe kramte ihren tragbaren Plattenspieler heraus, den Baron immer als »Hipster-Picknick-Boombox« bezeichnet hatte, und wir lasen die Texte mit, während wir uns die Scheibe anhörten.

Aber uns fiel nichts Besonderes auf. Keine versteckten Hinweise, keine Diskrepanzen.

Bis auf die Tatsache, dass der Song »Third World Man« nicht auf der Platte vorhanden war.

Wir hörten uns noch mal die Kassette mit dem Stück an, das die App als »Third World Man« identifiziert hatte.

»Das ist ein anderer Song«, sagte ich.

»Was meinst du?«

»Der Song auf der Platte ist nicht der, der dort eigentlich sein müsste.«

Anstelle von »Third World Man«, dem letzten Song des Albums *Gaucho*, hörten wir ein Stück mit dem Titel »Were You Blind That Day«. Die Musik beider Songs war gleich, aber die Texte waren unterschiedlich.

Chloe sprang auf und bat mich, beides noch mal abzuspielen.

»Wie abgedreht ist das denn«, sagte sie kopfschüttelnd.

Ich machte eine Recherche und entdeckte sofort etwas: Es gab tatsächlich einen Song von Steely Dan mit dem Titel »Were You Blind That Day«, der während der Aufnahmen für das vorherige Album der Band, *Aja*, entstanden war. Weil die Musik identisch war, hatte die App die beiden Songs nicht unterscheiden können.

Am meisten verwirrte mich, dass dieses nebenbei im Studio aufgenommene Stück aber nicht irgendwo – wie bei solchen Produktionen üblich – als eine Art Demoversion im Internet zu finden war, sondern in exzellenter Qualität auf der offiziellen Platte. Ein Ding der Unmöglichkeit, da »Third World Man« seit jeher das letzte Stück auf *Gaucho* gewesen war. Und »Were You Blind That Day« war nie offiziell veröffentlicht worden.

Wir verglichen sämtliche Bilder und Covertexte vom

Album im Internet mit unserer Platte. Alles war identisch bis auf diesen einen Song.

Wie bei einer seltenen Briefmarke oder Münze mit Fehler besaßen wir ein Album mit einem Stück, das nie offiziell released worden war.

Aber das war noch nicht alles.

Die Texte von »Were You Blind That Day« waren unterschiedlich, und der Name eines Musikers, der laut Informationen aus dem Netz an dem Song beteiligt gewesen war, erschien nicht auf dem Cover von *Gaucho*.

Der Mann hieß Mordecai Kubler, und er wurde in den Credits aufgeführt unter »Hörner von Terzos«.

»Was ist das denn für ein Instrument?«, fragte Chloe.

»Keine Ahnung. In beiden Versionen des Stücks gibt es überhaupt keine Blechbläser.«

Unserer Internetsuche nach Mordecai Kubler und den »Hörnern von Terzos« war null Erfolg beschieden.

»Darknet?«, schlug ich vor.

»Aber du weißt doch, dass man da keine allgemeine Suche starten kann, K.«

»Okay, was dann?«

Chloe drehte ihren Laptop zu mir. »Ich hab im Darknet schon alles abgecheckt. Absolut nichts zu finden.«

»Das hättest du mir auch gleich sagen können.«

Chloe machte einen anderen Vorschlag. Eine Freundin von ihr an der Uni hatte Zugang zu diversen Intranets, über die man an Material aus Bibliotheken und dergleichen herankam. Die Mehrheit dieser Datenbanken war über das Internet nicht zugänglich, weshalb Chloe sich dort Ergebnisse erhoffte.

Und das Glück war ihr hold.

»Das da könnte was sein«, sagte sie und zeigte mir die Zusammenfassung einer Abschlussarbeit, verfasst von einer Frau namens Sandra Aikman. Sie hatte einen Vergleich zwischen den Fantasiewelten von Frank Herbert, J. R. R. Tolkien, Fritz Leiber und Mordecai Kubler mit zeitgenössischen Völkern und Kulturen angestellt.

»Wow. Können wir diese Arbeit irgendwie lesen?«

»Können wir. Für sechs Dollar und neunundneunzig Cent.«

Ich gab meine Kreditkartendaten ein, Chloe lud das PDF herunter.

Wir zogen uns die Arbeit in knapp einer Stunde rein.

Ich fand es spannend, Sandra Aikmans politische Einschätzung der Fantasiewelten von einigen meiner Lieblingsautoren zu lesen. Mordecai Kubler spielte aber leider keine allzu große Rolle. Es wurde nur ein Roman von ihm erwähnt, das war zum Glück *Die Hörner von Terzos*. Außer den Anmerkungen fanden sich am Ende der Arbeit auch Kurzbiografien der Autoren. Kublers war besonders knapp geraten:

> *Mordecai Kubler, geboren 1937 in Chicago, Illinois. Kubler studierte Naturwissenschaften und Englisch an der Brown University und veröffentlichte 1973 seinen ersten und einzigen Roman,* Die Hörner von Terzos.

Mit dieser Info stürzten wir uns noch einmal in eine intensive Recherche, aber vergeblich.

»Wir haben nichts«, konstatierte Chloe schließlich.

»Doch, Sandra Aikman.«

»Ach so?«

»Scheint in Portland zu leben.« Ich zeigte Chloe Sandra Aikmans Facebook-Seite.

»Bitte nicht Portland in Maine.«

»Nee, Oregon«, erwiderte ich. »Sie hat seit zwei Jahren

nichts mehr gepostet. Damals lehrte sie Englisch an der Portland State University.«

»Schreiben oder besuchen?«, fragte Chloe.

»Erst mal schreiben und abwarten, ob sie antwortet.«

Am nächsten Morgen fanden wir eine Nachricht vor. Wir riefen die angegebene Nummer an, Sandra Aikman nahm beim zweiten Rufton ab. Wir erklärten ihr, dass wir ihre Abschlussarbeit gelesen hatten und uns gerne mit ihr unterhalten würden. Sie war bereit dazu, und dann stellte sich auch noch heraus, dass sie inzwischen nach Seattle gezogen war, um an einem Buch zu arbeiten.

Eine Stunde später trafen wir uns in einem Coffeeshop in der Nähe ihrer Wohnung.

Sandra war eine Schwarze mit dunkelbraunen Augen und einem strahlenden, aufrichtigen Lächeln. Sie berichtete von ihrer Recherche für ihre Abschlussarbeit, und wir behaupteten, wir hätten kürzlich über einen DNA-Test herausgefunden, dass Mordecai Kubler Chloes leiblicher Vater sei.

Wir logen wie gedruckt.

Sandra schien sich zu wundern, dass wir kein Exemplar des Romans aufgetrieben hatten, und sagte, sie hätte mindestens zwei zu Hause, und wir könnten gerne mit zu ihr kommen, um ihr Forschungsmaterial zu sichten.

Wie sich herausstellte, hatte sie sogar drei Ausgaben. Als ich fragte, ob wir eine ausleihen könnten, gab sie uns ein Exemplar, das schon so zerlesen war, dass man den Titel auf dem Rücken nicht mehr erkennen konnte.

Sandra sagte, wir könnten es gerne behalten, aber wir mussten ihr versprechen, sie über Neuigkeiten zu Kubler auf dem Laufenden zu halten, vor allem, falls wir noch andere Bücher als *Die Hörner von Terzos* entdecken sollten.

Es war ein kurzer Roman, nur knapp zweihundert Seiten. Wir lasen ihn gemeinsam bei Chloe in etwa vier Stunden.

Die Handlung ähnelte dem griechischen Mythos um Minotaurus, ein Wesen mit Stierkopf und Männerkörper, das der Legende nach in einem von Daidalos für König Minos von Kreta angelegten Labyrinth lebte. Der Minotaurus wurde schließlich von Theseus getötet.

Mordecai Kublers Roman war eine zeitgenössische Version dieses Mythos. Die Heldin, eine junge Frau namens Xana, musste sich im Labyrinth zurechtfinden und das Ungeheuer töten, um die Welt zu retten. Im Einband war eine Karte der Welt Terzos abgebildet. Ein Teil namens Tsippos war von den Umrissen her auf Anhieb erkennbar.

Er sah aus wie Nordamerika.

Auch Staaten und Städte trugen uns bekannte Namen: Das Andere Manhattan, Das Andere Providence. Im Süden gab es Das Andere Orleans und an der Westküste Das Andere Angeles und Das Andere Francisco. Der Pazifische Nordwesten war in zwei Provinzen unterteilt: Das Andere Poseidon und Das Andere Victoria.

Xanas Heldenreise im Buch war ziemlich geradlinig angelegt. Zuerst mussten drei Prüfungen bestanden werden: Die Höhle, Der Fehdehandschuh, Das Tor. Als sie die bestanden hatte, bekam sie Einlass ins Labyrinth, um sich bis zur Mitte durchzuschlagen. Dort musste sie mit ihrem letzten Gegner kämpfen und ihn bezwingen: den Mann im Turm.

Diese Übereinstimmung war ziemlich augenfällig.

Hinten im Buch fanden wir ein Glossar und zusätzliche Karten, darunter eine vom Anderen Poseidon an der Küste.

Auf dieser Karte sah man Notizen und Markierungen von Xana.

Und auch hier fiel die Übereinstimmung sofort auf.

Xana hatte die drei Orte, an denen sie die Prüfungen bestehen musste, mit einem Dreieck eingezeichnet und an der Spitze das Labyrinth mit einem Kreis versehen, in dessen Mitte sich Der Turm befand.

»Der ›Mondaufgang‹«, bemerkte Chloe. »Und ein Mann in einem Turm. Zufall ausgeschlossen, würde ich mal sagen.«

»Es heißt ja auch, dass es bei Rabbits keine Zufälle gibt«, sagte ich.

»Du hörst dich an wie der Magier.«

Wir verfielen in Schweigen, und ich spürte, dass Chloe wieder an den Super-8-Film dachte.

Ich schloss sie in die Arme, und sie legte den Kopf an meine Schulter.

»Und was sollen wir jetzt machen?«, fragte sie.

»Tja, das wollte ich dich auch gerade fragen.«

In diesem Moment flackerten alle Lichter in der Wohnung einen Atemzug lang. Als der Spuk vorbei war, fragte Chloe: »Ein Glas Wein?«

»Auf jeden Fall. Und während wir süffeln, sollten wir uns *Die Hörner von Terzos* noch mal vornehmen, finde ich. Im Detail.«

Chloe goss uns Wein ein, und ich ging die Notizen durch, die wir uns bei der ersten Lektüre des Romans gemacht hatten.

»Es gibt nirgendwo einen Hinweis darauf, dass es je einen Verleger oder Verlag gegeben hätte«, berichtete Chloe nach einer Weile.

»Aber irgendwo muss doch was zu finden sein«, wandte ich hartnäckig ein.

»Vielleicht sollten wir einen anderen Ansatz probieren«, schlug Chloe vor. »Wir starren schon seit Stunden auf dieses ganze Zeug.«

Ich lehnte mich zurück und rieb mir die Augen. Als ich sie wieder aufmachte, bemerkte ich an der Wand die Karte vom Bundesstaat Washington, gestaltet im Stil von *Der Herr der Ringe*, die ich Chloe zum Geburtstag geschenkt hatte.

»Was ist?« Chloe sah mich fragend an.

»Das Andere Poseidon sah doch auf der Karte wie Washington aus, oder?«

»Ja, und?«

»Ich hab eine Idee«, verkündete ich. »Ist dein Drucker mit dem Internet verbunden?«

»Ist er. Wieso?«

Ich fotografierte die Karte im Buch mit dem Handy und schickte das Bild an Chloes Drucker.

»Zoomst du uns auf Google Earth mal bitte Seattle heran?«, fragte ich.

Chloe wandte sich ihrem Laptop zu, ich sprang auf und lief zum Drucker. Als die Seite ausgedruckt war, setzte ich mich damit neben Chloe und richtete die Karte von Seattle so ein, dass sie der fiktiven Provinz Das Andere Poseidon genau entsprach.

Sie stimmten vollkommen überein.

Offenbar hatte Mordecai Kubler nicht nur Umrisse von Nordamerika für seine Fantasiewelt Tsippos benutzt, sondern alles identisch abgebildet.

»Hier ist das Labyrinth«, sagte ich und deutete auf den Kreis, »und da, in der Mitte des Labyrinths …«

»Ja verdammt«, sagte Chloe verblüfft. »WorGames.«

»Der Turm«, ergänzte ich.

»Kann das wirklich sein?«

»Schau dir mal den linken unteren Punkt vom Dreieck an.«

»Ist das nicht das Gebäude, wo du hinter dem Müllcontainer die Zeichen an der Wand gefunden hast?«

»Ganz genau.«

Ich markierte in meiner Karten-App die drei Punkte aus dem Dreieck und den Punkt in der Mitte des Kreises. Dann reichte ich das Handy Chloe.

»Was ist das?«

»Unsere Karte. Für unsere Heldenreise.«

»Im Ernst jetzt? Das sollen wir wagen?«

»Na klar, was denkst du?«, erwiderte ich. »Wir müssen schließlich das Spiel gewinnen und die Welt retten.«

41 »Harold Nummer sieben«

In *Die Hörner von Terzos* beginnt Xana ihr Abenteuer am linken unteren Punkt der Pyramide, reist dann zum rechten und schließlich nach oben. Die Spitze des Dreiecks ist Das Tor.

Als sie dort eingelassen wird, landet sie in einer Welt, die wie ihre eigene aussieht, aber Der Andere Ort genannt wird.

Sie befindet sich im Labyrinth. In dessen Mitte muss es ihr gelingen, den Mann im Turm zu besiegen.

»Und du glaubst wirklich, wir finden diesen Crow, wenn wir an den anderen drei Punkten Prüfungen bestehen?«

»Das halte ich für möglich«, antwortete ich. Vielleicht bewegte ich mich schon so lange im Reich der Spiele, dass derartige Questen mir nur zu vertraut erschienen.

Zumal die Unterschiede zwischen reeller und Spielewelt fließend waren. Zumindest für mich.

»Na, dann auf in den Kampf«, verkündete Chloe.

Wie Xana begannen wir unten links, an der Rückseite des Gebäudes also, in dem ich im Pop-up-Plattenladen Steely Dan gekauft hatte.

Wir rückten den Container beiseite und inspizierten das Bild an der Wand. Es wirkte unverändert, aber ich machte zur Sicherheit ein Foto.

Danach wurde plötzlich das Licht der Laternen schwächer, und einen Moment lang schien es, als erwachten die Zeichen zum Leben und glitzerten, bevor sie von wabernden dunklen Schatten verschlungen wurden.

Ich schüttelte abrupt den Kopf und presste mir die Handballen auf die Augen. Es roch nach nassen Federn und Fell, und mein Herzschlag trommelte und dröhnte in meinen Ohren. Ich versuchte mich gegen das übermächtige Gefühl zu wehren, aber mein Körper schien mit einem Mal so endlos, als wäre er nicht mehr von der Welt abgegrenzt, und mir wurde schrecklich kalt. Ich stemmte die Fingerknöchel gegen die Wand, um mich abzustützen und durch den Schmerz aus diesem Zustand herauszureißen.

Dann saß ich unversehens bei Chloe im Auto, und wir fuhren eine Straße entlang. Der Umgebung nach zu schließen, waren wir schon eine ganze Weile unterwegs.

»Ich müsste eigentlich mal pinkeln«, erklärte Chloe.

Ich starrte wortlos nach vorne und versuchte mich zu orientieren.

»Alles okay?« Chloe warf mir einen beunruhigten Blick zu.

»Ja, klar, alles gut.«

»Sicher?«

»Wohin fahren wir?«, fragte ich.

»Ach ja, also alles gut, wie?«

»Bitte sag mir, wohin wir fahren.«

»An den Ort, den du hier markiert hast.« Chloe nickte zu meinem Handy, das auf meinem Schoß lag.

Wir waren unterwegs zum rechten unteren Punkt des Dreiecks, dem Bellevue Downtown Park.

»Nicht wegdriften, K«, sagte Chloe.

Ich spürte, dass sie sich Sorgen machte.

Das galt für mich auch.

Ich hatte mal wieder eine Zeitspanne verloren, diesmal rund zehn Minuten.

Bellevue liegt gegenüber von Seattle auf der anderen Seite vom Lake Washington. In dem Park gibt es eine runde Rasenfläche mit einem Wasserfall, der sich in einen schönen Teich ergießt. In der Mitte des Rasens ragen drei hohe Bäume auf, die sich als Ausgangspunkt für unsere Suche geradezu anboten.

»Und wonach sollen wir Ausschau halten?«, fragte Chloe.

»Keine Ahnung. Nach irgendetwas, das mit dem Spiel zu tun haben könnte. Weißes Kaninchen vielleicht?«

»Sehr witzig. Und megahilfreich, ganz ehrlich.«

Als wir auf die drei Bäume zugingen, suchte es mich heim.

Das Gefühl von Bedrohung erfasste mich wie eine heftige Woge. Ich sah mich hektisch nach wabernden Gestalten um, die aus zappelnden kleinen Teilen bestanden, entdeckte aber nur einen gigantischen Schatten, der so langsam über den Park hinwegkroch wie ein unheimliches Luftschiff.

»Schnell, wir müssen uns beeilen.« Ich packte Chloes Hand, und wir rannten zu den drei Bäumen.

»Sollen wir nicht lieber weglaufen?«, keuchte Chloe.

»Nein, auf gar keinen Fall. Geht schon.« Das war eine monströse Lüge. Ich fühlte mich miserabel, so haltlos, als schwebte ich meterweit über dem Boden. Auf irgendetwas konzentrieren konnte ich mich auch nicht mehr, weil ich zu viel Angst hatte, wieder Zeit zu verlieren.

Stattdessen biss ich mich fest auf die Lippe. Der Schmerz und der metallische Geschmack des Blutes katapultierten mich in meinen Körper zurück.

Ich durfte jetzt unter keinen Umständen ausrasten.

Als wir unter den drei Bäumen standen, die über uns ein Dach aus Ästen, Zweigen und Blättern bildeten, sahen wir uns um. Aber von einigen riesigen Krähen auf den Wipfeln abgesehen, entdeckten wir nichts Bemerkenswertes.

Doch ich spürte die Schatten dort draußen, die Dunkelheit. Und etwas in mir fühlte sich hingezogen, wollte sich damit verbinden.

Wir mussten uns beeilen.

Ich blickte um mich. Keine Zeichen in der Baumrinde, keine Botschaft am Himmel, keine Pflanzen, die hier fehl am Platz wirkten.

Ein Rascheln veranlasste mich dazu, nach oben zu schauen – und ich stellte fest, dass dort plötzlich viel mehr Krähen hockten als vorher.

Die Äste waren schwarz vor Vögeln.

Mir fiel eine Szene aus meiner Kindheit ein, als wir im Sommer einen riesigen Krähenschwarm gesehen hatten. Meine Eltern hatten damals darüber debattiert, ob Krähen wirklich Unglück brächten und es nicht gemein sei, sie als Galgenvögel zu bezeichnen.

Plötzlich fühlte ich mich bleischwer und wie gelähmt, und dunkle Schatten drängten sich in mein Sichtfeld. Ich fasste Chloe wieder an der Hand und zwang mich loszulaufen. Wir mussten den nächsten Punkt auf der Karte erreichen, in der Hoffnung, dass wir bisher alles richtig gemacht hatten, auch wenn wir hier nichts entdecken konnten und es sich statt wie eine Prüfung mehr wie eine Flucht anfühlte.

Als wir über den Rasen rannten, erhoben sich die riesigen schwarzen Vögel in die Luft, alle gleichzeitig. Es waren Hunderte, vielleicht sogar Tausende, und der Lärm war ohrenbetäubend. Krächzend flatterten sie wild durcheinander und verdunkelten den Himmel.

Wir rannten aus Leibeskräften, weg von den Unheil verkündenden Vögeln. Nacheinander gingen hinter uns die Sprinkler an und verspritzten Wasser.

Als wir die Grünfläche überquert hatten und den Gehweg betraten, drehte ich mich noch einmal um. An keiner anderen Stelle im Park waren die Rasensprenger zum Leben erwacht, nur direkt hinter uns.

Vielleicht waren sie und die Krähen unsere Zeichen gewesen, dass wir auf dem richtigen Weg waren. Andere gab es jedenfalls nicht.

Auf dem Weg zum Auto erinnerte mich Chloe daran, dass sie pinkeln müsse, und steuerte einen Coffeeshop auf der anderen Straßenseite an.

Wir gingen hinein. Dort herrschte reger Betrieb. Alle Tische waren besetzt, die Leute starrten auf ihre Laptops, skypten mit Freunden oder lasen Bücher und Zeitschriften auf den kleinen Bildschirmen.

Sie alle ahnten nichts von der drohenden Dunkelheit.

Aber ich spürte, dass sie näher kam.

Und ich wurde zusehends nervös. Chloe brauchte ewig auf der Toilette, und wir mussten weiter.

»Harold!«, rief die Barista, damit der Kunde seinen Kaffee abholte. »Harold!«

Sechs Männer steuerten auf den Tresen zu.

»Harold?«, wiederholte die Barista, sichtlich verstört.

Die sechs Männer hielten die Hand hoch und sahen sich um. Alle hießen Harold, und alle waren begreiflicherweise verwirrt.

»Latte mit fettfreier Milch?«, fragte die Frau Hilfe suchend.

»Für Harold?« Ein Mann, der gerade von der Toilette kam, trat zum Tresen.

Harold Nummer sieben.

Kellan Meechum glaubte, dass derartig auffällige Koinzidenzen auf einen seiner Radianten hinwiesen. Und Hazel hatte etwas Ähnliches geäußert.

War das unsere Bestätigung für unsere »Heldenreise«? Oder hatte es etwas anderes zu bedeuten, etwas Schlimmes? Mir wurde flau im Magen, und ich starrte auf einen Berg Schoko-Espressobohnen und hausgemachtes Popcorn, hübsch arrangiert zwischen Wasserflaschen. Inmitten solcher Dinge konnte doch wohl die Welt nicht untergehen – oder?

Ich dachte an Crows eigentümlichen Vortrag mit der Statistik über entführte Menschen im Kofferraum von Autos. Bei derartig düsteren Szenarien an Weltuntergang zu denken, war nicht so weit hergeholt – aber in einer Café-Kette mit Blick auf einen Bananenmuffin?

Weil Chloe noch immer nicht auftauchte, ging ich zur Damentoilette und klopfte an die Tür. »Hallo? Alles okay?«

Als keine Antwort kam, spähte ich hinein. Der Vorraum war leer, und ich sah, dass an beiden Kabinen das Schloss auf Grün stand. »Hallo? Ich komm jetzt rein!«, rief ich und öffnete die Tür. Die Kabine war leer, ebenso wie die andere.

Es gab keine Fenster in beiden Räumen, keine Hintertür, und ich hatte die ganze Zeit am Ausgang gestanden. Chloe hätte nicht unbemerkt an mir vorbeigehen können.

Sie war verschwunden.

Ich rannte an den Harolds vorbei nach draußen auf die Straße, wo ich sofort die Präsenz der Schatten spürte, als sei ich ein eigentümliches Barometer, das atmosphärische Störungen registrierte. Von Chloes Auto keine Spur.

Rasch warf ich einen Blick auf die Karte im Handy. Die Spitze der Pyramide war von hier aus etwa zwanzig Kilometer entfernt. Ich fragte mich, ob ich vielleicht wieder abwesend gewesen war und Chloe mich übersehen hatte. Aber ich hatte nicht dieses typische Zeitverlustgefühl, und Chloe hätte mich auch niemals allein gelassen.

Ich rief sie an. Sie ging nicht ran.

Als Nächstes bestellte ich mir ein Uber, und kurz darauf war ich unterwegs zu Chloes Wohnung.

Eigentlich hätte ich direkt zur Spitze des Dreiecks fahren müssen, um Xanas Quest zu folgen. Aber Chloe ging vor.

Ich rechnete fast damit, dass der Taxifahrer Harold heißen würde, doch es war eine Frau mittleren Alters namens Geneva.

Auf meine Bitte hin wartete sie unten auf mich, während ich zu Chloes Wohnung rannte.

Aber ich fand sie nicht.

Ihr Name stand nicht am Klingelbrett, und als ich den gewohnten Knopf neben der Nummer ihres Apartments drückte, meldete sich ein Mann. Er sagte, er lebe schon seit einer Ewigkeit hier, und auf der gesamten Etage habe niemals jemand namens Chloe gewohnt.

Ich stieg wieder ins Uber-Taxi und trug Geneva auf, mich zu der Einkaufszeile in Kenmore am Nordufer des Lake Washington zu fahren, die an der Spitze des Dreiecks angezeigt war. Was sich hier abspielte, war mir ein Rätsel. Aber da Chloe wie vom Erdboden verschluckt war, musste ich die Mission wohl oder übel alleine fortsetzen.

An der Einkaufszeile stieg ich aus und sah mir die Namen der Geschäfte an, fand aber keinerlei Anhaltspunkte.

Als ich mich weiter umschaute, wurde mein Blick durch irgendetwas in die Höhe gelenkt.

Über einem vierstöckigen Gebäude gegenüber verfinsterte sich der Himmel. Auf den ersten Blick hätte man das wirbelnde düstere Gebilde für Gewitterwolken halten können, doch ich wusste, dass es etwas anderes war. Auf dem Dach des Gebäudes leuchtete eine Neonschrift: Pyramid Self Storage.

Das Logo war ein Dreieck mit einem Kreis an der Spitze.

Ich überquerte die Straße. Neben der Laderampe des Lagerhauses führte eine Zementtreppe zu einer Pförtnerloge, die aber unbesetzt war. Ein handgeschriebenes Schild auf dem Tisch verkündete: *In 15 Minuten zurück*.

Während ich wartete, wurde mir klar, dass ich überhaupt keinen Plan hatte. Was sollte ich fragen? Sollte ich im Stil von alten Krimis einen Schein rüberschieben, damit man mir die Anmeldungsliste zeigte? Oder mir selbst einen Lagerraum mieten?

Ich entschied mich für Letzteres, als mir plötzlich eiskalt wurde.

Die Schatten kamen näher.

Es war merklich dunkler geworden, auf der Laderampe krochen schwarze Gebilde heran.

Mir war nicht klar, ob sie hinter mir persönlich her waren oder den Radianten folgten, in deren Nähe ich mich zufällig gerade aufhielt. Was letztlich keine Rolle spielte. So oder so wusste ich, was mit mir geschehen würde.

Sie würden mich zerfetzen wie den Magier in diesem Super-8-Film.

Ich sprintete los, rannte den zementierten Gang zwischen den orangefarbenen Türen entlang, die zu den Lagerräumen führten. Dabei spürte ich die Schatten hinter mir, kalt, hungrig – und näher denn je zuvor.

Sie waren gierig.

Ich bog um eine Ecke, raste den nächsten Gang entlang, aber ich merkte, wie die Schatten näher und näher kamen.

Dann landete ich in einem scheinbar endlosen Korridor, der sich über die Länge des gesamten Gebäudes erstreckte.

Hier bekam ich ein bisschen Vorsprung.

Aber der Korridor endete an einem alten hölzernen Lastenaufzug.

Inzwischen hatte ich so ein Tempo, dass ich fast ausrutschte, während ich abbremste.

Ein heftiger Schmerz durchzuckte meinen rechten Arm, als ich die Streben der Tür packte und sie aufriss. Ich hechtete in den Aufzug und zog die Tür zu. Da sah ich die wabernden Schatten auf mich zuschießen.

Wie lange schwarze Finger glitten sie zwischen den Holzstäben hindurch.

Ich schlug auf den grünen Kopf, der Aufzug setzte sich ruckartig in Bewegung.

Aber es war zu spät.

Ich spürte, wie die Schatten mich ergriffen. Die Welt verschwamm vor meinen Augen, mein Kopf schien zu bersten, und ich stürzte hinterrücks in schwarze Unendlichkeit.

Dann verlor ich das Bewusstsein.

42 »Das Spiel gewinnen, die Welt retten«

Ich erwachte in einem Fahrstuhl.

Nicht in dem Lastenaufzug der Lagerhalle, sondern in dem Fahrstuhl im Turm, der mich damals zu Crow gebracht hatte. Der Knopf fürs Penthouse leuchtete, ich wurde mit rasender Geschwindigkeit nach oben befördert.

Nach wenigen Sekunden gingen die Türen auf, und ich blickte in den Flur, in dem ich damals auch gelandet war.

Ich versuchte mich zu konzentrieren. Als ich mich ruhig genug fühlte, trat ich in den Flur hinaus, auf alles gefasst.

Schnell ging ich auf die Glastüren zu und gelangte in die kleine Lobby.

Hier hatte sich damals niemand aufgehalten, aber jetzt saß ein Mann an der Rezeption. Er wirkte orientalisch, war etwa Ende zwanzig, trug einen dunkelgrauen Pullover und ein weißes Hemd.

»Wie kann ich Ihnen helfen?«, fragte er.

»Ich möchte Crow sprechen«, sagte ich kurz und knapp.

»Haben Sie einen Termin?«

»Ich bin mir nicht ganz sicher.«

Der Mann nickte, lächelte bemüht. Dann tippte er etwas in eine Tastatur ein. Danach war es wieder vollkommen still in dem Raum.

Ich ließ mich auf einem der Teakholzstühle im Wartebereich nieder und beäugte die Lektüre, die auf einem kleinen Glastisch lag. Statt uralter zerlesener Zeitschriften gab es hier Bücher: *The Beatles Anthology*, *Die Zukunft der Architektur*, Fabeln von Äsop, der *Malacetic Atlas*, *Information Graphics* und ein Band mit dem Titel *Kochen für dein künftiges Selbst*.

Hätte ich mir einen Warteraum im Sinne von Platon ausdenken sollen, wäre er in etwa so ausgefallen. Von einer Sache abgesehen: An der Wand hinter der Empfangstheke hing ein großes gerahmtes Foto von einer Weide an einem tiefblauen See. Irgendwie hatte es eine beunruhigende Wirkung, denn es stand auf dem Kopf.

»Sie werden gleich abgeholt«, erklärte der Rezeptionist.

Ich nickte. »Danke.«

»Möchten Sie vielleicht ein Wasser oder einen Kaffee?«

»Nein, danke, aber …«

»Ja?«

»Ist diese Fotografie von dem Baum …«

»Absichtlich verkehrt herum aufgehängt?«, vollendete der Mann meinen Satz und lächelte. »Ja, das ist vom Künstler so vorgesehen.«

»Diese Frage stellt man Ihnen sicher häufig.«

»Nur täglich.«

In diesem Moment kam Emily Connors hereingestürmt und riss mich vom Stuhl hoch.

»Was zur Hölle machst du hier, K?«

Sie zerrte mich nach draußen Richtung Fahrstuhl.

»Du musst sofort verschwinden«, sagte sie.

»Hast du Crow getötet?«

»Nein, ich habe ihn noch nicht wiedergesehen. Und du kannst hier nicht so reden.«

Sie trug genau dasselbe Outfit wie bei unserem Treffen, als sie im Aufzug der Villa am See spurlos verschwunden war.

»Wie viel Zeit ist seit unserer letzten Begegnung vergangen?«, fragte ich.

»Etwa zwei Stunden, warum?«

»Aber es müssen doch Tage sein«, widersprach ich.

»Die Zeit ist in manchen Dimensionen unterschiedlich, und wenn man zwischen ihnen wechselt, entstehen weitere Zeitdifferenzen.«

»Wie kommt das zustande?«

»Wie zum Teufel hast du hierhergefunden?«, fragte sie, statt zu antworten.

»Lange Geschichte.«

Emily schüttelte den Kopf. »Okay, du musst mit mir kommen.«

»Wohin?«

Sie drückte den Rufknopf, und als die Türen aufgingen, schob sie mich in den Fahrstuhl.

»Warte kurz.« Sie zog etwas aus der Gesäßtasche ihrer Jeans und reichte es mir. Es war eine kleine Pistole.

»Eine Waffe? Was zur Hölle geht hier ab, Emily?«

»Bitte sei still.« Sie bückte sich, öffnete eine verborgene Klappe im Boden des Fahrstuhls und drückte einen Knopf, der darunter versteckt war. Dann richtete sie sich auf, nahm mir die Pistole wieder ab und steckte sie so routiniert in den Bund ihrer Jeans wie eine Heldin aus einem Actionfilm.

Der Aufzug bewegte sich abwärts.

»Wohin fahren wir?«, fragte ich.

»Herrgott, K, nun lern endlich mal, die Klappe zu halten.«

Die Türen gingen auf, und wir traten in einen leeren, vielleicht fünf Quadratmeter großen Raum, in dem es sehr kühl war. Die schimmernden Wände waren dunkelgrün, fast schwarz, in der linken hinteren Ecke führte eine Wendeltreppe nach oben.

Der Raum schien plötzlich erschüttert zu werden, aber ich hatte das seltsame Gefühl, dass nicht nur das Gebäude zu beben begann, sondern die gesamte Welt.

Wir lehnten uns an die Wand und warteten, bis die Erschütterung nachließ.

»Was ist hier los?«, fragte ich.

»Die Radianten brechen auseinander«, antwortete Emily, packte mich an der Hand und zog mich zu der Wendeltreppe. Mit der anderen Hand hielt sie die Pistole vor sich, so profimäßig wie eine Polizistin in einem Thriller.

Am Ende der Wendeltreppe befand sich eine Tür.

Emily drehte vorsichtig den Knauf. Unverschlossen.

Sie steckte ihre Pistole hinten in den Hosenbund, legte den Finger an die Lippen, und wir traten in einen dunklen Raum.

»Wo sind wir?«, flüsterte ich, als Emily nach einem Lichtschalter tastete.

»In meinen Wohnräumen, K.«

Wir zuckten beide zusammen, als wir Crows Stimme hörten.

Plötzlich wurde es gleißend hell.

Crows Wohnräume glichen dem Penthouse: gigantische Fenster an einer Seite, an der Wand gegenüber vom Boden bis zur Decke Bücherregale aus Holz. Und auch hier standen überall imposante antike Möbelstücke.

Crow war durch eine Tür etwa sechs Meter entfernt von uns hereingekommen. Flankiert wurde er von zwei wuchtigen bewaffneten Männern, die nach Army aussahen.

»Scheiße«, sagte Emily.

Crow grinste. »Du beeindruckst mich immer wieder.«

»Du musst aufhören mit deinen Aktivitäten, Crow. Sie zerstören den Mechanismus.«

»Der ›Mechanismus‹, wie du es nennst«, erwiderte Crow, »ist einwandfrei. Der wird einfach neu starten.«

Wieder gab es eine heftige Erschütterung.

»Eine gewisse Instabilität ist zwar vorhanden«, gab Crow zu, »aber die ist kein Anlass zur Sorge. Ich glaube nicht, dass die Menschheit dem Universum auf Dauer schaden kann.«

»Das dachte man auch bei der Umwelt. Und nun schau dir an, was mit den Eisbären passiert.«

»Du hattest schon immer einen ansprechenden Humor, Emily«, sagte Crow und nickte den Wachen zu, die jetzt auf uns zutraten. »Ich erwarte auch nicht von dir, dass du alle Feinheiten meiner Arbeit hier begreifst.«

»Deine Frau und deine Tochter sind nicht mehr da, Crow. Du kannst sie nicht zurückholen.«

Ein schmerzlicher Ausdruck trat auf Crows Gesicht.

»Bitte«, sagte Emily. »Die beiden würden nicht wollen, dass du das hier tust.«

»Ich habe dich nicht um deine Meinung gebeten«, knurrte er.

»Die Radianten sind instabil und zerfallen rapide. Du musst aufhören mit deinen Manipulationen«, drängte Emily.

»Hawk Worricker hat sein Spiel mit der Vorgabe entwickelt, die Radianten zu stabilisieren. Damit hat er den Mechanismus außer Kraft gesetzt, die mysteriöse Elementarkraft, von der die Welt im Unsichtbaren gelenkt wird«, entgegnete Crow. »Wieso sollen Kellan Meechum und Hawk Worricker entscheiden dürfen, was das Beste für die Menschheit ist? Warum dürfen die sich als Gott aufspielen?«

»Dass ausgerechnet du Leute mit Gottkomplex kritisierst, finde ich ziemlich absurd«, versetzte Emily.

»Du wirst das anders sehen, wenn das Spiel neu gestartet wurde.«

»Da lässt sich dann nichts mehr neu starten, du Idiot! Bis dahin wird die Welt zerstört sein!«

Wie aufs Stichwort erschütterte ein Beben den Raum so heftig, dass wir an die Wand geschleudert wurden.

»Du bist ein verfluchter Psychopath«, zischte Emily, riss ihre Pistole aus dem Hosenbund und richtete sie auf Crow.

Das nächste Beben war noch stärker, aber Emily hielt sich auf den Beinen.

»Ich mache jetzt Schluss mit diesem …«

Im nächsten Moment ertönte ein Schuss. Emily wurde in die Schulter getroffen, und die Pistole fiel laut klappernd zu Boden.

Das Echo des Schusses hallte im Raum wider, das nächste Beben schien kein Ende zu nehmen. Es fühlte sich an wie der Weltuntergang.

»Scheiße, Carl, du hast mich angeschossen!«, schrie Emily. Ihre Hand war blutverschmiert.

»Nicht so schlimm«, erwiderte der Kleinere der beiden Wachen und hob Emilys Pistole auf. »Nur ein Streifschuss. Ein Druckverband reicht aus.«

Die Beben ließen jetzt nach, stattdessen war eine starke Vibration spürbar. Der Boden unter meinen Füßen schien lebendig zu werden und meinen Körper durchzurütteln.

»Was ist denn das jetzt?«, fragte ich.

»Dieser Energiestrom bereitet sich darauf vor, neu zu starten«, antwortete Crow. »Wird gleich so weit sein.«

»Blödsinn, er stirbt ab!«, entgegnete Emily.

»Ich werde euch beide vermissen … und ihr sollt wissen, dass mir das hier überhaupt keinen Spaß macht«, sagte Crow und nickte den beiden Wachen zu.

Sie richteten ihre Schusswaffen auf uns.

»Sollte es nicht bloß ein Druckverband sein, Carl?«, sagte Emily spöttisch.

Carl zuckte entschuldigend die Achseln.

Ich schloss die Augen.

Dann knallten zwei Schüsse.

Ich hielt mir instinktiv die Ohren zu, und als ich die Augen wieder aufmachte, sah ich die beiden Wachen blutüberströmt zu Boden stürzen. Hinter ihnen kamen zwei Frauen mit großen Handfeuerwaffen zum Vorschein.

Die Killerzwillinge.

»Lange nicht gesehen«, sagte Swan und ging auf Crow zu.

Er wurde kreidebleich.

»Nein.« Er wich zurück. »Du kannst nicht hier sein.«

»Und doch bin ich es«, erwiderte Swan und nickte den Zwillingen zu.

Die beiden postierten sich links und rechts von Crow.

Swan trat zu den dreien, uns beachtete sie gar nicht. Sie war vollkommen auf Crow fixiert.

Als sie vor ihm stand, musterte sie ihn angewidert von Kopf bis Fuß. Dann packte sie mit beiden Händen sein Gesicht und zwang ihn, ihr in die Augen zu schauen.

»So lange suche ich schon nach dir«, sagte Swan.

Crow starrte sie reglos an.

»Du hast die Radianten ruiniert, und jetzt geht die Welt zugrunde, du dummer Scheißkerl.«

Ich hatte mich geirrt. Swan stand zweifellos nicht in Crows Diensten.

»Wenn der Mechanismus neu gestartet ist«, sagte Crow jetzt, »werden wir von vorne beginnen können. Dieser Energiestrom wird wieder so wirkungsvoll wie vorher sein. Ich habe alles bis auf die Minute geplant. Es …«

»Schsch«, machte Swan und ließ ihn los. Ihr Blick wurde plötzlich traurig. »So funktioniert das eben nicht. Was du deiner Tochter angetan hast, ist irreversibel.«

»Nein. Es ist unverzeihlich, aber nicht irreversibel«, widersprach Crow. »Ich arbeite daran.«

»Welcher Vater benutzt denn bitte sein eigenes Kind für Experimente?«

»Nein, nein, nein!«, schrie Crow. »Der Mechanismus startet jetzt neu! Wir werden in den Ausgangszustand zurückversetzt!«

Swan schüttelte den Kopf. »Kannst du vergessen. Mit deinen Manipulationen hast du die Wirkweise dieses Dimensionsstroms zerstört. Jede Person, die mit den verknüpften Ereignissen in Zusammenhang steht, wird verschwinden. Und zwar für immer, so wie deine Tochter. Die Radianten sind in Aufruhr. Die Welt geht unter.«

»Lügen!«, knurrte Crow und warf sich mit hasserfüllter Miene auf Swan. Aber sie war schnell wie der Blitz, riss eine Pistole heraus und schoss ihm ins Gesicht.

Die Zwillinge zuckten nicht mal mit der Wimper, sondern traten gleichzeitig zurück, als Crow vor ihnen zu Boden sackte.

Jetzt drehte sich Swan zu uns um.

»Hallo, Swan«, sagte Emily.

»Emily. Schön, dich wiederzusehen.«

»Ihr kennt euch?«, fragte ich.

»Muss schwer für dich sein«, sagte Swan zu Emily. »Dass K es nicht weiß.«

»Wovon redet ihr?«, fragte ich.

Wieder erschütterte ein Beben den Raum.

»Wann hört das endlich auf?«, fragte ich.

Swan sah mich an, Schmerz in den Augen. »Ein Universum stirbt nicht so schnell wie ein Mensch. Da weicht nicht nur das Leben aus einem einzigen Körper, sondern aus Milliarden von Sternen und Wundern.«

Der nächste Ruck war so heftig, dass ich fast zu Boden stürzte. Emily packte mich an der Schulter.

»Ich schätze, es bleibt noch etwa eine Stunde vor dem Ende«, sagte Swan.

»Welches Ende?«, fragte ich.

»Das Ende von allem«, antwortete Swan und schüttelte den Kopf. »Ich habe ja versucht, dich zu warnen.«

»Aber was ist mit Rabbits? Das Spiel gewinnen, die Welt retten, heißt es doch.«

»Zu spät«, sagte Swan.

»Aber irgendetwas müssen wir doch noch tun können!«, rief ich aus.

Swan seufzte. »Die Radianten, die das Universum stabilisieren, sind zu sehr aus der Spur geraten.«

»Also ist alles aussichtslos?«

»Man müsste das Spiel gewinnen. Doch es ist so stark gestört, dass es nicht mehr richtig funktionieren kann.«

»Aber was passiert dann genau?«, fragte ich und zermarterte mir den Kopf in dem Versuch zu verstehen.

»Wenn dieser Dimensionsstrom abstirbt, werden alle Menschen verschwinden, die damit in Verbindung stehen. Und zugleich alles, was mit diesen Menschen verknüpft ist – Erinnerungen, Familien und so fort. Danach wird sich dieser Vorgang bei allen anderen Dimensionsströmen unseres Multiversums wiederholen, wie ein Dominoeffekt. Und dann … ist alles vorbei.«

»Könntest du nicht irgendwie noch das Spiel gewinnen?«, fragte ich Swan. »Die Radianten wieder auf Spur bringen?«

Sie schüttelte den Kopf. »Tut mir leid. Solange Worrickers

Spiel nicht benutzbar ist, wüsste ich nicht, wie man die Radianten so instand setzen kann, dass der Mechanismus neu startet. Die Welt wird heute noch untergehen. Wenn ihr die Augen schließt, kann ich den Prozess beschleunigen.«

»Und was passiert, wenn wir die Augen nicht schließen?«, fragte ich.

»Das«, antwortete Swan.

Und alles wurde schwarz.

43 »Einen Prius kannst du doch nicht kurzschließen«

Ich erwachte in völliger Finsternis.

»Emily?«, rief ich und rappelte mich hoch.

»K?«, hörte ich ihre Stimme.

Ich hastete zu ihr und stieß mir dabei das Knie an etwas Hartem. Meine Augen hatten sich inzwischen an die Dunkelheit gewöhnt, ich konnte immerhin Umrisse erkennen.

Und ich wusste, wo wir waren.

Ich lief zur Eingangstür und tastete nach dem Schalter. Es wurde hell. Wir standen im vertrauten kühlen Licht der Spielhalle des Magiers.

»Wo zum Teufel sind wir?«, fragte Emily.

»In der Spielhalle.«

»Was für eine Spielhalle?«

»Wir sind immer noch in Seattle, nicht weit von meiner Wohnung entfernt.« Ich blickte zum Fenster hinaus. Es war auch draußen dunkel. Aus irgendeinem Grund hatte ich angenommen, dass die Welt am helllichten Tag untergehen würde.

Emily setzte sich auf den Boden und lehnte sich an den Automaten, an dem ich mich gestoßen hatte. Es war ein altes Atari-Spiel namens *Night Driver*.

»Wie geht's dir? Was macht deine Schulter?« Ich setzte mich neben sie.

»Ist okay.« Sie rückte ein Stück von mir weg.

»Aber du bist angeschossen worden.«

»Weiß ich.« Emily schüttelte den Kopf und holte tief Luft.

»Gibt es irgendein Problem?«

»Abgesehen davon, dass die Welt bald untergeht?«

»Ja. Davon abgesehen.«

Emily starrte auf den Boden und biss sich auf die Unterlippe, schien sich das Weinen zu verkneifen.

»Was ist denn?«, fragte ich.

Sie wandte sich mir zu und umschlang mich fest. Jetzt strömten ihr Tränen über die Wangen.

Ich nahm sie in die Arme. Sie zitterte heftig, erschüttert vom Weinen. Wahrscheinlich hatte sie starke Schmerzen.

Dann beugte sich Emily plötzlich zurück, nahm mein Gesicht in beide Hände und küsste mich. Ich schmeckte Salz von ihren Tränen, und als ich ihre Lippen und ihre Zunge spürte, überkam mich ein heftiges Verlangen.

Ein Teil von mir wünschte sich, dieser Zustand würde nie enden. Ich war zwar in Chloe verliebt, wusste aber nicht, wo sie hingeraten war. Und Emily Connors gehörte zu einem ganz anderen Teil meines Lebens.

Existierte Chloe überhaupt in dieser Dimension?

Ich fragte mich, wie ich mich fühlen würde, wenn die Situation andersherum wäre. Wenn Chloe jemanden aus ihrer Vergangenheit küssen würde.

Behutsam löste ich mich von Emily. »Tut mir leid«, sagte ich. »Aber ich bin in jemand anderen verliebt.«

Dann stand ich auf und erzählte, wie ich Chloe in dem Café voller Harolds verloren hatte.

Emily sah aus, als hätte ich sie geschlagen.

Sie wirkte so todtraurig, dass ich sie am liebsten wieder umarmt hätte.

Aber ich hielt mich zurück.

»Na super, K«, sagte Emily und wischte sich die Tränen vom Gesicht.

»Was meinst du damit?«, fragte ich.

»Was ich damit meine?« Emily schüttelte den Kopf. »Ich meine, dass wir verflucht noch mal verheiratet sind und ich seit vier Jahren nach dir gesucht habe.«

»Was redest du da?«, fragte ich fassungslos.

Emily brauchte ein paar Sekunden, bis sie imstande war zu sprechen.

»An einem Tag vor vier Jahren«, begann sie schließlich, »brach die große Liebe meines Lebens auf, um die Welt zu retten. In den vergangenen Jahren habe ich versucht herauszufinden, in welchem Dimensionsstrom du gelandet warst. Und jetzt, wo es mir gelungen ist, ihn zu finden – obwohl es kaum eine Chance dafür gab –, stellt sich heraus, dass du unser wunderbares gemeinsames Leben komplett vergessen hast.«

»Das verstehe ich alles nicht«, sagte ich. »Abgesehen von den zwei Begegnungen in letzter Zeit, haben wir uns doch zuletzt in unserer Kindheit gesehen.«

»Aber ich habe dich bis vor vier Jahren täglich gesehen«, erwiderte Emily. »Mindestens jeden Morgen und jeden Abend, wenn wir schlafen gingen. Wir sind seit acht Jahren verheiratet.«

»Das ist … ausgeschlossen.« Aber an ihrer Stimme und ihrem Blick merkte ich, dass Emily die Wahrheit sagte. »Ich müsste mich doch wohl daran erinnern, dass wir verheiratet sind.«

»Sollte man meinen, ja.« Emily lachte ein bisschen, trotz ihrer Tränen.

Ich versuchte zu begreifen, was sie mir gerade erzählt hatte.

»Ich verliere dich an die Dimensionsdrift«, sagte sie dann, »und deine Freundin verschwindet spurlos im Klo von einem Café. Wir sind echt ein super Paar.«

Das nächste Beben ließ den Raum erzittern.

»Von der Dimensionsdrift hast du in der Villa auch gesprochen«, sagte ich. »Kann ich mich deshalb nicht erinnern?«

Emily nickte.

»Und was ist das genau?«

»Jedes Mal, wenn jemand zwischen den Dimensionsströmen wechselt, besteht die Wahrscheinlichkeit von Wahrnehmungsabweichungen. Man kann sich das etwa so wie die Taucherkrankheit vorstellen.«

»Tiefenrausch meinst du?«

»Ja, ein bisschen. Wenn du die Dimensionen wechselst, musst du alle Anteile von dir in den anderen Strom übertragen.«

»Aber ist das nicht ohnehin das totale Chaos? Dann leben verschiedene Versionen von einem in unterschiedlichen Dimensionen?«

»Normalerweise geht das ganz gut. Wie ich dir damals schon erklärt habe: Es gibt eine Querverbindung, eine Art gemeinsame Quelle, nichts geht auf Dauer verloren.«

»Aber wenn man wirklich zwischen den Dimensionen wechseln kann, wäre es dann nicht möglich, dass ich jetzt gar nicht deine Version von K bin? Dass deine Version irgendwo da draußen herumschwirrt?«

»Nein«, antwortete Emily. »Ich weiß mit absoluter Sicherheit, dass du *meine* Version von K bist. Du bist vor vier Jahren in *diese* Dimension gekommen. Es gab eine Verschiebung. Wenn du dich nicht an uns erinnern kannst, dann …«

Sie kämpfte wieder mit den Tränen. Die Situation musste unerträglich für sie sein.

»Ich bin selbst daran schuld«, sagte sie schließlich. »Du bist weggegangen, weil ich dich darum gebeten habe.«

»Was?«

»Als ich damals merkte, dass Crow nicht nur Rabbits, sondern das ganze Multiversum gefährdete, um seine Tochter zurückzuholen, habe ich dich dazu überredet, etwas zu unternehmen. Wir arbeiteten einen Plan aus, aber dann hast du es dir anders überlegt.«

»Wieso denn?«

»Weil wir uns ineinander verliebt haben. Du hast gesagt, du wolltest mich nicht verlassen.«

»Und dann?«

»Vor vier Jahren fanden wir heraus, dass die Lage durch Crows Manipulationen extrem bedrohlich wurde. Ich habe dich überredet, den Dimensionsstrom zu wechseln, um Crows Machenschaften zu beenden.«

»Das klingt vollkommen durchgeknallt.«

»Findest du?«

»Ja, ich finde das als Erklärung schon krass unwahrscheinlich«, sagte ich. »Dimensionsströme wechseln und ein ganzes Leben vergessen, in dem man verheiratet ist? Ich vermute eher, dass ich mental irgendwelche gravierenden Probleme mit der Realität habe.«

»Wir beide haben unsere besonderen Fähigkeiten genutzt, um den Wechsel zu vollziehen.«

»Unsere Fähigkeiten, die auf dem Gatewick-Drogencocktail basieren, meinst du?«

»Genau.«

»Aber du hast doch damals gesagt, du wüsstest nicht, wie viel ich davon abgekriegt habe.«

»Weiß ich auch nicht. Aber ich vermute, ziemlich viel.«

Eigentlich hätte ich Emily gerne gesagt, das sei doch ausgemachter Unsinn. Aber meine Zeitverluste und die Wahrnehmung der Diskrepanzen waren eine Tatsache. Ich fühlte mich so verunsichert, dass ich nicht mehr wusste, was ich glauben sollte.

»Okay«, sagte Emily und sah mich an. »Ich stelle dir jetzt eine Frage.« Sie richtete sich auf und holte tief Luft. »Erinnerst du dich an den schwarzen Brunnen?«

»Ich …«

Der Traum war schlagartig präsent, obwohl ich seit vielen Jahren nicht mehr daran gedacht hatte.

In dem Traum streifte ich mit Emily und Annie auf den Wiesen beim Ferienhaus ihrer Eltern umher. Wir liefen vergnügt durchs hohe Gras, und irgendwann ging ich mit Emily in die Scheune, um Getränke aus meinem Rucksack zu holen.

Wir sahen Annie auf der Wiese mit dem Hund der Nachbarn spielen, aber plötzlich war sie verschwunden, von einer Sekunde auf die andere.

»Ja, ich erinnere mich, aber die Sache mit dem schwarzen Brunnen war ein Traum«, sagte ich jetzt. »*Mein* Traum.«

»Es war kein Traum, K«, sagte Emily. »Die Szene hat sich wirklich so abgespielt. Wir haben in der alten Scheune diese *Playboy*-Hefte entdeckt. Du bist hingefallen und hast dir das Knie aufgeschürft. Wir haben uns ausgedacht, dass eine Heuschreckenarmee die Weltherrschaft ergreifen würde. Und darüber geredet, dass Annie Albträume hatte, seit sie sich einen Teil von *Der Exorzist* angeguckt hatte. Es war alles real.«

»Quatsch, es war mein Traum«, widersprach ich.

Es musste so sein. Andererseits hatte ich nie jemandem davon erzählt, Emily konnte diese Details also gar nicht wissen.

Nur, wenn sie das alles mit mir gemeinsam erlebt hatte.

Jetzt fielen mir weitere Einzelheiten ein.

Ich spürte die Gräser an den Beinen, als wir über die Wiese liefen, hörte mich keuchen, roch den nahenden Gewitterregen.

Emily und ich rannten überall herum und riefen nach Annie. Irgendwann landeten wir bei einem uralten Brunnen aus Feldsteinen, den wir im vorherigen Sommer entdeckt hatten. Die Steine waren schwarz, durch Schimmel oder irgendeine Flechte.

Wir hatten ihn damals »den schwarzen Brunnen« genannt.

Emily und ich riefen noch einmal nach Annie. Dann beugten wir uns über den Brunnenrand und schauten in die Tiefe.

Dort unten, in einer dunklen Wasserlache, lag Annie, reglos und mit verdrehten Gliedern.

Sie war tot.

Ich weiß noch, dass ich schrie, der Himmel wurde von einem grellen Leuchten zerfetzt und erschüttert, ich schien in endloses Nichts zu stürzen, die Welt zerbrach in Teile wie ein zerstörtes Puzzle.

Dann wachte ich in meinem Bett auf.

Ich rannte sofort ins Zimmer nebenan, wo Emily und Annie im Doppelbett untergebracht waren.

Emily saß kerzengerade auf dem obersten Bett und starrte mich an, die Augen weit aufgerissen vor Angst.

Annie schlummerte tief und fest im unteren Bett.

Ich ging in mein Zimmer zurück und schlief wieder ein.

»Annie hat sich an nichts erinnert«, sagte Emily jetzt. »Als ich ihr die Szene schilderte, sagte sie, ich hätte das erfunden und solle damit aufhören. Es machte ihr Angst.«

»Kann ich mir denken. Wer will schon hören, dass er in einen Brunnen gestürzt und gestorben ist.«

»Mit dir habe ich damals nicht darüber gesprochen, weil ich einfach nicht glauben konnte, dass wir vielleicht den gleichen Traum gehabt hatten.«

»Ist ja auch eine absurde Vorstellung«, bemerkte ich.

»Am nächsten Tag erzählte Annie meinen Eltern von der Sache und beschwerte sich, ich hätte ihr Angst gemacht. Darauf nahmen mich die beiden mit in ihr Schlafzimmer und schlossen die Tür. Damals fragten sie mich zum ersten Mal nach meinen sogenannten ›falschen Erinnerungen‹ – Träumen, die sich so real anfühlten, dass ich glaubte, sie hätten sich wirklich ereignet. Ich berichtete alles, und meine Eltern hörten zu und nickten. Und ich hatte irgendwie das Gefühl, dass sie auch glaubten, die Szene mit Annie im Brunnen könne in Wirklichkeit passiert sein.«

»Wieso das?«, fragte ich.

»Es war irgendetwas in ihrem Blick. Und …« Emily zögerte.

»Was?«

»Als ich erzählte, dass du auch in dem Traum vorkamst, sahen die beiden plötzlich so erschrocken aus, wie ich sie noch nie zuvor erlebt hatte. Aber das war nicht alles.«

»Was noch?«

»Ein paar Tage später bekam ich mit, wie meine Eltern in der Küche mit einem Mann sprachen. Sie berichteten ihm von meinem Traum, und er sagte, ich würde wahrscheinlich über eine besondere Fähigkeit verfügen. Danach habe er lange gesucht. Meine Eltern verhielten sich höflich, aber ich spürte, dass sie sich Sorgen machten. Und dass sie sich irgendwie vor diesem Mann fürchteten.«

»Wie ging das weiter?«

»Danach ist nichts Ungewöhnliches mehr passiert. Erst Jahre später dachte ich wieder an die Situation.«

»Und weshalb?«, fragte ich.

»Weil der Mann von damals bei mir zu Hause auftauchte.«

»Was wollte er?«

»Er sagte, er habe meine Eltern gekannt und wolle mir ein Jobangebot machen. Er bot mir unglaublich viel Geld an. Ich erwiderte, ich würde es mir überlegen. Am nächsten Tag sagte ich zu.«

»Crow.«

»Ja. Der verfluchte Crow.«

»Und wie ging's dann weiter?«, wollte ich wissen.

»Zu Anfang lief alles gut. Ich glaubte wirklich, dass Crow die Absicht hatte, die Welt zum Guten zu beeinflussen. Ich half ihm dabei, Diskrepanzen, Muster und Koinzidenzen aufzuspüren und die komplexen Zusammenhänge zu erkennen, die er zu entschlüsseln versuchte.«

»Aber was war eigentlich mit dem Gatewick Institute? War das inzwischen geschlossen?«, fragte ich.

»Unsere Eltern und noch ein paar andere Leute hatten Befürchtungen geäußert, und Worricker selbst sorgte für die Schließung. Erst nach seinem Tod begann Crow, in diese Richtung weiterzuforschen.«

»Und was genau lief da ab?«

»Erinnerst du dich an Natalie?«

Ich nickte. Sie war in Emilys Alter gewesen und hatte uns manchmal mit ihren Eltern besucht, aber nicht sehr oft. Ich hatte sie nicht näher gekannt.

»Natalie war Crows Tochter«, sagte Emily.

»Was? Stimmt, sie hieß ja mit Nachnamen Crawford.«

»Crow machte Experimente mit Natalie, um einen der Radianten aufzuspüren. Damals bekam Natalie die Nachricht, dass eine Freundin von ihr bei einem Autounfall ums Leben gekommen sei. Crow glaubt, dass Natalies Schock und Trauer damals einen Fehler in den Dimensionsströmen bewirkten. Der zur Folge hatte, dass sie spurlos verschwand.«

Plötzlich fiel mir wieder ein, dass Natalies Verschwinden damals auch in den Medien erwähnt worden war. Aber wir machten in jenem Sommer eine Europareise, und als wir zurückkamen, war das Thema längst in Vergessenheit geraten.

»Ich weiß nicht, ob du dich noch daran erinnerst«, fuhr Emily fort, »aber Crows Frau Anush war deshalb so erschüttert, dass sie sich ein paar Monate später das Leben nahm.«

»O Gott, ja, stimmt«, sagte ich. »Jetzt fällt's mir wieder ein. Wir sind sogar zu ihrer Trauerfeier gefahren. Und damals hab ich dich an der Tankstelle im Auto gesehen, aber du hast mich nicht wahrgenommen.«

»Als ich eine Zeit lang für Crow gearbeitet hatte«, sprach Emily weiter, »dämmerte mir, dass er Natalies Verschwinden keineswegs zum Anlass nahm, Positives für die Welt zu bewirken. Sondern dass er nur darauf aus war, seine Tochter mit seinen Manipulationen zurückzuholen.«

»Aber konnte er sich nicht selbst in ein anderes Universum befördern, in dem eine andere Version von Natalie noch existiert?«, fragte ich.

»Das hat er tatsächlich mehrmals versucht. Aber er hat Natalie nirgendwo gefunden.«

»Wieso hat das nicht funktioniert?«

»Wir sind nicht ganz sicher«, antwortete Emily, »aber es kommt immer wieder vor, dass einige Menschen spurlos verschwinden. Erklären konnten wir das bislang nicht. Vielleicht hat irgendeine außerirdische Zivilisation in der Vergangenheit die Mechanismen der Radianten beeinflusst. Aber man hat uns leider keine Gebrauchsanweisung hinterlassen.«

Ich schüttelte den Kopf. »Und wieso bedrohen Crows

Manipulationen nicht nur Rabbits und die Radianten, sondern das gesamte Multiversum?«

»Wenn man früher in einem Dimensionsstrom etwas veränderte, wurden die anderen davon nicht beeinflusst«, erklärte Emily. »Klar, man hatte manchmal den Mandela-Effekt oder das Phänomen mit den Berenstain-Bären. Aber ansonsten blieben die Dimensionsströme stabil, Erinnerungen und Erlebnisse unverändert. Doch wegen der obsessiven Suche nach seiner Tochter hat Crow über die Jahre das System der Radianten so durcheinandergebracht, dass es im Gesamten kollabieren wird. Er hat alles zerstört.«

»Aber wie kann das überhaupt passieren? Kann man das wissenschaftlich erklären?«, fragte ich.

»Was weißt du über Kohärenz und Interferenz?«

»Nichts, würde ich mal sagen.«

»Okay, stell dir vor, dass das Multiversum aus Wellen besteht«, begann Emily. »Wo Kohärenz ist, gibt es keine Interferenzen, und alles funktioniert bestens. Aber wenn es zu einer sogenannten konstruktiven Interferenz kommt, können Wellen gemeinsam eine größere Amplitude erzeugen als einzeln. Und denk dir unzählige Wellen, die plötzlich in diesen Zustand geraten. Die dabei entstehende Amplitude würde gar nicht mehr berechenbar sein.«

»Und das passiert mit dem Multiversum? Es wird zu einer einzigen, hoch instabilen Riesenwelle?«

»Genau.«

»In der Villa hast du mir erzählt, dass meine Eltern meine besonderen Kräfte dazu genutzt haben, mich in eine andere Dimension zu befördern, um mich vor Crow zu verstecken.«

»Richtig.«

»Aber das verstehe ich nicht. Sind er und ich denn nicht im gleichen Universum?«

»Doch, aber wegen deiner Eltern wusste das der Crow in deinem Ursprungsstrom nicht mehr. Er hatte vergessen, dass es dich gibt.«

»Dimensionsdrift«, sagte ich.

Emily nickte.

Ich schüttelte den Kopf. Das war alles kaum zu begreifen.

»Warum hat Alan Scarpio ausgerechnet mich gebeten, ihm zu helfen?«, fragte ich dann.

»Keine Ahnung, aber es muss etwas mit Worrickers Spiel zu tun haben.«

»Du meinst, Rabbits hat Scarpio in die Spielhalle geschickt?«

»Könnte ich mir denken, ja.«

Wir versanken in Schweigen. In diesem Moment erschütterte das nächste gewaltige Beben die Welt.

»Also noch mal, damit ich das richtig verstehe«, sagte ich. »In einer anderen Dimension waren wir beide verheiratet und hatten beschlossen, dass ich hierherkommen soll, um Crow von der Zerstörung des Multiversums abzuhalten?«

»Ja. Wir hatten aber auch Unterstützung.«

»Von wem?«

»Von der Frau, die sich Swan nennt. Du sagtest damals, sie sei ein Wächter.«

»Was? Swan ist ein Wächter des Spiels?«

»Ganz sicher bin ich mir noch immer nicht, ehrlich gesagt. Sie spricht nicht gern. Ich weiß nur, dass sie für die Erhaltung des Multiversums kämpft und mühelos die Dimensionsströme wechseln kann. Mehr wollte sie nicht sagen.«

Nachdem ich das verarbeitet hatte, fragte ich: »Hast du dir eigentlich jemals überlegt, Dimensionsströme zu wechseln oder so … um Annie zurückzuholen?«

»Erinnerst du dich nicht?«, gab Emily zurück.

»Was meinst du?«

»An die Nacht, in der Annie starb.«

»Doch, natürlich. Ich erinnere mich an alles ganz genau.«

»Bist du sicher?«

»Ja. Wir haben Tori Amos gehört, während du auf die Holzfällerstraße gefahren bist. Dann hast du angehalten und irgendetwas in einem Notizbuch ausgerechnet.«

»Eins null sieben Komma drei«, sagte Emily.

»Genau. Die Frequenz der Night Station.«

»Jahre später habe ich übrigens herausgefunden, dass Crow die Night Station für eine Art Abkürzung zu einem enorm starken Punkt des Terminals hielt. Einer der kraftvollsten Meechum-Radianten liegt nämlich hier im Pazifischen Nordwesten.«

»Ja, Crow hatte über das Terminal gesprochen«, sagte ich.

Das nächste Beben war so extrem, dass wir gestürzt wären, wenn wir uns nicht wieder auf den Boden gesetzt hätten.

»Es wird schlimmer«, sagte ich.

»Welche Erinnerungen hast du an die Nacht damals?«, fragte Emily.

»Ich weiß noch, dass du genau um sechs nach zehn die Scheinwerfer ausgeschaltet hast. Dann fuhren wir im Dunkeln und versuchten im Rauschen aus dem Radio irgendeine Botschaft zu hören. Und plötzlich stand da dieser riesige Elch auf der Straße, und du bist nach links ausgeschert.«

»Nein, so war es nicht.«

»Wie denn sonst?«

»*Du* bist nach links ausgeschert, nicht ich.«

»Was? Nein, ich …« Doch dann fiel es mir wieder ein. Mein Herz begann dumpf zu pochen. Emily hatte recht.

Ich hatte das Lenkrad gedreht.

»Und es war ein Traktor, kein Elch«, fügte sie hinzu.

»Stimmt.« In diesem Moment kam es mir vor, als höbe sich plötzlich ein Schleier, der meine Erinnerungen verdeckt hatte. Der Traktor war rostrot gewesen. »Und er hatte kein Licht an.«

»Die Polizei sagte später, wenn du nicht ausgewichen wärst, dann hätte keiner von uns überlebt. Du hast mir das Leben gerettet. Aber Annie ist gestorben.«

Emily begann wieder zu weinen.

Ich schloss die Augen und versetzte mich zurück in die Situation. Emily und ich waren beim Aufprall aus dem Pick-up geschleudert worden.

Als ich damals wieder zu mir kam, schmerzte mein Kopf höllisch. Später erfuhr ich, dass ich eine schwere Gehirnerschütterung hatte.

»Ich weiß noch, dass es zu regnen anfing«, sagte ich. »Und da war furchtbar viel Qualm, und du bist zum Pick-up gekrochen, um nach Annie zu schauen. Und hast geschrien, dass ich dir helfen soll.«

»Ja, so war es«, bestätigte Emily.

Ich sah ihr Gesicht vor mir, tränenüberströmt und schmutzig.

»Du hast immer wieder geschrien, wir müssten Annie retten, wir hätten es doch schon mal geschafft«, sagte ich.

»Aber diesmal nicht.«

»Dann kam die Polizei, und danach kann ich mich an nichts mehr erinnern.«

Ich roch plötzlich den feuchten Asphalt, das erhitzte Metall des Wagens. Und sah Annies Gesicht vor mir. Es sah so friedlich aus, als hätte sie nur für einen Moment die Augen schließen wollen.

»Wir konnten sie nicht retten«, sagte Emily.

»Wie auch. Wir waren Jugendliche, keine Sanitäter.«

»Ich weiß, wie verrückt sich das anhört. Aber bei der Geschichte mit dem schwarzen Brunnen haben wir Annie wirklich gerettet. Es ist uns irgendwie gelungen, die Dimensionsströme zu wechseln und Annie da rauszuholen. Einmal ist es gelungen, aber beim zweiten Mal eben nicht.«

Emily wischte sich die Tränen vom Gesicht, während das nächste Beben einsetzte, das wesentlich länger anhielt. Swan hatte wohl recht, es würde bald vorbei sein.

Ich stand auf und stützte mich auf den *Night-Driver*-Automaten.

Wenn die Welt in einer Stunde untergehen würde, wie sollten wir die dann verbringen? Es kam mir alles so irreal vor.

Ich starrte auf das Auto, das im Dunkeln eine Landstraße entlangfuhr. Und plötzlich kam mir eine Idee.

Lächelnd drehte ich mich um.

»Was ist?«, fragte Emily.

Ich zog sie vom Boden hoch.

»Was hast du vor?«

»Wir brauchen ein Auto«, erklärte ich, während wir zum Ausgang liefen.

Sobald wir auf die Straße traten, begann das Dröhnen in meinem Kopf, und das graue Gefühl brach über mich herein wie eine Tonne Zement.

Ich merkte, dass Emily etwas Ähnliches erlebte.

Es kam mir vor, als wäre alles mit einer grauen Staubschicht bedeckt, als wäre die Welt dabei, zu einer Fotokopie von sich selbst zu verkommen.

Die Menschen, die noch unterwegs waren, schienen keine Veränderung zu bemerken. Aber ich spürte ganz deutlich, dass die Dunkelheit irgendwo über uns lauerte.

Ich schaute kurz zum Himmel hoch, wo ich die wabernden Schatten auf den ersten Blick erkannte, und lief schneller, Emily hinter mir herzerrend.

»Was soll das denn?«, fragte sie.

»Wir müssen nach Lakewood.«

Emily blieb abrupt stehen und riss sich los.

»Ich gehe auf keinen Fall dahin zurück, K.«

»Die Fahrt dauert mindestens eine halbe Stunde. Wir haben keine Zeit mehr für Diskussionen«, erwiderte ich.

»Ich mach das nicht.«

»Und wenn wir damit die Zeit zurückdrehen könnten?«

»Egal. Sind trotzdem alle tot.«

»Das weißt du nicht«, widersprach ich. »Vielleicht können wir noch was ändern.«

Ich wusste nicht, wie viel von allem, was Crow erzählt hatte, tatsächlich stimmte. Aber auf keinen Fall würde ich tatenlos in der Spielhalle herumsitzen und den Weltuntergang abwarten.

Deshalb lief ich jetzt an den geparkten Autos entlang, um eines zu finden, das nicht abgeschlossen war.

»Was machst du da?«, fragte Emily.

»Wir brauchen ein Auto. Deines ist zu weit entfernt.«

Emily schüttelte den Kopf und trat an den Bordstein.

Ich entdeckte tatsächlich einen unverschlossenen Wagen, einen Prius. Aber Emily hielt gerade ein Taxi an.

»Komm schon«, rief sie. »Einen Prius kannst du doch nicht kurzschließen.«

Das Taxi setzte uns relativ schnell bei Emilys Wagen ab, auf den Straßen war nichts los. Der Fahrer bedankte sich strahlend für mein großzügiges Trinkgeld. Ganz ehrlich, wenn die Welt sowieso untergeht, kommt es auf zwanzig Kröten mehr oder weniger nicht an.

Emily startete den Motor und wollte gerade losfahren, als jemand ans Fenster klopfte.

Marianne Sanders, die Polizistin mit der Narbe im Gesicht.

Emily öffnete das Fenster.

»Wohin so eilig?«, fragte Sanders.

»Sind bei Freunden zum Essen eingeladen. Und spät dran«, antwortete Emily.

Sanders grinste. Dann sagte sie zu mir: »Kennen Sie Easton Paruth?«

»Ähm … nein. Ich meine, eigentlich nicht.«

»Warum ist sie Ihnen dann mit einer Tracking-App auf ihrem Handy gefolgt?«

»Keine Ahnung. Wir hatten sie mal besucht und ein paar Fragen gestellt.«

»Über was?«

»Das Spiel, von dem ich Ihnen berichtet hatte«, antwortete ich.

»Dieses Spiel, wegen dem Sie auch ›Fatman‹ Neil Arroyo aufgesucht hatten?«

»Ja.«

»Wann haben Sie Ms. Paruth zum letzten Mal gesehen?«

»Ähm … vor ein paar Tagen, glaube ich. Warum?«

»Sie wurde als vermisst gemeldet.«

Ich schüttelte den Kopf. Übel. Ich hoffte, dass ihr nichts zugestoßen war. Easton konnte einen zwar irgendwie das Gruseln lehren, aber sie war im Grunde ganz nett zu mir gewesen.

»Ich fürchte, ich muss Sie beide bitten, mit mir zu kommen«, sagte Sanders und machte Anstalten, die Fahrertür zu öffnen.

»Tut mir leid, wir haben es eilig«, erwiderte Emily und trat aufs Gaspedal.

Detective Sanders musste warten. Wir konnten mit ihr reden, wenn es uns gelungen war, den Weltuntergang zu verhindern.

Ich suchte uns mit Google Maps die schnellste Route zur Autobahn.

Emily konnte mit ihrem Volvo ungehindert durch die leeren Straßen rasen. Ich fragte mich, ob wegen der Beben kaum noch jemand unterwegs war oder ob die Leute inzwischen bemerkt hatten, dass der Himmel sich komplett verfinstert hatte.

Uns blieb nicht mehr viel Zeit.

44 »Night Station«

Wir schwiegen, während wir die Stadt hinter uns ließen und durch die stillen Außenviertel fuhren. War es möglich, dass die Menschen hier die Beben nicht spürten und nichts von der drohenden Katastrophe ahnten?

Ich stellte mir vor, wie sie sich bettfertig machten, ihren Kindern vorlasen, Formulare für den Schulausflug unterschrieben, Sex aufschoben, um sich eine Serie auf Netflix reinzuziehen.

In Gedanken ging ich noch mal alles durch, was ich in letzter Zeit über meine Eltern, das Gatewick Institute, die Connors-Schwestern erfahren hatte.

Dann sagte Emily: »Wir sind gleich da.« Ihre Stimme klang zittrig.

Als sie auf die Holzfällerstraße zum Haus der Petermans einbog, spürte ich, wie etwas meinen Körper durchzuckte.

Die Schatten krochen heran.

»Spürst du das auch?«, fragte ich Emily.

Ihrem Blick sah ich an, dass es so war.

Ein derart starkes Beben rüttelte am Wagen, dass Emily an den Rand fuhr und den Motor abstellte. Aber sie blieb auch noch stehen, als das Beben nachließ.

»Wir müssen weiter«, sagte ich.

»Tut mir leid, dass ich mich so blöd benommen habe«,

sagte Emily. »Du kannst ja nichts dafür, dass du dich nicht daran erinnerst, wie toll ich bin.«

Ich nickte. »Man darf sich blöd benehmen, wenn man den fantastischsten Menschen verliert, dem man jemals begegnet ist.«

Emily lächelte. »Aber auch wenn du leider das Pech hast, nicht mehr zu wissen, wie abgöttisch du mich liebst, bist du trotzdem meine Familie, K. Wir sind uns nah.«

»Das kannst du laut sagen. Und jetzt lass uns tun, was wir tun müssen.«

»Bist du dir ganz sicher?«

»Selbst wenn wir beim Fahren ohne Licht tödlich verunglücken«, antwortete ich. »Ist mir gerade scheißegal.«

Emily lachte, und dann fuhr sie wieder los, mitten auf der Straße, genau wie damals.

»Eins null sieben Komma drei«, murmelte ich, während ich den Sender einstellte.

»Und du meinst, es könnte klappen?«, fragte Emily.

»Ehrliche Antwort?«

Emily nickte.

»Nicht wirklich«, gestand ich.

»Oh, Scheiße«, sagte sie mit einem halben Lachen. »Okay, bereit?«

Ich nickte.

Sie drehte das Radio auf, lautes Rauschen und Knistern war zu hören.

Ich hatte die Szene so oft durchlebt, dass ich mich jetzt ganz leicht zurückversetzen konnte. Es fühlte sich an wie damals.

Dunkelheit flutete ins Auto, drang in meinen Körper, mein Gehirn. Ich schüttelte den Kopf, presste die Handballen auf die Augen, um den Druck loszuwerden.

Emily ergriff meine Hand und drückte sie fest. Im Licht vom Armaturenbrett sah ich, dass Tränen über ihr Gesicht strömten. Sie dachte an ihre Schwester.

Als wir damals im Dunkeln diese Straße entlanggerast waren, hatte ich Todesängste ausgestanden. Doch diesmal, wo ohnehin vielleicht alles enden würde, fürchtete ich mich nicht. Wenn Swan recht behalten sollte, dann spielte es letztlich auch keine Rolle, wie man zu Tode kam.

Ich beugte mich vor und horchte auf das Rauschen.

Zuerst war das Geräusch so leise, dass es kaum zu erkennen war. Musik. Dann wurde sie nach und nach lauter, und ich konnte den Song identifizieren. »Were You Blind That Day« von Steely Dan. Das Stück, das eigentlich nicht auf dem Album *Gaucho* sein konnte.

Ich drehte das Radio noch lauter. Natürlich war es kein Zufall, dass wir jetzt diesen Song hörten.

Emily spähte durch die Windschutzscheibe. »Siehst du das?«

Etwas befand sich weiter hinten mitten auf der Straße, dunkel und breit. Es schien sich zu bewegen, war aber nicht genau zu erkennen.

Diesmal wichen wir nicht aus, und Emily machte auch das Licht nicht an.

Wir fuhren direkt darauf zu.

Das Beben wurde heftiger, die Dunkelheit außen und im Auto verwandelte sich, die Luft fühlte sich dichter und feuchter an, als wären wir an einem völlig anderen Ort gelandet. Dann schrie Emily, und ein ohrenbetäubendes metallisches Surren, wie Millionen Wespen auf einem Blechdach, erfüllte das Auto und meinen Kopf.

Und dann … waren wir eindeutig an einem anderen Ort.

Ich schwebte, und der vertraute, unangenehme Geruch von nassem, ranzigem Fell und Federn stieg mir in die Nase. Es war still in dieser allumfassenden Dunkelheit, als befänden wir uns im Auge eines Orkans. Das Beben hatte jedenfalls aufgehört, und ich fuhr auch nicht mehr im Auto.

Während wir durch diese Dunkelheit trieben, veränderte sich der Geruch.

Zuerst konnte ich das Aroma nicht zuordnen, aber dann kehrte die Erinnerung zurück.

Es war der Duft nach Pfirsichlotion, den ich damals im Pick-up wahrgenommen hatte.

Und dann landete ich wieder wie in meinem Kindheitstraum an dem Zwischenort, aber diesmal war es weniger bedrohlich.

Ich spürte zähe, kühle Luft, und die Ströme zogen an mir vorüber, aber ich fühlte mich nicht mehr so hilflos. Ich konzentrierte mich und erkannte Farben und Formen der Ströme. Und wenn ich die Augen schloss, konnte ich sie sogar spüren und zu mir bewegen.

Ich musste nicht mehr nach der Hand von Chloe oder meiner Mutter greifen.

Diesmal hielt ich die Hand von Emily fest und nahm wahr, wie ihre Kraft mir half, bei mir zu bleiben. Ich spürte Emilys Verlangen und ihre Liebe für mich.

Und wusste, dass ich unbedingt eine Entscheidung treffen musste.

Ich konzentrierte mich auf die Ströme, und sofort setzte das dumpfe Dröhnen ein, aber ich sah jetzt in der Ferne inmitten der endlosen Dunkelheit einen Lichtpunkt.

Und mir war klar, was ich zu tun hatte.

Ich drückte Emilys Hand, schloss die Augen und griff hinunter ins Schwarze. Traf meine Entscheidung.

Dann rief ich mit der Kraft meiner Gedanken den Lichtpunkt näher zu mir.

Er begann zu flackern, wurde ein kreiselnder Lichtwirbel, als er auf mich zuflog, immer schneller durch die Dunkelheit schoss, leuchtend und lodernd und surrend und dann …

Ich saß auf den Knien meiner Mutter in einem fremden Haus, umgeben von unseren Dingen …

Rannte über eine Wiese und sprang über den schwarzen Brunnen …

Wartete erschöpft und einsam im Harvard Theatre auf den »Passagier« …

Saß lachend in der Küche mit meinem Vater, der ein alter Mann geworden war …

Fuhr mit Emily und Annie Connors im Pick-up durch die Nacht …

Meine linke Körperhälfte begann zu kribbeln, während das Licht näher kam, aber kurz bevor es mich erreichte, packte jemand meine andere Hand und zog.

Das Licht prallte auf mich, die Welt explodierte in einem grellen Blitz. Ich wurde in die Länge gedehnt und verdreht, alles fühlte sich leer und kalt an.

Dann war das Licht verschwunden, und ich erstickte an Dunkelheit.

Ich konnte nicht atmen und mich nicht bewegen. Es fühlte sich an, als wäre ich in nassem schwarzem Zement eingemauert.

Und dann saß ich wieder mit Emily im Auto.

Durch die Windschutzscheibe sah ich das gekrümmte graue Schattenwesen, das in dem Super-8-Film den Magier zerfetzt hatte.

Es schwankte hin und her, ein waberndes, verzerrtes Gebilde aus rauchigem Nebel.

Emily schloss die Augen und drückte meine Hand.

Ich öffnete den Mund, um zu schreien, und plötzlich war ich ein schwarzes Loch, das alles Existierende in sich aufsog.

Im nächsten Moment drang ein Brüllen aus dem brennenden Herzen der Welt, und alles explodierte in einem flammenden Schwall aus flüssigem Feuer und Dunkelheit.

Dann war da nur noch Leere.

45 »Eine dreihundertspurige Monster-Rennstrecke«

Ich wachte in einem großen Bett auf.

Durch zwei Fensterreihen strömte Sonnenlicht in den Raum.

Ich befand mich in einem Schlafzimmer, offenbar in einem Haus auf dem Land, denn durchs Fenster sah ich dichte immergrüne Sträucher. Was mich vermuten ließ, dass ich immer noch im Pazifischen Nordwesten war.

Von irgendwoher hörte ich Musik.

»Third World Man« von Steely Dan.

Ich stand auf und folgte der Musik.

Sie führte mich zu einer Küche am Ende eines langen Flurs, und den Geräuschen nach zu schließen, war dort jemand mit Kochen beschäftigt.

Als ich die Küche betrat, sah ich Alan Scarpio, der am Herd French Toast briet.

»Guten Morgen«, sagte Alan. »Ich hoffe, du hast ordentlichen Hunger.«

Bis auf die Kleidung sah er genauso aus wie bei unserer ersten Begegnung. Jetzt trug er dunkle Jeans, ein schwarzes langärmliges Baumwollhemd, weiße Stan-Smith-Sneakers und eine Schürze mit der Aufschrift *Mr Good Lookin' is cookin'*.

»Wo ist Emily?«, fragte ich.

Alan schüttelte den Kopf. »Du warst allein, als ich dich gefunden habe.«

Ich versuchte mich zu erinnern, was passiert war, nachdem Emily die Scheinwerfer ausgemacht hatte.

Alan schwenkte den Pfannenwender. »Also, es gibt French Toast, Spiegeleier und veganen Bratspeck.«

»Wo sind wir?«

»In Lakewood, offenbar im Sommerhaus von jemandem namens ...« Alan griff nach einem Stapel Briefe auf der Arbeitsfläche, »Morris Peterman.«

»Wie bin ich hierhergekommen?«

»Ich wollte einen Spaziergang machen und hab dich neben der Straße halb auf der Zufahrt zum Haus gefunden. Und dann natürlich hier hochgetragen.«

»Und weshalb bist *du* hier?«

»Ich bin vor ein paar Stunden eingetroffen. Habe das Haus aber schon vor sechs Monaten angemietet, nachdem ich diese Postkarte bekommen hatte.«

Er reichte mir eine Karte, auf der ein Foto abgebildet war: die Weide, die ich zuletzt umgekehrt an der Rezeption in Crows Penthouse gesehen hatte. Auf die Rückseite war die Adresse dieses Hauses und das Datum von heute gedruckt.

»Diese Postkarte hast du vor einem halben Jahr bekommen?«, fragte ich verblüfft.

Alan lächelte. »So ist es.«

»Und wo warst du die ganze Zeit?«

»Wie meinst du das?«

»Du warst doch als vermisst gemeldet.«

Alan nickte. »Du wirst jetzt wohl eine ganze Weile auf Diskrepanzen zwischen deiner Erinnerung an das Spiel und den Erfahrungen der anderen Spielenden stoßen. Ich würde raten, so wenig wie möglich darüber zu reden, bis du verstanden hast, was die anderen erlebt haben. Aber das bleibt natürlich gänzlich dir überlassen.«

»Also warst du gar nicht verschollen?«

»Sagen wir mal, ich habe an etwas gearbeitet, für das ich komplett abtauchen musste.«

»Und das hast du vor allen verheimlicht, sogar vor WorGames?«

»Jawoll.«

»Hast du Rabbits gespielt? Ist Rabbits mit dem Multiversum verknüpft?«

»Möchtest du nicht vielleicht erst frühstücken? Du hast doch bestimmt einen Bärenhunger.«

»Ich würde lieber erst ein bisschen reden, wenn das für dich okay ist.«

»Klar«, sagte er lächelnd.

»Gibt es Rabbits wirklich?«

»Selbstverständlich.«

»Und die Meechum-Radianten?«

»Ich bin mir ziemlich sicher, dass es sie gibt. Aber da kommt es wohl darauf an, wen du fragst.«

»Und was sind sie also?«

»Ist dir der Physiker Michio Kaku ein Begriff?«

»Ja, schon.«

»Um außerirdische Intelligenz zu erklären, erfand er das Bild von einem Ameisenhaufen neben einer gigantischen zehnspurigen Autobahn und schloss daran die Frage an: Würden die Ameisen begreifen können, was eine zehnspurige Autobahn ist?«

Ich war vertraut mit dieser Bemerkung von Kaku. Aber die Radianten wären dann wohl eher eine dreihundertspurige Monster-Rennstrecke.

»Willst du damit sagen, dass Menschen grundsätzlich außerstande sind, die Meechum-Radianten zu begreifen?«, fragte ich.

»Für die meisten gilt das schon, ja.«

»Aber nicht für alle?«

»Hawk Worricker hat sie verstanden und sein Wissen dazu genutzt, etwas Grandioses zu erschaffen.«

»Rabbits.«

»Ja. In den Vierzigerjahren erklärte Alan Turing, dass eine Maschine, die Nullen und Einsen verschieben kann, zu formaler Logik fähig ist. Die künstliche Intelligenz entwickelte sich allmählich, erreichte jedoch bisher nie ihr volles Potenzial.«

»Aber was hat das mit dem Spiel zu tun?«

»Was hältst du davon, wenn ich dir sage, dass Hawk Worricker schon vor Jahrzehnten ein hoch entwickeltes cloudbasiertes Quantencomputersystem erfunden hat?«

»Du meinst also, das Spiel ist gar keine Art Reparaturfunktion für das Multiversum?«

»Ähm ... willst du mich verarschen?«, fragte Alan.

Ich schüttelte unsicher den Kopf.

»Nein, das ist Rabbits ganz sicher nicht«, beschied er.

»Aber was dann?«

»Nehmen wir mal an, alles, was du erlebt hast, wurde bereits vorher angelegt«, sagte Alan.

»Deterministisch, meinst du?«

»So ungefähr, ja.«

»Aber was hat denn Rabbits mit der Diskussion um den freien Willen zu tun?«

»Wir können diesen Roman *Die Hörner von Terzos* als Beispiel nehmen«, sagte Alan.

»Was ist damit?«

»Angenommen, dieser spezielle Hinweis wäre schon vor Jahrzehnten festgelegt worden.«

»Du willst damit sagen, das Spiel habe ein nicht existierendes Buch erfunden, das zig Jahre später entdeckt wurde?«

»Nein, ein *echtes* Buch. Das Spiel hat *ein echtes Buch erschaffen*, weil du es Jahrzehnte später finden musstest.«

»Verdammt.«

Alan grinste. »Das pustet die grauen Zellen durch, wie?«

»Du meinst, es ist der Moriarty-Effekt? Das hieße, diese Rabbits-KI hat das alles eingefädelt? Es gibt gar kein Multiversum?«

»Offen gestanden habe ich nicht die geringste Ahnung, ob wir in einem Multiversum leben oder nicht. Für Quantenphysik konnte ich mich noch nie begeistern.«

»Aber was ist mit den Diskrepanzen?«, fragte ich.

»Dem Mandela-Effekt, meinst du? Und den Berenstain-Bären?«

»Ich meine den Fremont Troll, der einen Minicooper anstelle eines VW Käfers in der Pranke hält; einen Film, den es mal gegeben hat, aber jetzt nicht mehr; ein Lokal, das wieder geöffnet ist, obwohl es vor sechs Jahren endgültig geschlossen wurde; einen toten Musiker, der plötzlich ein neues Album herausgebracht hat.«

»Okay«, sagte Alan. »Hältst du es für denkbar, dass Leute mit unbegrenzten Finanzressourcen vorübergehend den Fremont Troll umgestaltet haben? Oder ein Lokal wieder eröffnen? Oder dass deine Geräte so manipuliert wurden, dass bei deiner Google-Suche zu dem Film ein anderes Ergebnis herauskam? Dass die vielleicht sogar ein neues Album produziert haben?«

»Aber meine Freundin konnte sich auch nicht an den Film erinnern.«

»Welcher Film war es denn?«

»*Before Midnight* von Richard Linklater«, antwortete ich.

»Großartiger Film und ein perfekter Abschluss für die Trilogie. Ich kann dir versichern, dass es diesen Film gibt.« Alan verstummte und schien zu zögern.

»Was ist?«

»Bist du sicher, dass es deine Freundin war, die sich nicht erinnern konnte?«

»Was soll das heißen?«

»Da das Spiel extrem kompliziert ist«, sagte Alan, »muss man verborgene Muster erkennen, Diskrepanzen aushalten, bei denen die Realität infrage gestellt wird, und mit unfassbaren Koinzidenzen klarkommen. Das ist enorm anstrengend, und in Kombination mit dem Stress, das Spiel gewinnen zu wollen, führt das bei einigen Spielenden zu …«

»Was?«

»Störungen. In der Wahrnehmung.«

»Du denkst, ich hätte mir alles nur eingebildet?«

»Nein, ich beschreibe nur ein häufig auftretendes Phänomen. Die Auswirkungen des Spiels sind schwer einzuschätzen.«

»Warst du an diesem Abend damals in der Spielhalle?«

»Ich wurde vom Spiel dort hingeführt.«

»Was soll das heißen?«

»Dass ich einfach nur meine Rolle gespielt habe.« Alan nahm etwas vom Küchentresen und reichte es mir.

Mein Handy.

Auf dem gerade ein Video lief, das offenbar an einer Börse irgendwo in Asien gefilmt worden war.

»Was ist das?«, fragte ich.

»Das war heute Morgen eine halbe Stunde im Ticker in der Börse von Tokio zu sehen.«

Es war der Circle.

Elf römische Zahlen und zehn Namen (hinter der VIII stand noch immer nichts) liefen über den Ticker oberhalb der gigantischen Displays, auf denen die Kurse angezeigt wurden.

Neben der XI stand nur ein Buchstabe: K.

»Ist das real?«, fragte ich.

Alan nickte.

»Bist du sicher, dass ich alleine war, als du mich gefunden hast?«

»Ja, wieso? War vorher noch jemand bei dir?«

»Eine Freundin von mir. Emily Connors.«

»Emily Connors?«, wiederholte Alan verblüfft.

Ich nickte. »Kennst du sie?«

»Und ob. Eine Freundin von *mir* namens Emily Connors wohnt zurzeit in Seattle in meinem Haus am See.«

»Hat sie eine Schwester namens Annie?«

Alan schüttelte den Kopf. »Nicht mehr. Ihre Schwester Annie ist leider schon vor Jahren tödlich verunglückt.«

»Also ist Emily am Leben?«

»Na klar. Ich habe vor ein paar Stunden noch mit ihr gesprochen.«

Emilys Freund, dem die imposante Villa am See gehörte, war Alan Scarpio. Irgendwie hätte ich mir das wohl auch denken können.

»Warte mal, wenn ich wahrhaftig die elfte Runde gewonnen habe …«, sagte ich.

»Du meinst, ob es einen Preis gibt?«

»Genau. Gibt's einen?«

»O ja. Auf jeden Fall.«

»Und was?«

»Also, du weißt, wir haben es mit dem höchstentwickelten KI-System zu tun, das die Menschheit je hervorgebracht hat, und es steuert ein Quantensystem mit unbegrenzten Möglichkeiten. Stell dir jetzt vor, dass dieses System Zugang zu jeder Form von Information hat, die jemals hochgeladen, gescannt oder in der Nähe eines Mikrofons gesprochen wurde.«

»Okay …«

»Das Spiel kennt deinen Herzenswunsch. Der kann allerdings schon erfüllt oder jedenfalls auf dem Weg dazu sein.«

»Ach so?«

Alan grinste. »Und Geld gibt's auch. Ich würde an deiner Stelle mal einen Blick auf dein Konto werfen.«

»Kennst du einen Mann namens Crow?«

»Nicht dass ich wüsste, nein.«

»Du hast ihn also nie auf dem Gelände von WorGames im Turm aufgesucht?«

Es kam mir so vor, als schiene sich Alan plötzlich an etwas zu erinnern, aber bevor ich nachhaken konnte, klopfte es draußen laut an der Haustür. Ich zuckte zusammen.

»Komm rein!«, rief Alan.

Chloe kam in die Küche gestürzt. Sie sprang auf mich, schlang die Beine um meine Taille und küsste mich.

Irgendwann hörten wir dann mit Küssen wieder auf, aber es dauerte ein Weilchen.

»Wie hast du mich gefunden?«, fragte ich Chloe.

»Na ja, ich hab einen Tipp bekommen. Von einem gewissen Milliardär, der dein Handy gefunden hat.« Sie lächelte Alan an. »Vielen Dank.«

Er erwiderte das Lächeln. »War mir ein Vergnügen.«

Dann sagte Chloe zu mir: »Was zur Hölle war los mit dir?«

»Was meinst du?«

»Du warst plötzlich spurlos verschwunden!«

»Nein, *du* warst plötzlich spurlos verschwunden. Ich hab überall in dem Coffeeshop nach dir gesucht.«

»Hör mal, ich war nur etwa zwei Minuten auf dem Klo«, erwiderte Chloe. »Als ich rauskam, warst du weg.«

Ich schüttelte den Kopf. »So oder so, ich bin jedenfalls verdammt froh, dass du am Leben bist.«

»Dito, kann ich nur sagen. Und wenn du jetzt mal so nett wärst, mir zu erklären, was hier eigentlich abgeht?«

Ich reichte Chloe mein Handy.

Sie starrte darauf. »Ist das der Circle?«

»Ist er.«

Als Chloe entdeckte, wer die elfte Runde gewonnen hatte, sah sie mich mit großen Augen an.

Ich lächelte.

»Aber was zum Teufel hast du getrieben, seit ich pinkeln war?«, wollte Chloe wissen.

Ich lachte aus vollem Hals. So befreit hatte ich seit Ewigkeiten nicht mehr gelacht.

»Der Magier wird durchdrehen«, sagte Chloe, während sie ein Foto vom Circle auf meinem Display machte.

»Was, der Magier lebt?«

»Geht ihm prima«, antwortete Chloe. »Behauptet, er sei aus familiären Gründen verreist gewesen. Klingt mal wieder ziemlich zwielichtig, wenn du mich fragst.«

»Aber was ist mit diesem Super-8-Film, auf dem der Magier zerfetzt wurde?«

»Er sagt, das war er nicht, aber er will den Streifen natürlich sofort zu sehen kriegen.«

Enorme Erleichterung erfasste mich, und auf dem Fuße folgte ein Anflug von Hoffnung. Wenn der Magier lebte – vielleicht waren dann auch Baron Corduroy und Fatman nicht tot?

Ich entschuldigte mich und ging aufs Klo.

Dort setzte ich mich auf den Badewannenrand und startete eine Recherche nach den beiden Männern. Doch es gab keinerlei Hinweise, dass sie noch am Leben waren.

Dann schaute ich mir meinen Kontostand an. Jemand hatte mir eine aberwitzig hohe Geldsumme überwiesen.

Als ich mein Handy gerade wieder wegstecken wollte, bekam ich eine Nachricht von einer Nummer, die ich nicht kannte. Es handelte sich um einen Link zu einem Online-Artikel:

WorGames, das Videospiel-Unternehmen, das so
erfolgreiche Spiele wie Missile Strike, Silo *und*
City of Glass *entwickelt hat, bringt in Kürze ein*
Game heraus, das neue Maßstäbe setzen wird.
Nichts wird mehr wie vorher sein.
Macht euch auf etwas gefasst.
Bald erhältlich:
Die Tür ist offen *von Sidney Farrow.*
Jetzt vorbestellen.

Ich dachte angestrengt darüber nach, wer mir wohl diesen Link geschickt haben könnte.

Es gab nur einen Weg, das herauszufinden.

Ich rief die Nummer an.

»Hey«, sagte eine Frau am anderen Ende. »Du hast meine Nachricht gekriegt.«

Ich lächelte. »Ich war mir nicht sicher, ob du dich noch an mich erinnern würdest.«

»Du weißt aber schon noch, dass wir in einer anderen Dimension verheiratet waren, oder?«

»Wie könnte ich das vergessen? Hast du eine Idee, was es

zu bedeuten hat, dass das Releasedate für Sidney Farrows neues Spiel raus ist?«, fragte ich.

»Ich weiß es natürlich nicht genau. Aber ich könnte mir denken, es heißt, dass die zwölfte Runde des Spiels bald beginnt.«

»Das ging schnell.«

»Dann werden wohl wieder ein paar Irre ohne Licht durch die Dunkelheit brettern und das Spiel auf Werkseinstellung zurücksetzen.«

»Und was zur Hölle sollen wir jetzt machen?«, fragte ich.

»Na, was glaubst du wohl? Das Spiel gewinnen, die Welt retten«, antwortete Emily Connors und legte auf.

Und ich spazierte in die Küche zurück, um French Toast zu essen.

Danksagung

Vor langer Zeit schon entdeckte ich etwas Geheimnisvolles und Verborgenes, ein Mysterium, über das niemand sprach. Über die Jahre habe ich mich bemüht, die Hinweise zusammenzutragen, die geflüsterten Gerüchte zu deuten, die Botschaften zu entschlüsseln, und mir zu überlegen, wie ich euch diese Geschichte am besten erzählen kann: die Geschichte des Spiels.

Dieses Buch ist für alle von uns geschrieben, die da draußen durch den Irrsinn stolpern und versuchen, die Magie des Mysteriösen zu bewahren, den Rausch des Entdeckens, die Faszination des begeisterten Staunens. Namen wurden geändert und einige reale Vorfälle abgewandelt, um bestimmte Personen zu schützen. Und obwohl ihr dieses Buch im Buchladen wahrscheinlich bei den Romanen finden werdet, ist RABBITS dennoch real. *R U Playing?*

Herzlichen Dank an meinen klugen, wagemutigen, toll gekleideten und enorm coolen Agenten Marc Gerald, der nicht lockerließ, bis ich ein Buch schrieb. Großen Dank auch an meine Lektorin Anne Groell. Sie gab mir nicht nur eine Chance, indem sie RABBITS für Del Rey einkaufte, sondern begleitete mich auf der langen Reise erzählerischer Entdeckungen, bis ich über eine Million Worte geschrieben hatte, und war mir dann behilflich, die 120 000 besten auszuwählen und sie in der (mehr oder minder) passenden Anordnung zu arrangieren.

Mein herzlichster Dank gilt auch allen Menschen, die über die Jahre meine Arbeit mit Film und Podcasts unterstützt und gefördert haben. Hättet ihr nicht unermüdlich betrachtet und zugehört und so positiv reagiert, wäre Del Rey (übrigens ein Verlag, bei dem viele meiner Lieblingsautoren erschienen sind, zum Beispiel Piers Anthony, Stephen R. Donaldson und Terry Brooks) vielleicht nicht das Wagnis eingegangen, einen unbekannten Autor zu veröffentlichen, auch wenn seine Kapitel mit spannenden Cliffhangern endeten.

Vielen Dank an meine Eltern, die geduldig ein Kind großgezogen haben, das ständig ein Buch vor der Nase hatte; an meine Frau Isabel, die mit einem Mann lebt, der viel zu oft vorm Computer sitzt, und an Ruby und Chelsea, das Licht auf dem Weg.

JAN BECK
SPIEGEL
Bestseller-
Autor
DAS
ENDE
DEIN LETZTER TAG IST GEKOMMEN
THRILLER